深圳新锐小说文库

主编　杨争光
总策划　邓一光　尹昌龙

契阔

厚　圃／著

海天出版社（中国·深圳）

图书在版编目（CIP）数据

契阔 / 厚圃著. — 深圳： 海天出版社，2016.1
（深圳新锐小说文库）
ISBN 978-7-5507-1516-5

Ⅰ．①契… Ⅱ．①厚… Ⅲ．①短篇小说－小说集－中
国－当代②中篇小说－小说集－中国－当代 Ⅳ.
①I247.7

中国版本图书馆CIP数据核字(2015)第280345号

契阔
Qikuo

出 品 人：聂雄前
书稿统筹：于爱成
责任编辑：涂　俏　蒋鸿雁
责任校对：方　琅
责任技编：蔡梅琴　梁立新
装帧设计：李松璋书籍设计工作室

出版发行：海天出版社
地　　址：深圳市彩田南路海天综合大厦（518033）
网　　址：www.htph.com.cn
订购电话：0755-83460293（批发）　83460397（邮购）
排版制作：深圳市思成致远创意文化有限公司　0755-82537697
印　　刷：深圳市顺帆达印刷有限公司
开　　本：787mm×1092mm　1/16
印　　张：18.75
版　　次：2016 年 1 月第 1 版
印　　次：2016 年 1 月第 1 次
定　　价：29.80 元

序 言

主编这套文库，是一种享受。

阅读十二位青年作家的作品，更是一种享受。

还有鼓舞。

边鼓边舞——兴奋！

十二位文学新锐，是从几十位符合条件的作家中推选出的，也许并不能代表深圳文学的高度，却能真切地感受到深圳文学滋养、生成的元气、生气、意气。有这三气在，新的高度是可以预见的——不仅是将来深圳文学的高度，也许还是将来中国文学的高度。

三十多年，能聚集如此整齐的文学集群——我实在不愿使用"新军"这个词，文学实在不是因为利益或信仰而生发的战争，文学群体也实在不是军事组织——也只有深圳能够。

我从来都认为，"文化沙漠"是对深圳的误判。面对这种误判，深圳以它包容开放的胸怀和着眼未来的视界，踏实、稳健地建设着自己的文化。来自五湖四海的深圳人，携带着他们各自的文化之根，就地栽培。移民，遗民，夷民，互不嫌弃，互不抵牾，欣然接纳，不拒杂交——深圳就是这么任性！养性之后的任性。现在完全可以说，深圳不仅是个经济奇迹，也创造了文化培育、积累和健康生长的奇迹。

文学是文化的组成部分，并处于文化最敏感、最精致的部位。深圳文学曾有过短暂的浮躁。浮躁是一种内在焦虑导致的精神和行为变形。很快，这种浮躁就成为浮云而升天，留下的是平稳的文学耕耘。而且，这种文学耕耘的主流是非职业的民间写作。本文库中的十二位小说新锐，都不是所谓的专业作家。仅凭这一点，不仅这十二位，整个深圳文学的生态，也可以是未来中国文学生态在当下的一个试水，或者说是一个示范也成。这就是深圳的见识。也是深圳的性格：有健康理性为根基的见识，就付诸行动，创造成果。

深圳有"打工文学""青春文学""网络文学"，但以为这就是深圳文学的标志，也是一种误判——对深圳文学的误判，正如"文化沙漠"说对深圳的误判一样。每一位作家都是打工者；许多作家都可能以"打工者"作为他们的文学形象。每一位作家都有或有过青春期；过了青春期的作家也可能叙写"青春"。在互联网时代，每一位作家都不可能或很难拒绝网络，"网络文学"作为一种瞬间现象，已经成为过去时。深圳文学将不在所谓的"打工文学""青春文学""网络文学"等等标签的框定里打转。

文学就是文学，不是别的。文学和"打工""青春""网络"遭遇，将是日常性的。深圳文学要的不是有形无义的标签，而是真正属于文学的品相。这品相既是深圳的，也是中国的、人类的。福克纳以一块"邮票大的地方"为文学地盘，写出了人类的精神境遇，以及充盈于胸的悲悯情怀。鲁迅以"未庄"为文学地盘，塑造出了可与堂吉诃德相媲美的人类精神形象。本丛书中的十二位作家，性格不同，文笔各异，却都有着不甘平庸的文学野心。他们守着深圳，一个现代与后现代并存、移民与遗民甚至夷民杂居、物质与精神厮杀、灵魂与肉体纠缠、解构与建构时刻都在发生的地盘上，文学野心能否成为文学现实，我不敢妄言，但深圳应该有着它足够的耐心，等待和期盼。

说得似乎高亢了点。那就降低调门，轻声说几句：由于先天性营养不足——比如，长期缺乏不断发展的自然科学和人文科学的后援与支持；比如，白话文写作至今也不足百年的实践，等等——从整体来说，中国的叙事文学，包括小说艺术的家底，并不丰厚。五千年中华文明固然伟大，但仅以此作为现代小说艺术的滋养，我以为是不够的，因为小说艺术要抵达的是整个人类。

鲁迅是清醒的："过去的生命已经死亡。我对于这死亡有大欢喜，因为我借此知道它曾经存活。死亡的生命已经腐朽。我对于这腐朽有大欢喜，因为我借此知道它还非空虚……"以汲取营养论，鲁迅是母奶和狼奶通吃的。正因为清醒，还在中国现代文学起步的时候，他的心血书写，创造了中国文学的高标。

精神荒芜，思想枯竭，是人的穷境，文学的死境。

在生命的关口，守住了人的底线，也就站在了人的高点。在文学的关口，守住了写作的底线，也就守住了文学的高地。

我愿以此与年轻的同道们共勉。

末了，还有几句说明：

本"文库"又称为"12+1"，即十二位文学新锐的作品，并一本文学批评专著。相信批评专著能对十二位青年作家作品——或许还有深圳文学，有精到的解析。

本"文库"由邓一光先生提议，他和尹昌龙先生任总策划，由我担任主编。具体的联络、协调及编务工作，是由工作室的几个年轻朋友做的。

本"文库"的作家年龄均在四十五岁以下（含四十五岁）。吴君、盛可以诸位应在此列，因事先议定的原则，未进入本文库，是一个遗憾。

本"文库"由深圳市宣传文化基金全额资助，海天出版社独家出版发行。

为深圳文学祝福。

杨争光

2015年6月26日

目　录

契 阔

1

从"大都会"出来已近凌晨，刚刚下过场透雨，到处湿漉漉的，霓虹灯泼洒出一地炫目的绿紫，城市远处的高楼和塔尖构成了一幅溟蒙的水墨画。我们的声音像被放大，鼓点般清晰地敲打着耳膜。走到夜总会后面那个空空的停车场，大家止步。我假装执意要送他们，"梦幻谷"的王总还没糊涂，一只胖手又亲昵又狠毒地拍在我的肩上，眼皮跳了跳，仿佛要努力撑开看清前面的东西。

"送什么送，再送我、我可要生气了。"

一股酒气热乎乎地喷在我的脸上，我却已经闻不出来。

他又扭过脸去交代他的下属，"听见没有？今后谁要跟小杜过不去，就是不给我老王面子。"

几个工程师哼哼哈哈的，将他搀进一辆雅阁，转眼就消失在停车场的出口处。

我松了口气，赶紧摸出手机打给朱迪。

今天是她的生日。对于一个长期漂泊在外的姑娘来说，的确需要有个爱她的男人来给她点蜡烛切蛋糕、唱唱生日歌什么的，可我实在太忙了，忙着陪客户喝酒，忙着给监理送礼，忙着把那该死的"火山"景观效果图改来又改去。这个工程是以最低价的方式中标的，"梦幻谷"工程部那帮家伙知道我们没来头，一个劲儿地找茬，我都快不行了，好在有人给我介绍了统管工程的王总。我兴奋得像嗑了药，一门心思盘算着如何让他们吃好喝好玩好。朱迪还以为我在装"遗忘"，好到时给她一个surprise。这个情感丰沛的姑娘几乎每回都被我出其不意的花招搞得热泪盈眶，像扑食的小动物冲着我亲个不停。可这回她猜错了。就在我们酒酣耳热之际，朱迪的电话打了进来，之前她打过两遍我都没听到。

"到哪儿了？"她不动声色地问。我没反应过来，说在陪客人吃饭。

"真的在陪客人？"她加紧问了一句。我心里还觉得奇怪，说骗你干吗。

"那我呢？"她陡然尖叫起来，"那我呢？你看看表，都几点了。"

我的脑瓜嗡地响了一下，心想该死，怎么把她的生日给忘了。

"实在对不起，我忙昏头了。"我跑到包房外面来。

"你给我马上过来。"

"不行，"我朝里面瞄了一眼说，"今天在陪重要客人。"

"难道我就不重要吗？"她大声责问。我迭声说重要重要，明晚一定补上。她反问我："生日是哪天就哪天，有补过的吗？"我想了想说："要不客人一撒我找你宵夜。"

"不用了，"她伤心地说，"你不陪自有人陪。"

我咬了下唇说："别这样，朱迪，这个项目要是再搞砸，咱们都得去喝西北风。"

"你忙你得提前说呀，都快九点了，我还等着你一起吃饭，打了几个电话也不接，你真、真混蛋！"

"你骂我？"我也冒火了，"滚！"

这会儿朱迪却关机，我又打她宿舍电话，一遍遍地空响着。她要不是不在，就是铁了心不想理我。我拍着脑袋，仿佛又看到她失望的眼神，似乎还在冲着我骂："骗子，混蛋。"虽然有些沮丧，但我依然相信，到了明天两个人又会重归于好，一起喝她爱喝的黑咖啡，做爱。差不多每一次，我们在做爱之前要喝点儿黑咖啡，当两个人拥抱在一起时，那些带着神秘感的诱人的芳香就仿佛从彼此的唇齿、头发、皮肤甚至衣物上源源不断地流淌出来。我的舌头常常一探进去她的嘴里就立刻被一股甘醇圆润的液体所包围。可以想象，我俩的口腔变成了一只连通器，感受着咖啡还有别的什么从一个地方暖暖地淌到另一个地方，又暖暖地淌回去。

2

回到家，老太太还坐在客厅的沙发上对着电视打瞌睡，听到门响，她一个激灵地扬起头来。

"回来了？"她含含糊糊地问。我说是啊，你赶紧去睡吧。她像在梦境中，颤颤巍巍地起身，关掉了电视，又回过头问我，"饿不饿，要不要吃点啥子？"我说不用不用。

我岳母七十二了，皱巴巴的一张瘦脸，满头银发，走起路来左脚一撇一撇的不太灵便。打从苏晓娜出事后，她就从四川都江堰过来，一直照顾着她，照顾着这个家。我总把她想象成昔日在乡下走街串巷的"箍桶匠"，其工作就是把快散了板的"家"箍紧在一起。就在她关上门的一刹那，我张开的嘴又闭上了。我已经跟她说过无数遍，晚上不用等我，该休息就休息。可是，她一直这样，都成习惯了。这是不是晓娜授意的，我不清楚，只知道打结婚那天起，每次我外出应酬，晓娜都要等我回来才肯去睡。如果我饿了，她就会像她母亲刚才那样，问我想吃点什么，到厨房给我煮上，她做的酸辣粉味道一流，就是华强北的那家"牛王庙"也没法比。然后，她会挨着我坐下，看着我呼噜噜地把它吃光。她常常说："看你吃东西真香。"要是我夹几根送到她的嘴边，她就会皱起鼻子直摇头。待我冲完凉，如果身上还闪烁着些许欲望的小火苗，晓娜就会躺在我的怀里唤起我的激情。她做爱的样子真投入，边尖叫着边扭来扭去，那死死箍住我的样子仿佛要拼尽最后一丝气力。

那时候我们都还年轻，新婚燕尔，我开了一家不起眼的景观公司，既搞设计又兼做工程。晓娜虽没亲身参与，但也明白生意场上的艰辛，没有固定的休息日不说，还要去干各种各样的违心事。有一天她伸出两个指头，从我衣服上抽出一根长长的发丝，缠在纤长白皙的中指上迎着光出神。

"还是染过的。"她轻轻地说，像在赞叹某件美好的事物。我装作没听见，把手里的遥控器摁来又摁去，等待着晴空霹雳。

"做生意，逢场作戏是免不了的，但要有分寸。"她转过身来看着我，声音没有丝毫的不快，仿佛只是想给我阐明一个道理。她的深明大义不但没有使我获得宽恕，相反涌起了更多的歉疚。从那以后，我们的感情进入了好光景，我们无话不谈，分享着情人般的柔情蜜意还有战友般亲密的信任。

可惜的是，这一切已成回忆。七年前的一个夏天，晓娜被一辆泥头车撞飞了。从半空中落下后她还能清醒地给我打电话。她的声音一如既往不疾不徐，"老公，我被车撞了……"之后这句话犹如响钟在我脑海里回荡了一年之久。肇事司机逃逸，她被好心人送往医院。那个夏天，死神忽然主宰了我们这个两口之家，什么都乱套了。我陪着她在医院里熬了四个月，中间签过三份病危通知书。我哭着喊着哀求医生无论如何不要放弃。当然最后晓娜没死成，但却生不如死，变成了现在的这副样子：目光呆滞，骨瘦如柴，生活无法自理。从医院转回家时，她的一块头盖骨还冷藏在医院的冰柜里。我每每想起，就有种撕心裂肺的痛。

车祸后的晓娜虚弱得像枚蚕蛹，我，还有她母亲只能用温情和爱给她织起密实柔韧的茧。偶尔我会把她抱到阳台，她轻得像一个纸盒子。阳光温煦地洒在她身上，微风缓缓地吹动着那头剪短了、变得枯涩的头发，她凝望着高楼之间鲜蓝的天，耀眼的云，两只眼睛像是失去了焦距，茫茫然的，给人一种与世无争的感觉。我坐在她旁边，读着她最喜欢的小说。有时听着听着，硕大的泪珠就会从她的眼角颤出来，温热地砸在我的手腕上。

如果晓娜这样活下去，活到八九十岁，有意义吗？可是我还是希望她好好地活着，说不定哪天医学更发达，她又能够康复如初。从夏天开始，到秋天，一直延至初冬，我老是失眠，有时像没合眼楼下就已经传来沙沙的扫地声。有天清早我呵欠连天地走到阳台上，阳光迟迟没有出来，饱含着水分的空气吸进肺去，沁凉沁凉的。我向下望，不知道什么时候下过雨，地面湿湿的，被风干的地方呈现出一块块的灰白，几个清洁工有说有笑地干着活儿。我怔怔地看了半天，心想如果可以的话，我甘心拿现在的一切——包括房子、车子、存折乃至学历身份去换回晓娜的健康。真的，为了她，我愿意当个贫穷的清洁工。人，只有到了这个份上才能真正明白当个"正常人"有多么的幸福。每天夜里，我总希望睡上一觉醒来，一切都变了，变得和从前一个样。

我不知道事情会发展成什么样子，真的，虽然大家都往好里想，可内心深处的某个地方，不免存在忧虑。我和晓娜的婚姻变成了一段连自己都无法确定的旅程，我使劲地回望两个人走过的日子，仿佛一个忍饥受饿的人伤感地回味着记忆中丰衣足食的生活。一想到今后我还将继续孤寂、枯燥地走下去，心情就沮丧、脆弱到极点。也许再过些日子，我就会熬不住，跟别的什么女人睡到了一块。晓娜可能也有这种担忧，所以从医院回到家后，她就没打算让她母亲回去。

不止一次，我看见老太太躲在角落里垂泪，她大概是担心有朝一日自己离开人世，我不会善待她的这个独生女儿。她留下来的目的当然是为了照顾女儿，还顺带有个任务，那就是监视我的一举一动，防患于未然。所以，不管在外面应酬到多晚，我都会尽量赶回家。我不怕她们怀疑，我怕的是她们担心，她们已经承受了太多。只要听到我进门的声音，老太太的心才能安定下来，她从厨房、阳台、客厅的哪个角落走出来，打量着我，像在检查遗留在我身上不忠的蛛丝马迹。她跟我说话那不紧不慢的声调，还有那看似不经意的闲聊，总给我一丝警示的意味。开始我有些生气，但换个角度想想也就释然，她不过是想比较一下，我对晓娜和过去是不是一样。

　　只要每次回来得早，我就会坐在晓娜床边，牵着她的手说说话。有时她的眼珠子好久才眨巴一下，我不知道她听进去多少，其实听进去多少并不重要，重要的是她能感受到我对她的好。她答起话来总是尽可能简短，有时甚至以模糊的音节代替。我想它的意义并不在于回答我什么，而是告诉我她一直在听。碰到精神好时，她也会主动关心我。有一天她勉强抬起胳膊，朝着我肚子的方向指了指，嘴角微微翘起。她笑我长胖了，腰身圆滚滚的。有时候，我也会和她一起回忆恋爱时的那段时光，譬如她教我跳舞。在大学里那个简陋的舞池，她主动走到我面前调皮地问："你不想请我跳一支吗？"我搓着手结结巴巴地说："我、我不会跳。"她牵起我的手放在她的腰上："听着节奏，走。"一曲《蓝色多瑙河》结束，她调侃我："还说不会跳，这不挺好的？"我嘿嘿地傻笑，手心直冒汗。又一支快节奏的舞曲响起。"跳慢四不过瘾，我带你跳快三吧。"她的脸染上一层驳杂的色斑，洁白的上衣和纽扣发着幽蓝的荧光。我随着她舞动起来，就像她说的那样，舞成一只陀螺，一阵旋风……

　　听着听，晓娜就笑了。

　　"还记不记得那个冬天？津门第一场雪，"我像受到莫大的鼓舞，继续讲下去。那天晚上我俩沿着学校的围墙，跨过被雪覆盖、突起的铁轨，一直走到小白楼，走到马场道。天地间银装素裹，路灯如惺忪的睡眼透过雪花注视着我们，还有深深浅浅的脚印。我问她："冷吗？"她说有点儿。我就捉住她冰凉的手，把它放进军大衣的兜里。"两只小鸟在做窝。"她羞涩地瞟了我一眼，笑了。我曾对她说，这是我一辈子听到的最最美妙的比喻……

听久了，晓娜就像陷入了沉思。我注意到她那张苍白的脸既不幸福也不神往。真的，我说不清她脸上什么表情，也许带有一丝恐惧吧。她应当意识到，随着时间的推移，我们之间的距离将不断扩大，迟早会被一种有形的东西阻隔起来。看得出，她希望我能在她身边多待一会儿，因为每次离开，她都把我的手抓得格外的紧，就像我是一只气球，一撒手就会飘走。

3

第二天我赶到"梦幻谷"工地已是午后。

"梦幻谷"建在城市东部，依山傍海，是华商集团投下巨资打造的大型体验主题公园，从市里开车过去差不多要两个小时。早在新生代时期，那里的山峰就曾喷发过炽热的熔岩。亿万年后的今天，我们承建了一座高42米的人造火山，要用声光电把火山喷发时的情景最真实地还原。如果成功，它将是全球最大的人造火山。以"火山"为背景的实景演出——《梦幻的年代》也将同时上演。

顾不了吃饭，我叫包工头多上些工人，又去甲方工程部请人。他们装模作样地过来瞄一眼，说这下没那么刻板，效果全出来了，图纸不用改了，赶紧上色。

一块石头落地，我才意识到肚子有些饿，胡乱吃了个盒饭，又想起昨晚爸来电话还没工夫回。

爸生活在潮汕平原的一座小镇，离鹏城有三四百公里，说远不远，我却很少回去。他原在一家国营单位干保卫，去年下岗，虽五十好几，可身体依然壮健。他唯一的毛病就是固执，我委婉地劝他再找个伴儿，因为妈去世好多年了。不同意也就算了，他还骂我，把我骂毛了，我就挺起脖子与他对骂："女人又不是给我找的，凶什么？难道你就想这么完了？"

说这话时我想到差不多成为废人的晓娜，泪水夺眶而出。自从与她分床而睡，我就越来越能体会到爸的处境，一个精力充沛、生理健全的男人，却无法继续正常的生活，不是压抑是什么？我后来改口对他说："算了算了，要不你学打麻将吧。"爸说他不喜欢。我说那钓鱼去。钓鱼也容易打发时间。他慢悠悠地说："鱼有什么好钓的？"我说那你有空就到我这里来，我陪你去放松放松。我想你要是不好意思，我可以请个朋友代劳，带你去找个小姐什么的，这样对身体也有好处。爸听出了这层意思，大骂起来，"臭小子，我的事你最好少管。"过了一会儿又喃喃低语："我又不是小孩，你少操这份心。"

我的电话干扰了爸的午休，他含含糊糊地问："是阿亮吧？我正睡得香呢，还梦见了你妈……"

我一阵心酸，说："爸，咱们祖上没干什么缺德事吧？"

爸这下彻底被吓醒，声音不再拖泥带水，警惕地问："你说啥？"

"你看看咱家，一年不如一年，先是妈得了那种病，然后晓娜又遭车撞，都是横祸啊。"

爸沉吟了片刻说："儿子，有些事情真是没办法，你得看开些。多往好里想，啊。"

我说咱家还有什么好的？

"怎么没有？"他好像振作了起来，自豪地说，"就说咱们杜家这么多年，总算出了你这个大学生；还有，你都当老板啦，这老板不是叫谁谁都能当的，嗯，还是个儒商——"

"得了吧，那点破生意，钱没挣几个，命累得只剩半条，什么儒商，听了我都脸红……"我稀里哗啦地说了一大堆。爸在电话那头发出老牛般的深叹，刚毅地说："只要咱爷俩在，杜家还是有希望的。"

"昨晚我在陪客，你想跟我说什么来着？"

我环顾四周，荒石枯溪，午后的风很野，呼呼地摇动着不远处的莽莽丛林。

　　"昨晚喝了点酒，想了好多，晓娜是个好孩子。"爸幽幽地说，"当初你妈得病，咱家没少让她受委屈。"

　　我明白爸指的是什么。妈病入膏肓时，我和晓娜刚刚大学毕业，对未来还茫然无绪。爸要求我俩尽快回家"摆酒"，他说这或许是妈有生之年最后的一个愿望。晓娜开始不肯，说工作都还没着落结什么婚。我说只是去做做样子，老家的人只认摆酒，至于那张证，咱们不去领就好。好不容易连哄带骗把她请回潮汕。没想到的是，爸把婚礼搞得那么隆重，定了全镇最好的酒楼，还请了几乎所有的亲朋好友，搞得我手足无措。倒是晓娜穿上红艳艳的中式礼服很快就进入角色。面对主持人的纠缠，客人的起哄，她非但没显出分毫的窘迫与急躁，相反还玩得比谁都起劲儿，就好像这种小把戏早就演练多回。

　　拜天地了，爸妈双双出现在小舞台上。妈嘴巴闭得紧紧的，喜悦暂时麻痹了恶疾所带来的痛楚。几个月没见，亲友们发现她清瘦了许多，可依然红光满面。他们并不知道这是让晓娜化的妆。爸显得比平时随和，举手投足之间流露出"妇唱夫随"的和谐。我拉着晓娜跪下，叽叽喳喳的声音立即被一阵幸福庄严的气氛压了下去。我拿眼角的余光偷偷地打量妈，她正襟危坐，背后的光线像从她身上长出来似的向着四周漫射，干净透亮，给人以宁静、安详的感觉，于是我的内心也随之安静下来。照着主持人的提示，我托茶盘，"儿媳"敬茶，齐声喊了"爸妈"，完了晓娜才转过神来，竟有一层薄薄的泪花浮在了眼眶里头。

　　回到家，妈红着脸低低地问我，"刚才你对晓娜念的是什么诗，'死生'我懂，'契阔'是啥意思？"妈没念过多少书。我说："'契'是合，'阔'是离。"

　　"是啊，有合就有离。"妈接过话茬不无感慨地说，眼神里浮动着一种苍凉的安宁。后来听爸说，妈临终前嘴巴老不停地蠕动，贴近细听，是在重复我教她的诗句："死生契阔，与子成说。执子之手，与子偕老。"我把这件事告诉了晓娜,她听后不语,眼眶一点点地红了。办完妈的丧事后她对我说:"咱们去补个证吧。"

事隔多年,爸依然惦记着晓娜的好,不过他又说:"这孩子命薄啊。我思前想后,觉得你还得把目光放远点。"

我知道他要说什么,就淡淡地说:"我会考虑的。"他才不管呢,一股脑将心里话往外倒,"只能离了,再娶一个。你不比我,路子还长着呢。"

见我不吭声,爸又说:"咱也不能亏待人家,是不是?就把她当自己妹妹养起来,你说呢?"

其实打从我和朱迪好上后,满脑子都是这样的念头:如何委婉地跟晓娜提出来,引发她的同情,再由她转告她的母亲,因为老太太才是这件事最有力的决断者。我甚至想象得到老太太听后像个全军覆没的老帅颓然瘫在沙发上的样子:白发蓬乱,面容憔悴,一连串的泪水从黝黑的眼窝跌落下来。当然,我也常为自己有这样的想法而心寒。那段时间,我虽然坐在晓娜的床沿,却不敢望着她,真可怕,我对她的关心呵护一下子变得虚伪而又造作,跟她说话的口气或转瞬的眼神,似乎都浸透了不可名状的邪恶。我想自己已经把她当成了一条逐渐萎缩的腿,只想尽快切除,哪怕安上冰冷光滑的义肢。

我在外面有女人,晓娜迟早会知道的。一个女人与你共同生活了那么久,有什么变化能逃过她的眼睛?她虽行动呆滞,可脑子里却还清醒着。或许,她能够理解我,把它归结为这是一个正常男人的生理需要,可毕竟还是会很难过的。她会不停地去假设,要是那天早点或晚点出门,就不会遭此横祸,这样哪还轮得到别人乘虚而入?躺在我身边、与我做爱的应该是她,与我生儿育女的也一定是她。可人生瞬息万变,靠"如果"是无法改变现实的。

每次抚摸着朱迪的脸,还有她的身体,我总带着一种忏悔的意味,忧伤得近乎消沉。我原本只打算满足肉体上的欲望,可不知不觉的,却发现灵魂也已跨越了某种模糊的边界,感情在两个女人之间移来移去，摇摆不定。

　　"你是不是不好说？"爸的口气有些不耐烦了，好像第一次发现自己的儿子如此软弱无能。我战栗了一下，有股寒气从脊背蹿上来。我听到自己夹着哭腔说："我、我是说不出口。"

　　与朱迪这么偷偷摸摸，已叫我胆战心惊。在这对不幸的母女面前，你时时感到一种压力，就好似蹩脚的演员在舞台上随时能够碰触到观众挑剔的目光。为了舒缓这种压力，我常借口出去买烟，或者到哪里拿个东西，然后待在街角的某个茶馆或者咖啡厅里，一个人，静静地望着大街上的车辆和在温煦阳光下匆匆而过的行人。要是雨天，听着雨点哗哗地击打屋顶、树叶、地面，打量着闪烁在杯子、手机、烟盒甚至杂志上的那些橘黄色的灯光，仿佛它可以通过某条通道给我灰暗的内心涂上一抹恬静、温暖的亮色。如今，我对于生活的向往仅仅是一点点的宁静。也就是说，自己最乐意度过的其实就是这样的时候，然而却变得稀罕了。

　　"这有什么，"爸最后补充了一句，"你要是不好说，我来说！"

4

　　一连数天，朱迪的座位都空着，打她手机，也不接。我了解朱迪，她可不是一个稍稍受到冷落就觉得奇耻大辱的人。我正百思不得其解，青岛的学弟许小雷就给我介绍了个房地产景观设计项目。在甲方邀标的三个单位中，我们公司实力最弱，不过我还是幻想着从没希望中挤出丁点希望来。这些年公司之所以能够生存下来，不仅因为我勤奋，更重要的是我从不放弃任何希望。

　　时值八月，青岛的阳光分外明亮，许小雷把我安排在海边的一个宾馆。日落时分，我穿着短裤、手拿啤酒罐沿着海边散步，红彤彤的光线照着每个游人的脸，天空是多么的开阔高远。许多练摊子的把东西摆在了沙滩周围，卖烧烤、服装鞋帽、用贝壳做成各种式样的工艺品，还有女人们喜欢的珍珠项链、小饰品……我想如果侥幸中标，下次一定带朱迪来看看这里的落日。

　　和青岛差不多，鹏城也靠海，我却极少有闲情在海边瞎逛。我后来靠在伸向海中央的栈桥的栏杆上，望着波涛起伏的海面，心儿又回到两年前和朱迪邂逅的那个夏天。那次不知是为了排解心中的郁闷，还是别的什么，反正我独自驾车沿着鹏城新开的公路到海边去。下午五点多，阳光依然强烈，我坐在一家酒楼自饮自酌，目光很快就被不远处一对刚出水的青年男女吸引过去——女的长着张娃娃脸，黑色的短发还湿着，由于穿着件高弹泳衣，看上去像条滑溜溜的海豚。男的扛着气垫板一副精疲力竭的模样。他们走到我所坐的窗前，停下来，伸长着脖子像在互相指责。由于酒楼关窗放冷气，我根本就听不到什么。后来"海豚女孩"气冲冲地跑掉了。当天夜里，我来到沙滩上吹海风，看见"海豚女孩"正顺着扑面而来的一道道又高又长的海浪奋力跃起，她的身体随着浪潮起落时隐时现。差不多半个小时后，她走过来向我要支烟。我们坐在一起闲聊起来。第二天，她搭我的顺风车回市区，从此就没有断过联系。她就是朱迪。那时候，我并未意识到认识她是我挣脱过去、走向希望的第一步。我们经常在网上聊天，因为与男朋友发生争执，她向我哭诉过几回，她说他或许从来就没有爱过她，他只是想把她弄上床去。他们才认识半年，他就对她失去了耐性，甚至把她当成"怪人"。我问她"怪"在哪里？她支支吾吾避而不答。渐渐的她不再提他了。几个月后，公司里有个文员辞职，我就问她想不想过来上班。她爽快地答应，第二天就跑到公司附近租房，看得出来，她想彻底忘掉那个男孩，过另一种生活。

　　有天下班，我让她留下来帮忙整理点材料。当我坐在她温热的座位上修改电脑里文件时，她突然从后面抱住了我。那个黄昏我吻了她，把她放倒在长沙发上，幽暗中她的身体像披上月光一样雪白。她目光灼灼地望着我，嘴角挂着一丝羞涩的笑。我跪在她身边硬着头皮说："朱迪，我是有老婆的。"她轻轻地哼了一声："我知道。"牵着我的手放在她袒开的胸脯上。

"来吧，杜亮，放心好了，我是自愿的——"她的声音听上去平静而又超然。

我终于明白了她"怪"在哪里，她仍保留着如玉之身。尽管心底里有些懊悔，我还是装作没事，斜靠在沙发上抽烟。她趴在我身上，突然仰起脸问："杜亮，我是你想要的那种女人吗？"

我咧着嘴尴尬地笑："怎么说呢？挺好的。"

"那我等你，好吗？"

"等我什么？"

"等你哪天和你老婆离了，娶我。"

"我不会跟她离的，我早就告诉过你……"我急得挺直了脊梁。

"我没怪你呀，只是跟你开个玩笑，犯得着这么凶吗？"

她极力掩饰着自己的失落，从我怀里挣脱出来，在另一把椅子上找到了胸罩和内裤，以最快的速度穿上。当她弯着腰金鸡独立地套着牛仔裤时，我的目光穿过她的臂弯，看见她的小腹急剧地一缩一缩的。她哭了。我赶紧跳起来抱住她。她挣扎了一下，不动了，一只脚还踩着落地的牛仔裤，目光久久地停留在窗外的玻璃幕墙上，黄昏最后的一缕橘黄早就不见了。

"对不起，我怕你到时会失望，毕竟这不是件简单的事情。"我柔声地解释。不过从那天起，只要是两个人，朱迪就一口一个老公地喊我。她可怜兮兮地说，过过嘴瘾总可以吧？我说当然可以。她也要我喊她老婆，见我犹豫不决大为光火，说我不是真心爱她。可她哪里知道，一喊老婆我就会条件反射地想到苏晓娜。晓娜才是我的妻子，即使躺在床上无所作为，她依然是我合法的、公众承认的配偶。

海边的天逐层暗下来，周遭的红顶楼房和黑乎乎的木屋已变得模糊了。涨潮，海风凶悍起来，嘶叫着吹得脸颊生疼。我往回走，走到堤上又止步，看着灯火通明的海滨浴场依然一片喧腾，黑色的人影迎着一排排纷至沓来的长浪发出兴奋的尖叫和肆意的欢笑。顺着石阶往上走，便是通往宾馆的青石小径，两边栽着许多叫不出名的花草树木，密密匝匝的叶子形成一道长长的、光影斑驳的拱廊。有几个只穿泳裤的哥们儿笑哈哈地跑来，橘子色的灯光在他们湿润的身体上闪闪掠过。空气里多了一股淡淡的酒精味。

"帅哥，冷不？"迎面而来的一个女子突然跟我打招呼。我愣了一下，没看清她的脸。

"要不要我帮你暖暖呀？"她过来拉我的手，被我飞快地甩掉。她尖叫了一声，大笑着跑开。

回到房间，我打开手提电脑，正准备梳理一下明天的汇报方案，手机的小屏幕就亮了，上面跳出一行小字。朱迪简明扼要地告诉我，她有了。

我不敢相信，抖抖索索地给她发回三个字："有什么？"

"我怀上你的种，本来生日那天就想告诉你。咱们分手吧！"

我晃了一下，手机差点落地。

5

我匆匆辞别小雷，乘红眼航班返回鹏城，投标就当弃权好了。一路上我的脑子里一直嗡嗡在响，耳边交织着爸、妈，还有自己的几种声音：为杜家留一点血脉。

到了朱迪住处已近凌晨，我边掏钥匙边想象着她躺在黑乎乎的被窝里垂泪，心里涌起了脉脉温情。门开了，我没开灯，悄悄地放下行李走进卧室，我要给她一个意想不到的惊喜。可是床上空荡荡的，我又摸索到隔壁的房间，然后是洗手间，小阳台，那种迫切的期待如植物被一截截地割掉，最后连根拔起。我颓然栽在沙发上，摸出烟来一口抽掉了大半截。在一片灰暗冷清之中，我被抛回到朱迪刚搬进来的那段时光，一个细节老在脑海里做慢镜头回放：我帮她把新买的铁架床安好，还习惯性地用手压了压，她扑哧地笑起来："我一个人睡，够结实的了。"我红着脸说："这事哪说得准啊。"这种事果真说不准，没想到跟她躺在一起、滑进她的世界的便是我。我贪婪、蛮横地把自己深深地扎进她的体内，搅动她过去的伤痛，让那些似有若无的情欲死灰复燃。当我在她身上如旌旗般摇曳时，脑子里就会自然地浮现出一幅图像，自己水一般地渗透进她身体里的每个缝隙，覆盖至内心深处不为人知的角落。那种近乎畸形的征服感总能引发瞬间爆裂，我听到自己发出恬不知耻而又满怀感激的阵阵呜咽。

　　每次快活过后，我就会不可避免地坠入负疚的深谷里。在没出事之前，晓娜就喜欢指着电视剧里的"小三"对我说："我就知道她没有什么好下场。"我装作饶有兴趣地问："你是怎么猜出来的？"她冷笑了一下："她没付出什么，所以也不可能得到更多。"晓娜过去随随便便的某句话，总会让我斟酌老半天。她知道我有悟性，所以时不时地要让我听点弦外之音。当我遇上朱迪并把她带上床时，我不得不承认，女人，尤其像晓娜这样的女人，真是天才的预言家。

　　我对朱迪说过好多次，晓娜成这样了，无论从法律上还是从道义上，我都不可能离开她。朱迪不赞同我的观点，她说从人道主义出发，晓娜应该主动离开。为什么？因为既然你爱一个人，又无法给予他幸福，最好的办法就是选择放手，还他自由。这也是避免受伤范围扩大的最佳途径。

　　"说起来容易做起来难哪。"我不屑地说。朱迪明白我的心思，她斜睨着我，从那双乌沉明亮的瞳仁里我看到自己缩成了一个小点。

　　"也许你不信，要我就会这么做。"好像怕我不信，她又补充说，"至多与你签一份赡养协议。"

　　看得出，朱迪是真心喜欢我的，要不她哪会拿感情和青春做赌注，知其不可而为之？随着时间的流逝，她面临的压力将越来越大，一方面来自父母，另一方面来自社会。在碰到什么不顺心的事，或者每个月那个特殊时段，她就会忍不住给我脸色看，提醒我要去尽力争取。有好几次我和她争得很厉害，后来她又软下去，主动找我说话，给我做好吃的，就好像我所有的"错"都得到谅解。曾几次我看见她，一个人坐在办公室里，眼睛灰乎乎的好像里面什么也没有。差不多在半年前，为了促使我尽快向晓娜摊牌，朱迪告诉我有个男编辑很喜欢她。朱迪平时爱写点小文章发表在报纸杂志上。我问她是谁？她说不想告诉我。光凭这句话我就觉得可疑。我是这么认为的，一个女孩跟你上了床，形成了两年多的生活习惯，不可能那么容易就放弃，更何况是把贞洁和爱情看得比什么都重要的朱迪。

可是这一次似乎不一样。

第二天早上，我拖着两条硬僵僵的腿回家，冲了个凉，把换洗的衣服塞进洗衣机里让它滚动起来，又来到晓娜的床边，打开从青岛带来的一袋鱿鱼丝，抽一根喂进她的嘴里。她慢慢地嚼着，又慢慢地说："老公，咱们离婚吧。"看着她那一本正经的样子，我仍不敢拿她的话当真，这样的话她从前不是没有说过，我只能快速地做出惊愕、愤怒的反应。

"瞎说什么？睡迷糊了？"我装模作样地拿手背贴在她的额头上，它凉如玻璃。

让我大感意外的是，她就像受到了更深的伤害，难过、缓慢地转动着脑袋。

我知道她动真格了。就在她将心中最难割舍的那部分狠心地割断时，我体内行将枯死的欲望也可怕地搏动起来，一点点地复活。我没有突围，晓娜却已经主动给我打开了一个缺口。有老长一段时间，我感觉到希望呀欲念呀生活呀什么都没了，什么也都不想要了，只想像个垂死的老人那样过一天算一天。

"我跟妈说过，不能再拖累你了，你需要一个健康的女人，需要过正常的生活，只要你肯继续把我当亲人照顾就好。"

她的语气让你觉得她在许久以前就做出了决定。

"你是不是累了？别胡思乱想了。"我只能说些没用的话。

　　她侧卧着蜷缩成一团，膝盖都快要抵住小腹，整个人看上去渺小、无助。

　　"我是说真的。"她的眼神可怜兮兮的，看上去像头跌去泥淖里越陷越深的小鹿。我摇摇头，转过身去。不知何时，老太太已倚在门框上，眼里没有一丝神采，使人不由自主地想起了萧瑟凄凉的晚境。

　　"晓娜没乱说，你也不容易，都拖了这么多年了。"她低头搓着黝黑枯瘦的手指，嘴角周围那些悲戚的纹路像是凿出来的。"我想把晓娜带回老家去，你要是有空就多过来看看我们——"

　　她掩着脸说不下去，泪水从指缝涌了出来。

　　她们已经商量好了，要不她决不会当着晓娜的面说这些。

　　晓娜出事后，一开始我们都对她撒谎，说她很快就能康复，像从前一样活蹦乱跳。为了让她相信，有一次我故意问她康复后准备干些什么。她说想怀一个宝宝。她还说生完孩子后想继续练习瑜伽，直到成为一名合格的教练。我说只要她想做的，我都会支持。她很感动，无力地拉了拉我的手说："娶了我，你吃大亏了，既要养我，将来还要养孩子。"我强迫着自己凝视她的眼睛，她的眼里有种光，是健康人的那种渴求。我低下头去在她干燥的唇上亲了一下，她也伸出舌头来痒痒地舔了舔我的唇，低低问："怎么办？"我冲着她微笑，"怎么怎么办？"她不好意思地用英文说"sex"。看着她那微微泛起红晕的脸，我贴到她耳边说："自己解决。"她问："是想着我解决的吗？"我点了点头。她轻轻地嘘了一声："我才不信呢。"我轻轻地伏在她身体上面，嘴唇贴着她苍白的脖颈，牵起她的一只手放在我硬邦邦的下面。她咻地笑起来，细声细气地说："坏东西，每次可要想着我啊。"

　　可时间一久，她心里有数了。在她面前，我们开始避开某些话题，忌讳说"病情""死亡""时间"甚至"孩子"这样的字眼，有时候客厅里的电视传来某个孩童的笑声，她都会黯然神伤。

　　"妈，现在不是挺好的吗？怎么突然……"

　　就像一下被谁剥光了衣服，我尴尬而又茫然地站在两个女人之间，四周一片死寂，甚至听得见阳台上鸟儿跳动、啄食的声响。我第一次发现，岳母比刚来时老了一头，白发枯涩皮肤皱缩，背更是驼得厉害。相比之下晓娜倒没有显出太大的变化，除了消瘦和苍白，脸上似乎没添过一丝皱纹。她像个可怜的孩子成天禁锢在这张一米八宽的床上，身上经年累月地搭着条被子，夏天由于不能开空调，头发和额头经常被汗水濡湿，我时常看到岳母拿着条干毛巾、弓着腰在她身上轻轻地移动，与其说是在擦拭，倒不如说是在吸取，那小心的样子像在呵护一个婴儿。要是天气凉快，忙完了手头的活儿，老太太就会坐在女儿的床边，戴着老花镜给她剪指甲，牵着她的手不停地跟她说话，多是些晓娜小时的事，还有她那过世的父亲。老太太好像害怕她睡着，确切地说，怕她睡着了再也醒不来。有时说着说着，她的声音就小下去，到了最后变成一种语焉不详的嘀咕。偶尔她也会勾着头打起盹来，颤颤巍巍的脑袋一沉又把自己吓醒，拼命地用手去揉眼睛。

　　"怎么就迷糊过去了？"她的语气满含着责备，让人觉得又凄楚又好笑。

　　"妈，你和晓娜别多想了，好好过，没什么大不了的。"我摸出根烟放进嘴里，又拿掉。我从不在晓娜的房间里抽烟，哪怕这样做对她的健康没有太多的影响。

　　"找个时间办一下吧，尽快，我想带晓娜回老家去。那儿空气好，她爱吃的东西又多，怎么说呢，毕竟是在那儿长大的嘛。"老太太飞快地抹了一下泪说，"要是她爸在就好了，两个人照顾她一个会方便些，我出去买菜什么的，屋里也有个人照应。"

　　我还犹豫着，这时脑子里已闪出了朱迪，她脸上现出惯常那种惊喜的表情。她像在提醒我，催促我，天赐良机啊。

　　"也没事。"我终于接过话茬弱弱地说，"到时请个保姆就好。"

　　"咱们乡下不兴这个，"老太太说，"我照顾得来，邻居们有时也可以帮帮忙，这个你用不着操心。"

"老公，有空多想着我啊。"

晓娜的口气显得十分镇定，镇定得让我感到压抑。我还不知道是什么原因让这对母女萌生去意，可无论如何，对于晓娜来说，无法呆在自己喜爱的城市，和她爱着的人在一起，实在是一种巨大的悲哀。几天之后，我一想起晓娜那平静的眼神，脸上仍火辣辣地烧着，觉得答应她就跟背叛自己最亲的人一样卑鄙无耻。我原以为自己是个强者，可现在却发现，晓娜才是，我不过是个自私的可怜虫。

6

与晓娜分开，虽然没做错什么，我依然感到很难过。我打电话问爸，是不是他跟晓娜母女说了什么。他说他是有这种打算，只是想拖到中秋过来看看她们，当着面好说些。

"到底怎么回事？"我觉得挺奇怪的。爸叹了口气，叫我别想太多，一切顺其自然，既然离婚是晓娜自己提出来的，那比他去说要好得多了。

办完离婚手续，我把晓娜她们送回都江堰乡下，安顿好一切，临走前一天，岳母喊来村里的两个厨师，在家里做了好几桌红艳艳麻辣辣的川菜，把左邻右舍和附近的亲戚全请来。她戚戚然地说，今后孤儿寡母，难免要去烦劳人家。我很想说妈，你就当我是你的儿子吧。可是很明显，她已经把我从这个"家"排除出去了。和晓娜结婚时我们没能回来摆酒，可如今离了婚，反倒以这样的方式招待了她的亲朋。之后我以公司有事为由，匆匆地离开那个小村庄。

坐在双流候机室，隔着巨大的落地玻璃，我看见飞机在繁忙地装运货物，机翼折射出朝阳那一道道新鲜的红光，一碧如洗的天空呈现出天高任鸟飞的开阔与辽远。我开始有了振翅欲飞的欲望。三十好几了，给我的感觉却像度过了更为漫长的时光，现在，我终于甩掉了一个巨大的包袱，复活般地从过去的阴影里走出来。

"从今天起，"我对自己说，"我要像个守财奴一样把剩下的日子紧紧地攥在手里，精打细算地过好每一天。"

登机了，我最后一次给朱迪打电话，手机通了，却还是没有人接。我只好给她发了个短信："我把晓娜送回四川，在回来的飞机上。"想想太平淡了，又加上一句："娶你来了，我的新娘！"

我关掉手机，等待着旅客登机的喧嚣逐渐平静下来，昨晚离别的一幕又在眼前：我把一本存折交到晓娜母亲手上，里面的钱足以让她们母女俩花个十年八年的。老太太说了声这么多，就痛快地收下。我又坐到晓娜床边，只是没再去抚摸她的脸，或者别的地方，离婚证书好像一下子把我和她隔离开来。她不再是我的妻子，她至多是我的一位亲人。隔着薄薄的被单，我轻拍着她。她好像也怀有我同样的想法，手一点一点地、怯怯地挪向我，直到碰触到我的手背。它渴望着被我抓住，像往常那样放在唇边亲着。

"我还能叫你老公吗？"她不敢看我的眼睛，仿佛这个问题会让我为难。我说当然了。就像得到了许可，她的手终于覆盖在我的手上，轻轻地抚摸着，像个孩子舍不得离开她的宝贝。我能理解她的感受，和一个共同生活了那么多年的男人突然离别，不知何时才能重逢，那种恐惧和脆弱肯定会借着惯性在她心里持续很长的一段时间。尽管我答应她，会经常给她电话，争取不久后回来看她，可她像她的母亲一样，对我的承诺表现出了不信任。她的目光就像外面黑乎乎的夜色，有着一种无从说起的虚幻与空洞。

从晓娜的房间出来，站在她家的院子里，夜色渐渐笼罩一切，墙的界线虚无了，四周显得空旷无比，虫儿的鸣叫从各个角落传来，像隔着寺院的高墙听着里面低低的诵经声，庄严肃穆。风凉起来，点点滴滴渗透肌肤，一阵无边的惆怅和孤寂从我身边擦逝而过。其实，我也已经习惯了晓娜母女待在身边的生活了，只是与她们相比，我更像一头积攒了气力的动物，随时准备奋力跃出那个死气沉沉的泥潭。

当我再度回到晓娜床前，她双眼紧闭，嘴唇默默地蠕动着，胸脯一起一伏，脸已湿成一片。我想她会不会改变主意，要我重新将她带回鹏城。我慌里慌张地退了出来，把门关上，不留一丝缝隙。

飞机开始脱离跑道，轰鸣着离开地面，我的心情也随之一起升腾。飞机倾斜着转了个弯，我朝窗口往下望，薄纱般的白云随着气流急速飘移，下面的山丘河流、房屋道路只有积木那么大。在这片丰厚广袤的大地上，我的前妻苏晓娜，还有她的一切终将埋葬于此。你不得不感叹人生之渺小与无奈，还有大地之永久博大。

那个地方我还会来，还不知道要来多少次，可是那儿除了亲情，应该没有别的什么了。

两个小时后，飞机着陆。我迫不及待地打开手机，里面跳出一条短信，是朱迪发来的，上面写着："对不起杜亮，我不能嫁给你。"我马上拨了个电话过去，这下她接了。

"为什么？朱迪，现在我有的是时间，有的是自由，我是真心实意地向你求婚的，嫁给我，好吗？"我的声音近乎哀求，"你不是一直盼着为我披上婚纱吗？"

"对不起啊杜亮，我真搞不懂，苏晓娜她们怎么又突然同意和你离婚了？"

"离婚不好吗？你是在替她难过对吧？"我急切地打断她，"没事的，一切都安排好了。"

"不是的，你听我说，"她嘤嘤地哭，"你出差后我去过你家，我告诉她们母女我怀上了你的孩子，哭着跪着求她们成全咱俩。"

"难怪！"我轻轻地叫了一声。

"你不知道，你丈母娘拿着扫把将我赶了出来。"她夹着哭腔继续说。

"可最终她们还是改变了主意。"

"是啊，可是，可是我怎么想得到啊？那会儿我连死的心都有。"

　　我发现自己停止了呼吸，脖子硬邦邦的像要承受什么重重的一击。

　　"对不起啊杜亮，咱们的孩子我已经、已经做掉了。"她终于憋不住嚎啕大哭，"对不起啊杜亮，你在听我说吗？喂，杜亮、杜亮……"

　　我像根木桩戳在那儿，心中涌起了无限的悲哀，真的，没有比这个更悲哀的了，倒不仅仅因为失去了孩子。我不想再见到她，不想再和她有任何瓜葛。不顾朱迪的呼唤，我决绝地关掉了手机，心中的什么东西也随着死去。

　　几天之后，朱迪给我发了个短信，说她已经回吉林老家了。我没有搭理她，全身心地扑在人造火山的工程上，在烈日下奔跑指挥，嗓子都喊哑了，人也晒得黑咕隆咚的。饿了就胡乱扒几口饭，困了就在工地临时板房里眯一会儿。有一天王总过来看进度，竟不敢相信眼前这个头发蓬乱、胡子拉碴的家伙就是我。

　　"兄弟，差不多就行了，小心把身体搞垮了。"他还充满敬意地给我递了支烟，帮我点上。

　　待到工程接近尾声，我的精神才放松下来。有一阵子，我脑子里转过跟朱迪联络的念头，我有点想知道她现在过得好不好。我甚至很想告诉她，我不恨她。可最终我还是没给她电话。有天深夜，她倒是给我打了过来，那沙哑的声音犹如钝刀，一拉一扯地锯进我黑乎乎的意识里。她说她已经嫁人了，很快就要跟着那个男人去新西兰。

　　"恭喜啊。"我苦笑着。

　　"杜亮，你还恨我吗？"她的声音孤独、伤感、疲惫。我说不了。她像是挣脱了什么纠缠，骤然拔高了嗓音："可是，我恨我自己！"

　　半个月后，由我们公司一手设计、承建的火山终于竣工了。验收那天，华商集团的几位老总都来了。我一声令下，雄伟的火山在昏暗的夜幕中突然苏醒，一时山崩地裂火光迸射，热浪冲天浓烟弥漫，火山熔岩急遽地奔泻而下流入水中。在一片喝彩声中，我举着手机把这个大气磅礴、惊天动地的神奇场面录了下来。好久没有给晓娜电话了，我打算给自己好好放个假，回四川去探望她，再把录像放给她看。

吃完庆功宴，时间尚早，我往晓娜家打了个电话。

"你还有脸打电话来？"她母亲劈头盖脸地冲着我骂。我愕然地问："妈，怎么啦？"

"晓娜就是被你害死的，就是被你害死的……"

她的嘶叫如刀子猝不及防地捅进我的心脏。我还没明白过来，她的声音又转为呜呜的啼哭，"你要是多给她打打电话，开导开导她，或许她就不会想不开了……"

原来三天前，晓娜趁着她母亲外出买东西拿着水果刀割腕自杀了。

我的脑子轰轰地响着，眼前尽是猩红的影子，她的鲜血就好像那火山的岩浆骇人地喷发出来，灼热地流动着熔蚀着自己的生命……

"我当时怎么就没看出来，我连那两个字读作什么都不晓得，她不停地在纸上写啊写，我真的不知道它与她有什么关系。"电话的那一头传来了压抑不住的喘息声。"就在她走之前，还蘸着血在床边的墙上写着这两个鬼字！"

"你问过没有，她到底写了什么？"我颤抖着问。

"契阔"两字刚一脱口，哭声又一次席卷而来。

前　妻

　　我的前妻叫马莉，人长得高大，结实，衣着朴素，谈不上漂亮或者有什么风情，倒是有人从她的那张方脸上找到一点英气，相比之下，我就显得斯文有余、威猛不足了。我们是在天津读大学时认识的。有一年元旦，学校举行舞会，马莉夹在一大堆女生中间，等着接受男生的邀请。我走过去请另一个女孩跳舞，不知道是误会还是什么，她抢先站了起来。我们边转着圈子边聊了几句，彼此都有好感，曲终人散，我请她去吃砂锅米线，她没有反对。她边很香地吃着边抬头看我，目光很亮，我知道她喜欢我了。

　　我先毕业，在深圳找到一份培训工作，教授服装设计的知识和纸样裁剪的方法。一年后她也来了，住进我的宿舍。不消说，我们同居了，又过了差不多半年，我问她愿不愿意嫁给我？她想了一会儿说，你看着办吧。我们没有举行婚礼，因为她觉得结婚只是两个人的事。我正求之不得。在家乡，要有亲朋好友问起，我父母就会按照我的意思说在深圳举行过了。在深圳，我们又跟朋友说，在老家办过。总之，我们省掉了很多烦心事，只是去照了婚纱照。那时积蓄少，花了大几千，觉得挺心疼的。相片洗出来后，我们挑了几张比较满意的放大，装入大镜框，挂在家里的每个角落。记不清什么时候，我们又把它们收起来，因为上面落满毛茸茸的灰尘，表面也因受潮而变得坑坑洼洼的。

结婚两年后的一天，我突然向马莉提出离婚。马莉问我为什么？我说你觉得这样过有意思吗？她说不管有没有意思，总得过下去吧？我说没人强迫我们这么做。她想了想问，你觉得我哪里不好？改了就是。我说你挺好的，是我不好。她不再吭声，这种沉默一直持续到半个月后的一天，她突然想转了，对我说，那好吧，离就离。

从她的口气里，你根本分辨不出她是自愿还是被迫的。我把房子和房子里所有的东西都给了她，一个人在大冲村租了套一室一厅的农民房住下。

那时候马莉已经在华强北开了第一家童装店，她抱着厚厚的深圳黄页成天给出口服装加工厂打电话，然后奔走于工厂货仓和店铺之间。为了买下工厂那些外贸剩货，她不知道碰了多少钉子，后来有人教她给管事的塞红包，果然立竿见影，买到的东西又平又靓。在我们离婚后的第二年，她开了第三间童装店，也拥有了自己的货仓。她不再零零星星地购买，而是下赌注似的包下某个工厂仓库所有的剩货。她就有这样的气魄，难怪朋友们对她佩服不已。她把货包下来后运回自己货仓，再分门别类打上价格，然后在报纸的夹缝或边角登上批发广告——有豆腐块那么大，按字收费。我原以为那些破广告哪会有谁看，没想到世上的有心人还真不少。马莉的货就这样从深圳发往全国各地，最远到了哈尔滨。听朋友说，马莉在言谈中偶尔会提起我，只是显得有些漫不经心。譬如说到某个人，她就会说，他跟方刚最好了，以前老在我家蹭饭，然后就等着朋友告诉她我的近况。

大约一年前，马莉梅开二度。她请了深圳所有的同学和朋友参加，唯独没有我。那次婚礼据说办得相当隆重奢华，接新娘的车全是宝马大奔。马莉在婚宴上喝多了，竟失声痛哭。我不知道她哭什么，或者说为什么而哭，但可以想象，她那张涂抹着厚厚脂粉的脸一定是沟壑纵横惨不忍睹。有朋友从她含混不清的话语里听清她在骂一个叫木头的混蛋。

我知道后心情再也好不起来。就是在那段时间，我和培训中心的主任吵了架，其实是件极小的事，我不明白自己为何非要跟他较劲儿让他下不了台，他不得不炒掉了我。时间一下子多了，像我以往希望的那样，可我一点也兴奋不起来，整个人像掉进大片的水泊里茫茫然，不知朝哪个方向游才能靠岸。我变得躁动不安，四处托熟人帮忙找工作，可工作哪有那么好找？为打发时间，每天晚上我都会跑到网吧去玩游戏，白天则睡大觉。有天我正睡得稀里糊涂的，就被敲门声惊醒。我以为是房东催租，就隔着门儿说："不是说好下个月一起给吗？股票还没解套呢。"

对方不吭声，我又安慰了她几句，正要朝床的方向走去，我前妻的声音吓得我不敢动。

"方刚，开门，是我。"

我在证实没有听错后问："什么事？"

她说刚好路过，顺便上来看看我。我从牙缝间咝地吁了口气，心想我又不是什么稀有动物，有啥好看的？就慢吞吞地套上沙滩裤给她开门。

屋里沉积的烟味和酒气被一股新鲜的风吹开，她不停地用手扇着，脚一不小心踢到个啤酒罐，滑碌碌地向昏暗的深处滚去。

"老天啊，你屋里像个老鼠洞。"她走过去哗地拉开遮住阳台的帘子，外面碧空如洗艳阳高照。

我一时适应不了强光，只好眯起眼睛，那样子像在藐视谁。她没在意，兀自环顾了屋子一圈，好奇的目光才又回到我身上。我有好几天没刮脸了，头发又很长很乱，有倒伏的，也有的竖起的，形象不堪入目。

"没吃饭吧？"

我抱着胳膊肘靠着墙，神色冷静地摇了摇头。我搞不懂她问的是早餐还是午餐，反正都没吃。

　　她的眼睛看着别处，像还没有想好跟我说什么。我一会儿盯着她，一会儿又盯着阳台，有只娇小的鸟儿站在栏杆上啄着羽毛。在老家，我们管这种绿色的小鸟叫"青苔鸟"。

　　"过得还好吧？"她敷衍地问了一句。我笑了笑，又把脸沉下来，自嘲地说，"你不都看到了吗？"

　　她不说话，像在替我难过。

　　"听说你一直很忙，我都不敢联络你了。"我没话找话说。

　　"瞎说，"她马上戳穿我的谎言，"你躲我还来不及呢。"

　　"呵呵，你要这么想我也没办法。"我说着用手拍了拍嘴巴，打了个长长的呵欠。

　　"你该把家里收拾收拾，要不哪个女孩来了都会掉头跑的。"

　　"是吗？"我提了下裤头说，"我连自己都没收拾干净，还怎么去收拾房间？"

　　"走吧，吃饭去。"她站起来甩了甩那个泛着光的皮袋。

　　"不了，"我说，"还困得很，想再多睡一会儿。"

　　"走嘛，"她过来拖我的手，我害怕地缩回去说，"真的真的，昨晚写东西，熬通宵呢。"

　　她把皮包往桌子上一甩，凶狠地瞪了我一眼，说："那你睡吧，我看着你睡。"又低低地嘟囔起来，"再怎么说，我也是你的前妻，你就这么招待我？"

　　不知道别的男人是怎样招待自己的前妻的，反正我还没什么经验。

　　再不答应实在说不过去，可一想到昨天刚收的那几百块稿费将要付之流水，我还是心痛不已。

　　我胡乱洗了把脸，套上一件皱巴巴的圆领T恤，趿着拖鞋跟她下楼。这时我才注意到她穿了件旗袍，银白色，上面绣着粉红的花和淡绿的叶。她把长发盘起来，露出雪白的脖颈。没穿高跟鞋，这倒是我们谈恋爱时留下的习惯。我的心动了一下，半天没转过神来。

"走，上车吧。"她手里摁了一下，前面有辆白色的本田侧灯一闪一闪的。"到哪儿吃？说好了，今天我请客。"

我坐在她旁边，嗅着好闻的香水味说："你来看我，我已经很开心了，上哪儿都行。"

马莉就作了主，把我带到海上世界的食街去吃巴西烤肉。中午客人不多，每位六十八块，比晚上便宜一些。记得第一次拿稿费我就请马莉到这里狂吃了一顿，吃完后又不断地开展批评与自我批评，觉得自己实在太奢侈了。

我们找了个靠窗的位置，侧脸可以望得见那艘开辟成游乐场的巨大邮轮。马莉要我帮她看包，走开了。过了一会儿她端来了两盘水果沙拉，又过去弄了两大杯雪糕。我的目光跟着她来来回回。她变丰满了，贵气了，很适合穿旗袍，它既掩盖了她腿粗的事实，又让腿侧的那丝白皙在开衩处若隐若现，真叫人有些受不了。

服务员不时端着各种烤过的肉和海鲜过来，问你要不要。我们要了一些，又点了冰镇的老金威扎啤，碰了碰杯，喝起来。

"听说你结婚了？"我点了支烟吸着。

"是啊。"她垂下眼睑，拿钢叉摁住一块粉红色的肉片，用刀子优雅地锯着，再叉起来递进嘴里慢慢地嚼。

"过得不错啊。"我说着呷了口啤酒，有股凉气沁人心脾。

"也算不上，只是做了点自己想做的事。"她轻描淡写地说，"你呢？"

我不知道她想听什么。

"我没干培训了，那一行我烦透了，我想静静呆一段，再找个别的什么工作干干。"

"那地方其实蛮适合你的，你能说会道，那套东西讲起来又是轻车熟路，有什么不好？"她轻轻地说。

"我倒没想那么多。"

"你这个人，说好听叫随性，说不好听叫太随意。"她朝我这边望过来，我发现她没在看我，而是在看几位新到的客人，其中有个老外皮肤黑得像煤球。

我又喝了一口酒，等着她说下去。

"就说咱俩吧，好了那么多年，你说离就离。"她从我的烟盒里掏出一支烟来放到嘴里，我急忙拿起打火机凑过去。我以为她会呛得直咳嗽，但一看她两指夹烟的架势，还有悠闲吞吐的神情，就明白她抽烟不止一天两天了。

"你不是也同意了吗？"

"这样的话亏你说得出口？你都非要离我还能不同意啊？我没那么贱！"她愠怒地说。

"对不起，马莉，那段时间我觉得过下去挺没意思的，当时脑子里只有一个念头，一定要跟你分开。"

"你把我伤惨了，方刚，我差不多用两年的时间来忘记你，忘记一切。"她咬牙切齿地说。我相信她又想起了那段糟糕的日子。

"你可能不知道，我偷偷地跟踪了你两个月，或者更长的时间，我想看看你是不是有别的女人。要是有，我先宰了你，再给自己一刀。"

她目露凶光，盯得我满头大汗。

"我曾经那么爱你，把什么都给了你。我最担心就是怕对你不好，惹你生气，成天担心比我出色的女人跑来勾引你。我处处为你着想，包揽了全部的家务活，我甚至常常设想，如果有一天需要我替你去死我都愿意。"她的眼睛湿润了，声音也变调了，"可是你，总是心安理得，从来就没问过我，我在想什么，我需要什么，你能不能也为我做点什么？哪怕是倒杯水，哪怕是递个垃圾铲。"

我搜肠刮肚想对她说点什么，哪怕是虚情假意的安慰话。

"你越是让着我，我就越觉得淡如白开水。有时我真想大吵一架，可跟你就老是吵不起来。"

"唉，现在想想，多可笑啊。你能想象得到么？我们曾经那么好过，我对你说的那些肉麻话，现在如果叫我再说一遍，我无论如何也说不出口。"

我笑了笑，"你对你的老公不说这些吗？"

她充满敌意地剜了我一眼说："就因为你，我们才分居的。"

"为什么？"

"为什么？就因为在婚礼上我喝得酩酊大醉，就因为我不停地喊着你的小名，就因为新婚之夜我不让他碰……"

我惊得张大了嘴巴，好久才合上。

"和你分开后，我就开始失眠，吃了很多酸枣仁，没用，只好吃起安眠药……"她把烟放在嘴里，又拿开来，吐出一团浓稠的白烟说，"我的脑子不停地放电影，一遍遍的，都是你和我，在学校，在深圳，还有在你老家，吃那些用小扁蟹煮的空心菜汤……我想忘掉它，但怎么也忘不了。我一遍一遍地骂你是个冷血动物，又一遍遍地替你开脱。我想终有一天你会后悔，跑来找我，我可能会装模作样地拒绝你一下，我可能连装模作样都做不到，一下子就原谅了你。"

我欠了欠身，帮她把杯子斟上酒。

"我等了一年，你连个电话也没有，我死心了。我发誓今生今世再也不理你。"

"然后，你就认识你现在的老公？"我问。

"是啊，可我老拿你跟他比较，我只看到他的短处，他的年龄，他的相貌，他的床上功夫，甚至连他对我好一点我都觉得那是无能的表现。我没法不拿你跟他比较，方刚，你是个混蛋，你伤得我太深了。我本来可以去过另一种生活，可是却被你缠住了。"

"是我先伤了他，"她继续说，"我真不该伤他，我真不该再和他结这个婚，我明明不喜欢他，可还是跟他结了。"

我想马莉之所以非要结这个婚不可，是因为她要告诉那个叫方刚的混蛋，她不是没人要。

"我也有我的苦衷，马莉，我也没有忘掉，到现在为止，"我弹掉弯下去的长长的烟灰说，"如果那会儿你给我一个电话，或许我俩就能破镜重圆了。我觉得我对不住你，更重要的是，我离不开你。"

"那你为什么不回来找我？"她用纸巾抹掉眼窝里的泪水问。

"听说你生意越做越好，而我却越混越差，哪还好意思去见你？"说到这儿，我的脸，刷地红了。

"方刚，现在我只想听你一句真话，你以前是真心爱我的吗？"马莉问。

我的心都快提到嗓子眼了，脸上却是风平浪静。

"这对你很重要吗？"

"当然了，我想今后要找到那么纯粹的感情怕是没有了。"她郑重地说。

我点了点头，深沉地说："马莉，我是真心爱你的，你离开我之后，我更确信这一点。"

她的眼睛慢慢地亮起来，我仿佛看到初恋时的她，竟情不自禁地去抓她的手。她缩了回去。我想我太唐突了，差不多有两年没有肌肤之亲，她还来不及适应。

"走吧，"她果断地说，"我送你回家。"

"回家"，按我的理解，这应该是一个暗示。

一路上，我想象着待会儿的情形：我主动邀请她上楼，她假装拒绝了一下就上去，然后，然后，我只觉得心神为之一荡，心跳都乱了。

到了楼下，我深情地说："上去坐坐吧。"

"不了。"

"就喝口水，或者随便聊聊。"我暧昧地给她找借口。

"我还有事，"我的前妻说，"我老公就在前面不远处等我，是他鼓励我来跟你见这一面的。他说得没错，想象和现实完全不一样。他说人会变，别的什么东西也都会变的，不信你去看看。"

我朝她眨了眨眼，觉得挺滑稽的。好在她没有注意我，她在给她那位打电话。

"老公，你就在老地方等我，过十五分钟，不用，十分钟就到，好的好的，我听你的。"

她的声音甜得快要把人腻死。

我悄悄溜下车，她抬头望了我一眼，微笑着，还举起搭在方向盘的那只手朝我挥了挥。

我跑到楼梯的拐角处，站住，趴在窗口往下看。这次见面留给我最后的印象是：她的车子如一条漏网之鱼，快活地游向属于它的大海。

空 心

城市郊区的那些果园、农田，还有荒地，不知从什么时候被东一块西一块地挖掘开来，栽上了钢筋水泥柱子，仿佛是一夜之间便长出了厂房、商厦、高尔夫球场和一片一片的住宅区。两三年前，这里还是一派田园风光，城里人到了节假日都往这里跑，他们戴着鸭舌帽，穿着休闲服，背着牛仔包，绿荫下啊，小溪边啊，又是聊天，又是拍照，又是钓鱼，或者闭上眼睛，听听风吹过的声音，享受享受温煦的阳光。丁光他们的恋爱正是在这地方取得了突破性的进展。那时他的小美可爱极了，对着大片秧苗惊呼："哇！好多韭菜。"暮春的太阳一下山，郊区的温度骤然下降，差不多要比城里低个两三度，丁光脱下夹克衫，披在小美身上，小美飞快地吻了他，在他脸颊上留下鲜红的唇印，这就好比在资格证书上盖了章。也就是在那一大片"韭菜"边，丁光终于体会到了那，终于知道了那，也终于从此迷上了那。他把小美介绍给别人时，不用再模棱两可地说"我朋友"，而是理直气壮地加个字："我女朋友"。这一切都是从郊区开始的。

许多人喜欢郊区是因为他们没有住在郊区。到后来，丁光搬到这里来，小区的房子恰好就建在小美误以为是"韭菜"的那片水田上。

虽然这里已经规划进了市区，但包括丁光在内的人都转变不了观念。单位分给了他的房，他不但体会不到乔迁的喜悦，相反觉得自己像遭到发配。对于他来说，失去了商业中心区那片五光十色的霓虹，就等于生活中没了光泽，一切都变得灰乎乎的。他不止一次地在小美面前流露出不满和无奈，小美不但没有与他一样的感受，还找到了问题的症结，她认为这不过是他对婚姻失望的一种托辞。正如她所说的那样："结婚就是为了使两个人能在一起，如果你真的爱我，你就不会在意我们在哪儿，你就会只守着我哪儿也不去！不会到外边去疯！会时时刻刻守着我！"

丁光躺在那里，咧了一下嘴："两情若是久长时，又岂在朝朝暮暮。"

"是不是？是不是？"小美大声说，"所以你才总是出去总是出去总是出去！"

渐渐的，往城里跑也没能提起丁光的兴趣，一是跑得累，二是城里好像也没能给他想要的东西。他究竟要什么？自己也糊涂了。不知道从哪天起，丁光学会了打麻将。他彻底忘了自己说过的"打麻将最浪费时间"，一次次替自己开脱："在这鬼地方，时间就是要拿来浪费的。"小美对他跟那帮村民搅在一起表现出十分的不屑和愤怒。但她的挖苦、嘲笑不但没能将他留住，相反将他往外推，使他跑出去得更勤。现在郊区的村民真是有钱，靠乡里卖地分红，自己还建房出租。来租房的都是些城里的小白领，这种握手楼的租金总是便宜过公寓吧。小白领们把一个月的工资大半交给了村民，换句话说小白领们是在给村民打工，所以要说做老板，村民们才是真正的翘脚掌柜，两手一抄，钱就来了。村民们好像还没怎么准备好，就成了首先富起来的人。没了农田，用不着下地，时间都泛滥了。该干些什么好？刚开始他们比丁光还头疼，渐渐的，才找到了自己新的生活方式，打牌喝酒，或者睡睡懒觉。他们的孩子也很快找到了自己的生活方式，个个游手好闲，东逛西荡，摩托车上装有音响，刺耳的流行乐响彻大街小巷。城里人轻蔑地叫他们"二世祖"。直到现在，大家依然弄不明白，这座城市的兴起与繁荣除了给这些农民们带来了钱还带来了什么？

总而言之，丁光现在的日子是白天疲疲沓沓地上班，晚上生龙活虎地打牌。依他的性格，应该是瞧不起那些毫无文化、光脚搭在奔驰车挡风玻璃上的村民，可不知怎么搞的，他和他们却相处得十分融洽，甚至有点如鱼得水的意思。最开始丁光还有些内疚，那是对小美的，也是对自己的，渐渐地也就心安理得了。现在终于轮到他的小美憎恨这个"郊区"了，看着老公成天不着家，她很是怀念恋爱时住集体宿舍的那些日子，那时他俩窝在8平方米的小屋内，一转身便能看见彼此，甚至碰触到彼此，多么温馨啊。现在有了房子，房子还不小，照说应该过得更加红火，却成天见不到人。一个人睡不着时，小美就总是在想，假如现在让丁光回城去，他还会不会？

"你总是出去总是出去总是出去！"丁光的小美生起气来也就只会说这句话。

"我不出去我待在家里干什么？"丁光说。

"你总是晚上出去你干什么？"小美说。

丁光没话了。

"我要是也总是出去呢？"小美说。

丁光还是没话，过了好一会儿才说："你看看哪个女人会整天不在家？"

"我让你看看会不会！"小美说。

除了丁光爱打打麻将、与小美闹闹别扭之外，我们还有必要说说那间小发廊，因为丁光除了去打麻将之外，去得较多的地方就是这家小发廊，剪剪头发啊，或者是去那里把头发洗洗。那小发廊，也就那么两间小房吧，在小区游泳池的侧旁。卖过一阵子游泳衣、游泳裤和救生圈什么的，后来就一直空着。半年前，有个潮州人把它租到手，还把它给简单地收拾了一下，人们不知道这个潮州人租那房子要做什么。等到那些电锯声、电钻声、锤打声消停下来，他们才发觉原来是要开发廊，发廊还起了个特别的名字叫"从头来"。每到晚上，特别是冬夜，游泳池停业，打着"从头来"三个大红字的灯箱大老远就能让人望得见。发廊嘛，也就是为顾客吹吹剪剪洗洗，这么小的发廊，还能做什么呢？所以生意也就很清淡，那个梳马尾辫的年轻理发师带着两个洗头妹在里边，有时会忙忙碌碌一阵子，但更多的时候是没什么事，三个人就在一起嘻嘻哈哈地打打扑克，还互相往脸上贴纸条。那个潮州人呢，只是偶尔过来看看，嘴边叼支烟，晃着，东看看，西看看，然后一转身，又不见了。

大概两个月前，可能因为生意不怎么好，潮州人把里边那间屋腾出来转租给一个年轻的小姐，于是住宅区的居民散步时可以看到发廊的玻璃墙新贴上的"漂染红唇"的广告，下面是"美容护肤""按摩"等蓝色字样。那个年轻的按摩小姐呢，也紧跟着出场了，登台了，她姓黄，长得其实也不算漂亮，但就是会打扮，喜欢穿紧身衣，牛仔裤，头发梳得高高的，盘了个海螺形的发髻，还留下一绺像似不经意地滑落下来。她会忽而躲在广告后面，露出一截称得上曼妙的腰身，忽而斜倚在门框上朝里看电视，这样的风姿，这样的举止，怎么能不让某种渴望而又不安的东西涌上一些人的心头？这就让更多的人对她所做的生意感兴趣、对她的那间小屋感兴趣了。

"里面什么也没有，除了两张按摩床。"

这话传得却比什么都快。

"上了按摩床就什么都有了！"

这话传得就更快了。

城市有城市的好，但总归是太热闹，郊区呢，也有郊区的好，那热闹是处在一大片安静中的热闹，一大片的安静中，忽然有个热闹的所在，那热闹才更吸引人。所以，到了夜间，人们总是往小发廊那边跑。此刻的丁光，正从一大片的黑黑暗暗中走向"从头来"发廊，这地方他已经是熟悉了，那声音，那气味，那镜子，那灯光，那满墙贴着的美人照，那剪头发的咔咔声，还有那吹头发的嗡嗡声，包括那个梳马尾辫的年轻理发师和那两个洗头小姐嘻嘻哈哈的说话声，丁光是太熟悉了。丁光喜欢这种气氛，轻松，散漫，而且带有一点点界限模糊的暧昧。他简直是有些上瘾了。

见丁光一下子从黑暗中走到一片明亮的光线里，那个年轻的梳马尾辫的理发师笑眯眯地朝他点了点头，"马尾辫"现在没事做，正在看一张烂报纸，人们一般晚上都不理发，晚上来这里的客人主要是洗头。年轻的理发师是个爱说爱笑的人，做活儿特别的细心，又特别的爱琢磨事，最近他已经在向那个按摩小姐学习按摩了，这地方，那地方，这么按，那么按，但他总是笑，有时候，他会在自己身上按，东按一下，西按一下，然后忍不住笑起来，最终他明白来这里按摩的人其实并不关心自己被怎么按摩，他们关心什么他们自己知道。丁光和梳马尾辫的年轻理发师还有那两个洗头小姐已经很熟了，是那种互不了解的熟。

都晚上十点了，别的行当早已关门，可对于发廊来说，生意仿佛才刚刚开始。一个洗头妹已经走了过来，把一条毛巾搭在丁光的脖子上，小心翼翼地把布边塞进衣领里。

"先生用哪种洗发水？"声音是细的，声音一细便容易尖，尖到一定程度就有些刺耳。丁光这才注意到声音很陌生，他从镜子里打量着那张圆圆的脸。没错，这小姐是新来的，才两天，岁数呢，顶多也不过十六七，皮肤黝黑，土气还未褪尽，耳朵上穿了一串银色的耳环，类似于连环画里的九环大刀。这真是个奇怪的东西，城里人千方百计地想要接近自然，而这个最贴近自然的女孩却想把它甩得干干净净。丁光随便指了一种最近广告做得很多的洗发水，然后，坐下来，然后，低下头来，然后，他听到了水响。很快，他感到堆积在头上的液体慢慢渗进头皮，凉丝丝、麻酥酥的。他疲惫极了，身体沉甸甸地往下滑，滑到一定程度，又一挺一挺，再把身子直起来，将那两条腿架在了一把条凳上。

丁光刚刚在家里跟小美吵了架，每吵完一次，他就偏要从家里出来，好像是不这么做就对不起小美，对不起所有人。

"你总是出去总是出去总是出去！"小美在他身后大声喊，但声音还是被他把门猛地一甩挡了回去。吵架是一件吃力不讨好的事，吵来吵去，两个人累得跟风箱似的嘶嘶喘气，到头来问题还是问题。网上说，洗头是放松身心的好方法。输钱、受气，或者是不被领导重用，反正现在一有不高兴的事，丁光就喜欢往这里跑，只要一到这里，只要一躺下来，只要一闭上眼，只要一挺直身子，只要感觉那双手，感觉那种感觉，好像一切郁闷一切愤恨和一切委屈就都消除了。

这洗头妹显然是个生手，把丁光的脑瓜当面团搓，毫无章法，转眼间洗发水发酵似的蓬松起来，她将两只手插进去都看不见了。有两朵雪白的泡沫掉下来，刚好盖住了丁光的耳朵，让他不由想到北方人戴的护耳。丁光把头猛地甩一下，又甩一下，这便是抗议。那洗头妹方寸大乱，急忙捧住他的脸，从鬓角两边往上推，镜子里的男人头发像冰激凌一样尖尖地垒起，有一大堆泡沫飘然落下。她没能及时捧住，待她再去接时，它已雪花般地飞扬。丁光的眼睛跟着满屋子的肥皂泡转来转去，突然在一个硕大无朋的肥皂泡里看见了小美缩小、变形的身影。开头他以为是幻觉，因为小美从来舍不得上发廊。丁光侧了一下脸，瞟了一眼镜子，真是小美。

丁光听到了，听到黄小姐的声音："请进请进请进，美容吗？"

"有没有按摩的？"

是丁光熟得不能再熟的声音。

"有。"黄小姐说。

丁光从镜子里看见小美朝他这边瞥了一眼。

小美说："有没有异性按摩？"

黄小姐的笑声有点尴尬："没有，就我和林小姐。"

"凭什么对男人就提供异性按摩，对女人就没有？"

理发师到目前为止还无所事事，他把手里的烂报纸放下："不是没有，就怕不够专业。"还没说完自己就先笑了起来。

小美把"马尾辫"上上下下打量了一番，说："你这小姐的头发长得可真好。"

大家都笑起来，只有丁光阴沉着脸。

年轻理发师把马尾辫解开一抖，用力一甩："比你保养得好吧？"

小美装作没听见，眼睛往里间瞅，最终目光还是回到理发师身上。

"那就你了，"她对"马尾辫"说，又对黄小姐挑衅地说，"我不信你的手段比他高明多少。"

黄小姐想笑，却没笑出来，她不知出了什么事，好像是有事了。

丁光的脑子里"轰"的一声，似一片炽白，有一团火从那炽白里烧了出来，一下子就烧到脸颊和耳根上。他眼睁睁地看着小美跟着"马尾辫"走进了里屋。黄小姐这才开始笑起来，声音很低，可又无法让它继续低下去，就只好跑出去笑："嗦嗦嗦嗦、嗦嗦嗦嗦"，这笑声简直就是一股洪流，朝着丁光席卷而来。要是别的女人这么干，他或许会笑得比谁都响亮，可现在轮到自己头上，却只想哭。他僵在那里好一会儿，又一下子直愣愣地站起来，顶着满头的泡沫，把洗头妹吓了一跳，她以为是指甲抠破了他的头皮，或是泡沫弄到了他的眼睛或者T恤。丁光站了一下，又猛地坐下。好像是为了戏弄他，里间的屋门这才徐徐地关上，在快接触门框时却意外地加速，"砰"的一声，丁光如被流弹击中，躺了下去，眼睛盯着天花板。突然，他又把头扭过去看着黄小姐，她已经笑完了，从外边又进到发廊里来，可能是看到了丁光，或者那扇关上的门，她忽然又笑了起来，但生怕被他发现，只好把脸别过去。

丁光把身子支起来，头发还没擦干，水嗒嗒地滴在人造革躺椅上。他身后的洗头妹递过来两根棉签和一片纸巾。丁光掉过脸朝外边看看，外边是郊区的那种黑，黑之中有灯光一闪一闪，有车过来了，这车去什么地方呢，谁也说不出来，又有灯光一闪一闪地过来了，又是车，好半天，丁光才明白那边是路，那条路从东到西，一直往东就到城里了，要是往西，又是一个村庄，既然是路，能没车吗？他妈的！丁光把眼睛闭了一下，马上脑子里都是小美的肌肤，小美的肌肤像琴键一样在下沉，在反弹，在下沉，在反弹，现在弹奏这皮肤的是"马尾辫"的那双手，这原本应该是自己来演奏的，现在却被别人行使了权利。他睁开眼，怔怔地看着镜子里的自己。

"丁先生，"黄小姐说话了，"今天您不再按一按吗？"

丁光咧了一下嘴，忽地从椅子上跳起来。

就这样，丁光和他的小美平行躺在各自的按摩床上。丁光闭上眼睛，小美也闭着眼睛，他们谁也不搭理谁，丁光知道躺在旁边的小美的哼哼唧唧是做给他看的，丁光现在，心里满满的都是说不出来的滋味。时间仿佛跟丁光过不去，慢慢悠悠的，从来都没有这么慢过，但好在还是有过去的时候。小美先从那边爬了起来，然后是丁光。丁光抢先穿好了衣服，穿好了鞋子，抢先从里间出去，抢先去付了两份按摩费，然后从发廊里一步抢了出去。小美也出来了，紧跟在他的后边，才走出几步，跟在他后边的小美突然"哎呀"了一声："我的发夹还在那个鬼地方。"两个人又都同时站住，都回过头去，看着发廊门口那片明亮的光线。

"别要了？"丁光说。

"别要就别要。"小美说。

"回吧。"丁光说。

小美却突然抽泣起来，像是从来都没有这么委屈过，从来都没这么伤心过，从来都没有这么想哭过。

　　丁光咧了一下嘴，清清嗓子，却没有任何话说出来，他把手轻轻
地搭在了小美的背上，很轻。

之　间

　　老谷坐在我对面，茶几上的水果刀在他掌上如鱼儿般不停跳跃。

　　夜深了，外面起风，呼呼地嘶叫，从阳台、门窗的缝隙不断地涌入逼人的寒气。我听不清老谷在说什么，他的声音像被一股空气猛力地鼓动挤压着，却又无法从细细的喉管里畅然而出，那瘆人的沙沙声让人轻易地想起脖子冒着血沫、没断气的鸭子。我点了下指头，他立刻明白我的意思，从公文包里掏出个皱巴巴的本子，边喘着气边抖着手写道："那个贱货真的是贱货！"

　　我的心脏很响地跳了一下，悬在那儿，手也跟着停在半空中，任那弯冒着白烟的开水飞落进紫砂壶里，化成茶汤后再不断地溢出。一股醇厚且带着暖意的茶香顷刻弥漫整个房间。

　　老谷抬起头，目光狠狠地撞击着我的脸，一丝似有若无的笑从他的嘴边掠过。没有任何举动比这个更让我受不了。一时间，我的脑子里挤满了好多声音，老谷的，张雪的，孙兰香的、我女儿的……乱糟糟，吵得我都想缴械，好在一阵脚步声将我从迷乱中解救出来。孙兰香揉着惺忪的睡眼倚在门边，沉静地说："老谷，我是这么想的，张雪能做到这样已经很不容易了。"

老谷收住笔抬起头，眼里闪着那种横横的、很不服气的光芒，我们看见本子上写着"哪样"两个字，后面还带出一长串问号。

孙兰香望了望我，她大概是觉得这种话从一个男人的嘴里说出来更有说服力。

我没有退路，只能从老谷那里杀出条血路。

"你得了这么重的病，张雪没有放弃，砸锅卖铁硬是把你的命捞回来，你说她对你好不好？"我把嗓音压得很低，听上去诚挚感人。老谷用手背抹了下聚敛在眉锋上的汗水，不大情愿地点了点头。

就像受了莫大的鼓舞，我浑身血脉如被疏浚的河道畅快地流动起来。

"你病了这么久，又丢掉了工作，她说过你没有？"我乘胜追击，不能给对方留下喘息的机会。老谷不吭声，也不摇头，显然是默认了。一想到张雪所受的委屈，我的声音就不可遏制地高起来，"倒是你，成天没完没了地抱怨，猜疑，折腾。"

在我熠熠发亮的目光里，老谷一截截地萎缩下去。我扭过脸，换了种缓慢的语调说："老谷啊，你有没有替她想过，她是个人，她有需要，不仅需要别人的尊重、关爱、鼓励、承认、感激，还需要你作为丈夫却给不了她的那些，知道吗？"

老谷浑身一颤，眼睛失了神，刀子当的落地。很显然，他被一种如此浅显、甚至不能算做理由的理由冷不丁地击了一下。

我拍了拍他的手背推心置腹地说："做人嘛，要将心比心。况且也只是怀疑，从来就没见你拿出证据来。"

不同于以往的是，这回他狠狠地点了下头，颤巍巍地去翻那个成天与他形影不离的公文包。

我和老谷相识多年，他原是做纺织品贸易的。那时候深圳国际贸易火得一塌糊涂，他到我单位来办事，次数多了，大家便成了朋友。他结婚后，我们有好长一段时间没有联络。后来张雪给我们打电话，才知道老谷得了场大病。我还没来得及替他难过，脑子里就跳出这样的想法，张雪今后的日子可怎么过呀？果真不久，他俩的关系就恶化了。老谷很羡慕我们，老当着孙兰香的面竖起两个大拇指，夸我们最登对。张雪也喜欢往我家跑，找孙兰香诉诉苦，当然，临走时也忘不了夸一夸她，什么身材更好看了，样子挺滋润的。

　　跟张雪比，孙兰香的身材显得过于娇小。她剪着一头让人心清气爽的短发，眉目常描得乌黑皓亮，大嘴巴，爱笑，嗓门也大，只要你听她说上几句，就能明白她是那种大大咧咧的性格。我们是经朋友介绍认识的，算不上一见钟情，只是觉得彼此单位都比较稳定，年龄也不小了。孙兰香是小学老师，每年有寒暑假，很适合往后照顾家庭教育子女。我是公务员，朝九晚六，只要你不急于往上爬，也就不会有太多的压力。当然，我们有个共同爱好，文学。一个爱写诗，一个爱看书，从初次见面我们就谈到了一块。孙兰香看书极快，这可能跟她的急性子有关，我却慢慢悠悠，目光如蜗牛一般在字里行间爬行。每晚睡觉前，她总忍不住要告诉我新书的内容，并大声嘲笑里面的情节如何弱智。我不太想听，但要堵住她的嘴并不容易，除非干点她喜欢的事儿。就我的观察，她对我是满意的，对我们的婚姻也是满意的。她一直认为我深爱着她，就像当初向她求婚时所保证的那样。每次只要在别人面前谈起我，她总是一口一个"我家赵年"，幸福得跟灌了蜜似的。有一次她发现我没有像她那样，在钱包里放一张三口之家的相片，大失所望，好在那股火气来得快去得也快。事后她主动帮我裁了一张放进去。又有一次，我把她的生日忘了，看着她的泪水快要从眼眶里漫出来，急中生智，从阳台上折了一朵月季花递到她手上，撒了个颇难为情的谎，"知道不，当初我将这盆花买回来，勤浇水多施肥，就是为了它能在你生日这一天绽放！"不管孙兰香信不信，反正她破涕为笑，而我却惊出一身冷汗。

　　不知道老谷知不知道，我曾经多么羡慕他。那时候他挣了点钱，春风得意，谈笑风生，俊朗的外表常让人想起港台那些当红"小生"。有一天他忽然告诉我自己恋爱了。三十好几的人，亲戚朋友曾给他介绍过不少女孩，多数时候是他看不上别人。他急不可待地邀上我，装作路过，到医院看看他对上眼的那位白衣天使。他说她身上有股喷涌而出的青春气息让人迷醉。果然，张雪模样俊俏，眼睛出奇的大，水汪汪的清澈透亮，皮肤又白又嫩，闪着迷人的光泽。她斜倚在三楼回廊的栏杆上，嘴巴微微往上噘，好像对我说了声你好，或者别的什么，腮边泛起了粉嘟嘟的桃花红。我的心头隐隐掠过一丝说不出的难受，只想转身走掉。回到家看见蓬头垢面、正在给孩子喂奶的孙兰香，才明白自己到底受了什么刺激。

如果我没记错，老谷和张雪是在纺织品贸易跌入低谷时结的婚。他们摆了酒，我没去，推说有事，其实是打不起精神来。我成天围着女儿、奶瓶、尿布转，孙兰香的脾气变得越来越古怪，经常陷入一些莫名其妙的沮丧情绪之中不能自拔。我父母好不容易从老家找来的保姆，却被她一个个赶跑。她对床事变得冷淡起来，偶尔为之也是十分勉强。没有比这个更让一个男人绝望的了，我仿佛看见自己在无边无际的海上疲惫不堪地划水，却不知道何时才能靠岸。

记不得谁说过，婚姻就是一纸合同，久而久之，大家已经忘了去享受权利，只是出于惯性地去履行义务。那些温情脉脉的笑脸，那些嘘寒问暖，在很大程度上是对惨淡人生的一种掩饰，自欺欺人。欲望是个暴徒，你不得不把它们镇压下去或者关到一个你认为安全的地方。我有时赌气，好长时间不去碰她，我想看看她是否需要我，她有没有一个正常女人的那种欲望，最后结论自然是不尽如人意。我后来真的不去碰她，因为我没有那么贱。

差不多是两年或者更长的时间，我不敢邀请老谷到我家来。偶尔通个电话，他不再向我诉说"搵食"艰难，而是大谈他和张雪的快乐时光，他们迷上了登山探险，还有摄影，到过一个又一个的地方。

老谷没有任何信仰，可在他三十五岁时却信仰起婚姻来，而我刚好相反，恨不得从里面挣脱出来。

那时，一觉醒来，我最急于做的事就是摆脱孙兰香的唠叨与奚落。我发现当家变成战场之后，单位便成了最好的避难所。在办公室里，我和一位面容姣美、身材丰满的女同事好上了。她比我大两岁，老大嫁作商人妇，老公长年居澳洲。我常去她家，穿着她老公的睡衣，跟她一起待到深夜。月光柔和、明澈地从落地玻璃照进来，我躲在暗影里抚摸着她，情绪消沉而又忧伤，那短暂的欢愉只能让我一时忘记生活的困境以及所带来的不安，根本就无法愈合心灵上的伤口。有时一个恍惚，我就会看见家里的情形：厅里灯光明亮，厨房烟遮雾罩，一个娇小玲珑的女人两头奔走，时而哄着又哭又闹的孩子，时而对着一桌饭菜发呆……

我和女同事断断续续地保持了两年的关系。我们各取所需，谈不上有多火热。男女之事就如一道菜，多吃几次就没什么味道了。还有，我总担心哪天东窗事发，会招来更多更大的麻烦。老谷的不幸正好成为我结束这段关系的理由，当然也让我在无意间萌发了与孙兰香离婚的念头。

老谷得的是鼻咽癌，开了刀，还做过放疗，虽然保住了生命，但那副惨状让我觉得苟且偷生有时比结束一条性命更加残忍。生命何等脆弱、渺小的顿悟和惊惧让我突然回心转意，我不该放纵自己，除了健康，我不该对别的要求更多。我渴望回到妻儿的身边，去当个称职的丈夫和父亲。我想断，那个女同事却不肯，她威胁我说如果不给个说法，她会把整件事捅出去来个玉石俱焚。我感到愤怒，但更多的是悲哀，我怎么会看上这种女人？

这件事一直压得我喘不过气来，直到有一天张雪替我解围。

那天我去老谷家看望他，他瘦得像个骷髅，坐在床头一笔一画地在纸上写着什么。张雪告诉我，单位一直没给老谷买医保，生病后的好多医药费又不给报销。老谷告到劳动局去，没有结果。我劝老谷以身体为重，别的暂且搁在一边。他不停地嘟囔着，怨气很大。趁送我下楼的机会，张雪对我大吐苦水，这两年的起落太大，老谷像变了个人，怪僻，暴躁，记忆力明显衰退。只要没事他就往单位跑，去要钱，还抱着被子赖在领导家不走。领导只好报警。老谷又抱着被子到办公室睡，有好几次被保安抬出去。单位开了个会，宣布把老谷开除了。老谷很窝火，病情又加重了，只好回到张雪所在的医院去继续治疗。在那里，有个男医生对他格外照顾，他就怀疑人家跟自己妻子有什么，对他"说"了些过激的话。张雪知道后除了愤慨，又能对他做什么呢？可她越是忍气吞声，老谷就越认为她做贼心虚，只要有点气力，便故意弄得砰砰乱响，像谁招他惹他。她要是敢说他一下，他就索性抄起东西往地上砸……有时候她走得太热，回家马上冲个凉，他偏要"说"她在消灭罪证。他经常像条猎犬一样在她身上嗅来嗅去。明知他嗅不出什么，她还是怒气难平，他有什么权利这么做？

"你不知道，跟这样的人生活在一起有多累，不是身体累，是心累。"

我安慰她，"家家有本难念的经。"她忽然想起了什么，惋惜地说："多好的日子啊，你们怎么不珍惜，兰香都给我打过好几次电话了。"见我不吱声，她又说："想想当初，在那么多人中你相中了她，她也相中了你，不是没有理由的，我觉得你是爱她的，她也是爱你的。"

"爱不爱现在早就记不得了。"我满面羞惭地说。我甚至连第一次和孙兰香在哪个地方见面都忘了。

"你不会是外边有人吧？"张雪冷不丁地问。

我觉得没什么好隐瞒的，就将与女同事的纠葛全盘托出。她没有显出过分惊讶，只是对我的信任感到有些不解。她给我出了个主意，没想到真的管用。第二天我把那个女同事约出来，认真地对她说："最近我和老婆在闹离婚，离了马上就娶你。"她怔怔地看了我半天，嘴里的咖啡好不容易咕噜地咽下去，红着脸说："对不起，我很快就要辞职出国了。"

为了感谢张雪，我在她医院附近的一个西餐厅请她吃午餐。她点了海鲜杂烩饭，外加一杯冻咖啡，我点了黑椒牛扒套餐。我们这两个被家庭这个怪兽折磨得死去活来的人，同病相怜地坐在一起，幻想着用友情来熨平皱巴巴的心灵，搏动死水般的生活。我掏出烟，她也要了一根。我们边吃边聊，像两只笔胆一滴一滴地往外挤出苦涩的墨汁。

从张雪那里我了解到，老谷最近的病情已趋于稳定，如果幸运的话，他可以多活几年，甚至十几年。现在他要做的事就是遵医嘱，每天服药，定期检查，不干重活，保持心情愉快。虽然，他总盼望着妻子的手去抚摸他的血肉之躯，可事实上他在床上已经无所作为了。

张雪要去上班，我还意犹未尽，就邀她晚上一起去喝酒。她想也没想就答应。下班前我给孙兰香打了个电话，说单位有活动，辛苦你了。也许在她的印象中，我好久没这么礼貌过，虽感突兀，但更多的是委屈，她的声音变得堵堵的，叫我放心去玩，注意安全。

那天我把张雪带到"海上世界"的那艘游轮上，时已深秋，一轮浑圆、橘黄的月亮很大地挂在湛蓝的天空，风里夹着神清气爽的凉意。我靠在船舷边，望着远处渔火点点的浅海，想着自己似乎好久没有这么静静地坐下来喝杯酒了。张雪也将诸多烦恼抛之脑后，放松起来。她脸带微笑，像遇上什么好事那样心情舒畅。她说话的眼神、喝酒的嘴型、夹烟的姿势甚至用手指梳理头发的动作，在我眼里都含有了新的神韵。有一刹那，我的思绪云朵般地飘回到初次见她的那个下午：她站在医院回廊，一身洁白，长发挽起露着颀长的脖颈，精致的耳朵被光线照得鲜红剔透，耳钉闪闪发亮。

那个夜晚我肯定喝高了，这后来成为我替自己开脱的理由。我把张雪带到附近一家旅馆去，她的脸蛋红红的没有拒绝。我慌里慌张地把她带进房间，又带上床去，一切像在做梦。在昏暗中，张雪赤身裸体，像月光一样白得令人晕眩，她不敢直视我，嘴角似乎挂着一丝嘲弄的微笑。我不知道她在嘲弄我，还是嘲弄命运。为了阻止这种荒唐的行为，我对她说："张雪，如果你现在后悔还来得及。"她坐起来把我抱住。

"来吧，赵年，我不后悔。"她的声音坚定得令人吃惊。

我一直想跟孙兰香说："咱们还是离了吧？"

只要听到"还是"两字，你就会明白我是个有良心、负责任的男人。我是多么佩服孙兰香的眼光，而又多么鄙视自己，茫茫人海，竟找了一个想跟她离婚的妻子。每次我准备开口，孙兰香那受伤的样子就会浮现在我的眼前，她乱发披垂，声音歇斯底里，"为了这个家，为了孩子，为了双方父母，难道我付出还不够吗？我到底做错了什么？"

在这些方面，我的确说不出她半句不好来。

当然，更让我放心不下的是我女儿，她才六岁，就要经受家庭的分裂与重构，不久之后有个与她毫无血缘关系、完全陌生的男人代替了我，变成了她的爸爸，带着她去上学、弹钢琴或者吃"肯德基"，那是个多么滑稽可笑的场面。而我，她的亲生父亲，只能躲在某个角落偷偷地打量着她，与她保持距离，偶尔短暂的相聚也像是得了别人的施舍，说不上几句话，她又会被她的母亲领走。我知道孙兰香不会在女儿面前说我的坏话，但我不能保证她的父母，还有其他亲友不会把他们的看法强加给孩子，把一个坏爸爸的形象塞进她稚嫩的脑子里。

孙兰香对我的想法毫不知情，除了教书育人，她几乎把所有的精力都放在孩子身上。她把我对她的冷淡归咎于身材的变化。她迷上了瑜伽，天天放着光盘苦练，还时不时发出令人毛骨悚然的大笑。我要她小声点，以免让住在同一栋楼的同事产生误解。她说这是"开口大笑"练习，它可以让人抛开烦恼，达到身心平衡。有时候她会让我摸摸她的屁股，是不是结实了，腰肢是不是变细了。她已经很瘦了。我发现几乎所有的女人都在嫌自己太胖，都有意无意地把"太胖"变成自己魅力日减的一种借口。

　　我和张雪好上了，但我不得不去面对老谷，就像她不得不去面对孙兰香一样。失去工作后，老谷跟单位打起官司，最终获得了一点赔偿。这次小小的胜利并没能让快乐持续多久，他郁闷地发现自己又少了个去处，熟人的圈子变得更窄了。为了对抗那些怜悯的目光，他成天装模作样地夹着个公文包，做出一副来去匆匆的样子。他来单位找我，同坐一部电梯的熟人没有一个能马上认出他来，更别说去跟他那鸡爪似的手握一下，他像受了多大的打击，双手抱住脑袋愠怒地踟蹰在走廊上，从喉咙里不断地发出含混不清的声音，把别人吓得远远躲开。

　　在与老谷的"言谈"中，我知道他对张雪一直放心不下，他一口咬定她外边有人。我劝他看开点。可是他做不到，他还弄不明白自己与过去是两回事。他仍然要求夫妻必须忠于彼此，即便是不忠于自己的身体。只要吃得消，他就会去跟踪张雪，于是医院的楼梯口、大街的拐角处、住宅区的大门口……到处晃动着那个鬼鬼祟祟、弱不禁风的身影。

　　老谷终于还是抓住了张雪的把柄，看着他从公文包里抖抖索索地拎出一团脏乎乎的东西，我内心有种透不过气的奇怪的平静，就像台风将至的那一瞬间。它被他轻轻地抖开，是一只暗绿条纹的男士羊毛袜。

　　我几乎停止了呼吸！

　　"袜子能证明什么？"孙兰香急汹汹地问他，口气就像被人栽赃一样。我定了定神，顺着她的话说："就算张雪外边有人，你又能怎样？"老谷一脸茫然地"说"："我也不知道。"

　　老谷走后，我一直无法入眠，待听到孙兰香发出微微鼾声后偷偷起床，跑去打开洗衣机。堆积了几天的衣服已经洗过了。我又跑到阳台去，把所有的袜子收回来，躲在洗漱间仔细辨认，奇怪，那只穿错的袜子呢？

春节快到了，我带着妻儿回老家与父母团聚，一路上提心吊胆，怕孙兰香跟我算账。不过还好，她心情平静有说有笑，一切就像什么也没有发生过。

除夕之夜，我们一家三口站在长风浩荡的河堤上放烟花。噗噗噗，一道道银光朝高处抛出优美的弧线，轰然炸开，夺目的彩光瞬间照亮了夜空。女儿兴奋得小脸通红，孙兰香比孩子还要激动，抓着我的手又跳又叫的。我紧紧地搂着她，感觉就像捡回一条命，重新投入亲人的怀抱。

回到深圳，我试图跟张雪联系，她的手机一直处于关机状态。从老谷那里，我才知道她已经离开这座城市，有种要命的伤感从心底直冲眼窝，泪水险些掉下来。

"你为什么要将那只袜子拿给她？现在好了，一切都没了。"我躲过那张瘦削惨白的脸，还有那双灰淡淡的什么也没有的眼睛，咬着牙责问他。他俯下身去，沙沙沙，笔记本上歪歪斜斜地浮出一行字："我没有，是她自己收到了跟别人换错的那一只。"

人鱼线

"给你打多少电话了，老是关机，你死到哪儿去了？"

徐丽一手拿手机一手叉腰，碧绿的镯子溜到卵石般光滑的左腕上，眼睛一刻也不敢离开猫猫，那个屁大的孩子。他穿着红肚兜，光着胖屁股，站在入门拐角处认认真真地吃手。

"不都告诉你了吗？去了趟韩国。"陆小意说，"没啥玩头，就跟走在深圳街头差不多，东西也难吃，什么烤肉呀，鱼生呀，泡菜呀……在济州岛吃的八爪鱼，现在还觉得在胃里一蹦一跳的。你不知道我多想回来，弄得韩明都有情绪了。"

"买到啥没？"徐丽的左脚从拖鞋里退出来，用脚趾搔了搔另一只脚的脚背。

"韩明想给我买点金啊银啊，我不要。你说犯得着在那买吗？要上当了还不知道往哪儿投诉呢。后来在街边凑合买了两条裙子，料子不怎么好，当纪念吧。"

徐丽能想象出小意脸上那有所隐瞒的快活神色，几句羡慕的话到了嘴边又硬生生地咽下去。有些闺蜜的关系颇令人捉摸不透，有时很像恋人，一天要通好几次电话，几天不见就想得不行，还会为对方争风吃醋；有时又像对手，爱找对方的软肋单刀直入。她们既希望对方活得好，又不能比自己好。她们都意识到对方在观察自己的生活，并有种试图涉足这种生活的欲望，有时候她们的情感由于某种原因的驱使会到达某个模糊的临界点，却又因为畏惧什么而自我降温，只怀着一种平庸、不安有时甚至是隐隐刺痛的情感观望着。

徐丽本该夸夸小意，可眼下心烦意乱，一肚子的火气正无处发泄，巴不得打击一下谁才舒坦。

"男人的钱你甭给他省着，你不花迟早他会花到别人身上。小意呀，不是我挑拨你们，我和孙大伟也有好到恨不得在头发上打个结的时候，还不是说变就变，稀里哗啦的，像房子倒塌那样，护也护不住，什么情呀爱呀，统统见鬼去。"

手机那头一片死寂，这冷水浇进了小意的心底。一种狡狯的、得意的笑弄弯了徐丽的嘴唇。

"怎么不说话啦？小意，在吗？"她将手机夹在耳朵和肩膀之间，转了转无名指上的金指环问。

"听你说啊，继续说啊。"

小意的态度还是让徐丽有些吃惊，那是一种憋得紧紧的闷气突然喷发出来的口气。

"良药苦口，你甭听不进去，我是为你好，我当然希望你们恩爱一辈子，可对于男人，你别抱太多幻想，真的，我就是因为太傻了，才落至今日这般田地……"

徐丽竭力使自己的声调听上去恳切感人。说着说着，只觉得眼睛痒痒的，就挺直腰杆，斜起目光去看那些雕有花纹的吊顶和沉甸甸的水晶灯。

"你啥意思嘛，我这才度蜜月回来，你就跟我说这些……"小意停住了，她真想为这事大吵一架。她不是不明白其中的道理，就像明白是人都有个三灾六祸那样，但还是宁愿活在对未来有着无限而模糊的期待当中，而不想成天听着别人唱挽歌，将内心的悲痛和感伤传达给她。

徐丽的脸红了一下，觉得过分了，让她更加担心的是，这种冒失的举动会再次破坏她俩的关系。她竭力装作没有觉察到，用疲倦的嗓音说："那好吧，就当我啥也没说，小意，祝你们白头偕老。"

"徐丽，两个人过日子，吵吵闹闹也是难免的，你别太较真。"小意的口气也变温和了。

"实在不想拖下去。"此话一出口，徐丽的脑海里又浮起小意的那张小尖脸，还有嘴角那一抹带着隐讳的矜持和微微兴奋的表情。

"有这么严重？这种事不能急，你得考虑周全了再说。"小意拉着长腔、敷衍的态度惹怒了徐丽，她抢过话茬儿冷酷地说："该想的都想了。"心里却说："啾！不能急？要换成你和韩明，不急死才怪呢。"这时就有个身影从她的眼前疾速闪过，高高瘦瘦的男人，头发随时像淋湿了那样趴在前额，一副黑框眼镜沉重地压在本来就不高的鼻梁上……

"大伟呢？"小意问。徐丽没有反应过来，"大伟什么？"小意说："他的意思？"

"我管他什么意思！"徐丽说着看了猫猫一眼，他绊到什么东西那样晃了晃，用小手撑住墙上的木色裙板，再小心翼翼地挪动一条腿——他还不懂得膝部打弯，看上去像将整条腿搬过去一样。站稳了，才敢四处张望。她以为他在找她，可事实上他的目光越过了她，落在墙上那幅嵌着金色镜框的婚纱照上。

照片里，徐丽端坐在一把枣红的欧式椅子上，爆炸式的头发，雪白的婚纱把她的上身勒成了粽子样，下身却有瀑布飞流直下奔泻千里的气势。新郎官孙大伟穿着黑色燕尾服，双翼领红领结，十分庄重地站在她的后面，俯下身来。也许是她那喷了发胶的发丝太扎人，当她幸福而甜蜜地展开笑容时，他却显得心不在焉，像要伺机逃跑一样。

"那会儿我还年轻。"徐丽喜欢指着婚纱照，用过来人的口气做开场白。短短几年，她的心态老了不少，从前热衷的事儿，譬如逛商场、泡酒吧、看电影、做美容……如今都觉得没劲透了。至于工作呀、家务呀、孩子呀……更让她不胜其烦。她老觉得被什么东西压迫着，透不过气来。

"你们要真离了，猫猫咋办？"为平息徐丽的怒火，小意假惺惺地追问。

"我也不知道。"徐丽快快作答。

"猫猫长得好快啊。"小意趁机转移话题。常言道：清官难断家务事。她才不想搅进去呢。

"还行。"徐丽的目光再次落在孩子身上，他嘴里嘟哝着什么，涎水像蛛丝一样挂在嘴角，"就是不会说话，牙齿也没几颗，医生说缺钙，要弄点头发去化验，我觉得不对呀，你看他走起路来多硬朗啊。昨天，就昨天下午，他吱溜一下爬到凳子上，又吱溜一下爬上餐桌，把我吓坏了……他奶奶倒是说不用急，孙大伟也是两岁多才把牙长齐。"

"她喜欢他吧？"小意打了个嗝。

"怎能不喜欢？"徐丽的口气是得意的，"周六周日，我是死缠烂打才把他抢过来的。老人带孩子啥都好，就怕溺爱，坏习惯一落下，往后不好改。"

"往后"两字像什么又尖又硬的东西在徐丽的心头划了一下，遂叹了口气，以右腿为轴将身体转向阳台。阳台的不锈钢栏杆被上午的阳光照得熠熠生辉，再远处是蔚蓝明亮的天空。

"我公婆人没得说，"徐丽又绕回到老问题上，"只要我们吵架，挨骂的总是大伟——"她突然回过头，像有预感一样。

"喂！猫猫，别弄它，里面有虫虫。"

一声断喝把猫猫吓蒙了，小意也跟着吓了一跳。徐丽丢下手机冲上前，老鹰抓小鸡似的将他转移到饭厅。

"听妈妈的话，在这儿玩。"

她又疾跑过去，双手像叉车那样插进沙发旁的玩具堆里，搂在怀里往饭厅跑，一路上噼噼啪啪掉落好几个。她播种似的把它们撒在他的周围，惹得他小眼珠骨碌碌乱转。她直起身，把长发甩到脑后，弯下腰在儿子布满小坑的胖手上狠狠地亲了一口，亲出一个红印来。她觉得她很爱他，爱得让自己感动。

小意还算有良心，没撂她的电话。

"猫猫怎么啦？"

"他看到什么洞都想去弄，那可是插座呀。"徐丽气咻咻地说。

"男孩子就是男孩子。"小意不知想到什么，忍不住笑起来。

"说啥呢。"徐丽跺着脚，又听到小意说："猫猫长得挺像大伟的。"

"才不要像他呢，他胖得像猪。"

徐丽这个"外貌协会"的，做梦也想不到自己会委身于一个日渐肥胖的肉体。

"嘿！像猪？当初你是怎么看上人家的？"小意的声音很轻，却夹杂着一丝嘲弄。

"我说小意，你存心气我是不是？"徐丽板起脸问。

小意突然咯咯地笑，边笑边说："徐丽，我想到一则笑话，有个女人问她老公，'我是你的一本书吗？'你猜她老公怎么说？太逗了，他说'是的，亲爱的，你是个合订本'，大伟就是你的合订本——"

徐丽被听筒漫过来的笑声弄得哭笑不得。

"有多好笑嘛？"她知道只有自己不笑，才能制止闺蜜的笑，免得破坏这悲伤的基调。

是的，她曾经也很爱笑，稍有风吹草动就笑得稀里哗啦的。她记得第一次见到大伟，小意和他还处于眉来眼去的阶段，她就冲着他笑，她知道自己的笑有多迷人。后来大伟果然告诉她，她的笑声好似一把银子落地，清脆悦耳，而她一直羞于告诉他，让她深深着迷的是他身上的"人鱼线"。

那次活动是由小意召集的，一帮朋友到小梅沙烧烤、游泳。那会儿的孙大伟不是胖，是壮，鼻子像荒原上的城堡那样有力地崛起，脸上的轮廓线一段一段的像被刻意拉直，显得有棱有角。可能是经常健身的缘故，他身材健美，透过T恤的弹性面料，肌肉鼓起起伏、肌腱转折连接的分界隐约可见，特别是粗壮的胳膊让人觉得袖口太紧了。当大伟下水时，徐丽看到了只有体育明星身上才能看到的"人鱼线"，它从腹部两侧向着接近骨盆上方的地方伸延组成了V形。男人那种阳刚、健康的活力使她的内心为之一颤，那一刻她再也顾不了小意的感受，决定参与竞争。

每次回忆这一幕，徐丽脸上的表情就进入一种热切的、仿佛盼望已久的神往之中……多么美妙的时光，美妙得让她在神思恍惚中老怀疑自己从来就没有经历过。她多么希望后来迷失的道路，能够从这儿开始接续，不舒心的日子不曾发生。

就为此事，闺蜜反目。在徐丽与大伟刚刚单独来往时，小意陷入了单相思，她怀着一种难以驱除的渴望，想着那个穿着白衬衫的魁伟漂亮的身体，那张红润、浮着汗珠的脸和那对小而有神的眼睛，幻想着他也有着同样的意思。可是从朋友嘴里传来的消息令人失望，在得知徐丽与他公开身份、出双入对之后，小意把对徐丽的恨扩展到大伟身上，并在收到他俩的结婚请柬时达到了最深。

那个婚礼，小意当然不想参加，不想涉足那个沸腾着仇恨、敌对情绪的场合，但韩明则持有不同的看法。韩明是大伟介绍给小意认识的。小意与大伟的恋爱没能继续下去，韩明便成了她的倾诉对象，或者说情感"垃圾桶"。眼看小意在这场无望的爱情中越陷越深，韩明决定伸出援手。他劝她赴约，说赴约的意义不在于显出你有多大气量——女孩子小气并不是什么缺点——而是借助于这次机会跳出那个看不见的泥淖，摆脱激荡的情绪以获得平静的力量和前行的勇气。

"我不，我才不想让人笑话呢。"小意对这个连"备胎"都谈不上的朋友说。

"没人在意这件事，是你一直在笑话你自己，"韩明看着她阴下去的脸补充道，"照你这么说，我早就没脸活在这世上了。"

"你也被甩过？"小意不解地问。韩明说："对我来说，能被甩也是一种幸福，关键是，人家连正眼都没看过我。"

"谁？我认识吗？"小意问，心底里感到一阵轻松。

"你当然认识了。"韩明故意兜圈子。

"到底是谁吗？"小意更加好奇，"这种事你得摊开来跟人家说，掖着藏着人家怎么知道？"

"那我可就直说了，小意，给我一次被你甩掉的机会吧。"一向老实胆小的男人突然坚决地看着她。

"韩明，你？"小意叫了一声，短促、一闪而过的神情充满了求助。

"小意，谈对象只看合不合适，不论输赢，"韩明红着脸摊开双手说，"明明知道你不会喜欢我，我还是一样跟你保持联系，和你做朋友，有的人可以成为伴侣，有的人只能交一辈子的朋友，我不觉得这有多丢人。"

当小意打扮得漂漂亮亮出现在孙徐婚礼现场时，徐丽慌乱得语无伦次。

年复一年，随着时间流逝，小意对爱情的憧憬就像调不准焦距的影像变得模糊不清，尽管她心犹不甘、想要将目光放长远些，可在别人的眼中已是剩女一枚，到了最后，在亲朋的劝说和责备声中，不得不降低标准，从高富帅一路降至踏实可靠、对她好就行，韩明便像徐丽所说那样"捡了漏"。

五年说长不长说短不短，脂肪开始风沙样地淹没了孙大伟：棱角没了，五官扁平了，直线失去弹性似的变成曲线，肌肉也注水般的柔软膨胀……徐丽为之着迷的"人鱼线"当然也没有留下任何痕迹。

有一次孙大伟在海里仰泳，徐丽当着朋友的面指着那小冰山一般缓缓漂移过来的奶油肚说："大伟，你一下水小鱼小虾全吓跑了。"

"什么？"他不明白她的意思。

"它们当你是大白鲨呢。"徐丽大声宣泄着她的不满与不幸。从此大伟便多了个"大白鲨"的绰号。

收到徐丽不许笑的警告，小意像刹车失灵那样无法把笑声完全控制，还不时发出压抑不住的喘息。

"长胖算不上什么大错吧？"

"当然还有别的了。"徐丽没好气地说。就像参加葬礼的人，她时刻提醒自己要表现出凝重与悲哀来。

"真的无法收拾？"小意狠狠地干咳了一下，嗓子眼里夹杂着一丝沙哑，这反倒给人诚恳的感觉。

"难道还有假？"

想到离婚，徐丽的脸上又流露出遇到困难时的那种倔强神情。

"你们这叫平时不生病，一病就不轻。"小意斟酌着措辞。

"胡说，我们早就生病了。"

"是吗？怎么没听你说过。"

有哪个女人愿意在同伴面前暴露自己的不幸，更何况对方还是曾经的情敌。

"现在说也不晚呀。"徐丽把手机贴到嘴唇上，另一只手搭在拿手机的胳膊上来回摩挲。她的胳膊很匀称，生了孩子后虽变粗些，但也不大看出来。"你要问我到底为什么？我也不知道，反正都是些鸡毛蒜皮的事，让你过得挺没劲的。"

记不清从何时起，徐丽发现自己的内心起了变化，终于对大伟也对生活采取了一种反抗的姿态。她静静地观察并记住他的举动，他生活中的每一个细节，寻找破绽，在需要时给以精准无情的打击。

"可你们……"小意想了想说，"唉，不懂！"

"刚结婚时我们还不错，他什么事都让着我，我也一门心思对他好。这么过了些日子，有天我忽然发现，周遭全是他的朋友，而且都是些乱七八糟的朋友，我的朋友早就不见了……慢慢的，我厌倦了这种日子，特别是在他生意有了起色之后。你知道，做建筑这一行挺黑的，他经常要出入那种场所——酒吧、歌舞厅、夜总会，到那些破地方，再好的人也变坏……每天，每天他都带着一身酒气回来，把家里吐得乌七八糟的。我说他，他还来气。就这样，好日子越来越少了。"见对方不吭声，徐丽呼出一口气又继续说下去，"刚开始，只要他有应酬，我就睡不着，担心这担心那，担心他不安全，担心他酒驾被抓，担心他被打劫……说实在的，他在外面，我再担心也没有用。看着他半夜被人架回来，第二天又好端端地上班去，我也就慢慢习惯了。唉！嫁到这样的老公有什么办法？"

"赚钱哪有这么容易，他还不是为了这个家啊？"

"没错，他就是这么说，说得我像个不通情理的人，可我到底又是为了谁？"徐丽在手臂上沙沙沙地抓出几道红印，不耐烦地说，"起先，吵起架来还挺热闹的，到了后来，不吵不闹，反倒死气沉沉了。日子一天天地过，他把家当旅馆，晚上回来睡一下，饭是极少在家里吃的。有时他也想跟我说点什么，可除了生意他好像不会说别的。有次他跟我大谈攻关之道，业务员招小靓女没有用，那些能到领导岗位的一般都是大叔了，三十几岁的女人最对他们的胃口，成熟、细心、会来事、懂进退。他得意地说，这是从那些曝光的腐败案件中总结出来的。小意你看看，什么人嘛？简直就是低级犯贱，我当初真是瞎了眼。"

"怎么说呢徐丽，你也要站在他的角度想想，谁乐意一天到晚琢磨别人的心思，伺候人，我问你谁乐意呀？"

"他要我给他五年时间，五年后他'上岸'，好好跟我过日子。我说你做得到吗？人的欲望是无止境的，况且五年后你未必就收得了手。五年积下的恶习，哪是说改就能改的？"徐丽低下头，看着那涂成苹果绿的趾甲说，"小意，你知道我不是很物质的人，当初认识他，他还是建材公司一业务员。"

"对了，我一直想问你，当年追你的帅哥那么多，你干吗非要跟我争他呀？"小意忽然话锋一转。这个问题如此突然、猛烈地敲击着徐丽，以至于她一时找不到别的话说，只能结结巴巴老调重弹，"谁跟你争了，是他追得我没办法好不好？"

"要我说啊，你就别这山望着那山高了，好好过日子吧。"

"我过的哪是日子？跟守寡没多大差别。"徐丽打断闺蜜说，"谈恋爱时，他成天像尊石狮子守在我们单位门口，现在，哼，给他打电话还不耐烦。你要是告诉他哪儿有工程，他准跑得比谁都快。"

小意像听了个不恰当的比喻那样笑了笑。

"说多了你会觉得我像个怨妇，"徐丽忽然觉得说这些挺没劲的，就换了种腔调说，"最近我老是觉得累，例假也不正常。我本来不想把猫猫接回来——带孩子比上班还累，一大早起来口水都说干了，他一会儿这样，一会儿那样……"

她探出头去，但只看到饭厅摆冰箱的一角，有辆塑料汽车翻车那样地搁在地上。

"猫猫，你在干啥？"

她等了一会儿，听不到声音，只好将手机撂下小跑过去。

"天哪！"她叫了一声。他坐在餐桌底下——地很脏，两三天没拖，他将口水吐在上面，拿指头去搅。

她把他抱回客厅，轻轻地拍了他一下屁股。他的屁股像两只大馒头挤在一起，白白的鼓鼓的，走起路来更好笑，一甩一甩的像只大笨鹅。

"脏死了，"她皱了皱鼻子装出一副厌恶的样子。他以为她在逗他，开心地笑，小眼睛埋在肉堆里，那样子简直是孙大伟的翻版。

"就在这儿坐着，别动。"她指着他提高声调命令，让他知道她在生气。可他一点也不在乎，嘴巴咧得更大。

"这家伙一刻也闲不住。"徐丽重新拿起手机说，"我记得顶着大肚子时老说累，有个当妈的就跟我讲，等孩子生下来，你就会觉得他最好还是呆在肚子里。"

小意打了个呵欠说："徐丽，要是忙你就去吧。"

"有什么好忙的？对了，我刚才说到哪儿了？"

"好像说过得挺没劲的。"

"我就当没大伟这个人，真的，有一段时间我真这么想，他回不回来我无所谓。"

"他不回家睡？"

"我只不过打个比方，他要真这样那还了得？"徐丽为小意没听懂而恼火，"所以啊，这样的日子不过也罢，要你是我也一样受不了。"

"所以我才找一个教书匠，听话点的。"

"对啊，你家韩明的脾气可真没得讲。"

"徐丽，你有没有觉得，咱俩表面上挺像，咋咋呼呼，其实我挺没用的，韩明要是多说几句我还会哭。你呢，厉害死了。你下得了狠心，光就你和大伟这件事我就看得出来。"

徐丽很高兴，小意终于承认了自己的弱点，还有和她的差距。

"小意，说真的，这事要摊在你头上，你会怎么做？"

"要是我跟大伟——我是说打个比方，没准我们会过得比你们现在好。可是，正因为我不是你，大伟才没有选择我。"小意等了一下，只听到徐丽对着话筒呼呼出气，又振作起精神说，"徐丽，外人的看法并不重要。"

"有时候你不得不信命。"徐丽幽幽地说，跺了下脚，重新调整好姿势——她很注意自己的体态。她的外婆个子很高，至少有一米七二，到了八十岁还一直挺着腰杆走路，从背后看没有一丝老态。也许自小受了她的影响，徐丽觉得身材有时比脸蛋还要重要，道理很简单，身材比脸蛋更能长久地掩饰一个人的年龄。老实说，徐丽长得并不出众，若论五官结构，可能还不如小意，但她胜在体态，她走路总是收腹挺胸，眼睛稍稍向上看，给人站得高看得远、不与别人一般见识的感觉。她与小意同样的身高，但几乎所有的人都认为她比她高。

怀孩子时，徐丽最担心的并不是孩子的健康问题，而是如何将身上的赘肉减掉，将身材伞一般地收回去。她的身边有好几个年轻妈妈，腰上像套了游泳圈，再看看那些臂膀，又粗又圆颤颤悠悠，难看死了。

猫猫出世后，徐丽极力反对母乳喂养。孙大伟的父亲当着小两口的面质疑过此事，把她窘得满脸通红。她每天坚持健身，希望靠顽强的意志去改变发胖的命运。她果真瘦下来，起码电子秤上是这么显示的，可当她对着穿衣镜撩开睡衣，慢慢地拉开缩成一团的肚皮时又泄气了，那肚皮差不多有巴掌宽。自欺欺人哪！她又沮丧又恼怒（她觉得产妇忧郁症大多是因为身材恢复不了而导致的）。她知道再怎么挣扎也回不到原来，就像永远无法回到十八岁那样。

"有个事我得问一下，不过你可以不回答。"小意用正经八百的口气说。

"问吧，搞得这么神秘。"

"你是不是外面有了？"

"有什么？"

"你知道我指的是什么，"小意顿了一下说，"王红斌算怎么回事？"

"他是我的健身教练——你的意思是说我跟他？"

"没准。"

"小意，你想到哪儿了，我们不过是比较谈得来。"

"那么我就要劝你了，在你跳槽之前，最好先找好下家。"

"你把我当成啥？处理品啊？"徐丽冷冷地说，"好不容易才跳出火坑，又忙忙慌慌跳进另一个？"

"你总得为自己打算吧？该要什么，不该要什么，心中有数吧？"小意把声音压得尽可能低，听上去阴森可怖。

"那还用说，我当然要猫猫了。"徐丽脱口而出。

"你当然要猫猫？我还以为你不会要呢。"小意尖叫了一声，如同踩到一只死老鼠。

徐丽噎到似的喉咙里咯儿一声，脑袋向前探，"猫猫呢？他肯定又爬到凳子上了，你等等。"

猫猫果然又上去了，而且还踌躇满志地向着餐桌攀登。由于吃饭的人少，餐桌一直摆在靠窗的位置。徐丽自己喜欢在客厅茶几上吃，边吃还可边看电视。

她伸出一条胳膊，像大象的鼻子那样将孩子卷下来。孩子不干，顽强挣扎，摇头摆尾地像条大鲤鱼。

"天哪。"她感到肋部一热，急忙放下儿子，果然拉尿了。她看了一眼分叉向着客厅流动的尿水，朝他的脑瓜摁了一下，仿佛这样可以令他原地不动。

"小意，他拉尿了，我得收拾一下，待会儿再给你打过去。"徐丽把手机挂了，救火似的跑到盥洗间拿拖把，想了想，钻进卧房扒开婆婆交给她的那只大袋，一阵乱翻，小衣服小帕子纷纷落地。她扯了条尿布，纯棉的，握在手里水一般柔软，冲到客厅，又想起拖把忘了拿，折回去，一时间晕头转向。

待她返回饭厅，猫猫又在爬凳子，上半身上去了，两条小腿在半空中乱蹬，活像跳不出温水的青蛙。她将他抱起来，一抬头刚好撞见那个白森森、大嘴巴似的窗户，就像冰水洒到衣领里似的，引得她浑身一抖。好在发现得早，否则、否则……她不敢深想，把儿子丢在一边斜着身子去关。这时儿子忽然一声长啸，又怎么了？她回头看他，靠在桌沿的身体一下失去了平衡，左脚啪地踩在尿液里。她皱着眉头慢慢抬腿，像底下有条毒蛇。

他看着她笑，用那双孙大伟遗传的豆豆眼。

"看什么看？"徐丽的气不打一处出。她讨厌他们父子，讨厌他们带给她的生活。她抬起一只脚用力甩去，鞋子划了道弧线重重地落在地板上，又甩出另一只，这下不听指挥，啪地砸在墙上，银灰色的墙纸浮出一截黑印子。

徐丽叹了口气，双手狠狠拽起被汗水濡湿的头发，拧毛巾似的拧成一把，打开发夹将它死死别住。

留长发真烦人，可又有什么办法呢？谁让你爱臭美。

怀孕期间，徐丽也舍不得铰掉它。她不记得何时开始留长发，只记得有人跟她说过，留长发不仅可以变换发型，夏天盘起来也不热。对，就是初二，她已经懂得如何去经营自己的长处，掩饰与生俱来的短处。在人生最关键的时刻，徐丽更要感谢包括小意在内的情敌对手，正是她们的聪颖漂亮唤起她的斗志，还有爱的觉醒，使她最美丽的刹那在瞬间怒放，最终如愿以偿虏获了孙大伟。然而可笑的是，现在她又在为如何抛开他而犯愁。

她光着脚，眼睛红红的，头发堆成一团，鼻翼和嘴巴翕动着，眼睛睁得大大的像要看清什么东西。有一阵子，她傻乎乎地站在那儿一动不动，像走到人生的穷途末路。

一片阳光被对面楼房的窗玻璃反射进来，刚好落在徐丽的脸上，照得她如梦初醒。她又开始手忙脚乱地寻找到处乱爬的猫猫，把他抱起来放在客厅里的皮沙发上，昨晚留下的尿迹还在，颜色比别处要深一点，四周还有一圈水晕。她用湿毛巾帮他擦掉腿根的尿水，再用干布擦拭一遍，撒上爽身粉……这些都是婆婆千叮咛万嘱咐的。她说夏天不能给他穿纸尿裤，否则皮肤会发炎糜烂。现在的孩子真娇气，自己小时候条件那么差，不也活得好好的？

孩子刚出生那会儿，徐丽就制订了一套培训计划，其中最核心的内容是对孩子实施"现代教育"，培养他的独立性和生存能力。内容很多，譬如摔倒了要让他自己爬起来；别动不动就说上火给他喂凉茶；感冒了喝可乐煲生姜；吃饭时千万别追着喂，爱吃不吃。她甚至想让孩子直呼父母的名字，从小建立起一种有别于亲情的友谊。可是说起来容易做起来难，大伟根本不管，他的父母却过分热心，觉得猫猫是孙家的香火，应该把所有没实现的愿望都寄托在他身上。

眼下，徐丽只有一个愿望，让孩子快点睡，只有睡着了，大人才有真正的空间与自由。可猫猫并不乐意，两只小脚蹬个不停。他不会是饿了吧？要是大人肚子饿了也一样睡不着。她把他抱出卧房，让他呆在沙发边上玩，然后照婆婆教的方法，先往奶瓶里放入奶粉，再兑入二百毫升开水，轻轻摇晃。为了让它快点凉下来，她把奶瓶放在盥洗盆的凉水里泡着。她还记挂着那个没有打完的电话，她记不清刚才和小意聊什么，反正杂七杂八的，不过聊完后，心情倒是明朗了许多。

猫猫看到奶瓶，比看到母亲要高兴得多。他抱着她的腿转来转去，嘴里不停地咿咿呀呀。徐丽突然坚决而又带着憎恶地盯着他，盯得他有些胆怯。

"急性猴，"徐丽倒转奶瓶往手背上挤了一滴，以感受牛奶的温度。这一招也是从婆婆那儿学来的——老人有时就像家里的储藏室，放着些平时你所不屑、急需时又难以找到的东西。

不烫手了，她才让他自己抱着奶瓶喝。

"慢点，像个小饿鬼。"她捋着他又黄又软的头发。他喝得很急，眼睛发亮额头冒汗，咕咕声十分响亮。时不时地，他还瞄她一眼，怕她跟他抢似的。她突然觉得他挺可怜的，这么小就要跟自己的爸爸、爷爷和奶奶分开，和一个他至今仍没有多少感情的妈妈生活在一起。

牛奶吃完了，儿子还用力地吮着，像吮吸一只干瘪的乳房。徐丽掰开他的手，他很不情愿地发出一阵哼哼声。

"睡一觉好吧？乖宝宝。"徐丽吻着儿子，低声和他商量，一想到他们娘俩将相依为命，她就变得母性十足。

正如婆婆说的那样，换个地方，孩子的生活又变得没有规律了。猫猫没有一丝睡意，他跑到那堆玩具前，拿小脚丫踢了踢，又蹲下去抓起一只软胶公鸡，扔到地上，软胶公鸡发出一声怪叫。他瞪大眼睛观察了好一阵子，觉得很奇怪，又跑过去捡，再扔，这下扔到桌子下面。徐丽怕他碰到桌腿椅腿，过去帮他捡回来。他玩兴正浓，根本就不理会妈妈，目光仍牢牢地粘在软胶公鸡身上，嘴里嘟哝着不知道说了些什么。

"想玩就玩，什么规律不规律的，规律还不是大人定的？"徐丽边想边去拿手机，她打算把那个电话讲完。

铃声响了多遍，似乎才被对方很不情愿地接起。

"韩明，别玩游戏了，赶紧拖地去，"小意的声音一下子放大，"靓女，忙完啦？"

"没有完的时候，哪像你们那么潇洒。"

"得了吧，你的孩子转眼就大了，我的难受还在后头呢。"

"小意，刚才听你的口气，好像不太赞同我留下猫猫？"

"你是真糊涂还是假糊涂？身边有个孩子，今后怎么嫁人？"

"你的意思是——"

"我的意思很简单，就是把猫猫给大伟，但是，"小意故意停顿了一下以引起她的注意，"要装出你很想要猫猫的样子，懂吗？"

"不可能，不可能。"徐丽猛烈地摇头，像遇上什么咄咄怪事。

"听我的没错，徐丽，他一天是你儿子，永远都是你儿子，谁也夺不走，"小意说，"你要过不了这一关，就别谈什么未来。女人离了婚，就像水果被虫子咬了一口，你可以说它甜，也可以说它脆，但终究卖不起价钱。徐丽，从感情上讲，你要孩子没有错，可在理智上，你必须放下包袱，我不骗你，我妈就是个教训，一个人把我拉扯大，却浪费了一生中最好的时光。作为她的女儿，要是让我替她选择，我宁愿她把我扔给我爸，选择嫁人，嫁个像样点的——因为她所付出的我一辈子也还不起。"

听到小意提起她母亲，徐丽的心格登一声，下意识地闭紧了嘴巴。

"嗯，我再想想……"

"有什么好想？要是猫猫能替你选择，也是这样，"小意说，"退一万步，大伟要真的给他找个不好的后妈，那还有他爷爷奶奶嘛。更何况，你还可以经常去看他，说穿了，跟你现在把他扔在公婆家没多大区别。"

"话虽这么说，可我还是舍不得……"

"别傻了徐丽，这可不是你的风格。"小意又补充了一句，"这样，你正好向大伟提条件。"

"提条件？"

"对，用儿子当筹码，和他讲数。"

发自内心的感激使徐丽的眼睛潮润了，而迟来的歉疚让她更加觉得，她与大伟的婚姻俨然是一场因果报应，这苦果自恋爱起便由她亲手栽下。尽管她替自己找过无数借口，但最终还是不得不承认，她当初向大伟透露的秘密影响了他的判断。她告诉他，小意的母亲患有精神病，却没有告诉他那是因为小意父亲逼她离婚所致，而且早已痊愈。

挂了线，徐丽仍处于一种茫然之中。她后悔没有问小意，自己该提哪些条件。小意的妈妈只向丈夫要女儿，而自己不管要不要猫猫，都希望财产能得到公正合理的分配。正当她在为看不清未来和等着她的会是什么而劳神，一阵嘎嘎声从饭厅传来。

猫猫？徐丽激醒过来，第一眼望去，他没在那堆玩具旁，第二眼，正好与那个炽白的窗口相对——两扇窗户晃晃悠悠，一抹阳光在玻璃上流闪。

她记得它是关了的，怎么又打开了？她感到双腿发软，呼吸快要跟不上去。

"猫猫——"

她踩到椅子上将脑袋探出窗外，满树的金凤花挡住了她的视线。

"不可能、不可能……"她边低声念叨边跳下来，跌跌撞撞地闯进厨房，这是她最后的希望。摆着平时熟悉的东西、拥挤不堪的厨房，在她眼里一下子变得空荡荡的。她怔怔地看着，脸色铁青，脑子里一片空白，不知道接下来该干什么好？

一阵风吹来，像只手推开了厨房通往小阳台的门。她像被谁狠狠地拽了一下，跳了起来。

"猫猫——"她尖叫着扑过去。

谢天谢地，猫猫像只受惊的刺猬蜷缩在阳台的角落里。他的身上脏兮兮的，两只小小的眼睛不停地转来转去。一阵后怕使她全身止不住地颤抖，喉咙痉挛得说不出话，她弯下腰，手掌已经张开来，正要从这个肉乎乎的小家伙身上寻找下手的地方。

"妈、妈。"

她似乎听到他这么叫，她敢肯定他就是这么叫。他稚嫩的声音使她冰凉的身体温暖起来，眼眶里涌出一阵温热。她紧紧地抱住他，发誓一辈子也不跟他分开。

下一站

1

去年清明过后，我被儿子"骗"到深圳。

自从搬了新家，儿子就一直劝我出来走走，他是这么说的："爸，妈都走了三年了，你该换换环境，透透气儿，顺便看看你的小孙子。"

我儿子是个公务员，人老实，心眼儿好，没有什么大毛病，估计这辈子不会有大的起落，倒是儿媳妇，几年前从市政设计院辞职出来，开了家景观设计公司，生意越来越好，那套200平方米的"豪宅"就是最好的证明。

说来我与儿子也有两年没见了，年轻人总是很忙，忙完这个忙那个，反正时间有点像钞票，老是不够用。好不容易盼到春节，机票全价不说，还到处人满为患，一想到这个我就替他头疼，反过来劝他："你妈不在了，我一人侍候不了你们仨。"这一劝两劝的，时间一下就过去了。不过话说回来，年轻人要是一天到晚无所事事，又该我们老的担心了。

不过说到孙子，我倒是挺想他的。他七岁了，差不多一百斤，肉结实得掐不进去。几乎每周一次，我们借着网络视频说话，他提出各种各样的问题，有时把你乐死了。

至今我仍记得儿子到宝安机场接我的情形，第一眼看见我，他的泪水一下就涌出来："爸，你咋变成这样呢？"

我问他变成啥样。他不知从何说起，沉默了许久方答："你该把头发好好染一下。"

我明白他的意思，他希望我把那些糟糕的往事丢掉，在深圳有个新的开始。

打从老伴走后，我一直无法从那种灰暗、低落的情绪中摆脱出来——家里的陈设分毫未动，衣服仍是原来的，头发更是没有染过。你可以想象，一个又高又瘦、脊背微驼的老男人，顶着一头霜白头发，是何等的扎眼，又何等的酸楚？而我恰恰要从这令人心碎的酸楚中找寻一种怀念，以慰藉空虚、寂寞、茫然的内心。

"我这是给你妈戴孝。"我用手指戳了戳白得耀眼的脑袋深情地说。

儿子显得有些尴尬，那表情一看就明白，他在后悔刚才说的话。

到了儿子家我才弄清楚，他们刚刚辞掉了保姆，改请钟点工。我负责接手买菜做饭的活儿，钟点工则每周来两次，打扫屋子，给冰箱除霜，清理抽油烟机，洗洗被套衣服……儿媳怕我不高兴，一边数落着"前保姆"的不是一边对孙子说："你爷爷可是响当当的特级教师，有他给你保驾护航，往后的成绩不用愁了。"

没错，退休之前我是个老师，教了一辈子的历史。我其实并不喜欢历史，如果可以选择，我应该去学学美术，或者美学什么的，许多人都说我有这方面的天赋，可惜当时没有条件。我不喜欢历史的另一个原因是，那些我曾坚定地相信、并真心实意地灌输给学生的"历史"，随着网络的普及、诸多事件的解密，却发现根本就不是那么回事。

"过得去就行啦，硕硕念完初中就出国，赶紧离开这破地方，"我儿子漫不经心地说，"都说旧社会吃人，我看这教育制度才吃人呢。"

孙子的腮帮被我带来的牛肉干撑得鼓鼓的，两只眼睛紧盯着手机。他玩他的游戏，根本就没在听大人讲话。

儿媳用胳膊肘捅了儿子一下，他看了看她，不知道是什么意思。

2

刚到深圳，由于下过大雨，天气还算凉爽，但很快气温就升上来，热得我这个北方人恨不得揭掉一层皮。白天没什么事，为逃避一波一波的热浪，也为了打发寂寞的时光，我跑到地铁站里去"叹"空调，而龙华线的白石龙站正好就在我们小区门口。

我想就在那段时间，地铁站的工作人员如果稍加留意，就能看到一张沧桑疲倦的老脸，又直又高的鼻梁上架着一副黑边眼镜，嘴角总挂着一丝满不在乎的笑意。如果仔细端详，说不定能从那对小而有神的眼睛里找到一丝年轻时的那种魅力，而事实上，他不过是一个凭着老年证免费乘坐地铁的退休老人。

要是碰到上下班高峰期，地铁站就会多开一个闸口，人潮涌进涌出，这时地铁也来得勤些，两三分钟一趟。我没什么重要事情，用不着去凑热闹，就在地铁站周围凉快的地方闲荡，那里开着各式各样的商铺，有几家卖品牌服装的在搞促销，见到路人就笑脸相迎，明知你不会买也要把你"请"进去。待到人潮退去，我这才不慌不忙地上地铁，今天这个站下，明天那个站下，在周边的商场随便逛逛，要不就到莲花山公园、深圳图书馆、中心书城、少年宫去，有一次我直接坐到福田口岸，去看看香港人是如何过关的。到了中午，饿了，到处都有卖吃的，将就一下，困了就靠在地铁站里的长凳上，裹着冷气打个盹儿。

龙华线一共有十四个站，从白石龙出发，往福田口岸方向有八个，往清湖方向也有六个，有时坐着坐着，一个恍惚就睡过去，醒来后已不知到了哪儿。我也不急，掏出手机来看看时间，再看看车厢里走过的线路提示，然后考虑着要在哪儿下车。在这些站点中，我下得最多的要数少年宫站，从D出口上来，几步路便是中心书城。我喜欢到那儿看书，或者到广场上找个人聊天。像我这样不用上班的，不光有老年人，年轻人也不老少，他们中有的到图书馆去"充电"，有的还处于刚失业的彷徨之中，有的在广场弹唱练胆，有的是纯粹的家庭主妇。只要我上前搭讪，他们都很乐意向我倾诉。我想一定是我脸上的皱纹，还有满头白发赢得他们的信任。他们并不想在我面前隐瞒什么，有时连夫妻间的龃龉也会说出来，请我帮忙出主意。

当然，在地铁里我也常常碰到一些好玩的事儿：有女人在敷面膜、拿报纸挡着脸，有小姑娘拎着讨钱罐跪在一位白领男跟前哐哐哐地敲击地板，有年轻人在车厢里抚摸接吻，有小孩在练习"吊环爬杆"，偶尔也会有扮成"咸蛋超人""木乃伊"的行为艺术家忽然现身……

我还成为地铁站口流浪歌手的知音，他们都是些追求梦想却郁郁不得志的年轻人，弹着吉他，拉着提琴，哼唱着自己创作的歌曲。我驻足聆听，再想想像他们这个年纪自己在干些什么，临走时不忘往他们的吉他或小提琴的袋子盒子里放一点钱。

虽然地铁的站点、线路一成不变，但是人们的面孔、心情、打扮、年龄、行为等等却不断地变化；虽然地铁干净明亮、遮风挡雨，但也有拥挤、麻木、疲惫、忧愁、焦急、无奈、愤怒等充斥其中，而所有的这些不期然的变化，正是我所喜欢甚至迷恋的。

尽管如此，说实在话，我仍适应不了大城市的生活，只是不好意思马上回去，一方面是怕儿子为难，另一方面也担心，亲友们会以为我是被儿子儿媳撵走的。

有天下午，我从书城坐地铁往回走，倚在座位的靠背上睡着了。不知道是什么把我吵醒，或许是以为坐过了站，自己把自己吓醒，我一个激灵直起腰杆，昏头昏脑地拍了拍身旁的乘客问："这是哪儿呀？"

旁边是个中年妇女，她应该观察过我好一阵子了，笑眯眯地答：

"这是我的手背呀。"

她的声音浑厚而又略带沙哑，很好听。我还没有反应过来，她就"噗"地笑开来，嘴巴很大，露出洁白结实的牙齿。我忽然觉得她有点面熟，就是想不起在哪儿见过。

"到民乐了。"

她话音刚落，地铁就呼呼地启动，开始钻出地面，爬上高架桥，一下变成了所谓的"轻轨"。下午四点的阳光潮水般地涌进来，车厢里一下子变得通透亮堂，那些原来让人忽略的细节像突然被放大那样变得格外醒目，特别是那个中年妇女的圆脸，显得分外鲜红，短发里的几缕银丝、嘴唇上的纹路、嘴上那一溜汗珠还有细细的毛孔几乎一览无余。她的眼睛圆溜溜的，像玻璃珠那样发着光，显得有点诙谐。她虽身材微胖，但是天蓝色T恤和白色七分裤的搭配，还有麦色的皮肤，都让她看上去没有一点累赘或涣散的样子。

"买菜啊？"我瞄了一眼她的小拖箱，里面塞得鼓胀胀的，有点菜叶露出来。她努了努嘴，嘴唇中心形成了突出的楔形，与她那圆圆的眼睛十分相衬，有种说不出的俏皮。

"是啊，"她说，"梅林那边有个农批市场，东西又平又好。"

"你真会盘算，我平时只是就近瞎买一点。"

"你也是过来照顾孩子的吧？"她笑着问。

"退休，无聊，就过来看看孩子，也算换个环境吧。"

我不好意思说是被儿子"骗"来的。

"我是来监督女儿的，都三十了，还不赶紧找对象，像什么话。"

听她的口气，女儿大了不嫁人，或多或少是件丢脸的事。

谈话间，白石龙站到了，她跟着我下车，又一起走向小区的大门。

"你也住这儿？"我问她，感觉亲切了不少。

她笑起来："忘啦？我遛狗时碰见过你好几回。"

我哦了一声，终于想起来。她有一条迷你贵宾犬，圆圆的眼睛，暗琥珀色，小脑袋旁垂着毛茸茸的耳朵，棕红色皮毛被精心修剪过，短短的尾巴像结了个绒球，整个儿看上去像极了毛绒玩具。它让我想起曾养过的一条土狗，浑身雪白，我给它起了个很文化的名字叫"知白"，后来搬家时不停地上楼下楼，把它给弄丢了，也不知道它是被人收养了还是宰杀了。好些年过去了，我还常常梦见自己在哪个街角等它，用我现在苍老了的嗓音知白知白地喊它，跟呜呜的风声混在一起……

她告诉我她叫冉凤英，住"一期"小区，而我住的是"二期"。"二期"比"一期"晚盖了三年，价格却整整涨了一倍。所以在居民们的观念里，住"二期"的才是有钱人。

该分开了，她接过我递过去的拖箱道了声谢谢。我刚转过身去，就听到她哎地喊了一声，又回头看她，她的眼里有光芒闪烁，感觉像要向我打听点什么，又不知道如何开口。

"有事吗？"我问。她仓促地笑了笑，摇摇头像在否定自己的想法。

"没什么没什么，你家的是儿子，我家的是女儿——"她的嘴里忽然蹦出了一句，止住了，脸上泛露出愉悦的红晕。

几天后，我在白石龙站又碰见了冉凤英，她急急地走着，手里拉着那只拖箱，屁股左右摇摆，耸动的双乳如两头不安分的小猪。早上九点多，温度已经很高了，冉凤英却将自己拾掇得山明水净，浑身上下散发着一种荞麦面包那样的健康气息。

我刚要打招呼，她已一个箭步登上扶手电梯，动作快捷灵巧。前一趟车刚走，我们就站在黄线外边等着边聊天。

"又去梅林买菜？"我问她。她点头称是，问我去哪儿。

"还不是嫌家里太闷，出来到处转转。"我笑了笑。

"你太太没跟你出来？"她问。

"嫌我烦，先走喽，三年了。"

"对不起啊。"她急忙道歉。

我摇了摇头表示没事，反问她："你呢，两口子一起过来侍候女儿？"

她想了一阵子，从闭得很紧的嘴唇中吐出几个字："早就离了。"

从她的口气里我能听出来，她不愿意提它，就像我不愿意提我老伴病逝那样。接下来我还思忖着该说点什么，车就来了。我俩一前一后地进去，长椅上有个位，我让她，她犹豫了一下还是坐下去。有个小伙子起身给我让座，我摆摆手说："不用不用，你们上班辛苦，我是退休的人，站一站更健康。"

我觉得一味强调给老年人让座也是不妥的，年轻人平时忙于工作，压力很大，更需要休息的是他们。那个年轻人仍然不敢坐，生怕别人误会他虚情假意似的。我就只好坐下去。

"你买菜还买得挺勤的。"

我很想跟她一起去走走，又怕她有什么误解。

"也不光为了买菜，有时也跟你一样，为了解闷，"她像是明白我的心思，问，"想不想去看看？"

我说行啊，正好买点菜。

上梅林站到了，我们下了地铁，再转一趟公交。

农批市场很大，蔬菜、水果、粮油、肉类、禽蛋、冻品、花卉、观赏鱼、水产品、土特产、茶叶、滋补中药材……可以说应有尽有，价钱也都比普通市场便宜。冉凤英对这边颇为熟悉，哪一家东西正宗，哪一家价钱公道，哪一家不会骗秤，她了解得一清二楚。她挥动着滚圆的胳膊，侧闪着身子，在人群中灵活穿梭。

"买海鲜不？她家的鲜鱿不错。"她指了指，两眼亮闪闪的，微微开启的唇上沁出细细的汗珠，嘴里呼呼地出气。给我的感觉，她好像不是来买菜，而是给我当导购的。

"老陈，快来，"她熟络地喊着我，像在喊一个相识多年的老友，"他家的枸杞子好，你一定要买点试试。"她捧起红红的一堆看了看，俯到我耳边说："宁夏来的。你想要，我帮你杀价。"

见我点头，她就分开双脚像拳击手那样牢牢地站立着，让那些枸杞子从指缝间滑落，蛮有气势地说："老张啊，今天给你介绍个新客人，可得便宜点啊。"

那摊主疑惑地看她，像在等待一个熟悉的名字从脑子里跳出来。

"不认识我啦？前几天才在你这儿买了两斤。"

"呵呵，难怪我觉得面熟，阿姐，来来来，要多少？"摊主热情地招呼。我只好说："先来一斤试试。"

"比我上次买的还便宜两块。"离开小店后她冲着我得意地笑。

"该拿来怎么吃？"我问她。

"怎么吃都可以，"瞧她那神情，一定是觉得我这问题太幼稚了，"教你一招，待天气凉点，买半边鸡，撒点枸杞再放些大力薯，煲汤，滋养人，对了，大力薯数广东恩平的最好。"

见我吃惊地瞪眼，她马上明白我的意思："我也是听他们说的，多来几次就什么都知道了。"

买到差不多了，她又忽然想起什么，直奔一家茶叶小店去。

"'鸭屎香'来了没？"

店主点着头，从木板底下摸索了半天，拎出一只密封的塑料袋说："给您留着呢。"

"我家珊珊原来爱喝咖啡，后来谈了个潮州男朋友，也跟着喝起茶来，结果呢，两人吹了，喝茶的习惯却改不了，而且还迷上了那种单枞茶。"她朝我无可奈何地摇摇头，抓起一小撮条索紧卷、乌褐色的茶叶放在鼻子底下闻了闻，又捏起两根丢进嘴里嚼了嚼，仰起脸问店主："老孙，这是春茶吧？"对方说是。我好奇地问，好好的茶叶干吗起这么难听的名字？店主还没开口，再凤英就抢着说："传说这茶树是当地叫'鸭屎土'的黄土壤种出来的，叶子又长得像刚甫叶，也就是鸭脚木，由于生怕被人偷，主人就干脆给它起了这个贱名。"

"阿姐识货，这鸭粪香不仅好喝，还耐泡。"老孙讨好地说。

"少给我戴高帽，来两斤。"冉凤英爽快地说，就有个瘦小的姑娘称了茶叶包装去。

见老孙兴致勃勃地看我，我就微笑着点了下头。

"阿姐，你老公年轻时一定是个大帅哥。"

冉凤英扫了我一眼，目光移到老孙身上，脸红红的，故意问："你觉得我俩般配吗？"

"你看上去比他年轻一些，"老孙说，"不过要是他把头发染了，那就吃不准了。"

冉凤英咯咯地笑，连衣服下面的身体也跟着抖起来，那股酸溜溜、甜丝丝的汗味飘散在空气中，被一阵风送到我的鼻子底下。我怔怔地望向她，她满头大汗，两眼闪着光，脸颊红彤彤的显得很结实，指头飞快地点着找回的零钱，那股认真对待的劲头让你觉得她活得很有兴味，是那种真正进入生活根底里的融入与热爱，而不像我所熟悉的一些女人，不是清高淡漠就是装腔作势，对生活得过且过。她乐观、爽快、利落、干练，样子虽算不上赏心悦目，但身上那不是这个年纪所应该拥有的生气与活力却具有很强的吸引力。

我感到有种什么东西涌上心头，不是开心，也不是伤感，好像是最难熬的时刻刚刚过去，而所期待的东西正悄然降临。

"老陈，老陈，快走啦。"

她轻轻地打了我胳膊一拳。我醒过来一般，装模作样地问："这回怎么不杀价了？"

"刚才那个姑娘，他女儿，是个哑巴，你说我还跟他讲什么价啊？"

回去的路上，冉凤英一直在教我如何做海鲜，在她的影响下，我破天荒地买了好多"硬菜"。可是，那一刻我根本就听不进去，我在想着一些别的东西。

碰见冉凤英之后，我的心情难得有一点好转，细究起来，应该是对方的独身给了我同病相怜的感觉，但好像又不是，我那颗郁闷了好久的心仿佛得到了一丝甜美的慰藉。我掩饰着自己的感受，仍然装出严肃的样子，仿佛有什么重大的考验在等待着我们。

回家后，我边做饭边回想着冉凤英甩开膀子走路的动作，还有与小贩杀价时一本正经的模样，不禁莞尔。

那天晚上，我七荤八素地做了满满一桌，大家都很开心，特别是小孙子，吃得嘟嘟囔囔的像头小猪。儿子趁机打着我的旗号，开了一瓶珍藏的白酒。我也来了兴致，一口气喝了三两。

"爸，"儿子推心置腹地说，"我知道你在这儿不习惯，我已经委托中介公司尽快找保姆。"

儿媳也说："爸，钱用完了您尽管说，多买些好吃的，就是有一点，别把自己累着。"

吃完饭后，儿媳洗碗，我想了想，走到楼下的发廊去，洗了头理了发，又想了想，把它染了。

3

第二天下午，我到小区活动室转悠，冉凤英果然在那儿打麻将，跟她一起的还有两老太：一个身材肥大臃肿，一个瘦瘦小小，看样子都上了七十。还有一老头，大红脸，应该是高血压患者。我在冉凤英后面站了一阵子，她手里的牌乱七八糟，几乎没有挨在一块的。见对家抬头看我，她也仰起脸来，眼睛亮了一下，笑纹荡漾开去。

"来来来老陈，替我一下，我去解个手。"

她站起来朝我眨眨眼，把位子让出来，扭身就走。我明白她是想换换手气。

"你是新来的吧？很少见到你。"瘦老太神情严肃说。我说来了快一个月了，挑了一只二筒送出去。胖老太问："是凤英的男朋友吧？"

他们是在开玩笑，我也不回避："她还没批准呢，有空你们帮我劝劝她。"

那老头拖长腔调说："老弟，在一起耍耍还可以，千万别去拿证。"

"为什么？"我"碰"了幺筒问。

"这还用问吗？一结婚就会牵涉到房子、钱物等财产的归属和将来的继承问题，孩子们不闹翻天才怪呢，现在网络上说什么八大傻，我看最傻就是黄昏恋还领证！"

"建议很好，我会考虑的。"我边摸牌边感谢他。

冉凤英回来，见我们有说有笑，就问："你们说什么呀，这么开心？"大家更是笑个不停。那个瘦老太笑得很短促，嘴角跳一下就急急地恢复原状，那笑声也是短促的，像什么地方漏气一样噗噗噗的。胖老太笑起来却总忍不住用手捂住嘴。只有老头子笑得不温不火，若有所思。

"小冉啊，你男朋友打得比你好，连下两城了。"老头冲她挤挤眼。

冉凤英显然跟他们开惯了玩笑，也不急，笑眯眯地说："那就让我男朋友替我多打一会儿好了。"

我要站起来，肩膀却被她摁住。我想象不出她的手劲有这么大。没办法，只好帮她打到四点半，替她将输的钱全赢回来。

"幸亏有你啊老陈。"她朝我竖起大拇指。我谦虚地说不会打，是运气好。她又问："你现在有事吗？要不陪我到澳门新村去买点姜蒜。"

我想了想说好，反正五点半做饭也来得及。

我们的住宅小区与澳门新村中间只隔一道地铁高架桥，但物价却要便宜一些。打个比方，在我们楼下的商业街，洗剪吹要六十块，倘若从桥下穿过，便可省掉一半。打从这个高尚住宅区一开建，城中村的租客们就隐隐感到不安，待物价真的被这帮新来的"有钱人"搞乱后，他们就由不安转化为敌视，碰见从小区里走过来的居民都不给好脸色，而那些开门做生意的倒是求之不得，远远地跟这些"有钱人"打招呼，嘘寒问暖的，恨不得将东西全卖给他们，因为这样可以在原价上偷偷地抬高一点儿。

我们一前一后慢慢地走着，新潮婚纱照相馆、洪姐饺子店、沙县小吃、时尚发廊、水果摊、卤水店、潮州打冷店、韵达快递公司……一家家从我们面前出现，又被我们甩在身后。下午那还没有凉下去的风吹在她的脸上，又吹到我的脸上，像带着她的体温。我们小心翼翼地保持着距离，似乎要向外人证明什么，但是，这种距离又必须随时调整，因为唯有如此才能听得清对方说的话。

"老陈，有件事我一直想问你。"冉凤英转过头来说，短发被风扬起遮住了额角。

"啥事？你说。"

我弓着腰，尽量将脑袋往前送，好听清她的话。我觉得她这么郑重其事，必定是重要的事情，内心不由涌起一种强烈的愿望，但愿她能给我一点暗示，当然按她的性格，也很有可能直截了当。

"你觉得我女儿怎么样？"这话问得我一头雾水。

冉凤英曾告诉我，她女儿在中心城的一家外贸公司上班，薪水不低。由于小区门口有地铁直达会展中心，她就在这儿租房住，是一个带家具的两居室，最常见的那种。她还从钱包里拿出相片给我看，那是个高高瘦瘦的姑娘，皮肤白净，长发被风吹到脑后，露出一张端庄秀丽的脸。也许是化了妆，我觉得她一点都不像冉凤英，倒像一个明星，叫什么一时想不起来——这是年纪大的人的通病，那些你想到的东西就好似水底下的鱼儿，只能让你看到它们搅动出来的一点儿水花。

"挺好的呀，高学历高工资，人也长得不赖。"我只好这么回答她。

"配得上你儿子不？"她听后很开心。

我打了个哈哈："我儿子？我孙子都多大了。"

她立刻拉下脸来："那你还说他单身？"

"我什么时候说过？"

"咱们第一次见面，在地铁上！"

我想起来了，当时她猜我最多只有六十岁。我说我的头发都白成这样了。她说有些人还是少年白呢。又说我这么年轻，儿子肯定还没成家。我就随口开了个玩笑："是啊，连女朋友都没呢，有机会请你帮他张罗一下啊。"没想到她竟当了真。

"哦，那是逗你的，是你没听出来。"

"真是的，我还盘算着将女儿介绍给他。"她狠狠地说，掩饰不住妒忌和失望。

我忽然明白了她接近我的原因，颇有些失落。

"你没见过我儿子，怎么会觉得他合适？"

"很简单，"这是她的口头禅，"你是老师，家教肯定错不了；你长得这么周正，儿子会丑吗？还有住二期的人，事业更是不会差。"

"我可不经夸，你看头发全竖起来了。"

"对啊，"她拍了下腿侧，像要把上面的灰土弄掉一样。"我还觉得你哪儿不对呢，原来是染了头。"

"显年轻吧？"

"年轻多了。"她好像忘了刚才的话题，咯咯地笑。

"你闺女都不急，你瞎操什么心？"我微笑着皱起眉头，回到刚才的话题上。

"唉！"她叹了口气，就跟我讲起了她的宝贝女儿。

那个叫珊珊的姑娘可以说没有一个对象，也可以说有好几个对象。深圳的生活节奏太快了，时间又是那么有限，她就像在街边同时摆了几个地摊，哪个有生意就忙活哪个。晚饭一吃完就坐在电脑跟前，一会儿对着键盘噼里啪啦地猛敲，一会儿又拿起手机用微信语聊。一开始，冉凤英总被从女儿卧室传来的尖叫声所惊吓，以为她碰到蟑螂一类的小动物，待跑到门口，那声音又低了下去，娇滴滴的像在向谁倾诉。至于那条贵宾犬——冉凤英怀疑是女儿花大钱买来的"玩具"，如今已完完全全扔给了她。那条狗却依然喜欢珊珊，每次见她蹲下来穿鞋，总以为要抱它，就会像孩子一样伸出两只前爪，结果却扑了空。

说来说去，冉凤英其实最看不惯的还是女儿上网时那疯疯癫癫的样子：戴着黑色大耳机，摇头摆脑，一坐就是老半天，一个人像在自言自语。在冉凤英的意识里，网络释放着一股邪恶而又强大的力量，吸血鬼般地吸吮年轻人的时间、情感、精力、健康……还和像她这样的老年人争夺他们的子女。如今女儿已经中了魔咒，冉凤英觉得破除它的唯一办法就是赶紧给她找个老公。只有结了婚，女儿才会受到约束，明白责任，真正成熟起来，才不会别人说她一句，她就像吃了亏似的回个七八句。尽管冉凤英有过失败的婚姻，但她始终觉得，那也是生命中不可或缺的一个部分，而每个人都要得到从生命里得到的东西，也只有经历了这一切之后才能变得成熟与坚韧。

"你成天催婚逼婚的，有本事给我找一个！"有一天母女又吵起来，女儿故意将母亲一军。冉凤英就想起我有个儿子。

"儿孙自有儿孙福，你也别光顾着给孩子考虑，有时间自己也要考虑一下。"

我被自己的话吓了一跳，只好把视线移开，装作望向别处。

"你说什么？"她惊讶地望着我，大概是觉得恋爱啊婚姻啊离自己太远了。我忽然发觉她比我脑子里保存的那个形象还要好看，特别是那双圆溜溜的眼睛，给了她一种比美更强大的吸引力。我感到一阵窘迫，使了老大的劲才把刚才的话重复一遍。她的眼睛亮了一下，像发现自己原来有如此魅力那样，微微挺直腰杆，将一绺跌落至眼角的发丝往后捋了捋。

"说啥呢，谁要我呀。"

她可能把我的话当作一种恭维，但声音里还是多了一种我从没听过的温柔。

"我就觉得你挺好的。"

我不敢看她的眼睛。

她用手背贴着前额，样子变得忧郁起来，让人想到她在担心什么。

"你对我还不了解。"她说着把脸转过去。

"已经很了解了。"我赶紧说。

"不，你一点都不知道。"她挺起胸脯叹了口气。她可能想到两个人在一起后所要面对的种种麻烦。

冉凤英的婉拒不但没有让我沮丧，相反化作一种动力。为了追到她，我拿出年轻时的劲头，主动约会她。看上去大大咧咧的她，比我想象中要谨慎得多。在我们交往的半年里，这位国企退休女工显示出她非凡的协调、沟通和应变能力。她像对待初生婴儿那样呵护着一天天成长起来、只属于我俩的果实，这个果实在我看来就是爱情，而她却一直往友谊那边扯。

当然，我一点也不气馁，毕竟"事情"还没有发展到那一步——在我看来，我俩迟早是要走到那一步的。

在那段难忘的时光里，我们坐地铁、逛街、买菜、吃东西、遛狗，还看过两场电影。我儿子儿媳都惊讶于我不提回家的事，我想他们可能觉察到一点蛛丝马迹，只是不便细问，而我也不想告诉他们，我认为这是我个人的事，与他们无关。

和冉凤英熟了之后，我少了原来的拘谨，她的神色之间也多添了一分娇媚与自然。不过每每涉及婚恋问题，她就像孵蛋的母鸡那样警惕，眼神既严厉又正直，我也只好随之庄重起来。到了我们这把年纪，没办法，有些东西已经固化了，难以连根拔掉，只能小小心心地绕过去。

有一次我们逛华强北，她相中了一件中式上衣，我争着付钱，结果被她死活扔回来。

"你要是不把钱收起，我就不要。"她坚持着。

"为什么？"我问。

"我自己有钱。"她想了想说，腮边泛着红晕。看到我有些失落，她又过意不去，借口口渴，让我陪她进去麦当劳坐坐，请她喝一杯饮料。

那之后的好几天，我回忆着她当时的眼神，它让我有些看不懂，似乎里面有一种更为深沉的东西，一种让我隐隐感到担忧甚至害怕的东西。

十一月的一个上午，我邀冉凤英一起爬莲花山。出门时天气尚好，从少年宫站出来，外面已经下起小雨，但阳光仍在，而且变得出奇的明亮。一辆辆车经过，轮下冒烟似的带起阵阵白茫茫的水雾，和金闪闪的雨丝混在一起，随风飘散。一时找不到雨具，我灵机一动，到书报亭上买了份报纸，分给她一大半。她愣了一下，马上学着我遮在头顶。雨沙沙地在耳边响着，我们边嬉笑着边穿越斑马线到路的对面去。雨来得快去得也快，绕过一洼洼积水，还有被浇湿、踩在脚下有些发滑的落叶，我们边走边聊着一些年轻时的经历，冉凤英虽比我小八岁，却和我一样深有感触。到了山顶，大片的阳光，大片的树荫，白云像涨满的风帆在空中缓慢游弋，有鸟儿在邓公的塑像周围飞来飞去，风里夹杂着各种植物的气味和雨后泥土的腥气，让人心清气爽。

"好美啊！"冉凤英举起双手，像树木承接着甘霖那样。我摇着脑袋笑。她转过头来看我，和我一块笑，边笑还边问我笑什么。

下了山，我们顺路到关山月美术馆去看画展。那是一座灰色的、有点传统民居风格的建筑，覆盖着波浪形瓦片的坡顶，精致而有微妙光影的檐口，通体采用浅褐的色调。最妙的是，中央圆形展厅顶上是由钢架和有机玻璃所组成，阳光可以透射进来。淡淡的影子，柔和的灯光，浅色的墙纸，流水般的音乐，还有那些展出的抽象水墨画，所有的一切都让人感到美好。

"好看不？"我轻轻地问。

"好看，"冉凤英想了想沮丧地说，"可是我看不懂，只能胡思乱想。"

"那就对了，它能够引发你的遐想和思考，却没有绝对的答案！"

她兴奋得像个孩子，指着这一幅或者那一幅，告诉我她的理解。

"你呢？你是怎么看的？"她扑闪着眼睛问。我俩靠得很近，但我却没有勇气去搂住她，不过我还是希望永远这样，愿时间不再流动。

当我说出自己的看法时，她用崇拜的目光看我："老陈，你太厉害了，你可以去大学里当教授了。"

我很想说我什么也不想当，就只想当她的伴儿，但是我没有说出口，我想这是我干过的很糟糕的一件事。

4

从莲花山回来后，一连几天，我再也没有见到冉凤英，电话约她，她总是推三推四，让你觉得其中另有隐情。前段时间，我就发觉她的电话一下子多起来。她总躲到一边接听，然后变得心绪不宁。

"她不会是找到比我更好的老头吧？"

我的脑子里跳出一个没有根据的荒谬的念头，又不敢去问她，就像不愿结束一场美梦那样。

一天傍晚，我终于在她出来遛狗时"碰到"她。我们来到小区的空中花园，借着夜色的掩护，靠在护栏边聊了一会儿。

"凤英，我打算在澳门新村租个房子，这样大家往来方便些，你觉得呢？"

说完后，我假装看她家的小狗，它东嗅嗅西嗅嗅的，绕着我的腿转圈圈，又仰起脸来看我，短促地叫了两声，跟鸡鸣似的。

冉凤英一动不动，眼睛直直地望着前方。我想她是在看高架桥，每隔一阵子，就有列车闪闪掠过，那些明亮的车厢犹如烟火很快就消失在黑乎乎的夜幕里。

"老陈，我还没想好。"她的声音低得快要听不见。

我哆嗦了一下，结结巴巴地说："我也不知道我还会爱……"

我原以为随着妻子的离去，身上的那部分爱也跟着被切除，没想到它还能像壁虎的尾巴那样生长出来。

她的眼睛闪了一下，又暗了下去。

"你不知道，我的情况跟你不一样……"

"谁会是一样的呢？"

我无奈地笑了笑，觉得很多年以前也曾听过类似的话。

接下来一连三天，我没再约她。我知道我只能等，等她哪天自己想明白。如果没有猜错的话，她一定是顾虑她的女儿。她是她的一块心病，也或者她已问过她，遭到她的反对。

到了第四天，我还是忍不住给冉凤英打电话，她说有事就匆匆地挂掉了。到了中午，我就在地铁口碰见她，还有跟着她的一个又矮又丑的男人，头发谢顶，脸上显出一种病态的苍白，目光涣散，看上去起码要比她大十来岁。

"老陈，出去啊？"她看到我脸上的疑问，犹豫了一下介绍说，"这是老李，刚从老家过来的。"

那个老头捋着身上那件过于宽松的双排扣旧西装，拘谨地朝我点头。

"是珊珊的爸爸吧？"我伸出手去跟他握一下。

冉凤英替他点了点头，表示我没猜错。

"深圳好玩的地方很多，来了就到处去走走，东部华侨城、世界之窗、欢乐谷、海上世界什么的，也可以到海边，大梅沙小梅沙，不过现在天有点冷，下不了水……"

　　我不知道自己为什么要说这么多，而他却什么也没说，只是哦哦地应着，脸上的笑容僵硬得让人心酸。

　　冉凤英跟我讲过一点儿她跟这个男人的事儿，她嘴里的前夫肩膀宽阔、身材高大，当然，性格倒是有几分相像，一看就是心肠和软、逆来顺受。她说他曾被她呼来喝去的，可能是由于这样的缘故，当她发现他和另一个女人在一起时竟不敢相信。他的前夫倒是跟她说了掏心窝的话，那个女人让他活得像个男人。她忽然发现男人挺贱的，可她那时并不知道，其实每个人都有很贱的一面。

　　她不顾男人的哀求，父母的反对，坚持要跟他离婚。她觉得他触犯了她的底线，事关原则与尊严，容不得半点含糊。最终他只好跟她离了。他把所有的一切都给了她，而且继续承担女儿读书的费用。

　　离婚之后，她才觉得屋子里有种空空的感觉，她的脑海里一次又一次地浮现出前夫那张迷惘而无助的脸，他的神情越来越打动她，让她心软，但是"原则"和"底线"最终战胜了一切，她觉得他既然有错，她就有权利去惩罚他，她没有想到被惩罚的还有自己，还有他们的女儿。

　　两三年后，听到前夫与那个女人结婚的消息，冉凤英更加肯定了当初离婚的决定。那时她才四十出头，样子还过得去，就精心打扮一番，寻寻觅觅，希望能遇上别的男人，只要比前夫更好，哪怕只好一点点，她就愿意嫁给他。可是很遗憾，她并没有遇到，因为她不能确定比前夫好的男人是什么样子。有的比他有能力，但是脾气太臭；有的比他长得帅，但自以为是；有的比他有钱，但从不肯在她身上多花一文，更别说将存折交到她的手里头……后来她终于明白，虽然双方在离婚书上签了字，但感情仍像一缕似有若无的丝线缠在她身上。说到底，她无法把共同生活了十多年所积聚下来的东西一夜之间毁掉，她一直没有摆脱前夫的影响，她依然盼着跟他一起生活。

　　后来，前夫还是跟那个女人离了，冉凤英弄不清谁主动离开谁。她像打了一针兴奋剂，如溯源的鱼儿重返她爱情的源头——她找了个借口去看他，他生活在离她三十公里之外的一个小镇上。在她的想象中，他一定过得很糟糕，可一走进他的房间，里面虽简陋却收拾得整整齐齐，而他的神情也不像遇到多难过的事。

"又独身了，是不是更自由？"她问她的前夫。"又可以随便跟哪个女人上床了。"

他脸上有种受了伤害的模样，但她觉得他是故意做给她看的。她最终还是再次放弃了他。

随着时间的流逝，冉凤英的年纪越来越大，有时她也会想，换成现在，她还会不会果断地和他离婚？会不会像十几年前那样面对他的哀求仍然铁石心肠？她希望自己不是那样，不是那么黑白分明，眼里容不下一粒沙子。人非圣贤，孰能无过？有时给别人一次机会，也等于给自己一条路子。

"我不会再想他了，虽然有时想到离婚时的情形，眼眶也会红起来。"

这句话可是冉凤英亲口对我说的，才多久啊？他的前夫就追到深圳来。当然，我还无法弄清，他只是为了看珊珊，还是和她再续前缘。我也无法弄清，我和她之间到底算什么？

望着他们靠得很近的背影，我的心情再也好不起来。

5

回到家，我歪倒在沙发上，心底里迷迷茫茫的，像被爱情的雾气笼罩着。我原来总嗤笑那些电视剧编得太假，老头老太还会争风吃醋，为了所谓的情呀爱呀茶饭不思，却原来都是真的。我很想给冉凤英打个电话，但考虑了半天最终没有拨出去。我想她若是对我不舍，自然会主动联络我，否则见面只会徒增尴尬。

两天过去了，她仍没来一个电话。双脚开始不听使唤了，一次次地将我带到小区里的不同角落，那都是冉凤英爱去的地方——小广场上没有她晨练的身影，活动室的麻将桌，胖瘦两老太已经和别人重新组合。见我过来，他们约好了似的保持沉默。我假装看了一会儿才问："小冉没来打呀？"

瘦老太抱怨说好几天没看到，害得他们老是三缺一。胖老太嘴巴一撇说："听说她前夫找上门来，俗话说，'一日夫妻百日恩'，同一屋檐下，看来这破镜肯定能够重圆。"

我的心情灰沉了下去，嘴里讷讷地说，真是好事情！

第二天上午，我一个人跑到梅林农批市场去，那儿仍然很热闹。我在人群里挤进挤出，看着那些熟悉的店铺摊位，那些曾卖东西给我们的人，心情变得更糟。那个卖茶的老孙，还不合时宜地跟我打招呼："大哥，大姐没跟你一块来啊？"

我心想，难道他是在讥笑我？装作没有听见，加快脚步逃离。

那天我像喝高了一样昏头涨脑，买牛肉却把猪龙骨落下，别人需找回多少钱老是算不清，过马路差点就被车子撞倒。我失魂落魄，感觉着唾手可得的爱情正离我远去，就像眼睁睁地看着自己的血液汩汩地从身体的某一伤口流出。

就在我以为冉凤英不再理我时，她来了电话，声音又低沉又短促，让我想到她是躲在哪儿打来的。

"晚上九点，老地方。"

我兴奋地说好。我不知道见了面会听到什么，但有种预感，应该不是什么好事情。

到了白石龙，远远地就看见冉凤英伫立在寒风中，背后是从地铁站漫射出来的炽白亮光。她的身体黑乎乎地佝偻着，似乎失去了往日的生气和活力。不知道是不是有沙子吹进眼里，她用力揉搓着眼皮。

这时背后呼喇喇地刮起一股寒风，周遭抖响，我缩了缩脖子，脑子里忽然闪过一个奇怪的念头，我和冉凤英就像两列对开的地铁，交叉了一下又各自往着不同的方向离去。

听到我的声音，冉凤英把手从脸上放下来，双眼灰暗混浊，我一看就明白了几分，所以她刚一张嘴就被我制止了。

"走，坐地铁去，有话慢慢说。"

不管她愿不愿意，我拽住她的手腕粗鲁地将她拉到身旁。这回她不仅没有任何挣扎，还像我的女人那样紧紧地贴附着我，依偎着我。

天冷，车厢里的人不多，我们找到一个角落靠着，两个因穿了厚衣服而变得柔软的身体挤挨在一起。地铁启动了，呼啸前行，我看见我俩的影子落在黑色的窗户上，活像荧屏里两个无声的演员。

"老陈，你已经看到了，我以前的老公过来了。"她打破了沉默，但口气很淡。

我点了点头，心脏急促的跳动使我几乎透不过气来。我用手背压着自己的嘴巴，好让内心尽快平静下来。

"他得了胃癌，"她说，"已经瞒了我们快半年了，要不是他嫂子给珊珊打电话，他还想继续瞒下去。"

"他会留下来，对吗？"我冷不丁地冒出一句。

"珊珊要上班挣钱，又请不起人，只好由我来照顾他，"她的表情出乎我的意料，不但没有一丝不乐意，而且是宽慰的。

我了解她，知道再说什么也改变不了她，因为她缺少的不是主见。

"医生会给他动手术，先切除，后化疗，没个一年半载是搞不完的。"

"你们和解了？"

她笑了一下，笑容很苦。

我知道，她的那些委屈、不满、悲伤、愤怒、怨恨都统统地溶解在了时间里，取而代之的是怜悯、克制、宽容和爱。

"我，不能丢下他不管，"她的语调又恢复了刚才的冷淡，好像所说的一切都发生在别人身上。"可能你会不理解，但是如果你是我，或许也会这么做。"

她垂下眼睑闪避着我的目光，但是那绷紧着被向下拉的嘴角，却似乎想要告诉我，这一切不是她的主意，而是一种宿命。

"我不知道这是为什么，自己想得到什么，只是觉得如果不去做，一辈子都不得安乐。" 她仍然依偎着我，只是紧攥着拳头。

我探究地凝视着她，我能理解她目光里的那层意思。

"也许你是对的。"

我只能这么说，还要做出一副无所谓的样子，让那双显得心神错乱的眼睛望向窗外，心里却是这么想的，只有我才有爱她的无可置疑的权利和理由，至于她的前夫，他曾有过机会，他却把它弄丢了。

"对不起啊老陈，我也想过和你在一起，我都把咱俩的事跟珊珊讲了，可她怎么说，'你走你的好了，我最好是一辈子都不嫁人，留下来侍候我爸！'"

冉凤英的话都说到这个份上了，我没有别的办法，要想继续与她保持关系，就只能做出让步，不过这种让步大大超出我的预期。可是如果我将她放走，就再也见不到她了，今后恐怕也遇不到这样的机会。

"老陈，我不能连累你！"

她那种迥然不同的、沉静而悲伤的语气，激发了我想要做点什么的渴求。我早就厌烦了自己——懦弱、古板、优柔寡断、谨小慎微……我不知道自己是从什么时候变成这样的，但我知道迟早非得有所改变才行。

她把我的目光误会成别的意思，绷紧的脸上显出古怪的神情。

"这样吧，"我挺起胸脯果敢地说，"我们一起来照顾他。"

她吃惊地看着我，嘴巴张得老大，像没听懂我的意思。她的表情彻底激怒了我，我鼻翼抖动，嘴唇哆嗦，老脸涨得通红，嘴巴一张，又添了一句有生以来算得上是伟大的话："只要我老陈有口饭吃，就不会让你和他挨饿。"

"谢谢你的好意，老陈，你并不欠我什么，"她说，"别替我难过，这没有什么大不了的，不幸福的人到处都有，我早就习惯了。"

这些涌出嘴边的话，像是她苦难的内心深处折射出的一道光，一下子把我照亮。

"凤英，你算一算，咱们还有多少日子？"我动情地说，"操，这回谁也甭拦我，老子非自个儿做一回主！"

"老陈，我真希望这地铁没有下一站，也没有尽头，"她幽幽地说，"我们就这么一直坐下去，不要有别的人，也永远不要停下来。"

"不，我希望还有下一站。"

她不解地看着我。

"下一站终点站，'冉凤英站'，"我模仿着广播里的声音说，"请乘客老陈做好下车准备，下车时请注意列车与站台之间的间隔……"

冉凤英暗淡的双眼格外放亮，她紧紧地抓住我的手，就像抓住了美好的瞬间。我用另一只手覆盖在她那双粗糙的手上。两双手一起颤抖起来，仿佛要与列车奔驰时所隐隐传来的节奏融合在一起。

这时，有泪滴温热地砸落在我的手背上。

6

从地铁站回来，儿子儿媳都没睡，儿子在书房玩电脑，儿媳在客厅追韩剧，这两口子都是夜猫子，不到深夜一两点是不会睡的。我劝过他们，他们说你十二点到外面转转，灯火通明。

"爸，没事吧？"儿子从书房出来，伸了个懒腰问。我搓着手，好让激动的心情平伏下去："没事，就是跟小区里的几个老人出去走走，听他们说说心事。"

"他们说什么来着？"儿子饶有兴趣地问。我想了想说："是这样的，有两个老人，瞒着各自的家人谈朋友，大半年了，最近想公开，又担心孩子们不支持，就让我们帮忙出主意。"

"要是对方身体好好的，那还行，要碰到个病恹恹的，可就惨了。"儿子边往杯子里倒水边说。儿媳披散头发，下巴顶着膝盖，眼睛专注地盯着荧屏，没理会我俩。

"什么时候会得病，那只有天知道。"我提高嗓门说。儿子的话让我略略有些失望。这时儿媳把电视声音调到最小，抖了一下没有干透的长发轻轻地咳了一声。我明白她有话要说，便竖起耳朵来。

"我是这么觉得的，照顾自家老人那是没办法的事，如果还去找个拖累，这叫什么来着？自讨苦吃！"她的声音是那么纤弱，而神情又是那么率真。"甭管两个老人费多大的劲，我觉得他们的日子都不会好过。"

听听，儿媳也不比儿子好到哪儿去，他们都一个德性！

"可老人也有老人的生活呀。"我紧攥着拳头，感觉像要跟谁打一架。"老人找个伴图什么？无非就是一起说说话，生病了有个人端杯茶、煮碗粥，在旁边安慰安慰。"

"你倒是想好好和她过日子，可她怎么想，你知道吗？"儿子用老于世故的语调问。

"你觉得她会是怎么想？"我沉着应战。

"没准她图的就是你的那点退休金。"儿子哼了一声。

"你也想得太复杂了吧？"我恼怒地回击。

"爸，现在什么人都有，不信你上网搜搜，被骗的老人还少吗？"儿子连连发出冷笑，"有的老人还把自己弄得里里外外都不是人。"

"其实呢，老人找个伴也不是不可以，但要是发现对方身体不好，或者有什么企图，就得赶快散，反正是绝对不能去领证的。"儿媳仍然轻声细语，只到了末一句才咬得重些，像给我个提醒。

我发现我的试探就像砍木头，一刀下去却拔不出来，让人沮丧极了，就摆摆手，像忍受来自体内的疼痛那样不再言语，退回卧室，用被子蒙住头，让自己栽进一个昏天黑地的世界。

一夜无眠。我只要想一想冉凤英，还有对她的承诺，就忍不住要流泪。当然儿子他们也没说错，我老都老了，自顾不暇，哪还有什么能力去帮她照顾那个病得不轻的男人？我开始打起退堂鼓，并为此竭力找寻理由——也许冉凤英根本就没有我想象中那么好，另有企图也不一定。她要是那么好，为什么还会和她老公分开？她肯定有她的问题，每个人都有每个人的问题，只是你不知道而已——我编派着她的不是，好将自己开脱出来，以求得内心的平衡。

我爬起来抽烟，边抽着边看着黑暗中浮出那张红扑扑的圆脸，失望和讥讽弄弯了她的嘴唇。她像在对我说："我早就料到你会这样！"

"要是再年轻一点，我决不让这帮小兔崽子改变我的生活。"我喃喃地说，只觉得过去那些风风火火、勇往直前、不顾明天的日子已经一去不复返了。

冉凤英曾经说过，她没有朋友，是真正的那种朋友，当时我还不以为然，现在却觉得也许她是对的。在这些方面，她经历得多，比我看得更深更透。

到了早上，我犹如大病初愈身心俱疲。我已经不再觉得那个矛盾还有调和或改变的可能，只一味琢磨着怎样去跟她说，说那些非说不可的话。她一定能扛得住，我相信她能行。

像往常那样，我收拾停当，房间已经安静下来，整个小区也似乎没有什么声息。我想象着儿子此刻正坐在办公室里，对着键盘敲敲打打，或者给哪个部门打电话；儿媳送完了孩子，也回到公司去给她的员工开会；而我那调皮的小孙子，应该做完了早操，正准备上第一节课。我昏昏沉沉地来到盥洗间，对着镜子将剃须泡沫涂到脸上，胡子才刮去一半，忽然停住。我害怕去见她，我不知道见了她该从何说起，要不要告诉她实情，虽然我敢打赌她一定不会责怪我。最后，我决定什么也不说。

我把身上的夹克脱下来重重地甩在床上，又重重地坐下去，双手抱住脑袋，心中一切的美好仿佛都消隐了，剩下的全是可怕的东西。

那真是一段难熬的时光，我不知道冉凤英是怎样熬过去的。不过对于一个经历过不幸的女人，她应该能够敏锐地意识到情感的起落，就算天生迟钝，苦等数日无果，也有了足够的心理准备去接受这个残酷的现实。

从那以后，我和冉凤英就像签订了合约那样，彼此心照不宣，尽可能避开对方。可是有一次，我还是在小区门口见到她。她大概是到澳门新村买东西回来，正穿过高架桥，东张西望地准备过马路。我躲进旁边的水果店，面如死灰，两只手像失去力量那样地垂落，心扑通扑通一阵乱跳。就在她经过店门口的那一刻，我忍不住瞥了她一眼，可能是衣服色调灰暗的缘故，她给我留下了憔悴不堪的印象。

半个月后，我决定逃离深圳。我走的那天上午，虽然阳光普照，但天气仍然寒冷。我收拾好行李，等着儿子从单位回来送我去机场。我抽了根烟，忽然想到了什么，朝着一期小区一阵急走。我不能跟冉凤英一个招呼也不打就离开，我得去跟她正式道个别。才走到一期水景池边，就碰见常跟冉凤英一起打麻将的那个瘦老太，她两眼发红一脸疲态，嘴里的假牙白得耀眼。她的手里牵着一条贵宾犬，又瘦又小，脏兮兮的像有多久没洗过澡，没有一丝生气。可一见到我，它就像求救似的忽然向前蹿，那股突发的力量把瘦老太拽得跟跟跄跄的。

"最近有没有看到过小冉？"我问她，"她的手机停机了。"

"她呀，上周就搬走了，我还奇怪呢，当时怎么没见你来送她。"她踢了狗儿一脚说。

"搬了？"我挺吃惊的。

"小冉也真够意思，离都离了，还管那么多，"她自顾自地说，"她说他们再也租不起这么好的房子了。"

不知道为什么，听到这个消息，有种紧张感从我身上飘走了，随之而来的是难以招架的疲倦。我缓缓地弯下腰，像要看清那只贵宾犬一样，它也仰起脸来，瞪着水汪汪的眼睛可怜兮兮地看我，微微上翘的小嘴显得特别委屈。它不停地摇头摆尾，好像在乞求我将它一起带走。

我想我应该收养它，但一想到山长水远的，又只好作罢。

"老东西，你真没用！"我的脸抽搐了一下，没有气力地骂了一句，为那条小狗也为自己感到难过。就在差不多走到自家楼下的那当儿，我听到另一个声音，一种像是释放出来的巨大声响："你不能连一条狗也帮不了！"我身体的各个部分都绷得紧紧的，心跳骤然加快。"不能这样，不能每次都这样！"那个声音已经从我的嘴里跑出来。就好像有一股力量猛推了我一把，我拔腿就跑，朝着一期小区的方向。有几个晒太阳的老人以为出了什么事，吃惊地望过来。

被枯草覆盖的地面快速地向后退去，天空倾斜，树木在寒风中晃动，阳光穿过枝叶的缝隙射出又尖又细的光芒，挤塞着天空的高楼仿佛要朝我的头顶压下来，耳边响起一种类似于刮风的呜呜声，有那么一阵子，我以为自己远离尘世，飘浮于半空之中，人死后的感觉大抵如此。

那个瘦老太和那条狗都不见了。

"乐乐，乐乐，你在哪儿？"我喊着小狗的名字，东张西望，奔来奔去，那种感觉就像支配着我的是四肢，而不是脑袋。那几十幢高楼都具有同样的面目，它们像一只蹲在那儿、大嘴洞开的怪兽，让你分不清是哪一只把瘦老太和那条小狗吞噬的……

今年三月，北方的大地开始解冻，树梢吐出新芽，风变得软和下来，所有的一切都给人一种愉快和希望。冉凤英一家，还有那条又脏又瘦的小狗，在我的记忆中已经越来越淡，像是很久以前发生的事了。我很乐意不再去触碰它。可是，在一个温暖湿润的春夜，我意外地接到冉凤英的电话，我至今仍能回忆起她的声音带给我的感受——疲倦、孤独、忧伤。

"老陈，你还好吗？"

"挺好的，"我说，"你呢？"

"一点都不好，"她压低声音说，"他很痛苦，我也很痛苦，珊珊到现在还没有对象……有时候我真是后悔呀。"

"后悔？"我的心突突地加速，脑子里闪过一个念头，要是她想投奔我，我能接受吗？

"假如当初没有跟他离婚，也许他就不会得这种病，我们的日子就会像别的人那样好好的……"

她的话被一阵压抑了很久的悲咽声彻底地淹没。

忘江湖

"你知道我为什么把你接进城吗？"儿子脑门上的青筋一跳一跳的。

老人嗫嚅着，"你，长大了，懂孝顺了。"

"孝顺个屁，你还没这资格，有你这么当爹的吗？"

老人眼底的亮光倏忽间暗了下去，四周一片混沌，脑瓜也不自觉地埋得更低。

"这也不能怪我……"

"是不能怪你，要怪只能怪她太傻！"儿子恶狠狠地打断父亲的嘟囔，"要搁现在，谁会这么干？"

好多年了，父子俩从没说过这么多话。明摆着，儿子不想让老子好受。

老人不作声，一屁股栽在又软又凉的沙发上。

有日光从阳台泼洒进来，白一块灰一块。儿子逆着光，看着父亲使劲呷巴着一只烟屁股，被风吹动的乱发如落了霜的一蓬枯草，鼻头有些酸胀。

"也就近两年，我才弄明白，这男女之间到底是怎么回事，"儿子的声音听上去没有那么刺耳了，但依然带着怒气，"可是怪了，你反倒不能理解我。"

老人涨红着脸，鼻尖和嘴唇上方布满细密的汗珠，夹着烟的手指不停地颤抖，吐出的烟雾快要将他湮没了，给人感觉，就像他这大半辈子从没走出这么一团迷雾。他感到胸口有股气在不断地鼓胀，似要爆发出来。他是如此惊惶，不知道该怎样去压住它。这股气盘旋激荡，硬生生地将他干瘦的身体呼地扯离沙发，年轻时那种暴烈刚硬的臭脾气又回来了。他伸长着脖子发狠地说："你懂个屁！"

从老家到城里不到一周，老人就觉察出哪里不对劲，儿子老偷偷摸摸地闪进他的房里接手机，再傻他也明白，儿子接听的是另一个女人的。他本来不该多管闲事，儿孙自有儿孙福，况且儿子念了那么多书，还当了什么医药代表，有哪样道理不懂的？可是一想到多年前那场不该发生的悲剧，他还是拿定主意要劝劝他。

今天老人醒得格外的早，却躺在床上不动，竖着耳朵细听外面的动静。儿媳起来了，孙子也起来了。儿媳上班时，顺路将孩子送到什么暑假英语训练营去。他们前脚一走，老人就做贼似的溜到儿子的卧室门前，几次举手想叩门又忍住。儿子很忙，每天要应酬到三更半夜，还是让他多睡一阵吧。

十点了，儿子起床出来，老人还没做出反应，他已经钻进了卫生间，砰地又将门关上。老人的心收紧了，拄着拖把无助地站在客厅，脑子里一片混乱。

"待会儿得把话说好听点。"他提醒自己，儿子已不再是从前那个鼻涕擤不干净的孩子，再怎么说，他也算是事业有成、有头有脸了。

时间像有意跟他作对，如蹲在墙角睡死的猫那样保持静止。老人都在卫生间门口晃了几回，儿子还是不肯出来。他只好跑到阳台，偷偷往窗户的缝隙瞄了一眼，儿子不是坐，而是蹲在那只洁白的马桶上，嘴里叼着烟，有声音嘀嘀嘀地从掌心发出来，他在玩手机上的游戏。

儿子发福了，有了明显的双下巴和凸起的大肚腩，那样子看上去像只等待蚊蝇的青蛙。

儿子的蹲式大便还是让老人眼眶一热，仿佛他还与偏僻的乡村保持着某种微弱又难以改变的联系。乡下的茅厕其实就是一堵墙一个坑，中间架两根麻石，老老少少往上一蹲，完事。到了城里，老人最不习惯的就是坐马桶，感觉屁股下面像垫了把凳子，哪有一点想拉的意思？

说起来也没啥，老人只是想劝劝儿子，洁身自好，家和万事兴。尽管早有心理准备，他还是没有料到，那股在自己胸腔憋涨了二十多年的火气会如此猛烈，强大，洪水猛兽般地裹挟着他。

"你屁也不懂！"他又怒气冲冲地补充了一句。

"放心好了，我才不会闹出你那样的傻事，"儿子冷笑了一下，继续说他想说的，"小时候，听到全村人都在传，你在外面有别的女人，很快就会不要我们了，你知道我有多害怕吗？娘有多害怕吗？"

老人挺着脖子，硬僵僵的像要去忍受这劈头的一刀。

"你不知道，你只知道不停地往外跑，你只顾着自己快活！"儿子继续说。

老人绷紧的嘴角慢慢地耷拉下来，刚刚冒起的那股怒火像被冰水浇灭，两粒混浊的眼珠宛若掉进淤泥的虫子奋力挣扎着，一股泪水猛地呛上来，却被他死死忍住。

"不是这样的，不是这样的……"他的腔调变得怯弱无助，眼眶一点点地红了。

"你知道娘是怎么死的吗？"儿子知道反击的机会到了，声音瞬间变得凄婉动人，仿佛又回到那个不堪回首的清晨，"我一直忘不了，那天下着细雨，冷飕飕的，她像个沙袋吊在村口的大榕树下，荡来荡去。她的眼睛瞪得大大的，你应该没有忘掉吧，她曾经说过'死了也要把你看住'。"

老人浑身一个哆嗦，脸上的肌肉跟着抽搐，牙齿磕碰出一阵嗒嗒脆响，白花花的眼泪终于泉涌般地往上闯，冲开一脸的灰暗。

　　"为什么？为什么就没人信我！"他哀嚎着，脸上的五官扭曲了变形了。他突然操起茶几上的杯子，砰地砸在地上。儿子怔了一下，听到他咬着牙说："老子要是在外面有女人，五雷轰顶！"

　　二十多年前，老人还是个年富力强的汉子。

　　汉子极少待在家里，他的职业就是过去人们所津津乐道的"跑江湖"，一年到头马不停蹄，从一座山翻到另一座山，从一个村庄转到另一个村庄，先用各种武艺杂技吸引观众，再推销一些治疗跌打损伤、头疼脑热之类的"土药"。

　　汉子的技艺是祖传的，向上可追溯到祖父那一代。有个奇怪的现象，他们一家三代从不在自己的村里摆场子。可还是有村民亲眼目睹汉子的表演，回来后大加渲染，他们说他能一掌劈断砖头，能像猴子一样翻筋斗，能用手走路，吃火吞剑，即使你把他的手脚捆个结实抬进箱子里，他也能从容不迫地为自己松绑。他的名气随着他奔跑的范围不断扩大，甚至跑在了脚步的前头，远远近近的小镇乡村无人不晓。

　　男人一年到头往外跑，这下可苦了留守的妻儿。每次往家里走，汉子就会想方设法弄点吃的玩的回去讨好儿子。那些充满异乡气息的食物或玩具总能让孩子兴奋个好几天，不过他要是想抱他，他就会怯怯地退至门边，一转身躲到母亲的背后，探出半边脸来惶恐地打量着他。汉子极力掩饰着自己的窘态，说话的声调故作轻松快活，心里却明白，是时间拉开了父子之间的距离，距离又让亲情荒芜得杂草丛生。

　　其实在父亲回来的那些夜晚，儿子也睡不踏实，他不停地想象着这个陌生的男人如何走进母亲的卧室，下闩，上她的床。有时半夜醒来，隔墙隐约传来一阵响动，还夹杂着一些喘息或叹气的声音，不知道为什么，他的心里总免不了要生出一丝妒意，就像这个男人取代了他在母亲心里的地位。

有一回儿子悄悄起身，脚底垫着凳子，将家里的白猫送进父母卧室的窗口。猫扑地落地，喵喵叫开，里头顿时安静下来，他的心头于是掠过一丝消仇解恨的快意。又有一回，他实在睡不着，就砰砰地擂响他们的门。里面很快就响起衣物的窸窣声和拖鞋的趿地声，母亲头发蓬乱地出来，问他怎么了。情急之下，他假装肚子疼，显出一脸的苦相。父亲光着上身，蹲到墙角去翻捡他的那些大包小包——每次回来，他从不轻易打开包裹，一副枕戈待旦、天明又要赶路的样子。他摸出了一粒药丸，剥掉蜡壳对儿子说："一定是闹蛔虫，吃了把它们拉掉。"儿子不肯吃，嫌药味怪。见他那副躲躲闪闪的神情，母亲心里有数了，摁了下他的头，没有责怪他的意思，只是眼里的紧张消失了。

每次回家，只要几杯猫尿下肚，汉子就开始对着邻里口若悬河。他不愧为讲"古"高手，绘声绘色，手舞足蹈，那些亲身经历、奇闻逸事像从山南地北一下子扯到了大伙的眼皮底下。可是对于儿子，他却讳莫如深，更不要说耍几个把戏给他瞧瞧。就算儿子问了，他也会显得极不耐烦，三言两语将他打发了。为此，儿子深感不平，还有失落，觉得他跟自己不如跟外人亲。

只有在梦里，儿子才能见到父亲跑江湖的情景：一个脸盘瘦削、眼睛圆溜溜的汉子，站在一片有大树遮阴的旷地上，说一句话响几声锣，"兄弟我翻过山越过岭千里迢迢来看我的老哥们老姐们我的侄子侄女们，今天借大伙这块风水宝地会会老朋友，结识新朋友，有钱的捧个场没钱的鼓个掌……"咣当咣当的锣声，恍若一股劲爽凉风吹动乡村沉闷的空气，周遭登时涌动着一股喜气和活力。

在一阵阵掌声的催逼下，父亲像个吝啬鬼慢吞吞地亮出一个又一个的拿手好戏——铁条穿鼻、吞剑、胸口砸石板、腹断铜线、独立鸡蛋……在人气最旺时，他戛然而止，打开百宝箱，吹嘘起祖传秘方之灵验，将风湿膏药、肚痛药、解暑药、蛇丸等药物一件一件地展示出来。为了让观众们相信治眼疾的"薄荷粉"，他端来一盆清水，撒上炭灰，将薄荷捏成片丢进水里以"驱逐"炭灰。他还免费将药散涂抹在牙疼者的患处，大喊一二三，患者咳个嗽便奇迹般地吐出带着血丝的龋齿……有一次他甚至梦见父亲破例在自己的村子里摆场子，把他的那些伙伴们羡慕得不行。

乡下人喜欢看着别人过日子，要是别人过得磕磕碰碰，他们心里就会痛快些，要是别人过得比自己好，心里就难免泛起一股醋意。就像汉子家，总有散钱买豆干、油条或者猪下水，他们就不快活了，千方百计要给人家挑毛病，好在对方唾沫横飞时平服自己内心的不快。再说了，他激情满怀，东奔西走，难免让人产生遐想，于是便有谣言如冷风在路边屋后吹来刮去：汉子在外边肯定有女人，说不定早已儿女成群呢，要不凭啥一去数月不归，回来后又如坐针毡？

听到这样的议论，汉子的女人就会莫名其妙地红了脸，好像自家男人真的做了见不得人的事。一开始她并不相信，虽笨嘴笨舌，还是勇敢地驳斥那些"长舌妇"，将她们驱散。不过她刚一走开，她们又自觉地拢在一处。渐渐的，尽管她在外面仍强撑着，骂朱寡妇"偷不到鱼就说鱼腥"，或者挖苦老刘家的"牛"不耕地，可回到家还是有种被侮辱、被损害的感觉，结结实实淌了泡泪。

听着女人的唠叨，汉子眼里蹿出耀眼的火苗，"没有的事，你要我怎么认嘛？钱都给你了，哪有什么私房钱？就这么点路费，要出门用的。"他没想到女人很干脆地说："你要是真的在外面没女人，就哪都别去，咱们好好守着儿子，守着这个家。"

汉子说："我不能不去。"女人问为什么。汉子答："他们在等我。"女人锐声问："谁在等你？"见他不吭声，又继续说："不就是你说了多少遍的老郑、王五，还有什么破顺子、张罗锅……你以为你是谁？不就一玩杂耍的。"

汉子从话里听出了一种鄙夷。两个人生活了这么久，女人还是第一次拿这种口气跟他说话。一想到自己掏心掏肺跟她提起的那些兄弟，如今成了被嘲笑的对象，他就跳将起来。

这些人怎么了？就因为他治好了他们的病，他们把他当英雄，给他鼓励，给他荣光，给他养活这个家的钱，还将过年的那点好货留到他到来的那一天，把最好的酒满上双手递到他面前。

"放肆！"他一巴掌扇了过去，又脆又响，女人的脸上登时浮起几根凸起的指痕。从相识起，他从没对她动过手。他不敢看她的眼睛，向门口挪动，然后跌跌撞撞地出去，一口气跑到曲河边，怔怔地盯着某个地方，整张脸被河水明亮的光映得雪白。

汉子反反复复地搜寻，外面有哪个女人对自己好点？东山乡的白寡妇，嫁到村里不到两年，老公挖煤被埋，领着个女儿混日子。他记得她黑油油的长发在脑后绾了个圆髻，有时还信手别上一朵鲜丽的花儿，脸白白的，冷得像霜，像雪，可一见到他却浮出了红晕。她买过他的药，他可怜她，没要钱，她就做了一双鞋子塞给他。有一次观众散尽，她搬起他的小凳子不管不顾地往家里走，弄得他跟也不是，不跟也不是，最后还是贼一样闪进她的家门。她目光灼灼地望着他，浑身上下散发出一种朴实而又温暖的气息。酒还没温热，他就跑掉了。不是她不诱人，而是他还没来得及展开想象，老婆和儿子就像两个积极的消防员迅速扑灭了燃起的火焰。还有西河村的黑丫，皮肤细滑油黑，一笑便露出精巧的酒窝和雪白的牙齿。这个黄花闺女大大咧咧地说，她爹警告过她，汉子是有女人的。可她不怕。话说到这个份上，他还是没下手。

就这两个女人的确让他动过心，多次地出现在他梦里。他悄悄反问自己，这样算"外面有女人"吗？

打了老婆之后，汉子还是有些后悔，或许她是对的，自己应该留下来，像别的男人一样"老婆孩子热炕头"。可一想到要下地干活，他就无端生出一种恐惧，不是怕苦，而是感到委屈。

"能出去多挣几个活钱有什么不好？"他恼怒地问自己，"总比侍弄庄稼强吧？"冷静下来，他不得不承认，自己是舍不得离开那种受尊敬、被追捧的生活。

　　吃晚饭了，女人把孩子支开，忙着给汉子做几样爱吃的菜。从她时而麻利时而停顿的动作，汉子明白那个疙瘩还在。

　　"疼不？"汉子放下酒杯讷讷地问，去摸摸女人的脸。她躲开，眼泪汪汪地问："那些人重要还是家人重要？"汉子叹了口气，快快作答："当然是家人了。"女人的声音于是变得干涩、严厉起来，"那好，从今往后，你别再踏出村口，要再出去，就别……"

　　她没把"回来"两个字说出口，这样太决绝了，但汉子的心头还是猛地一沉，觉察出有股执拗的死劲压在自己的身上。

　　这时，家里的那只灰色的猫从贮水缸上弓身一跃，像股烟从黑黝黝的窗棂飘走。汉子突然羡慕起猫来，它是多么自由啊。

　　"我习惯了……"汉子垂在腿侧的手背微微颤抖，他还想做最后的抵抗，但这样的抵抗简直就是徒劳。女人砰地打开门，笔直地指着逐渐暗下来的外边说："出去听听，别人怎么说咱们。就算你不为我着想，也要为儿子着想。"

　　汉子觉得自己有些醉了，虽然还没够量。他叼着烟从屋子里晃出去，伸了伸手，像在试下没下雨，嘴里咕哝了句什么脏话，走到井边往脸上撩了些水，想要让自己冷静下来。当他再次回到屋里，女人仍旧保持着刚才的姿势，斜睨的目光一动不动。汉子一屁股坐下去，凳子的接榫处发出一阵吱吱呀呀的叹息。

　　"不去了不去了……"汉子挥挥手，像在跟过去告别。那声音听起来也是闷闷的很陌生。

　　女人好久没动，慢慢的肩膀剧烈地耸动起来。汉子不耐烦了，"都说不去了，你哭什么哭？"女人抹了下泪说："谁说我哭了？"埋着头冲了出去。

　　第二天女人逢人便说："我老公不出远门了，再也不去了。"

　　颠来倒去的几句话，嚷得邻里全听见。他们就说："就是嘛，男人是馋猫，不拴住不行。"那口气是敷衍的，神情也是浮泛的，谁肯相信一个在外面野了十多年的男人会突然收心、跟你过起锅碗瓢盆的平淡日子？

女人只好加重语气，"这可是他亲口应承我的。"

与其说她试图说服别人，不如说她要让自己相信。几天之后，几乎全村的人都知道汉子不去跑江湖了。他们有的表示惋惜，有的幸灾乐祸，有的尖着鼻子发出几声冷笑。见这件事就这么了了，他们反倒有点讪讪的，像丢失了什么。

大白天，农民们下地的下地，赶墟的赶墟，加上最近又有一拨年轻人到城里去打工，村子里变得空荡荡的。汉子坐在院子里，谛听着风从门口的树梢掠过，还有狗叫鸡鸣自深巷传来。他不停歇地抽烟，脚底下散落着一只只烟屁股。有时烟头烫到手指，他一个激灵地醒来，以为刚刚听到了什么熟悉的声音。

汉子跑出院子顺着深巷张望，哪有什么动静？返回来又摸出香烟接上，那些蓝白的烟雾被风吹来吹去，起起伏伏，越看越像围观的人墙。他明白了，太久没有听到喝彩声，想念观众了。他转进里屋，打开行李包。那天女人未经许可就去碰它，被他惊怒的一声急吼吓得手足无措。她眨巴着眼茫然地问："都不用了，放在这里碍手碍脚的。"他气咻咻地说："别碰它，我知道怎么做。"然后小心翼翼地把它们拎到儿子的房间，心里再清楚不过，这些行李成天在女人的眼皮底下晃动，让她提心吊胆的。其实他也像她一样害怕，它们如施了魔法不断地引诱他，真担心自己哪天会扛不住不辞而别。

汉子从那个最大的行李包里摸出个铜锣，抚着被敲得坑坑洼洼的锣面，突然扬起头，甩开胳膊当当当地敲出震耳欲聋的声音。一时鸡飞狗跳，村子里的老人以为出了啥事，纷纷跑来看个究竟。让他们大失所望的是，呈现在眼前的是一个朽木般静止的身影。

汉子下地干农活了。阔别多年的锄头重新落在手上，感觉犹如落魄者撞见了熟人慌乱而又难为情。他曾经以为这辈子再也不用跟田地打交道，可以凭借幼年苦练的武术、惊心动魄的气功和变幻莫测的魔术挣钱养家。记得十七岁的那个夏天，他第一次跟随父亲出去跑江湖。开阔、新奇、多彩的世界让他瞠目结舌，感慨良多，自己知道的是如此之少，而需要知道的又是如此之多。在父亲的催促下，他惴惴不安地表演了变硬币、变鸡仔和耍纸牌，效果竟出奇的好，阵阵掌声让他如沐春风欲罢不能。之后，父子俩推销起从深山里采集回来、精心研制的药丸药散。他问过父亲，"这些药真的有效吗？"父亲诡谲地笑，"天下哪有包治百病的良药。"他又问："你老说跑江湖跑江湖的，江湖究竟是什么？"父亲怔了一下，咧着嘴狡黠地反问："你不都看到了吗？"

跟着父亲风里雨里地跑了几趟，汉子的身体粗壮了，嗓门也打开了，胡子变得又黑又硬。就像在大码头历练过，汉子的眼界高了胸襟也开阔了，许多道理变得清澈见底，村里的"大事"在他眼里化成了鸡毛蒜皮的小事。他说话处事，神态中多了一些老练与圆滑，身上也弥漫着一股神秘的气息，跟"跑江湖"这样的称谓更加吻合了。

跑江湖，汉子是一条龙，让他下地，却是一条虫。汉子的笨手笨脚很快就成为乡亲们茶余饭后的笑料。他也心知肚明，看人看物，眼里更多了一份老人才有、追忆似水年华的辛酸与无奈。每一锄下去，汉子使的全是狠劲，就好像这样可以把那段光彩的记忆埋得更深些。可是，他手里的锄头还是越挥越慢，弧度也越来越小，直至支着锄柄纹丝不动。

天空飘着雨丝，田地里湿漉漉的，远处起伏的山峦宛若一幅溟蒙的水墨画。那丝迫切的渴望犹如密密麻麻的虫子从身体深处钻出来，咬得他浑身发痒。要是去跑江湖，现在该是怎样一个热闹的场面？锣鼓把气氛渲染得奔放而又热烈，雷动的掌声催促着他快点使出看家本领，他的一举一动牵扯着所有人的目光，激情在胸中奔涌……只有那个时候，他才觉得自己这辈子没有白活。

眼下这种日复一日、毫无新意的劳作，迟早会把他憋死。有意无意的，他试探女人，让他再出去跑几年，挣点钱供儿子将来念大学。他说得那么诚恳，连自己都感动了，可是女人就像早有准备，迅速作出回应，"你敢离开村子半步，我就死给你看！"

汉子躲过那迸射过来的凛凛目光，说是开玩笑，可已经感觉到自己的心并没有死，它犹如一颗潮湿的种子呆在热烘烘、快要闷死人的土壤里，极不安分。好像有什么神灵在远方召唤着他，诱惑着他，那些念头犹如小兽不可抑止地在他的体内蹦跳、冲撞、撕咬。有天清晨，他实在受不住煎熬，蹑手蹑脚地起床，拿着行李跑掉了。

女人知道后没有哭，而是挺直着身子走出家门。她脸色惨白、神情冷峻，半长不短的黑发紧紧地粘着嘴角，一路上碰到不少熟人，可谁也没有料到她会说到做到，将死不瞑目的目光戳向那条粉尘覆盖的大路。

当汉子如鱼得水重返属于他的世界，半年时间非但没有废掉他的技艺，反而带来了蓄势已久的激情。三个月后，他志得意满地揣着一包比从前更多的钞票回家，希望让女人消消气，没想到的是，迎接他的是一个簇新却寒酸的小坟头。

在儿子的眼里，这个家既然没了"娘"，还要这个"爹"做什么？"爹"本来就是挂在娘嘴边的一个音节，眼前偶尔闪现的一个身影，他跑去跟他的姑姑过了。

汉子差不多在家里待了一年，郁郁寡欢，之后咬咬牙又重出江湖。别人都说他贼心不改，说他狐狸的尾巴还是露了出来。可以说，儿子能够发奋向上，最终考上大学，皆因他一心想早日离开村庄，离开支离破碎的"家"，与"罪孽深重"的父亲一刀两断。

汉子差不多又干了十几年，在浪迹天涯中，他丝毫没有停止过对技艺的钻研，琢磨出更具有挑战性、难度更大的绝技。无论是他的舌头、腿、脚、颈部还是两条胳膊，都因此留下了累累伤痕。有一次为了学会用嘴巴叼自行车，他被扯掉了两颗牙齿。他终于掌握了"舌头定电风扇""螺丝刀穿大脑"等绝活。可是，他花样翻新的速度远远跟不上时代的潮流，观众们的胃口正在发生翻天覆地的变化，许多外地的剧团流入平原，他们的节目不仅有一般的歌舞，还有不一般的"时装秀"。乡村很快又增添了电影院和录像厅，每晚都播放着港台武打片或搞笑片，到了深夜，干脆放起了三级片。至于那些药丸药散更是无人问津，因为小药店已经开遍乡村的街头巷尾，正规不正规的诊所犹如雨后春笋。

日渐冷清的生意使汉子身心俱疲，也十分恼怒与无奈。有一天他把行李丢在小旅馆里，夹在那些兴致勃勃的年轻人中间去看歌舞表演。那是一个巨大的帐篷，门口站着两个妙龄少女，不时撩起上衣让人瞅瞅她们光洁结实的乳房，让人看看那扭来扭去的小蛮腰。这次的"实地考察"让汉子大受刺激。当那些光着身子的美女娇啼着走下舞台，任由观众随意捏摸、引发阵阵狂潮时，他再也无法忍住奔涌的热泪，没有错，他深爱的行业已经走到了尽头。

也就在几天前，儿子到老家县城谈生意，一时心血来潮，决定顺路去看看老人。下高速穿古镇，一条又弯又瘦的小路将他带到久违的家门口。

夏天的午后，破败的小院落洒满阳光，一群大鸡小鸡正在草垛里刨食，是儿子的脚步将它们吓得四散奔逃。好多年了，儿子的脑子里常不由自主地演习着即将发生的那个场景，它是振奋人心的，也是扬眉吐气的。在最艰难的创业时期，只要想到有朝一日能给父亲以难堪，他的身上就会涌动无穷的力量。他拼命地工作，不知跳了几回槽，终于发展起自己的事业，在城里站稳了脚跟。

从念大学起，儿子就没再理过父亲，尽管每个月他都能准时收到从老家寄来的生活费。工作之后，儿子偶尔会从亲戚那里听到父亲的一点消息，他的处境并不好：没再跑江湖了，一个人孤零零的，干起了一生中最最厌恶的农活。

可以说，老人是被门外难得一见的喧闹吸引过去的，他顶着一头干枯的白发，驼着背，边不停地搓手边惊怯地打量着眼前这个又高又胖的男人，黝黑的脸慢慢地红了，眼角有肌肉不断颤跳，"是你……回来了？回来了。"声音低得不能再低。

儿子内心突然涌起一股久违的酸楚，父亲的境况比自己预想的还要糟糕。纵有千错万错，毕竟还是他的爹，更何况这么多年，孤独、艰辛的生活已给了他应有的惩罚。儿子那种渴求补偿的心理得到了满足，反而动了恻隐之心，就随口问父亲，"愿不愿意跟我到城里去住一段？"

让儿子没想到的是，父亲飞快地点头。

自从回到村里，老人只希望过过单纯、安静的日子，可是树欲静而风不止，那些异样的眼神总让他惶惶不可终日。他比从前更沉默了，有时在女人的遗像前一站就好几小时，嘴唇微微蠕动不知说些什么；有时则站在院子里虚望着，那懊丧的样子让人想起那些被风浪打沉、拖到岸边的旧船。

自家女人的死像个伤口，过一阵就在他身上发作一次，那些堆积起来的悔疚、思念和回忆像巨大的重量压在他日渐孱弱的胸口上。他一直在赎罪，也一直想用行动告诉那些鄙视他的人们，他和白寡妇、黑丫没有什么，虽然别人根本就不知道她们的存在。

这样过了没多久，世道又变了，人心也跟着变，村里人都忙着挣钱，大伙关注的都是谁家又盖起洋楼，谁家又搞起货运，谁在批发水果蔬菜，谁跑到外地去打工……至于他的那些破事，再也无人提及。结婚离婚，谁又和谁睡了，这些过去叫人惊心的事儿搁到现在，简直是小菜一碟。在观念不断更新的年代，老人的赎罪显得格外可笑，尤其在长大起来的新一代人的眼中，这个老头简直是个怪胎。

老人的存在不但成为多余，还有点滑稽，慢慢的他也怀疑自己脑瓜是不是有毛病。他深居简出，一遍遍地擦拭着那些跑江湖用的道具，哪怕是一只缺角的瓷碗，也是纤尘不染，好像刚刚才用它喝过水盛过饭。也只有这个时候，他那没有神采的眼睛才会放出光亮，觉得自己又年轻一些，忍不住要在院子里翻几个跟斗。

到了儿子家，老人第一次见到儿媳，那是个矮矮胖胖、长得不怎么好看的女人。还有他的孙子，六岁了，过完这个暑假就要念小学。孙子长得像妈，身材也像。他用横横的目光打量着眼前这个又干又瘦的老头子。儿子要他喊爷爷，他不肯。老人去拉他的手，却招来一阵拳打脚踢，嘴里还发出嗨嗨发力的声音。儿媳上前教训他，"别没礼貌啊，这是你爷爷。"

孙子蹙着眉头斜睨老人，"爸爸不是说爷爷早就死了吗？"

儿子在一旁尴尬地辩解，"我什么时候说过？"

孙子边跺着脚边不停地拿胖嘟嘟的手指戳他，"你有，你有，撒谎会被大灰狼吃掉的。"

老人乐呵呵地打圆场，"你看看，爷爷现在不是活得好好的吗？"

在城里，儿子的房子算大的了，五居室，儿子夫妇和孙子各一间，一间当书房，一间放杂物，还有一间原来住着保姆，不久前才辞了工，老人正好搬进去暂住。

谁会想到相聚没几天，父子俩就吵得脸红耳赤。望了望一地的碎玻璃，老人缓缓地转过脸来，老泪纵横，声音哀颤颤的，"要怎么说你才相信？我在外面真的没有女人。"

儿子心头微微一震，不敢去接老人的目光，喋声了半天才说："那你干吗老想往外跑？"老人叹了口气说："说了你也不懂，咱们有祖上传下的绝活，咱们跟那些农民不一样。"

"这么说，我娘冤枉你了？全村的人也都冤枉你了？"儿子瞪大着眼睛问。老人叹了口气说："是有女人对我好，可一想到你们母子，我就没接受。有时候想想，要是接受了倒好，我就不用一个人待在村子里遭人白眼。"

老人颤抖着嘴唇，突然气结，只瞪着一对比平时更大的眼睛。儿子慌了，赶忙扶他坐下，给他倒了杯水。

"可是，明知道她害怕别人说东说西，你还是出去……"儿子望着父亲，眼里浮出了泪花。老人的嘴唇再度颤抖，"我没想到她真的会……要是早知道，就不走了，就一辈子守着她了。"说到这，他变得急躁起来，"算了算了，不说了。"却又有泪珠从眼角颤出来。

儿子摇了摇头，突然颤搐地笑，"小时候，你知道我有多崇拜你吗？每次听到别人讲起你跑江湖的事，就觉得你是英雄好汉。还记得吗？我求过你多少次了，给我要要那些魔术杂技。长大后我不断地想，要是那会儿你能给我表演表演，哪怕就翻个筋斗来个鲤鱼打挺，我也会很开心很开心。可你——唉！"

"想知道为啥吗？怕你也像我一样从小迷上杂耍，最后一事无成。我和你娘一样，都希望你能专心念书，上大学，往后不用待在那穷地方。你看你现在多出息啊！"老人的话里透着一股自豪，就像他从前的决定是多么英明。

"咳，我也没啥，就一医药代表，说穿了，就跟你以前差不多，推销药品。"

老人脸红了一下，垂下头，声音带着点伤风般的暗哑，"那怎么能比？你们卖的可是真正的好药，不像我那些，在自己村里都不好意思卖。"

"你真以为我们的药就有那么好？"儿子低低地嘘了一声。老人不大相信地问："不好大医院能要吗？"

儿子得意地说："要是好药还轮得到你儿子挣钱？"见老人不语，又换了个话题，"你没有搞错，我是在外面有女人。你以为你儿媳不知道？这年头有钱才是硬道理，她敢太过分，我就不要她。"

"你不怕她像你娘那样——"

"咳，爹，什么年代了，哪还有这么蠢的女人。"儿子不屑地说。

吃晚饭了，老人的胃口不错，喝了点酒，还干掉了两碗饭。儿子坐在旁边看着他吃，听着他说话，很快，话题又绕到了死去的女人身上。

"你娘要是还在就好了。"老人喝多了，蹙着眉头笑，"她再有本事也想不到，一个农村出来的娃，能过上这等好日子。"

这时，房间里响起了锣声，老人心头止不住一阵战栗，有股热血涌至脸上。好几年了，他没再让自己听到这种声音。不过这次进城，他终究还是舍不得，像以往那样把道具都带在身边。

儿子见父亲两眼发直，牙齿把下唇咬得青白，连忙扭过头喊："儿子，别碰爷爷的东西。"

孩子拎着锣走出来，调皮地眨着眼问："爷爷，这是干吗用的？"老人似乎松了口气，仓促地咧开嘴说："跑江湖用的。"

"什么叫跑江湖呀？"孙子不解。老人说："跑江湖就是像电影里演的那样，到处卖艺，玩杂技变魔术。爷爷年轻时可厉害了。"

孙子兴奋地尖叫起来，"爷爷爷爷，我要看你跑江湖。我要你给我变魔术要杂技。"

"爸，你就来一个嘛，给我们开开眼。"儿子也在一旁推波助澜。借着酒兴，老人大声说："好！拿副纸牌来。"

儿媳赶紧从抽屉里找出副新扑克，看着老头麻利地和匀，讨好地说："爸，你那动作挺像'赌王'的。"老人笑了笑，要孙子随便摸三张牌藏好，然后一张张地猜，竟然准确无误，把孙子惊得瞠目结舌。

"我还会钢筋锁喉、舌头定电风扇、脚踩灯泡、耳朵拉车，光脚上刀刃……好多绝技呢。"老人得意地说。孙子激动得拽着他的手臂不停地摇晃，哀求说："爷爷，你到楼下给我们表演表演嘛，上次珠珠的爷爷来了，给我们打太极拳，冬冬的奶奶也给我们跳了扇子舞，不过肯定都没你的好看。"

儿子也劝，"是啊爹，你有这一手绝活，不如找个时间，给小区里的孩子们表演表演，也好丰富他们的暑期生活。"

"干脆这样，我明天找管理处说说，给爹搞个晚会。"儿媳来劲了。老人很想拒绝，但转念一想，到城里来，他还没给孙子买过礼物呢，现在不就有了吗？就朗声对孙子说："好！就当是爷爷给你的见面礼。"

孙子开心得跳起来，咚咚咚地跑到茶几边去打电话。隐隐约约的，老人听到他神秘地告诉小伙伴，自己有个了不起的爷爷。人家大概是不信，他就神气活现地说："哼，很快你们就知道。"

第二天，孙子死活不去训练营，一大早蹑手蹑脚地推开老人的卧房。爷爷不在，他带来的鼓鼓囊囊的行李袋瘪了，有奇奇怪怪的东西摆放在床上、桌上和地板上，像拿出来晒太阳。

孙子一件件地拿起来，摩挲着，满脸的好奇。这时门响了一下，吓得他急忙放下手里头的东西。

"爷爷，你去哪里了？"孙子问。老人把一只沉甸甸的大袋子放下来说："买材料去。"孙子打开一看，里面有灯泡、铁钉、绳索、木块、装着液体的瓶子……他仰起胖乎乎的脸问："买这些干吗？"老人说："做道具，不是说好吗？今晚要给你们走一回江湖。"

孙子又尖叫起来，"这么快啊？"眼里闪动着兴奋的神采。老人拍拍他的脑瓜说："快去通知你的小伙伴吧，晚上七点半，在楼下凉亭边那片空地上，爷爷给你们露一手绝活。"他故意把"绝活"两个字咬得很重。孙子冲上前抱住他，对着他那张橘子皮似的老脸亲了又亲，又欢呼着跑出去。

下午，小区里的孩子们没有一个不知道晚上有精彩的节目。孙子有个小伙伴，家长是电视台的，嗅觉灵敏，主动跑去跟管理处商量，觉得有必要把小区的文化生活报道出去。管理处的领导正为"争创优秀住宅小区"的竞赛犯愁，一下子茅塞顿开，这不正是城市精神文明建设的一部分吗？他们原本还打算花大钱请人过来唱唱跳跳，这下可真是"得来全不费功夫"。急忙找老人商量去。

下午五点，凉亭一带已摆放了二十几把折叠椅，靠背后面贴着一些"嘉宾"的名字。原来清静的小区在几个小时之内变得喜气洋洋。

还不到七点，凉亭四周已或坐或站围满了人，灯光将花园一角照得如同白昼。大人们笑语喧喧，孩子们交头接耳。夏夜的风吹起来，拂动着花草树木，十几米长的条幅被风涨满着，像要出征的风帆，上面写着"丰富居民生活，争创魅力小区"。街道办主任首先讲话，他的高谈阔论弄得大伙恹恹欲睡。好不容易麦克风才交回主持人的手中，她热情洋溢地介绍了老人的传奇经历，称这次表演既能唤起成年人的回忆，又能给孩子们复原某种过去的生活。

老人上台了，他滑稽的扮相引得大人小孩一片欢笑。他穿了一件对襟明黄短褂，腰束彩带，一条灯笼黑裤，打五色绑腿，嘴边粘了两根老鼠须，还在剃得光溜溜的脑门上贴了块膏药。他探头探脑地走到舞台中央，边敲锣边亮开尖溜溜的嗓门吆喝："江湖人，似神仙，出门免带钱，会吹又会骗。人靠把嘴，鱼靠把水，就怕天公不作美……"

有孩子指着老人起哄，"坏蛋，大坏蛋。"老人的孙子就站起来生气地反击，"你爷爷才是坏蛋呢。"

这时老人的儿子已经疾步上台，帮父亲拿出一个狭长的道具，插上电源，上面亮起了八只灯泡。老人放下铜锣，动作夸张地脱掉鞋子，像个游泳者准备扎猛子那样长长地吸了口气，踮起脚尖站到灯泡上，当他的第二只脚离开地面时，下面一片哗然。站定了，老人吐出一口气，双手平直伸出，一边接住儿子递来的一桶水。看着他小心翼翼、一个灯泡一个灯泡地往下走，所有的人都屏气凝神，都为他捏了一把汗。他稳稳落地了，伴随而来的是狂风骤雨般的掌声。

大伙还没来得及喘口气，老人又表演了更为惊险的"吃火吐火"，只见一条火龙从他嘴里喷了出去，把半空都映红了。大家面面相觑，惊魂甫定，他那"舌头定电风扇"的绝活已把晚会推向了第一个高潮。他的儿子拿出一把没有防护罩的落地电风扇，把速度调到一级，他凑过去伸出舌头。好多孩子吓得闭上眼睛，睁开时却发现扇页像粘了万能胶一样被老人的舌头定住了。老人问大家，想不想把速度调得更快，大家齐齐刷刷地答"要"。

儿子低低地嘟哝了一声，觉得那样太危险了，老人却一副胸有成竹的样子，还调皮地拨动着舌头。风扇呼呼地化成一道白影，可最终还是难不倒他。

往后的节目一个比一个精彩，老人连续表演了"魔术牌""手臂上切菜"，还请了两个小区保安上来一起表演"钢筋缠颈"。最惊险的是吞铁钉，他把几颗铁钉吞下去，张开嘴让小朋友们上来检查，然后朝他们高声喊："孩子们，一起帮爷爷喊芝麻开门好不好？这样钉子才能从爷爷的肚子里跑出来。"

孩子们全都上台扯直嗓门喊。这一喊果真立竿见影，老人一转身就将铁钉吐出来，托在手心里请他们检查，铁钉上还粘着白色的饭粒。

回家的路上，老人身后尾随一群"小粉丝"，口口声声要跟他学艺。孙子紧紧地牵着老人的手皱着鼻子说："你们别想了，我还没学呢。爷爷只教我一个人。"有小朋友急哭了，老人只好停下脚步温和地解释："学这活儿太苦了，爷爷以前是没办法。"为了吓退他们，他捞起上衣，让他们见识见识伤痕累累的腰和背。孩子们非但不怕，还大呼小叫的，"哇""酷""酷毙了"。老人被缠得没办法，只好答应，明晚教他们几招。

第二天晚上，老人拿着扑克牌教孩子们玩几种花样。孩子们特别来劲，还想要他教点别的。老人说别的太危险，要等长大后才能学。他们问要等到多大？老人说要像他这么高。孩子们就哇哇大叫，满脸的失望。老人不忍心，对他们说："把戏是假，手脚要快。" 又教了他们一招"空手变钞票"，这才把孩子们打发了。回到家，孙子不肯睡，缠着老人要他教绝活，因为只有这样，他才能镇得住那帮小朋友。老人还是那句话，"等长大了再教你。"孙子气鼓鼓地说："等我长大你都死了。"

孩子的母亲听到了，过来骂他，"怎么说话？没礼貌！"老人连说没事。孙子说的也不是没道理，要在以前，为了生计，很多跑江湖的都会尽快将自己的绝活传给自己的子孙。可是现在，学了也无用武之地，况且孙子并不明白，学一手绝活要付出多大的艰辛。

几天后的一个上午，老人出去帮儿子家买菜，刚走到小区大门口，那个认识他的保安就朝着他大叫，"大爷，不好啦，你家出事了。"老人忙问："小兄弟，我家出啥事？"对方结结巴巴地说："你孙子上医院了，他吞了铁钉。"

老人的脑瓜轰隆一炸，手里的菜掉落在地。那保安又说："他以为喊'芝麻开门'就能把铁钉吐出来。"

"你真是个灾星，害死了老婆，又跑到城里来害孙子。" 老人心里充满了深深的自责，回到家，瘫在沙发上半天没有动弹。儿子回来取东西，看见父亲垂着头佝偻着身子，那样子像一下子苍老了十岁。

"都怪我。"老人不敢正视儿子。

"没事没事，先留在医院观察，好在还没有腹痛呕吐。医生叫我们给孩子多吃些粗纤维的蔬菜，要能从大便排出来，就不用动手术了。"

一整天，那么大的房子死寂一片。老人静静地蜷缩在卧房的床上，不吃不喝，周围全是那些五花八门的道具。夜深了，儿子儿媳还没从医院回来，老人把那些道具胡乱塞进了行李包，背着拎着下楼，把它们统统扔进了垃圾桶。他慢慢地走出小区，走向长途汽车站。

城市的夜晚依然热闹，一路上车水马龙，那些喧嚣和闷热的空气似要将他层层包裹。太晚了，车站不发车，他只好坐在候车室的长凳上，点了根烟慢慢地抽着，等待天亮。渐渐的，他的眼前模糊了，黑暗使整个世界变得无限开阔，无限空洞，像极了那个抽象的，存在着无数的未知、无数种人生可能的"江湖"。这时，有一枚钉子从他眼前亮闪闪地弹出，在一个小小的身体里不停做着运动，跳跃、旋转，从咽喉到食道，紧接着是胃、小肠、结肠、直肠……

万物生

　　那天挺冷的，印象中深圳就没这么冷过，我到走廊的另一头去倒垃圾，手脚冰凉，牙齿磕碰得嗒嗒响，可说话时并没有看到嘴里呼出的白气。我的右眼皮老在跳，不停地跳，用两个指头也摁不住，心里有种奇怪的预感，很快就会有事情发生，而且不是什么好事情，回来时就碰见了那对夫妻，他们由房东领着，打开我们隔壁的那套空房，格局都一样，一室一厅加上厨房厕所，还有一个小小的阳台。有几个搬运工帮他们将东西一纸箱一纸箱地搬进去，又空着手出来，头发末梢无一例外地挂着小小的水珠，外面的雨还没停下来。

　　那个男人站在门边，不时侧一下身，给搬运东西的人让路，那个女人则站得稍远一点，手里捧着一只洁白的小花盆，里面有株纤细的植物，黑乎乎的不着一丝绿，看不出有什么活着的征兆。他们都不年轻，少说也有五十好几，见我经过，男的友善地笑了笑，算是打招呼，女的目光一闪，嘴里嘀咕着什么，我没有听清，也许她根本就不喜欢这个地方，只是像我一样为了图个租金便宜才搬来。我礼节性地问：“搬家啊，从哪儿来的？”

　　男的望望女的又望望我，仿佛在提防我搞什么名堂。

"南山。"他的声音低得不能再低。那个女的又冲我瞟了一眼，不知道为什么，她的眼神怪怪的，让人有点不自在。

这是一幢朝东的灰色楼房，上下九层，不带电梯，据说它是房东的两个儿子抢建的，抢建的目的就是为了等政府拆迁，按面积赔钱——在"澳门新村"，像这种自建的楼房比比皆是。结果不知道什么原因，拆迁的事儿搁浅了。房东的两个儿子，一个在惠州开工厂，另一个在东莞做酒楼生意，平时都难得回来一趟，只留下老头子带着两个乡下亲戚在此收租管理。老头子住二楼，我经常见到他，个子又瘦又小，成天耷拉着脑袋好像心事重重。到了饭后，一准看见他叼根小牙签，不时拿起来往嘴里捅一捅，像是为了告诉别人他每顿都是大鱼大肉。从口音判断，他应该是地道的客家人，说不好普通话也说不好白话（粤语）。他的记性不大好，每回碰见我总要跟我"宣言"一番，这片地方越来越旺，房子不愁出租，又列举了几个租客没有按时交钱被他撵出去的例子，大概是要我引以为戒。临走时他还不忘叮嘱我，不得随便向新来的住户透露房租，以免造成他们心里不平衡。我明白他的意思，却装作不明白，说现在深圳没什么优势，来打工的只会少不会多，房子应该越来越难租出去才对。我要让他自讨没趣，谁叫他老是没完没了啊。

回到屋里，春妮说我倒个垃圾也要这么久，我说隔壁有人搬进来了。春妮调侃我："好久没看到人了吧？瞧你这兴奋劲儿。"

春妮一直要我出去找份工作，赚多少钱没关系，她说你关起门来搞什么打工文学，你要搞打工文学你就得先出去打工。我说我也不仅仅写打工文学，我说人家普鲁斯特长期待在床上，不也写出《追忆似水年华》这样的大部头？春妮不知道谁是普鲁斯特，但她知道我是怎么想的，只是不愿戳穿我——我有个朋友，原来是流水线上的工人，写着写着就有了名气，被作协聘作专业作家，既有工资领，又能忙活自己喜欢的事儿。

春妮是我的女朋友，在附近一家商场当售货员，两班倒，要不从上午九点半上到下午四点半，要不从下午三点上到晚上十点，每月休息两天，工资并不高。她换过几份工作，没有一份是自己喜欢的，不过话说回来，又有几个人对自己的工作感兴趣呢？与朋友聊天，她总是说不在乎我做什么，那是我的自由，可私下里她还是巴不得我出去挣钱。她说挣钱倒在其次，主要是到外面多接触人，没准心情一好，灵感一来，啥东西都写出来了。她担心我有一天钻进去再也出不来。"钻进去出不来"几乎成了她的口头禅，我明白她的意思，也就在去年十月份，我的一位网友朗诵着自己写的诗歌，从一栋高楼跳下来。我们都无法去给他送别，因为他变成了一摊大鼻涕。可是春妮还是没有彻底弄明白，尽管它是一个浅显的道理——每个人都有选择的权利，哪怕是去死。

　　平心而论，春妮是个好姑娘，她留着齐刘海，长发乌黑亮滑，长相虽谈不上漂亮，但也给人一种清清爽爽的感觉。她的身材略为丰满，皮肤尤其好，当然有些地方也只有我才能知道。她在报纸上读过我的几篇小文章，就往我的博客不停地发"纸条"，直到我回复她，然后我们就见了面。我请她在肯德基喝了杯可乐吃了包薯条，又把她带到宿舍去。那会儿我还在一家五金加工厂当保管员，所谓的宿舍，就是从仓库隔出来的一小间。她明知我的目的，还是让我得手了。之后她经常来找我，她原以为见到她我会很高兴，没想到我总是嫌她这嫌她那，搞得她很不开心。有一天她说我可以和她住在一起，我犹犹豫豫的态度把她惹火了，我们吵了一架，她以为我要甩掉她，我也以为自己会这么干，我们差不多有两个月没说过一句话，有一天她给我打电话，说她怀上我的孩子，把我吓得不轻，好在她又叫我别担心，她已经处理掉了。就是这件事老让我过不了自己那一关，终于有一天我辞了职，在她工作不远的地方租了这套房子，和她过起了小日子。

　　这片地方叫龙华，原属于深圳二线关的"关外"，算偏僻的了，房子很容易租到，租金也不贵，特别是像"澳门新村"里的"农民房"。不过现在不一样了，"关内"的城中村拆迁得差不多，又重新盖起高楼大厦，打工的哪还租得起？打从地铁4号线开通后，这边就热闹起来，但热闹归热闹，配套设施还不够齐全，冒着城乡接合部的土气。当初我们选择这儿，除了出于租金考虑，还有就是图它的清静，用春妮的话说，这儿偏是偏了点，但安静，安静你才写得出好东西。可以说这一两年来，我一直花着她的钱，偶尔发表的那几篇文章稿费加起来都没超过三位数，即使这样我也从没给过她像样的承诺。我们都还没有做好长远的打算，起码我是这样的。春妮很聪明，她曾试探我，什么样的姑娘才是我最"中意"的，我说就是你这样的。她很开心，却还要装出不相信，她说你哪天成了大作家就会不要我了。我说我成不了大作家，我只能指望成为大作家的爹。她马上露出娇羞的样子，以为这项艰巨的任务非她莫属。

我刚刚说过，我们隔壁住进来一对中年夫妇，那天傍晚，春妮还在上晚班，我准备下楼去找点吃的，就看见他们从屋里出来，那个女的把脸贴近门框朝屋里喊："顺子，我们出去一下，很快就回来，你乖乖待在家啊。"

我收住脚步，顺着她的目光往里望，里面静悄悄的没有丝毫的回应。

"收拾好了？"我关心地问。男的飞快地把门带上，说："还没呢，出去买点东西"，拿着钥匙在锁孔里转了几圈，直起身子问："这儿还好吧？"

"怎么说呢，挺安静的，就是配套不好，还是不大方便，"我说，"欢迎做邻居啊。"

那个女的从眼角斜斜地盯着我，冷不丁问了一句："你在这儿住多久了？"

我挤出个笑脸说："一年多了。"

男的问："在附近上班吗？"我说我没有出去上班。他蹙着眉想了想说："年纪轻轻的，整天没事干还是不好，会闷坏的。"

"一点都不闷，"我说，"有很多事情等着我去做。"

那个男的哦了一声："我明白了，你是开网店的。"

外面还下着细雨，雨丝被风卷着斜斜地飘飞。在这种季节里，香烟会因为吸湿而变得软塌塌的，我呼吸着倒春寒所带来的冷冰冰的空气，还有一种陈腐的气味，仿佛从出租楼里的每个窗口、每个门洞散发出来的。路灯黄黄的，疲倦得像发不出光亮，我坐在街角那家潮州人开的小饭馆里，呼噜呼噜地吃着一碗猪杂汤河粉，偶尔抬起头，看看在街对面杂货店买东西的那对夫妇。男的一边挑选着什么一边牵着女的，怕她逃跑似的。她朝四周张望着，似乎对这个陌生的环境感到好奇，忽然看见了我，而且看见了我在看她，就拢了拢上身的衣服，把目光移向别处。我低下头，差不多把半截脸埋进碗里，装作什么也没看到。她又转过脸来，偷偷地打量着我，像在辨别我是不是她的一位熟人。买完了，男的腋下夹着一些拖把垃圾铲之类的东西，手上还拎着两大袋，女的双手空空地跟在一侧。望着灯光下那两条灰黑的影子，刹那间我想到了什么，又说不清，也许是一种曾经有过的寂寥的心境吧？

那天晚上，春妮差不多十点半才回来，一进门就抱怨，走廊里都是烟味，她说肯定是隔壁那个老男人抽的，他不想他老婆吸进肺里，看看你，从来都不管我，下次你也去走廊抽。

"告诉你一件事，那个男人的老婆——"我没说完就被春妮急急地打断。

"好啦好啦，"她打了个呵欠，"能不能聊点新鲜的？颠来倒去的都是他们他们他们。"

她一屁股坐在木沙发的扶手上，弯腰剥下一只高跟鞋，咚地扔到门后，又剥下另一只，也咚地扔到一块去。她要不是跟顾客吵架，就是挨了店长的骂，反正窝了一肚子火。谁都知道我这人脾气好，也许是这样，她才对我越来越不耐烦。

我跟着她进了卧室，想去碰她，被她一手挡开。她打开衣橱下面的抽屉，拿了换洗的内衣内裤走进洗澡间。我在客厅站了好一会儿，又走到阳台去，抱着胳膊靠在栏杆边往下望，杂货铺、水果店、饮食店、发廊和烧烤摊子什么的都还亮着灯，但天太冷了，路上的行人已经不多了。不远处那片正在建的高楼，不时有电焊的火花一闪一闪，迸散落下，又不见了。我将目光移向隔壁的阳台，客厅还亮着灯，先是低低地传来说话声，很快声音就大起来。忽然哗啦一声，像什么瓷器被打碎了，不像一件，而是一堆。我想三更半夜的，他们这么不小心，又听到里面接二连三地传来乒零乓啷的脆响，还伴随着沙哑的嘶叫声。我心里一惊，穿过客厅跑去开门。

哐的一声，隔壁房间的铁门像被一股强劲的风打开，撞击着一侧的墙壁，又反弹回去，那个女的上半身才探出门外，后面就伸出两条胳膊钳住她的腰，将她整个儿地举离地面。她奋力甩动光着的脚丫，从我的视线里迅速地消失掉。我还没回过神来，那个男的又跑出来关门，他穿得真奇怪，一件又长又大的T恤，胸前有只鲜艳的公仔，下半身却是一条薄薄的睡裤，头发乱蓬蓬的，看上去像从疯人院里跑出来。

看到我他似乎怔了一下，不知道该说什么好。

"没事吧？"我讷讷地问。他摆摆手，呼出一口气说："不好意思，不好意思啊——"话的尾音被门哐的一声切断了。我仍不放心，将耳朵贴到他家的门上，隐隐约约的，那个男的在说着什么，而那个女的虽然也在叫唤，但声音已经很弱了。

回到房间，春妮早就洗完澡了。我把刚才发生的事告诉她，她笑起来，说肯定是那个男的干了见不得人的勾当，要不谁会半夜发这么大的火。我上了趟厕所，还是不放心，偷偷将大门打开道缝，窄窄的楼道里见不到人影，隔壁也安静了，关上门回到卧室，春妮已经关了灯躺在床上玩手机，小屏幕发出的毛茸茸的亮光，勾画出她的下巴和鼻尖。我点了根烟绕着床头转来转去，脑子里还在回放刚才惊悚的一幕。

"赶紧睡吧，"她关了手机，一把将我拽过去，"以后不许你去多管闲事，那些东西不长眼睛，万一砸到你头上——"她不知道想到了什么，把我搂得紧紧的。那一次她对我格外的好，上上下下地忙活了老半天。整个晚上我们都感觉很幸福，很来劲，把什么都忘掉了。

第二天早上，春妮去上班，我陪她下楼。天边有些金色的云彩，阳光薄薄地照着，让人的心情不知不觉地明朗起来。小路两边的店铺都开了门，有红纸屑湿湿地粘在地上，落花一般，估计是昨晚哪家的孩子偷偷放了鞭炮。我们沿着小路一直走下去，远远的，梅林关车来车往，好不热闹。我把春妮送到她商场的后门，又一个人返回，到了楼下就碰到了那对夫妇。我正打算躲开，他们却站住了，像是有话要说。说实在的，这回我才算看清他们的模样。阳光照在他们的半边脸和胳膊上，显得喜气洋洋。那个男的染过发，发根枯黄，梳向右边的发绺遮住了眼角，应该剪剪了。他的个头并不高，皮肤有点黑，所以显得十分结实，眼睛小而亮，脸上的纹路一道道的很深，腮帮刮得像块被剃刀蹭得油亮的熟牛皮，下巴还残留着些许白胡子，盐巴一般晶莹。今天他穿了件抓绒连帽运动衣，又宽又大，而且那红红绿绿的拼色对他来说也似乎过于活泼，当然也是可以理解，城里的中老年人为显年轻，喜欢把自己打扮得花红柳绿的。看到我，他的神色有些不自然，里面好像夹杂着一丝歉意。他的妻子双手交叉着搭在前面，温柔地看着我。她像是悉心打扮过，戴了一顶无沿的呢绒帽，粉绿色，穿的也是粉绿色的呢绒套装，脖子上还系了条明黄的丝巾，画了眼线的眼睛却红红的，我忽然想到她刚哭过。她的嘴上还涂了唇膏，高跟鞋使她本来就高瘦的身材显得更加挺拔，腰肢纤细得像个小姑娘，唯一觉得有些不搭的是花白的头发，她倒是应该把它染一染，不过谁也不能否认，她年轻时一定是个美人儿。

"出去啊？"我打破了沉默。

"是啊是啊，到中心城逛逛去。"男的咧了咧嘴说。

"今天天气不错，是应该出去走一走。"

"去参加一个聚会。"那个女的补充道，她摘下帽子，用手轻轻地碰了碰一丝不乱地挽在脑后的发髻，又朝头顶扫了扫，像担心什么东西落在上面。她的心情看上去还不错。

"你们不带上顺子啊？"我不知道顺子是小宠物还是什么，不过说完后就略略有些后悔。那个男的飞快地瞟了女的一眼，她平静地笑了笑，指着丈夫的双肩背包说："带上了。"

真是奇怪的女人，这怎么就带上了？

回到家，我泡好一杯白叶单枞，正准备坐下来写点东西，门铃就响了，是房东老头。给我的感觉，他不像是被我请进来，而是用他那刀片似的身体将大门撬开的。他仰起脸来尽可能凑近我，活像一只胆怯的小动物用鼻子嗅着什么。

"昨晚你听到什么没有？"他把一根手指放在嘴边，眼珠子转来转去。我想了想说没有，可能是睡着了。他说半夜里那对新住进来的夫妇不是吵得很凶吗，还乒乒乓乓地往地上砸东西。

"咱们这边有地铁站，房子不愁租，真的你别笑，"他说话的口气跟以前一模一样，"他们要是不守规矩，我把他们清出去。"

这话他应该讲给他们听，而不是我，不过我还是告诉他，今早碰见他们出去了，亲亲热热的，要他放心。

到了晚上八点多，楼道一阵喧哗，我没有当回事。九点刚过，家里的门铃又响了，我还以为春妮又请假了，最近她总抱怨新来的店长对她有看法，她连辞职的心都有了。我跑去开门，却是隔壁的那个男人。

"我能不能进来？"他压低声音说，"就打扰你一小会儿。"

我把他让进来。他感兴趣似地东看看西看看，看得我脸都红了。客厅很简陋，除了一套木沙发，再也找不到别的，那也是春妮从旧货市场淘来的，平时我们喝茶、吃饭都在这茶几上。他咽了下口水，又咽了下口水，像有什么话难以启齿。我请他坐在沙发上，递给他一根烟，他犹豫了一下接住，捡起打火机点上，贪婪地吸着，红亮的烟头滋滋地往后缩，很快就抽掉了一大截。我将那只用可乐罐子做成的烟灰缸推给他，他扶住，指尖在冰凉的金属表面上划来划去。

"聚会开心吧？"我不想让他觉得受到冷落，尽量找点话和他说说。

"谈不上。我本来不想去，她非要去，那是些什么人？网友，说来说去也都是那些话，唉，"他朝沙发后面靠了靠，好像这样舒服一些，"反正她开心就好。"

"早上她挺开心的呀，"我附和说。他却换了另一个话题。

"昨晚的事多担待啊，小兄弟，"他喷出一口烟来闷闷地说。我举着拿香烟的手，抬眼看他，灯光照不到他的脸，黑乎乎的。看得出来，他还有话要说，我只能等着他说出来。他深深地吸了口气，向前探了探身子，又朝四下望了望，像在寻找什么灵感。

"刚刚房东来了，检查我们有没有损坏他的东西，唔，是有一些，我们会赔给他的，"他的眼珠子一下子变得亮晶晶的，声音带着苦涩与无奈，一听就知道碰上了麻烦。

"谁都有过不去的坎，是不是？小兄弟，我们都换了好几个地方了，好不容易才找到这儿。这儿真好，车辆不多，安静，住的人也全都不熟悉。"

他的话让我琢磨了老半天。

"你是不是觉得……我跟房东说了什么？"

"你别介意啊，"他坐直了身子，脸有点往后仰，"不管是谁跟他说，都是合情合理的，首先是我们做得不对——"

"绝对不是我，"明知他不信，我还是要把话说清楚。"两口子吵一吵，谁家没有呀？"

"没关系，"他抓了抓有点长的头发，把烟头戳灭在那半截可乐罐里，站起来说，"能遇上就是一种缘分，我相信缘分！我不能坐太久，我老婆她……怎么说呢，有时挺难的，你懂我的意思吧？"

"当然当然，"我会意地点点头，心想春妮说得没错，他被他老婆抓住了把柄。他用力拍拍我的肩膀，感谢我对他的理解。

春妮回到家，双手还在发抖，那样子一看就不是装出来的。楼道有几节光管快要坏掉，老忽明忽暗的，房东一直舍不得换，刚刚她从楼梯拐角上来，前面忽然冒出一个人，把她吓得半死。

"你猜是谁，隔壁那个老女人，"她大声说，"一个人嘟嘟囔囔的，也不知道说着什么，我跟她打招呼她也不理。"

"你认错人了吧？"我问。

"怎么可能？"她哼了一声，剥下鞋子丢向墙根，"对了，今天我妈又给我打了电话。"

我以为她母亲又来找她要钱。这几年，她母亲老怀疑丈夫外边有女人，担心他不要她，到时连饭也吃不起，就不停地找借口向春妮要钱。一提到母亲要钱的事，春妮就会忍不住骂："我的钱就来得容易啊？以为我是做鸡的啊？"

明知春妮没有那个意思，她的话还是让我想到了很多。

春妮的母亲原在一家国营酒厂上班，在四十二岁那年下岗，手头上的那点钱都是从丈夫给的"家用"里抠出来的，现在又想从春妮这边弄一点。春妮的父亲在他们镇上当老师，过两年也该退休了。

"真不知道是怎么回事！她变了，我也好，我爸也好，一回家就得听她不停地唠叨，叨得你心烦，"一提起母亲春妮就有些激动。每次她总能确切地知道父母在吵什么，因为吵架后他们就会轮番给她打电话。

"我有时真想他们死掉，"有一次春妮对我说，"起码是其中的一个。"

也许是听多了他们的怒吼或者哭泣，她现在接电话没那么激动了，甚至也没有显出不耐烦，而是机械地说哦哦哦，眼珠子还转来转去，尽可能将注意力转移到别处，她要让自己觉得，这事跟她没有一点关系。

　　"你让我说什么好呢？"几乎每次听完后她都会这么说，"你们要确实过不下去，那就分呗。"

　　要是母亲，电话那头就会传来刀一般尖利的哭声："春妮，你爸最想听的就是这句话了，他只是还说不出口。"

　　"他不记得那一回……"母亲一张嘴春妮已经猜到她要说什么，她父亲曾喝了用草乌泡的酒中毒，是她背着他往医院急跑，捡回了一条命。她母亲身材高大健硕，作风强悍，一直把丈夫当小孩管着，直到他跨过了五十五岁，不知受了什么刺激，还是到了更年期（她母亲说的，春妮才知道原来男人也有更年期），仿佛变成了另一个人，开始与她对抗，有一次还破天荒地打了她一巴掌。为这事春妮质问过父亲，他说被她使唤了大半辈子，剩下的日子不多，总该让他有点小自由吧？再说他也没干别的，无非就是有些事没按她的意思办。春妮能说什么呢？每一次都反过来劝母亲，那个一直害怕被抛弃的老女人。有一天，她父母又为一点鸡毛蒜皮的事吵起来，一会儿这个来告状一会儿那个来告状，我听见春妮对着她的父亲也可能是她母亲冷冷地说："就你这德行，我真心希望他（她）重新找一个！"

　　春妮和我都没有想到，这一次她母亲谈的是另一件事。

　　"她叫咱们快点结婚，趁她身体还好帮咱俩带孩子。"

　　"你让她别操这份心了，"我极力装作很平静。

　　"她没法不替她的孩子操心，你有见过不为儿女操心的父母吗？你有见过吗？"她一下子提高了嗓门，变得暴躁起来。我很想反问她，我有什么资格生孩子？我他妈连自己都养不起呢。我走上前，用胳膊环住她，安慰她："快了，只要我写出个名堂，咱们就结婚，到那时经济宽裕些，生活也稳定，孩子生下来用不着跟着咱们受罪，你说对不对？"

　　"你为什么就不能好好找份活儿？"她挣脱我的手，摇着头恶狠狠地笑，有泪水顺着脸颊流下来，"别人走过的路，你未必就能走得一样好。"

我凝视着她，想象着要是自己摔门而去她会有什么反应。

那天夜里我睡不着，脑子里闪出不少稀奇古怪的想法，我想春妮也许说得没错，爱好文学没什么不好，但有个前提，得把生活先搞上去。我悄悄地起床，走到阳台去抽烟，天空辽远，星星像漂在寡淡汤水上、闪着光的几滴油花，大街空旷静寂，不远处的小广场有个环形车道，路灯显得很亮，有车子开过来开过去，比白天要快得多，呼呼呼的。这么晚了这些车要去什么地方，谁也不知道，反正都是为了生活，为了生活得好一点儿。我也应该像一辆夜行货车，呼呼呼地跑在挣钱的大路上，永远也不要停下来，不要停下来，直到被命运的巨手捏得粉身碎骨……我故意这么想，好像只有这样才能够让春妮悔恨交加伤心欲绝。

抽完一支烟，我折回客厅，有道黑影把我吓了一跳。

"你没事吧？"春妮一只手扶着沙发的靠背，眼睛在黑暗中闪光。我垂着头说："对不起啊春妮，我想好了，明天就走。"

"你说什么？"她镇静地问。我揪了揪下巴说："我是说，你，还有隔壁的那个阿叔都说得对，没事干可不太好，我得靠自己，不能老这样下去。"

"高健，"她的嗓音高起来，"我不过随便说说，你要觉得对你就听着，要觉得不对，你照你的想法去做就是，我没有一点逼你的意思。"

"你误会了春妮，你该找个更好的，过像样点的日子，你应该找以前追过你、开饭馆的'大头'，或者那个本地仔，有房又有车，"我说，"我要有个女儿，也不会让她去找像我这样的穷光蛋。"

"你混蛋，要找他们我早找去了，还用得着你来教？"

我猜她一定是恶狠狠地盯着我，只是我看不见。

"高健，你跟不跟我结婚我无所谓，但你再这样想你就是没良心，"春妮再也忍不住，呜地哭出声来。看得出来，她觉得很委屈，她觉得受了伤害，她还觉得我是天底下最不要脸的混蛋。

一觉醒来，春妮已经上班去了，我到厨房找点吃的，小冰箱空荡荡的。我还在犹豫要不要下楼去买个"肠粉"，手机就响了，是春妮的母亲打来的。我和她曾通过几次电话，大多是在过节时被春妮逼的。每次我都很紧张，说话之前总要深吸一口气。那个时候春妮就会牵着我的手，身体柔柔软软地靠过来，让你觉得她是在将一种勇气或力量传输给你，有时候你又会觉得，与她母亲的对话是在帮她一个大忙。我想她让我打电话的目的，大概是想要让她母亲放心。她都出来好几年了，我不知道她母亲还有什么不放心的。

"阿姨你们好不好？"我礼貌地说，"春妮上班了，有事吗？"

"我和你叔叔都挺好的，"春妮的母亲说，她的声音有点沙哑，好像在极力抑制住兴奋的心情，"你呢？你和春妮都挺好的吧？"

我说还不错。她沉吟了片刻，像在思考如何将想说的话委婉地表达出来："小高啊，你对春妮是认真的吧？"

"是啊，怎么了？"我心虚地问。她用提问来回答我的提问："你们有没有考虑过，什么时候把终身大事给办了？"我红着脸，老老实实地说还没有。她问我为什么。我说希望拥有的东西可现在还都没有。她问比如什么。我说，近期的比如有一份好点的工作，远期的比如有房子车子什么的。

"你有没有房子车子，春妮无所谓，我和她爸也无所谓，只要你对她好，"她又说，"春妮已经不小了，她等不起啊。"我说好的，再考虑考虑。她直截了当地说："我觉得你如果觉得春妮合适，就没有必要再等了。"

"我们考虑考虑，"我还是那句话，只是声音更低，低得连自己都听不清。我还不想结婚，也许以后会想，那是以后的事了。放下电话，我心里想，就像他们夫妇，也曾经那么相爱，你爱我我爱你的，最后还不是变了样儿，变成了猜疑、监控、谈判、操纵、将就、依附……要是这样，还不如不结婚呢，在我眼里，那一纸证书连个屁都不是。

到了晚上，春妮回来了。她脱去外套，从衣柜里拿出要换的内衣裤，将长发挽起来用个夹子夹住，胳膊夹着衣服走进浴室。我三下两下地把衣服脱掉也钻了进去。她装作不知道，侧着脸搓着一条胳膊，热水从身上哗哗流过。像绝大多数女人那样，春妮总是嫌自己太胖，没事就拿出门后的电子秤往上一站，要是数字稍有变化就会发出尖叫。她跳过绳，甩过呼啦圈，也饿过自己，都没有见效。她打算练瑜伽，那当然是个不错的选择，可体验了一次回来，就说人家是在抢钱。说老实话，她的身材我却觉得正好，我喜欢女孩子丰满一点，就像大多数的男人喜欢大鱼大肉那样。我的手像逆流而上的鱼，从她的圆滚滚的腿侧两边向上滑动，她的肚皮有一点点肥肉，挺柔软的，而胸脯却结实饱满，如皮球一般"弹手"。不断有热水从铁莲蓬上喷出洒在我们光溜溜的身体上，填进中间形成的多道缝隙，又随着我们的律动四处奔流纵横交错，给我们带来新鲜有力的感受。那一刻，我们都闭上眼睛，犹如置身于大雨之中，既浪漫又刺激。日子真是太枯燥了，你不得不给自己也给对方找点乐子，我们有时会在沙发上，有时候会在厨房里，有时甚至在阳台上，借着夜色，她趴在栏杆上装作让风吹一吹，或者欣赏周边的夜景，我从后面撩起她的睡袍，把衣服堆在她的腰上。她总担心被人看到，总想将它扯下去，我们就在这种拉拉扯扯中找到一点乐子。我告诉春妮，哪天有钱买车，我们一定要试一试"车震"的感觉。可一旦结了婚，有了孩子，老人过来帮忙，整个家就会变得一团糟，哪还有属于自己的一点空间？就算有空间也会没心情。

当我告诉她她母亲打来电话时，她正拿着风筒呼呼地吹着头发，为了听清楚，只好关掉了电源。

"你说什么？"她的声音听起来比平时大得多。

"你妈妈打电话给我，催促咱俩快点结婚。"

我说着把指尖伸到水龙头底下，接了点水滴进耳朵里，只听到嗡的一声，刚滴进去的水与里面的水汇合在一起。我将耳朵朝下偏，边单足蹦跳边轻轻拍打，很快就感觉到一股温暖的液体顺着外耳道流出来。

她将没拿风筒的手插进头发里，往外抛了抛，像要甩掉残留在发丝上的水分。

"你是怎么想的？"我明知故问。

"我听你的，"她拉长着腔调说，"你说了算。"

听得出她的话里有话，起码是带着一点情绪，我走过去撩起她那还有点潮湿又热烘烘的头发柔声说："结婚不结婚其实就那么回事，只要你对我好，我对你好，这就行了。"

她没再说什么，我猜这时候她也不知道该说什么好。

那天夜里，不知道是几点了，我迷迷糊糊听到一串急促的门铃声，跑去开门，隔壁的那个男人把我吓了一跳，他前额、眼睛下面、鼻子、嘴角都是血，像是被什么有分量的家伙使劲地砸过，而且不止砸一下。他大口大口地吸气："小兄弟，能帮个忙吗？"

"怎么啦？"我还以为做了噩梦，脖子上的汗毛全竖起来。他咽了几下口水才发出声音："我老婆又管我要顺子了。"

"那、那你家顺子呢？"我结结巴巴地问，他也是结结巴巴地答："顺子，顺子他早不在了。"

"我能行吗？"我有些胆怯，但一看到他那哀哀的眼神，心又软了。

"行！"他生怕我反悔似的把我拽住，一直拖到他们的客厅才松手。空气里弥漫着一股药味儿，地上到处丢着东西，拥堵得让人透不过气来，卧室就更乱了，衣服、枕头、被单、闹钟、药物还有砸碎了的茶杯瓷片丢得满地都是，墙上还有几道深色的指痕，不知道是凝结的血迹还是药液。那个女的坐在床边，头发散乱衣衫不整，手里紧紧抱着一只相框，因为扣在身上，看不到里面的相片。那个男的朝我勉强一笑，那意思是叫我不要害怕，又转向他的妻子，声音柔和了许多。

"老婆，你说刚才那个不是顺子，你再看看这个是谁？是顺子，顺子他回来了，"他抓住我的肘子把我推到前面，装作很兴奋的样子。

我还没闹明白到底发生了什么，就看到女人的眼睛如黑乎乎的刀口在砥石上蹭过，唰地亮了一层。她抛下相框定定地看着我，嘴巴张开着，感觉像早就认识我。我偷偷地瞄了一眼，尽管卧室的灯光不够亮，我还是看清相片里是个男孩，穿了一件印有大公仔的抓绒套头衫，就发型而言，乍一眼和我有几分相像。

"顺子，你去哪儿了？妈到处找你呢，来，让妈看看，让妈看看。"

见她走过来我有些害怕，我紧紧地盯着她的眼睛，余光扫见她的手缓缓地举起来。她的脸又干又瘦，或许是光线的缘故，皱纹显得更深，睫毛上还挂着细碎的泪花，像受了多大的委屈。我吓得什么话也说不出，直往后缩，像有什么疯狂或者危险的东西逼近过来。那个男人拿胳膊肘碰了我一下，低低说："没事不怕，她不会伤害你的，她当你是顺子。"

我转过头，想要逃跑，但他脸上的表情让我的脚抬不起来。她踮起脚尖，双手捧住我的脸，顺着两颊轻轻地摩挲着，我闻到她嘴里的气息，一种苦苦的腥味。我的手一直在颤抖，胳膊、肩膀还有牙齿也跟着抖动。他妈的，我真不知道发生了什么，可是你不能不在乎，她脸上的表情，谁看了一辈子都忘不掉。

"回来就好，回来就好……"她目光呆滞，不停地叨咕着，听着听着我就想哭，我没法不哭，我控制不住自己的眼泪。那个男人也在哭，他伸出又粗又短的胳膊抱住了她，也抱住了我，他将我还有他老婆、他自己，像箍木桶那样紧紧地箍在一起，我能感受到他的坚强有力，也能感觉到他想要抓住眼前不放，想要把这一瞬间变为"现实"。她的声音越来越小，越来越含糊，整个人像被催眠了似的变得昏昏沉沉，由着她的丈夫将她抱到床上去，也许是闹腾够了，头刚落枕就睡着了。

我走到客厅，朝卧室飞快地扫了一眼，他已经给她盖好了被子，还隔着被子拍了拍，怕不贴身似的，然后关灯走了出来。他说了些感谢的话，又搬出一只药箱，让我拿棉签蘸药水帮他擦这擦那，他的衣服下面到处是伤痕。我劝他到医院去看看，他说不用，早就习惯了。

擦完药，他递给我一根烟，自己也点了一根，摇了摇头，好像往事不堪回首。

我咬了咬下唇，不知道该怎么安慰他。他打了个喷嚏，可能是刚刚擦药时受凉了，又忽然笑起来："顺子长得和你一样，又高又帅，这孩子懂事，在北京念大学，最后一年的暑假，本来想和同学到内蒙古去看大草原，他妈妈想他，他就回来了，快到家的时候出了车祸。"

我不知道该如何安慰他，也许这时对他而言，需要的只是一名听众。

"你想都想不到，生活突然变成了一个易碎的东西，急速、垂直地跌落下去，快到你都来不及反应就摔成了稀巴烂，"他吸了口烟继续说，"儿子走了以后，我老婆昏迷了几天，醒来后像换了个人。你不知道，她以前是舞蹈老师，多开朗啊，白天教学生，晚上教社区的老头老太太，走到哪笑到哪……现在啊，她就像一台机器，运转一下卡一下，卡住的时候任你怎么弄，也不动，过了那一段又慢慢地转起来。"

我猜想他或许是一名机械师，要不怎么会这样比喻他生病的老婆？

"明明刚刚还好好的，突然就大喊大叫，又哭又闹，要我赔她的顺子，说我是坏蛋，把顺子给藏起来，说我没良心，边说边砸东西，往地上，往我身上……有些时候呢，倒是不哭不闹，就是反反复复地说，谁谁谁看见了顺子，说得跟真的一样。她说他肯定是在哪儿迷了路，就像他五岁时从家里跑出去那样，她老想着去找他。有时一觉醒来，她已经不见了，大街上、便利店、商场、公园、游乐场甚至儿子念过的学校，凡是她认为有可能的地方她都会去找。"

"你没带她去看医生吗？"

"去，怎么没去？"他搓了搓脸，目光从两掌间的缝隙射出来，"看了好几个医院，医生都说她是受了强烈刺激，不愿意接受已经发生的事实，潜意识里是在逃避。这种病啊，一时半会儿也好不了，医院总没我自己照顾的好，还是接回家慢慢调养吧，再说了，多数时候她还是清醒的。"

"多参加点活动，"我说，"那天你们不是去参加聚会吗？她看上去挺开心的。"

"你不知道，那些网友全和我们一样，都失去了唯一的孩子，报纸上把我们叫什么来着？'失独者'，大伙喜欢结成群体，见面一概以孩子的昵称加上妈妈或爸爸相称。我老婆觉得只有和这些人在一起才不会低人一等。他们聚会的目的，好像只是为了说说自己的孩子如何好，然后哭成一团，哭得你的心都碎了，"那个男人吹了吹缭绕在眼前的烟雾接着说，"我不太喜欢这类聚会，大家走到一起，本来就是为了抱团取暖，结果反而变得更孤独更绝望，这就好比口渴了还去喝盐水一样。我把儿子的照片全收走，目的就是为了让她忘掉过去开始新的生活，她发现后大吵大闹，说我太绝情了，非要把孩子的相片摆在最显眼的位置上。"

"你们怎么会搬到这儿来？"我好奇地问。

"原来住的小区，人人都知道我们的孩子没了。她见不得别人怜悯的目光，也见不得跟顺子差不多大的孩子回家。她总在不停地自责，如果当初她没让他回来，他就会没事，是她害了他。她最见不得亲人朋友开心，特别是我，她觉得一点点快乐和舒服都是莫大的错误，都是对不起儿子。儿子走了，其实我连死的心都有，可要是我走了，谁来照顾她啊？"

"慢慢来吧，"我只觉得喉咙头被什么东西哽住，一时发不出声音。

"医生说换个环境或许会好一些，我们开始搬家，换了好几个地方了，每个地方都住不长久，"他弹掉了弯下来的长长的一截烟灰说，"再熬熬吧！"

"是啊，或许一切都会好起来。"

这个心力交瘁的男人，他正陷入一种许多人所没有经历过的不幸之中，我真心替他难过，不过谁都知道，不管我们付出多大的努力，都无法让生活停下来，更甭说回到过去，它会毫不间断、波澜不惊地从我们的身边匆匆流过。

差不多又过了两礼拜，我一直避开那对夫妇，以免勾起他们，特别是那个女人的伤心事。他们那边再有动静我也不去理会，也许我该去关心一下，但他们毕竟不是我的亲戚、我的朋友，更何况我自己的生活还是一团糟。

有天晚上，我去走廊尽头倒垃圾，回来时看到那个男的站在门口抽烟，像专门在等我。

"来来来，小兄弟，抽根烟吧，"他热情地递过来一根，还帮我点上。我碰到他的手，冷冰冰的。

我们还是好邻居，这一点没有变，只是我和他都变得拘谨起来，我知道他感觉得出来，他不想这样，而我也希望不是这样。

"最近还好吧？"我小心翼翼地问。他明白我的意思，摇了摇头，从神态上能够看得出情况不大好。

"小兄弟，你能不能再帮我一下？"他眼里浮起一点尴尬，很快又消失了，"去跟房东说一说。"

他盯着脚尖看了一会儿，仰起头来，眼里已经全是泪水，"能不能告诉他们，我老婆没有病，我们只是偶尔吵吵架，不碍事。"

"他又找你了？"

"嗯，还以为你知道呢，他要我们月底就搬走。"

我没有回答，我不知道房东能否相信我的话。

"你知道我老婆好不容易才适应这儿，"他朝我勉强地笑了笑，像要表示他有多开心一样，"最近这一段时间她挺乖的，不吵不闹，麻烦你帮我们说一说，好不好？"

"我试一下吧，"我说。他朝我的肩膀拍了拍，显得过分的客气，"一直打扰你们了。"

这事与我无关，却把我卷进去，看得出他挺过意不去的。

第二天我到二楼找房东，按了门铃半天没回应，中午下楼去吃快餐，他正在旁边的杂货店看别人下棋。我把他拉到一边，告诉他吵一吵是每个家庭的常事，请他不要赶走那对夫妇。

"咳，我真不知道到底该听谁的？"他没有我想象中那么好脾气，莫名其妙地发了一通火，"反正我不能让他们再呆下去了，万一伤到什么人，或者出什么漏子，我可负不起这个责。"

我还想再说什么，他摆摆手打断我："别说了，你问问阿飞吧，看他肯不肯收留他们。"叫阿飞的老头也是本地人，手下有两栋楼房出租，他正把吃掉对方的几只棋子放在两掌之间来回倒腾。他早就听到了我俩的谈话，没待我开口就发出冷笑，"他们的钱我可不敢挣哪，前段时间坂田那边才出了事。"

上了楼，我不知道该如何回复那个男人，想了想，还是掏出钥匙回房去。转眼到了月底，我每天都在留意隔壁有什么动静，如果没有猜错，他们很快就要搬出去。有天夜里，春妮才刚刚回来一会儿，我们就听到楼底下一片吵闹声，往下一看，那些没睡的人三五成群地聚集在一起，仰起脖子朝着楼顶张望。我脑子里轰的一声，肯定出事了，慌忙跑出去，房东正从隔壁打开着门、透出灯光的房间走出来。

"他们走了？"我问房东。他摇摇头，说那个女的跑到楼顶去了，情绪很激动，随时都会跳下去。春妮凑过来问："怎么会这样？"他双手握拳对着我俩苦笑："她不愿搬走，她非说儿子就在这儿弄丢的，不找回来决不搬，唉，倒霉死了。"

"他们平时也没有妨害到谁，您就让他们住下去嘛，"我对他说。他扫了春妮一眼说："你问问你老婆啊，她说他们闹腾得厉害，影响你写文章。"

我转过来盯着春妮，盯得她的脸都白了。

"我还不是为咱们好啊，他们闹来闹去，你休息不够，哪能写出好作品，你写不出好作品，咱们的婚就结不成了，"她嗫嚅着，眼睛红红的，样子挺委屈。

"现在该怎么办啊？"我焦急地说。

她皱着眉头看着那对夫妇的房间，眼睛忽然睁大，好像发现了一个特别的东西，我还没明白过来，她已经走进灯光里，出来时手里多了一件印有大公仔的抓绒套头衫。

"把它套上去，扮成顺子啊——"

我们爬上九楼天台，夜风像浪潮一般呼呼地扑来，让你有种脚跟离地的感觉。周边高楼射出的灯光笼罩在半空暗淡的尘埃之上闪闪烁烁，那个男人站在那儿劝说他的老婆，她骑在一米多高的围墙上，有一条腿已经跨到外面去，双手紧紧地抓住一根裸露出来的钢筋。她一直东张西望着，大风刮得她长发纷乱，衣服紧紧地贴在身体上。他俩都显得很渺小，好像随时会被夜风一口吞下。

"老婆，你快下来，我答应你，儿子马上就会回来，他已经到楼底下了，"那个男的嗓子都喊哑了，声音听上去像枯笔那样丝丝缕缕地分岔出去，"没准他已经上来了，你相信我，这回肯定是真的。"

"我不走，我走了顺子就找不到家——"她的声音随着风从一头跑到另一头。

"老婆，房东答应咱们了，不用搬家，"男人带着哭腔说。那个女的忽然晃了一下，好像要掉下去，吓得楼下的人发出一片惊呼。

春妮赶紧把我推过去。那个女人大概是看到我，愣住了。那个男人从她脸上的表情发现了什么，顺着她的目光回望过来，他一定也被我的样子吓了一跳。

"你，你——"

"我是顺子，"我竭力控制住内心的害怕，手不停地打战，我边走上前边把手伸给她，我很想喊她一声妈，但总是张不开口，我只是说，"我回来啦，你……你快下来吧，下来吧。"

她的嘴巴扭动了一下，眼神变得严厉起来。

我被她那种悲愤之情瞬间攫住，不敢呼吸。她好像看出了什么，但还想再看清楚一点。

"顺子？"她突然气恼地叫了一声，凝结在四周的空气仿佛跟着颤动起来。似乎凭着那叫声，她挣脱出了过去的羁绊，苍白、痛苦的脸上焕发出光彩。一切犹如置身于梦境之中，通过声音，我能感受到她从内心传递出来的震颤，还有难以言说的种种苦痛、恐惧与渴望，它搅动了大气，在旋转、凝聚之后幻化出一个人形，那个叫顺子的男孩，活生生地站在我的面前，一张脸在幽暗中放出光亮。那一刻，我感到自己的肉体和那个男孩的灵魂逐渐融合，化为一体，我就是他，而那个女人就是我的母亲，我不再感到难过、羞愧和胆怯，心窝像被一股沁人肺腑的清风吹开，感到无比的舒爽与喜悦。我终于从啮咬着自己的顾虑的齿轮中挣脱出来，全身心地投入到眼前的情景之中，我听见有个声音从心灵深处传出，充满着无限深情："妈——，你下来吧，妈——，咱们回家吧，好不好？"

她终于迟迟疑疑地朝我伸出一只手，她的手凉得像块冰。我紧紧地拉住它，把她整个儿地抱下来，耳边响起她呓语般"儿子儿子"的叫声。我拥抱着她，还用手拍着她的脊背，她好像害羞一样，把脑袋埋在我的怀里。

回家后我半天没有转过神来，不敢相信刚刚发生的都是真的。我问春妮，她当时是怎么想到那一招的？

"还不是跟你学的？"她得意地说，"你说过只有往耳朵里滴点水，才能把里面的水给引出来。"

我希望经过了这一夜，这种事不会再发生，那对夫妇只要渡过此关，生活就会好来，而且说不定会越来越好。那天夜里，我和春妮躺在被窝里一直聊到天亮，不是聊他们，而是我们自己，我们似乎都明白接下来该去干什么。

四月初，我在龙华的街道图书馆里找到一份工作，当起了图书管理员，三个月后，我和春妮分手了，原因很简单，她母亲说她拖不起。我所在的图书馆只有几千册藏书，来看书的人很少，偶尔有住在附近小区的老人结伴而来，看看报纸、杂志，低低地交谈着，有时靠着椅背打起瞌睡，口水从嘴角的一边淌了下来。我没有多少事情可做，就上网到处浏览，我已经不写东西了。有时看累了，我会抬起头来，透过宽大的窗户看着街边的植物，来来往往的车辆行人，还有被风扬起的白蒙蒙的烟尘。有天早晨，太阳很好，一个中年男人从窗前经过，他大概是从哪儿运动回来，穿了件色彩鲜艳的运动衣，我一下子就想起曾经与我们比邻而居的那对夫妇，还有他们离开"澳门新村"时的情形——那天天气晴朗，微风轻拂，阳光照在身上温暖怡人，有鸟儿在树上跳来跳去，发出清脆的鸣叫。一辆大货车停在楼下，跳下来几个男人。那对夫妇站在一旁，看着自己的东西被一箱一箱地搬上车去。除了我和春妮，没有人来给他们送行。我和那个男的站在一边吸烟，故意提高嗓门好让他的妻子知道我们在聊些什么，那个女的却看也不看我们一眼。

很快东西装好了，我和那个男的握了下手，祝他们一路顺风。我们看着他们两个往车头的方向走去，男的打开一侧的车门，想让妻子先上，她把身子探进去，又出来，手里捧着一小盆植物，就像第一次碰见她时那样，不同的是，这盆枯萎的植物已经长出羽毛状细叶，绿莹莹，是一株文竹。她将这盆儿子生前种的植物送给了春妮，还附到她耳边悄悄地说着什么，脸上露出不易觉察的羞怯神情。

司机轰了一脚油门，地上沙石飞溅。他们走出了这个城中村，也走出了我们的生活。

"刚才她跟你说什么了？"我收回遮在眼睛上方的手问春妮。

"她说他们要搬到乡下去，老家挺偏僻的，不过她喜欢那儿。"

"还有呢？"我觉得不止这些。

"那天晚上，她知道你不是顺子，她叫我不要告诉你，"春妮说着用手心轻轻地蹭着那些层层叠叠的细小叶子……

我笑了笑，眼睛一下子湿润了。我忽然有种愿望，一种强烈的需求，想跟春妮说说话。我躲在两排书架中间，心情紧张地拨响她的手机，那边传来一个标准的声音："您好，您拨打的号码是空号，请核对后再拨……"

那个声音没完没了地重复着，重复着。

烟火气

1

河堤上没有一丝风，北面的云压得极低，黑沉沉的像泡了水的毛毡，西南面也积了一些，银灰色，有橙黄的光柱穿过云隙笔直地照射下来。老天爷好似憋足了劲儿，要下一场透雨。不知从何时起，曲河乡的墟集定在了这里，每周一、四、七，附近的农民就会肩挑手提，把自家种的蔬菜、自家养的禽畜送到墟上卖，再购点必需的日用品回去。墟集上人来人往，吆喝声不断，跟过大节似的，瘦小的老韩走在前面，秃着的脑门闪着一缕光泽，浅淡的眉毛下一对褐色的眼珠子活像小鸡的眼睛左右窥探，跟在他后面的是同乡的小赵，也是一个瘦子，只是比他整整高出一个头。今天他想请老韩帮忙挑几头"猪苗"。

老韩是墟集上最有名的"中间人"，俗称"猪中"。这家伙眼睛毒，禽畜有啥毛病瞟一眼心里就有数，嘴巴还没凑近小贩耳边，对方的脸就唰地红了，像被当众扯下了遮羞布。这不，好戏又开场了，老韩的左边是猪贩老胡，这个胖子抱肘叉腿，目光涣散，脸上的肉全耷拉下来，一副松松垮垮、逆来顺受的样子。他的右侧是买主小赵，尖嘴猴腮，眼珠子抹了油似的在眼眶里转来转去，腿不停地抖着，好

144

像沁凉的河风吹进他的骨缝子里去。空气一下紧张起来，在他们的周围，黑压压地拢着一圈子人，目光全聚焦在老韩那张酸橘皮似的皱脸上，看着他叉开五根手指再一根根地扳下去，如数家珍地夸起老胡的猪崽。底下那几头粉红色的小猪就像听懂了人话，不停地拱着地皮，羞惭得只想找个地洞钻进去。

说到兴奋处，老韩不再是平日的那个老韩了，平日的老韩弓腰驼背寡言少语，往哪儿一蹲就是一株无人知道的小草；此刻的老韩，脸上像涂了猪油，眼睛若安了灯泡，嘴巴快要长出象牙，那声音犹如铜钹响锣，铿铿锵锵，振荡耳膜。人们发现老韩一下子长高了，其实不是长高，是挺拔，有股气儿直往上提，脚尖也跟着一踮一踮的如安弹簧，都欲与天公试比高了。老韩真能说，不过光能说还远远不够，关键要言之有物，他从猪崽的精神面貌、猪崽的屎尿谈如何判断一头猪的健康与否，还身体力行、充满爱心地摸摸猪崽的耳根，鼓励小赵也过来摸一摸，然后告诉他，手感不凉不热才是健康的好猪。小赵蹲下去，按照老韩"八看一摸一听"的重要理论，拨开猪群逐一研究，还拎起其中一头的耳朵听听叫声。猪才叫起来，老韩就比它叫得更响亮，"听听，多脆，多带劲儿，要病猪能叫得这么好听么？"

小赵直起腰来捂着嘴笑，生怕两排四环牙露出来大煞风景，目光还粘在猪身上，像捏住哪个俏姑娘的小手舍不得松开。老韩有数了，把涌向心头的喜悦强压下去，将一种胜券在握的自信放大到脸上。作为一名出类拔萃的"猪中"，他已经不满足于眼前的成绩，扩大战果变得刻不容缓。

"这几头猪是同窝生的，养在一起不咬架，长得快还省料，"老韩慈爱的目光在一头头光溜溜的小猪身上抚摸着，似乎那不是猪，那是自家生下的一群孩子，每一头都是他的心头肉，都足以令他自豪。

"你看，它们在一起多亲热啊。"

他的声音听上去像发自肺腑，感染着在场的每一个人，特别是小赵，老韩的话犹如烈酒，听多了几句就上头，陷入了恍惚。那几头猪仿佛为了配合老韩，在小赵的脚底下磨磨蹭蹭，一副相见恨晚的情态。小赵仓促地把目光收回来，脸不自觉地红了，好像怀春的女子被谁猜中了心思。老韩毕竟身经百战，他并不急于捅破这层糊窗纸，在别人越是踟蹰的时候，他越要显出皇帝女儿不愁嫁的大家风范。他接过老胡递过来的烟抽起来，还故意跟旁人扯几句咸淡，把小赵晾在一边不理不睬。这一招果真灵验，寂寞的小赵又忍不住地瞟了猪群一眼，又一眼，买与不买把他折磨得心浮气躁，一个声音嗖的如利刃出鞘，把围观者吓得全都静下来，"你说一头多少嘛？"

大伙怔怔地望着小赵，只见他脸色涨红，眼里贮满泪光，无所适从又心有不甘，像是走到了什么路的尽头。老韩没有料到小赵那种认了命的颓唐如此撼人，差一点就心软了，好在职业习惯提醒了他，胜负初决，他要的还远远不止这点辛苦费。

小赵果然把价钱压得很低，老胡当然不会同意，双方互不相让，陷入了僵局。买卖是公开的，那么多双眼睛死死地盯住老韩，为了维护来之不易的美名，他不敢明目张胆地偏袒老胡，只能做出公事公办的样子。事实上，他的脚却代替了嘴，发挥了嘴的功能，它无时无刻不在提示老胡，踏一下加价一元，踏两下加价两元……

小赵就像参加了拔河比赛，在老韩貌似公正的劝说下一步步地松手。他可怜兮兮地望着老韩，而老韩给了他爱莫能助的目光。

成交时，小赵都快哭出声来，他颤抖着摸出个牛皮纸包，笨手笨脚地点起钞票，那种无助、不舍的表情让人过目不忘。然后老胡把猪崽一头头地捉住送进背篓，一共四头。老韩拿着两个人给的辛苦费装进裤兜，拍了拍，向他们致谢，交易圆满结束。老韩精彩的表演告一段落，目送小赵离开，大家也都纷纷散去。

老韩背着手勾着小脑袋在人群里晃荡，熟悉他的人都知道他在眼观六路耳听八方，寻找着新的目标。小商小贩见了他无不眉开眼笑地递烟，他举起夹在手指上的烟晃了晃，脸无表情地说："有了。"这就是大牌，也是底气，他不要，人家偏要讨好地把烟塞到他的另一只手上。他的左耳右耳都已经各夹了一根。绕了一圈，他才又转到老胡那边，要了刚才暗中所加的那笔"踏脚钱"，"踏食"才算成功。

2

雨说来就来，哗的一声像从老远的山边喧嚣地起跑，越过一畦畦油绿的庄稼，地面冒烟似的腾起团团细雾，雨丝和泥土的腥臊味被风裹挟着抢先漫上堤岸，仿佛要将这边的艳阳浇灭。墟集沸腾起来，人们到处乱窜，有推着车子奔跑的，有撑起挡雨的塑料布的，有找竹笠雨具的，有跑到大树底下去的。那些鸡鸭鹅猪牛羊被惊动，发出惶恐焦急的叫声。老韩随着人群跑到一株大榕树下，积在眉弓的汗水已经流入眼窝，麻辣辣的疼。他抹了一下，扯起衣角往怀里呼呼地扇风，不经意地朝远处望去，白蒙蒙的雨里影影绰绰地闪出一个人，脚不沾地似的飘飞而来，到了跟前，才看清是乡长金大庆。他气喘吁吁地说："老、老韩，你家闺女回来了，巧佳她回来了……"

老韩瞪了他一眼骂："老东西，你再胡说老子抽你耳光。"金大庆抹掉一脸的雨水说："你敢？有人亲眼看见的。"老韩说："屁，我看你是想儿媳想疯了，比你家小军还疯。"

金大庆朝老韩猛踢了一脚，老韩也还以一脚，两个差点做成亲家的老男人就这样你来我往拳脚相向。

浮云雨很快就过去了，阳光漫山遍野地铺展开来，悬在天上的大朵白云如灯笼又一次被点亮，曲河变浑浊了，地面的积水如游动着无数的鱼儿，树上也像缀满亮片，风一吹叫人眼花缭乱。人们看见老韩满身泥水地离开墟集，他的脸上笼罩着一种肯定是发生了什么大事的严肃表情。牛高马大的金大庆骂骂咧咧地跟在他后面。只要老韩一回头，金大庆就一个跟跄收住脚步，装作若无其事地欣赏着河堤下那一块块补丁似的、黄黄绿绿的田地。远远望去，两个人始终保持着不变的距离，只是时而停顿时而前进。

　　"不可能，不可能。"老韩不停地对自己说。三年多了，巧佳从没给家里捎过任何东西，哪怕是一句话，倒是与她有关的传说源源不断，在死水般的曲河乡兴风作浪，搅得韩、金两家惶惶不可终日。他们有的说那戏子实际是个人贩子，巧佳早被他卖到山沟沟里去给山民传宗接代了；有的说现在兴搞个体，他们跑广州、深圳去倒卖牛仔服了；还有的干脆说他们偷渡到香港去给大酒楼洗盘洗碗，给大酒店当门童，光小费就拿到手软。当然，关于巧佳成为百万富翁的说法也在曲河两岸兜兜转转，从没间断过。如果哪天亲眼看见巧佳披金戴银、坐着照得见人影的高级轿车回来，谁也不会觉得奇怪。

　　对于那些花花绿绿、好好坏坏的传言，老韩表现出一副超然物外的淡漠，他说得最多的一句话是"我没生过这样的女儿"。不过家里出了这么大的事，谁又能真正做到无动于衷呢？养不教，父之过，他一直对女儿的出走深感内疚。

　　早在那个文工团到来的前两晚，老韩就不停地做着同一个梦，传家宝被人盗走了，那种惶恐不安的煎熬令他惊魂未定大汗淋漓，醒来后却记不起是什么样的宝贝，家里哪有什么值钱的东西？他又把身边的人和事嚼烂想透，还是弄不清那种不祥之兆从何而来，到底暗示着什么，直到那恼人的一天来临，他才蓦然惊觉，那个"宝贝"竟然是自己的独生女儿韩巧佳，而"盗"走她的是一个"戏子"。老韩这么称呼他，是因为对他恨之入骨，一有可能，他就要表达对他的极度蔑视。其实在巧佳留给老韩的信里，她称他为"文艺工作者"。那些文艺工作者闹哄哄地来到曲河乡，喧天的锣鼓声恍若一阵炮仗，惊醒了沉睡的村庄，到处涌动着一股喜气和活力。一连五天，每晚都在晒谷场上演《养猪记》《回唐山》《李队长筹粮》等新编的潮剧。巧佳那年才十九岁，夹在一帮姐妹们中间嘻嘻哈哈，可看着看着就入了戏，迷上那个年轻有为的"李队长"。文工团是在最后一夜演出后被几辆大卡车拉走的，乡亲们，特别是姑娘们的心里一下子空了，先是无所适从，而后又生出了万般的留恋和愤慨，就像刚吃了半片卤肉，另外的半片就叫人硬生生地从牙缝里拽走。那些锣鼓和唱腔还在她们的耳边轰鸣，那些鲜艳夺目的红旗和五角星还在眼前招展或闪烁，"李队长"高大全的形象屹立不倒，炯炯有神的眼睛仿佛还在注视着她们，给她们带来永不消逝的"电波"。

直到第二天中午，老韩才发现女儿一夜未归，一张纸条被梳子压在床头，推门的风把它吹得扑啦扑啦直响，犹如一只苍白的手挥动着向他告别。上过初中的女儿给目不识丁的老韩留下十几行字，老韩当时急昏了头，拿起来就去请隔邻读过高中的苏庆丰念一念，这一念就念出问题来，想捂也捂不住。苏庆丰倒是值得信赖，可他旁边还站着一大帮闲人，全是"火烧的猪头"——熟眉熟眼。他们经常端着碗饭从巷口逛到巷尾，或者从巷尾逛到巷口，边吃着边扯"闲篇"，他们也都不识字，但他们全听得懂人话。那些字本来悄无声息羞羞答答，可经过苏庆丰的嘴巴一加工，马上变得抑扬顿挫引人入胜。

"亲爱的爸爸妈妈。"

开场白就吓了大家一跳，连呼吸都屏住了，目光全嗖嗖地落在老韩两口子的脸上。他们早听惯孩子们管自己叫爹叫娘，这种全新的称谓犹如一顶插着鸡毛的洋帽子郑重其事地戴在这对夫妇的头上，真是既新奇又滑稽。老韩显然也听不惯，那七个字犹如电流掠过他的全身，他打摆子似的抖了抖，尿差点就抖出来，那张晒得黧黑的脸霎时咧开一道炫目的白。他龇着牙尴尬地笑，笑得眉头都蹙在一起。他那本来就病恹恹的老伴也感觉到哪儿不对头，正想阻止苏庆丰，就发现乡亲们都死死地盯着她，熠熠发亮的目光宛若一条条强健有力的胳膊将她扭得不能动弹。她啊了一声又一声，听起来简直是一种绝望的哀鸣。老韩马上明白了老伴的意思，他摸出包"丰收"烟，第一根就杵给苏庆丰，希望借机堵住他的嘴。可是苏庆丰毫不领情，他咽了下口水，声音又脆脆地响起来，像一口一口地嚼着顶花带刺的脆黄瓜。大伙的脑袋一齐扭回去，眼珠子似要弹射而出。这个苏庆丰，高中毕业多年，一肚子的墨水正愁派不上用场，这些歪歪扭扭的文字犹如久别重逢的亲人，让他眼前一亮百感交集。而对于听众，苏庆丰的声音简直就是一串噗噗地蹦出纸棒的烟花，已经在他们的脑海中划出耀眼的轨迹，正热切地期盼着它的绽放。

"亲爱的爸爸妈妈，"又高又瘦的苏庆丰摇头晃脑，两条长腿快要扭成麻花。为吸引别人的注意，他又重复了这第一句，让那对可怜的夫妇再过一回电。绝望顷刻漫上老韩的脸，他狠狠地跺了跺脚，扬起的浮土如股黄烟贴着地皮飘出好远，"臭小子，要念就快点念！"其实他也急于知道下文，巧佳是他的女儿，要说急，他比谁都急。苏庆丰瞪了他一眼，口气咄咄逼人，"催命啊，有本事你来念。"

老韩两眼一闭，双手轻轻地推他，拍他，"好好好，你慢慢念，要是巧佳出啥事，你叔你婶也不活了。"

苏庆丰用舌头舔了舔干燥的上唇，感觉到有股中气已直逼嗓子眼，不吐不快，"很小的时候，我曾经发誓一辈子也不离开你们，我要守着你们，侍候你们到老。可是现在情况发生了变化，冯斌要我跟他走，我不得不跟他走——"

老韩愤怒地打断苏庆丰，"哪个是冯斌？"

苏庆丰叹了口气，很不满意，好不容易酝酿出来的情绪又被老韩硬生生地卡住了。他清了清喉咙，用更高的声调去压住他，"爸爸妈妈，冯斌你见过，就是那个演李队长的文艺工作者，我爱上了他，他也爱上了我。我要和他一起去宣传开放的政策，去播种改革的希望。"

老韩冲着苏庆丰捏紧拳头抻直脖子吼："你都已经定亲了，你怎么可以这样！怎么可以这样！"苏庆丰被吓得连连后退，耳朵嗡嗡作响。他恐惧地望了一眼这个干精火旺的中年人，又望一眼他那瘟鸡似的耷拉着脑袋的老伴，小心地问："叔，还念不？"

老韩还没开口，后巷的老柴就喊起来，"念！怎么不念？老子早就知道那个戏子不是什么好鸟，唱就唱，跳就跳，脸上抹那么多粉做什么？自己爱播种播种去，非要拽上咱巧佳，呸！"

苏庆丰低下头，善解人意地收回了投入的情感，将嗓音适度掐小，用尽可能平淡的语气念下去，"待到有一天，任务完成，我就和冯斌回来陪你们。"

老韩家的一下子瘫在墙根嚎啕大哭，"你们瞧瞧，她说得多轻松啊，她爹说得对，女儿就是泼出去的水，我还不信，现在我们还没泼出去，她自己就流走了……"

大家纷纷劝他们，巧佳挺懂事的，只是一时糊涂，哪天说回来就回来。老韩却听不进去，他沉着脸骂："妈的，生孩子有啥用？当初还不如生个蛋炒了吃掉。"

一开始他还拼命地去想，后来就拼命地不去想了，但结果都差不多，就像有根毒刺扎进了心窝，不断发炎，化脓，才刚刚结痂，又有人变着法儿把它揭开，如此周而复始。时至今日，韩巧佳的离去依然是曲河乡茶余酒后谈论得最多的话题，她如同一只鸟儿，翅膀上的羽毛刚刚长齐就迫不及待地离开旧巢，没有丝毫的眷恋。在她失踪后的年月里，曲河人将她的故事当成教育子女的反面教材，他们犹如拾柴者，决心要将炉火烧得旺旺的，不让韩家乱成的那锅粥冷下来。

"反了你？想学老韩家的丫头啊？"

"想当韩巧佳啊？"

——这样的责骂几乎充斥着乡村的每个角落，也是在那段时间里，随处可以看见因为家长的严加管教而变得愁容满面、沉默寡言的年轻人，唯一能让他们激动起来的只能是韩巧佳了，要是她再度出现，他们准会冲上去将她揍扁，而最想揍扁她的应该是金大庆的儿子金力军。巧佳离家出走之后，金力军又气又恨，绝口不提再找对象的事，让金大庆抱孙的美梦从此落空。原来很是威风的乡长变得成天哭丧着脸，又叹气又甩头。时不时的，他会跑到老韩家去串门儿，妄图从人家的嘴里抠出点儿巧佳的消息，要是赶上不错的"菜式"，他便是一阵软泡硬磨，留下来跟老韩喝酒。两个男人，一腔愁绪，喝着喝着，老韩的眼泪就吧嗒吧嗒地落下来，为不让瘫在床上的老伴听到，只好强忍着偷偷抹去。人心是肉长的，金大庆也陪着他摇头摆脑，好像百思不得其解，这么个精明强干的汉子，霉运怎么偏偏落在他的头上？

3

"人呢？在哪儿呀？"老韩回到家，空空如也，不由松了口气，摊开双手又得意又愤慨地朝跟屁虫金大庆挥舞。

"真的，我听宝珠她娘说的，只是她、她……"他本来想说她顶着大肚子走得太慢，又忽然想到她的身边怎会少了个男人，就沙沙地抓了把后脑勺，问自己，"难道是她看花了眼？"

"我说老金，你要是嘴巴淡了就抓把粗盐嚼嚼，我可没工夫听你胡扯。"

这时已近晌午，耀眼的阳光弥漫着这个农家院落，有几只鸡在干柴堆里时而刨食，时而侧目而视，好像在聆听这两个男人的对话。一条大黄狗在老韩胯下蹭来蹭去，还眯眯眼一副好享受的样子。

金大庆给老韩杵了根烟，赔着笑说："我也觉得不可能，要是真的，人早该到了。再说吧，挺着个大肚子，怎么会没人陪着……"

"别瞎编鬼话啊，她要敢怀着野种回来，看我不抽她的筋——"

老韩的话像被硬生生地掐断，两眼发直地愣在那儿。竹篱门外什么时候站了个女人？怎么有点像巧佳？就是身坯要比巧佳大一号，胖乎乎的脸，圆滚滚的胳膊和大腿，还有那个尖顶大锅般的肚子。刚开始他以为这是日思夜想所产生的幻觉，待她张口犹犹豫豫地喊他一声"爹"，这才不得不信，那个让自己不停思念又不得安宁的丫头真的回家了。她拖着只大包，蹒跚着进来，脸上堆满了难堪的笑，好像到的不是自己家，而是一个需要时时赔小心的场合。应该说，是时间拉开了这对父女的距离，而距离又让陌生感和荒诞感如杂草丛生。

邻居们好像得到了通知，三三两两尾随而来，站在竹篱外一边拉着家常，一边拿眼角的余光往院里瞟。

老韩好不容易才控制住情绪，和颜悦色地问："爹？你认错人了吧？"巧佳涨红着脸说："爹，我是巧佳啊。"

"谁是巧佳？"老韩竟然笑了，笑得邻居们面面相觑，谁不知道韩巧佳是老韩唯一的女儿？

"爹，女儿对不住您，"巧佳哽咽着，泪水扑簌簌地往下掉。老韩突然收住嘴角的笑，却收不住内心汹涌着的悲恸，眼角嘴边的皱纹仍随着抽搐的肌肉微微抖动。

"你还回来干什么？"那语气仿佛从三伏天一下子跳到寒冬腊月，冷飕飕的像要结成冰。

"金叔叔，"巧佳求援似的冲金大庆叫了一声。金大庆扭过脸去抖动双手，"唉，你都这样了，让我家小军咋办啊？"

这样的情形巧佳早已料到，所以并不慌张，她相信只要母亲一出场，马上就能破冰化水。她伸长脖子朝屋里张望了一下，大声地喊娘。可是怪了，连喊数声，里面就是没有一丝动静。

"爹，娘呢？"她好像预感到什么，惊惧地望着父亲。

"还有脸问你娘？你娘早就被你气死了，"老韩的尾音在紧绷绷的空气中微微颤抖。

老韩恨女儿，那种恨是真恨。巧佳的出走使母亲大受打击，啼哭不止，一遍又一遍地重复着"到底是造了什么孽呀"，最终导致旧病复发。老韩只好不停地安慰她，"儿孙自有儿孙福，说不定哪天她就开开心心地回来，还给你抱回个大胖孙子哩。"

老韩家的才不上当，她请来邻乡三如里最有名的"仙姑"，妄图通过那个满脸皱纹的干瘪婆子施展"通千里"的法力，了解远在他乡的女儿到底过得如何。在"仙姑"令人昏昏欲睡的咒语中，女儿的声音仿佛从某个又深又窄的洞穴里传出来。随着含糊不清的絮叨，当母亲的听懂了，女儿虽然漂泊无定但充满了幸福感。仙姑最后醒了神，预言韩巧佳三年后必将返回故里，要她放下心来。可惜半月不到，这对夫妇再一次为女儿出走的事情互相指责，醉醺醺的老韩说漏了嘴，原来出于对老伴的健康考虑，他花钱收买了"仙姑"。老韩家的从此卧床不起。

去年清明前，老伴走了，老韩差点垮掉了。他一遍遍地咀嚼着她弥留之际的细节，一次次地责怪自己粗心大意，也责怪女儿的冷酷无情。原来老伴早就预感到自己好不了，担心家里再为她花冤枉钱，就咬着牙偷偷地熬，最终把病给耽误了。打从医院给她判了个死刑，她就叫嚷着回家，她不是怕死，她是想死在家里。临终前，他问她还想吃什么。他们在这穷乡僻壤一待就是几十年，最缺的就是吃，眼看着生活渐渐好转，身体却一天不如一天，没有了想吃的欲望。老伴说荔枝。大冬天的哪来的荔枝？老韩跑遍全镇，最后只买到一瓶冰凉的荔枝罐头。当他将浸泡得松软白皙的果肉喂到老伴嘴边时，她已经吃不下了。暮色四合，灯光昏黄，老伴眼里那两束灼亮的光扎在老韩的脸上，不动。他附到她耳边柔声问："还有啥事要交代？"老伴的嘴巴嚅动了一下，喉咙像被干草堵住，挤出来的声音丝丝缕缕的难以成句。她张了张眼眶，眼珠子干涩地转动着，目光如铁一般被她搬动起来，挪到墙上那张三口之家的合影上，再水样般地汪开，与屋里黄黄的灯光融为一体。老韩明白了，老伴知道他的脾气，担心日后女儿回来他不让她进门，就赶紧说："我会熬住的，等着巧佳回来。我不赶她，要是她愿意待在这儿，我就和她好好过日子，要是有了孙子呢，我也帮她带带，你放心好了……"他边拍着胸脯边向她保证，眼泪却止不住地流，罩住大半张脸。

从老伴的坟前回来，走进空荡荡的家，空气中凝结着浓重的潮气，散发出一种被长年搁置的气息。冷飕飕的风顺着洞开的大门呼喇喇地刮进来，那种寒意就像从老伴的尸体上释放出来的。他坐下来，脊背僵直，眼神近乎呆滞。不知过了多久，屋里的光线暗下来，他仍沉浸在哀伤之中，脑子里不断地想象着老伴深夜为他编织毛衣、胖嘟嘟的巧佳睡在身边轻轻打鼾的情景，往日那只轻轻滚动的线团仿佛抽出了毛线，又仿佛跨越黑乎乎的夜空，温暖地缠绕在他的身上。这么多年了，他第一次发现，她才是他的一切，可是这一回，她不再是出去给他沽酒，或者买烟，她再也回不来了。一想到这一别的时间便是自己的余生，他就肝肠寸断。他坚决而又残忍地想，老伴就是他和女儿害死的，他是主谋，女儿是从犯。

有那么几个月，老韩像换了个人，不吭一声，往墙根一蹲就是老半天，虚望着，任腮帮子起起落落，烟锅吧嗒吧嗒。不是没有朋友关心他，劝他再接一"枝"，甚至还热心地替他张罗，他的回应却是冷淡的，"老都老了，有啥好折腾的？"时间长了，那种恨与疚也淡了些，只有孤独在一点点地滋长，又大片大片地蔓延。他开始疯狂地想念着这个还活着的、与他有着血缘关系的亲人。一切犹如她小时候做错事、他替她开脱那样，他不停地搜寻理由，并逼迫自己去相信。到了最后，他坚信巧佳的离家不过是为了到外边开阔视野，历练自己，根本就跟那个戏子无关。正因如此，很多事情他都打算推迟到她回来之后再办——修理房子、相亲、买件新衣服、戒烟戒酒……甚至死亡。他希望自己能够活到她回来的那一天，知道她活得好好的，到了阴间他才好向老伴交代。总而言之，老韩坚持以自己独特的方式祈盼女儿回家团圆。有无数次，他在脑子里把这个振奋人心的场景来来回回地演习：女儿胜利归来，痛快地嫁到金家，花好月圆，生活美满。

可以说，挺着大肚子的女儿一下子捣碎了父亲的幻想，而父亲的回答更是将女儿拖进了苦痛的深渊。

"爹，你，你骗人！"她的脸上掠过一丝比绝望更可怕的神情。

"骗人？"金大庆冷笑了一声，攥紧拳头暗暗地给老韩使力，给她一巴掌，看她还信不信。

"你还回来干什么？"老韩闭上了眼睛，好像要将女儿从跟前撵跑，嗓音听上去粗硬、决绝。"干脆就死在外面，一了百了。"

"不可能，不可能，"巧佳就像遭到诬陷一样大声辩解，她连滚带爬地往屋里闯，堂屋、厢房、客厅、天井、后院，再没有一个声音回应她的呼唤哭喊。

乡亲们的目光全都聚焦在老韩的脸上，无声无息，像对着遗像开追悼会。老韩挺直了脊背，脸上罩着一层金属的光，又冷又硬，眼睛灼灼地凸起，眼睑底下的肌肉不时发出一阵颤跳，让人不寒而栗。

转眼间，巧佳又丢了魂似的转回来，转到老韩的跟前，急切地问："爹，我娘她人呢，你说，娘呢？"

女儿空洞迷茫的眼神就这样击中了老韩内心最柔软的地方，他浑身一震，几乎要缴械了，可是众目睽睽，特别是金大庆，他又怎肯善罢甘休？如果说，他嘴角那东一响西一炸的冷笑只是一种吆喝，那么雪亮的目光就是呼啸而来的鞭子，老韩感到自己像一头被逼急的牲畜，断了回头路，只能从女儿这边踩过去。

"给我滚，滚出去，"他脸朝里，手往外一戳，笔直笔直的，像被支架固定在了半空中。"韩家没你这个人。"

巧佳愣了一下，立刻掂量出了这话的斤两。她要跪下去，可是肚子太大弯不下腰，还来不及调整，左边一倾，一屁股瘫坐在地。她想爬起来，却由于身子过于笨重而未能如愿，就索性坐着不动，嘴巴往下一撇，没有泪水，也没有声音，任由下巴剧烈地抖动。突然，脖子一软，朝一边倒下去。这个突如其来的场面把大伙吓蒙了，有几个女人飞奔上前搀住她，一时七嘴八舌，有的去掐她的人中，有的催促老韩快去弄点糖水来，见他木头似的戳在那儿，只好自己动手。

"老韩啊老韩，要是巧佳也没了，你就成了'孤老头'，"那个端糖水的女人从他身边经过时抹着泪骂。老韩哆嗦了一下，像被一记响亮的耳光打醒，突然记起自己对老伴的承诺，若女儿真没了，他活着还有什么意思？他偷偷地朝女儿瞟上一眼，又一眼，心里全乱了。

老韩软弱的表现一样逃不过金大庆的眼睛，他的脸上布满了恨铁不成钢的表情。然而他的高声叹息非但不能给老韩以压力，反而提醒了他，谁才是谋害女儿的罪魁祸首。大伙看见老韩慢腾腾地转身，一步一步地走上前，两束目光变得凶悍起来，探照灯似的在金大庆的脸上扫来扫去，就像要从上面找出这件事的前因后果，然后再慢慢地眯下去，眯成一道缝，又像要将他整个儿地夹扁。

"老金啊老金，这下你满意了吧，我老韩家破人亡你满意了吧？"

金大庆避开他的目光低着声说："我满意什么？关我屁事啊。"

"要是巧佳有个好歹，就是两条人命，老子要你偿命！"老韩伸长脖子把拳头捏得咔咔作响。金大庆身子不停地往后仰，好像在逃避对方的拳头，两条腿却灌铅似的不听使唤，所以他那又高又壮的身子看上去像一堵向外倾斜、随时可能坍塌的墙。

"好好好，我走，我走，"金大庆退到门口，一转身没了影儿。

4

下午五点多，阳光软下来，红彤彤地缩到屋脊和树梢上，家家户户的天井都笼罩在紫灰色的阴影里，如塌陷了一大块。野外似乎要明亮得多，河堤上的樟树花团团簇簇，像被五月的晚风摇醒，白影翩翩，挟着一股素净、清冽的香气悄悄地滋漫开来，整个曲河乡都浸润在一种微微振奋的情绪里。老韩挥动着长长的竹竿，在水面击出一道道水花，把自家养的几十只狮头鹅往小码头赶。这些年，除了当"猪中"和种点责任田，他还养了鹅群，差不多有五六十只，鹅生蛋，孵出鹅崽，留下一些，其他卖出去，逢年过节，他还会挑些大鹅卖掉以补家用。乡亲们都笑话他，一人吃饱全家不饿，挣那么多钱给谁花啊？他们就想听他大骂巧佳，他才不上当呢，慢悠悠地说："钱多会咬手吗？哪天我死了就把它捐出来，给你们架桥铺路，有什么不好？"乡亲们抿着嘴不说，心想你老韩就是嘴硬，明明想攒钱等着女儿回来，还不肯承认！

下午三点钟出来时，老韩就像喝多了酒有点儿飘，瞅什么都顺眼，那些天天见的树株株向着蓝天伸展，像做出了欢迎或者欢呼的手势。平时总嫌聒噪的鹅今天也显得特别精神，挺直脖子，用红掌有力地拨动清波，那拍打着宽阔翅膀的架势像要飞到天上去。

对岸好像有人在说话，老韩以为是错觉，抬眼望去，巧佳正站在樟树下和一个邻居聊天。

"爹，饭煮好了，回家吧。"她把手卷成喇叭状喊。老韩假装不情愿地哼了一声，吆喝着把鹅群赶进了搭在河边的草寮里，回到家，女儿已经把那张又旧又黑的小圆桌摆在了天井，饭菜也一个个地端上来，弥漫着诱人的香气。他说你吃你的，等我做什么？一个人走到"灶下"，出来时手里多了杯白酒。父女俩默默地吃了一阵子，老韩抬起头来问："那个人呢？"巧佳知道他指的是谁，就低下眼睑夹了几根空心菜慢慢地嚼着，"还在城里呢。"老韩皱了下眉头问："怎么不一块来？"巧佳说："他请不了那么多假，给私人老板打工，不能说走就走。"

老韩咕嘟一下喝了口酒，又瞟了她一眼，"你肚子都这么大了，山长水远的，万一路上有个闪失，他不担心啊？"

"他当然担心了，"她说，"我就是怕他担心，不能专心工作，才想到回家里生。"

"城里条件不是更好吗？"他把嘴埋进了酒杯，又仰起脸来，一丝苦笑在湿润的嘴角漾开，"要你娘在还能帮点忙，我一个大老爷们，哪懂这些？"

说到母亲，巧佳叹了口气，眼角潮湿了，"你不用照料我，在外面这些年，我早就学会怎样照顾好自己了，快生的时候，你只要把我送到镇上的医院就行。"

"快生他也不来啊？"老韩吃惊地看着女儿。巧佳的口气很淡，"到时看他有没有时间，没有时间就算了，反正他来了也帮不上什么忙，今年对他很关键，表现好，说不定能当上部门的主管。"见父亲一脸迷惑，她又补充了一句，"待我把孩子生下来，他再来看，还可以多住几天，不是更好？"

喝了酒，老韩又划船似的飞快扒下两碗白粥，蹲在板凳上抽起了他的旱烟。只见他脖子上的喉结上下滚动，时不时向着苍茫的暮色吐出一个个灰色的烟圈儿，烟雾堆积在一起，几乎遮住了那张黝黑的瘦脸。他的眼珠子好久不眨一下，仿佛眼前只是一个梦。

巧佳放下碗筷站了起来，从他面前穿过，到"灶下"拿起一只大铁盆，又从他面前穿过，动手收拾起桌子。老韩转过神来，说："过一会儿我来洗。"巧佳不吭气，只管将那些盘碗捡进大铁盆里，端到井边，朝井里抛下一只带绳子的小桶，吊上来清凉的井水，哗哗地洗刷起来。在声音的起落之间，她似乎听到父亲还在说什么，就停下手头的活儿。

老韩在提醒她，若是碰见金力军，要好好向人家道个歉，为了她，金力军差点连命都搭上。

老韩的话没有半点夸张，就在巧佳出走的那天下午，金大庆一脚踹开韩家的门，直着嗓门吼："王八蛋，给老子滚出来。"

老韩从里屋探出头来问："是老金吧，啥事？"金大庆一把揪住他的背心，将他当成螺肉从壳子里拉出来。

"听说你家丫头跟人跑了？"金大庆居高临下地审问，手臂上的黑毛如猪鬃根根竖起，口水凉凉地在他发烫的脸上画着标点符号。老韩颓然低头，任由对方抓着自己的双肩急促地摇晃，感觉身体如急风中的小草东倒西歪的，说出来的话也像被摇断砸碎，变成一个个没法听清的音节。金大庆终于停下来，手指点着他的鼻尖问："你家巧佳呢？在哪儿呢？快给老子找回来。"

老韩不停地喘气，眨眼，好像被对方摇糊涂了，过了好一会儿才哑着声问："你找我，我找谁去？"金大庆一字一顿地吼："废话，当然是找那个戏子了。"

老韩一屁股坐在麻石门槛上，生了根似的不起来。他边抹额头的汗边说："老金啊，要能找到，我还用得着你来催？"气得金大庆飞起一脚，可偏就踢在了麻石上，疼得抱住缩回来的脚不停地跳，喉咙头发出呜呜啊啊的怪叫。这时老韩家的像条孱弱的虫子从里屋艰难地蠕动出来，断断续续地说："金乡长，这事也不能全怪我们——"

女人的半句话一下提醒了老韩，他扶着门框缓缓地直起腰杆，恢复神志似的眨巴着眼，像在抖掉睫毛上的灰，目光因此变得灼灼照人，"是啊老金，这事我提醒过你多少次，宜早不宜迟，你偏不听，还、还去问什么生辰八字乱七八糟的。"

一切如遭突袭，金大庆脸上的表情僵住了。老韩似乎一下子明白了什么，于是再接再厉，干脆将小脑袋杵过去，快要抵到他的下巴，"你要是不去听那些神婆神棍乱说，早早将喜事办了，还有后头的是非吗？"

"我们去问'半仙'，还不是为孩子们好啊？"金大庆倒退了两步，已经色厉内荏了。老韩是什么？人精！他一眼就看穿对方在害怕什么，最想逃避什么。有那么一刹那，他被金大庆可怜兮兮的眼神烫到了，心都软下去，可一想到女儿本来可以顺顺当当地嫁入金家过上好日子，结果却被这老东西拖拖拉拉给拖没了，又有一股旋风搅起了他胸腔里的怨与恨，热辣辣地翻来涌去。他紫黑的脸膛顿时蒙上一层青光，竖起的光芒根根直指对方。

"金大庆，"他的声音如滚雷炸开，"你身为一乡之长，公然搞起迷信，要不是你去算命，巧佳就不会跟那混蛋走，她要不跟那混蛋走，老子就不会丢掉宝贝女儿，你，赔老子的女儿，你赔！"

"小点声，小声点……"金大庆催尿似的嘘了一长声，又一短声。他从没想过"干部身份"也会成为自己的死穴，更糟糕的是它过早地暴露在老韩的面前。见老韩不依不饶张大嘴巴，慌了手脚的他一把将它捂住，口气明显软下来，"兄弟，老韩兄弟，少嚷嚷，有话慢慢说嘛。"

老韩将嘴从他粗糙的掌心奋力拔出，强硬地说："老金，老子已经够倒霉的了，你敢再逼我，我跟你狗日的同归于尽！"

金大庆边后退边伸出手掌拼命地往下压，还一个劲儿地摇头，

"老韩，好兄弟，你知不知道，我家小军现在就站在屋顶上准备往下跳，要出人命的，我、我也没有办法啊。"见老韩稍稍平静，他又继续说："巧佳跑了还能回来，我家小军要是跳下去，恐怕就回不来了，呜呜呜……"

老韩万万没有想到，老金这么条铮铮铁汉竟当着他们的面哭起鼻子来，且哭得涕泪交加浑身颤抖，真是再硬的心肠也要被他哭软，就说"老金"，过去摇摇他，可他像座铁塔纹丝不动，只好去拍拍他，"哥，人命关天，咱们赶紧过去看看吧。"

金大庆呜咽着，"看看有屁用。"老韩说："再怎么说我也是他的老丈人。"

一股愤懑又浪潮般地席卷而来，金大庆揉着眼的手忽然停住，咆哮如雷，"少在他面前提什么老丈人。"老韩挺着胸脯说："有道是'解铃还须系铃人'，没准我能救得了他。"

"金乡长，你就让他试试吧，"老韩家的也帮着丈夫说话，"死马当作活马医嘛。"

"怎么说话的？你才是死马呢，"金大庆嘟嘟囔囔地说，"走吧。"

下午五点多，大如车轮的落日从树梢屋脊沉下去，天边还残留一抹橘红色的光亮。金家的院子外面早就挤满了人，墙垛上还露出果实般大大小小的脑袋。大家交头接耳，不知道力军会不会像他所说的那样一头扎下来。

"闪开闪开，"人墙被风风火火的金大庆和老韩粗鲁地撕开一道口子，又迅速合拢。在经历过一阵低潮之后，乡亲们又振奋起来，他们不时朝这一高一矮的两个汉子瞄了一眼，又生怕错过精彩瞬间那样，飞快地将目光跳到屋顶上。力军手里拎着个空酒瓶子行走在屋脊上，就像表演走钢丝，他的每一次晃荡都引发下面的一片哗然。他的母亲眼眶红红的，像两把舀满了水的勺子。

"小军，小心，快点下来啊……"她的声音好像发自松弛的弦丝，拘挛着颤颤悠悠。金大庆也将双手搭在嘴边声嘶力竭地喊："儿子，快看看谁来了，快看看呀——"

力军半眼不去看他，兀自将酒瓶抛向空中，再伸手去接，结果没接住，呼啸着砸向院子中央，砰的一声化成碎片，吓得大伙惊叫着跑开。金大庆家的看得心都冷了，牙齿格格地打战，一向老实巴交的她冲过来抓住老韩的胳膊，指甲全抠进他的肉里，恶狗般地嗷嗷狂吠，"今天我家小军要有个三长两短，我放不过你家丫头，我放不过你。"

金大庆也紧紧捉住老韩，湿润的眼里闪出凶光，"你来呀，你不是拍着胸脯说你能把他弄下来吗？"

多少双眼睛滴溜溜地转向老韩，目光轮子般在他的脸上辗来又辗去，纵横交错。金大庆急躁地鼓动他，催逼他，"弄呀，弄呀，你不把他弄下来，我就把你扔上去。"

老韩如猎物撞到了枪口上，没有退路，反倒呈现出破釜沉舟前的淡定。他拍拍锃亮的脑门，走到院子中央，样子似笑非笑。这时，一种深沉的寂静笼罩了院子内外，笼罩了世间万物，陡然，从寂静中爆发出老韩粗沉而又温厚的声音。

"力军，力军，看看我是谁？"跟当"猪中"时那样，他的脚尖也是一踮一踮的，像给不断拔高的声音使劲儿。

力军往下望了一眼，张开嘴巴，大家还以为他要说什么，就看见一团白色的东西啐了出来，在半空中散看不到的雾。老韩拍着胸脯喊："还有没有规矩？你瞪大眼睛看看，我是你老丈人。"

力军指着他气急败坏地说："呸！巧佳都跑路了，你还有脸来见我？"

老韩垂下头，发出老牛般的深叹，掉头就走。金大庆急忙跑去拦他，压低声音哀求，"好兄弟，他终于肯说话了，你再劝劝，你再劝劝，老哥我求你了。"

老韩转过头来朝金大庆很不屑地摆摆手，大声说："算我看走眼，你家小军没啥出息，难怪巧佳会跟着别人跑。"

老韩的话被风刮进了力军的耳朵里，他的目光如锥子深深地扎在对方的脸上，咄咄逼视，"我没出息？巧佳跟野男人跑路就有出息？"

老韩一把推开金大庆跳到院子中央，指着力军骂了起来，"臭小子啊，你说句良心话，你喜欢巧佳，老子拦过你没？"

力军憋红着脸躲开老韩凶狠的目光，但脖子仍梗着，很不服气的样子。老韩又说："媒姨来提亲我摇过头没？"

力军蹲下去，坐在屋脊上，脑袋和胳膊全垂下，看上去像条软塌塌的八爪鱼。老韩朝四周的面孔笑了笑，猛地仰起脸说："我是怎么跟你说的，都定亲了，就早点成家嘛，力军啊力军，你的良心是不是叫狗吃了？"

力军缓缓地抬起头，对着满院子的人声泪俱下，"那要怪我爹——"

金大庆听到儿子点他的名，心头狠狠地跳了一下，好在老韩及时替他遮掩，他气势汹汹地打断力军，"是你娶媳妇还是你爹娶媳妇？你甭怪这个怪那个，熟鸭子都递到你嘴边，是你小混蛋没守住，没出息，让野狗给叼走。"

力军抱住头，仍夹着哭腔，"叔，你说我该怎么办呀？"

老韩说："小子，摆在你面前的只有两条路，一条是，你对巧佳彻底死心，娶别家的闺女去，聘礼多少我老韩一分不少退还给你——"

力军急忙站起来说："叔，我要巧佳，我不要别人，我对她一辈子也死不了心。"老韩沉着脸说："那就是第二条路了，像个爷们去把她寻回来。跑到屋顶上哭哭啼啼那是娘们儿干的，不是我老韩的女婿！"

后来老韩前脚刚迈出金家大门，金力军就灰溜溜地跑下来，背上爹娘为他准备好的干粮，趁着月色离开曲河乡。别人告诉他，文工团就在下一个村庄演出，过去要翻过两座大山。

5

晚上七点多，老韩拎着巧佳买来的一盒"茶米"到朋友家去串门儿。冲完凉，巧佳走到外面的院子，吸进一口夹带着河水、庄稼气息的清新空气，仰望夜空，跟城里不同，这里的夜空湛蓝，纯净，夜色明亮，能看得到很远的地方。她抖动着湿润的头发，站了一会儿，突然想起父亲的话，就走进自己的房间，打开衣柜，几年前金家定亲的布料还好好地放着，有一块是那个时期最流行的乔其纱，像天空的颜色一样鲜蓝，对着灯光抖开，周围便晃荡起来好似一湖泛起涟漪的春水。还有一块是深灰色的华达呢，托在手上沉甸甸的，原计划用它做一件大衣。从衣柜下面的抽屉里，她还搜出母亲生前用过的一扎打毛衣的竹针和几团毛线。一想到自己的孩子很快就要降生，然后过上他生命中的第一个冬季，她决定给他织件小毛衣。她来到客厅，打开低低地悬着的灯泡，边回忆着学过的那些织法边慢慢地尝试。也不知过了多久，院子的竹门轻轻地响了一下，她以为是风，或者什么动物跑进来，没当回事。待她再次抬起头，吓了一大跳，屋檐下站了个人，黑乎乎的像竖了一堵墙。

"力军？"巧佳尖声叫了起来。力军走上前，走进了灯光里。他变了，从父亲那儿遗传下来的国字脸变得棱角分明，硬戳戳的胡子一直连到了腮边，黝黑的眼窝子颤动着两粒亮光，闪烁着成熟与睿智的光芒。就好像是，巧佳的肚子有股潜力，将他的目光牢牢地定住。

巧佳努力了一下，双手叉住后腰站起来，头顶勉强够到他下巴的高度。

"对不起啊力军，你要是觉得解气，就给我两巴掌吧，"她说的可是真心话，打从离开他后，她的良心一直备受折磨，她确实把他伤得太重了，很难想象，那段时间他是怎样熬过来的。

164

力军依旧一动不动。巧佳只好采取主动，抓起他的手狠下心朝自己的脸上打去。她想象着许多人都看得见，都在替力军使劲，感到解气。就在他的手快要触碰到她的那当儿，一股反方向的力量又将它拽了回去。她又去抓他的另一只手，又被他狠狠地甩开。她看见他脸色阴沉身体僵直，目光横横的，嘴巴张开着，还以为要高声怒骂，正充满了期待，他的喉结却滑动了一下，嘴巴又忽地合上了。

好像隆重赴约最终扑了空，巧佳先是觉得一阵沮丧，而后又感到难受，就好像憋涨在腔膛多年的洪水却左冲右突无法找到出路。没错，她就想找个人撒气，可眼前这个男人却在不停地躲闪，让她扑腾抓挠的双手一无所获。他转身要走，她急了，大声吼："金力军，你他妈的还是不是个男人，你还是不是个男人？"

力军回过头，依然不肯配合，只是沉静地望着她。在那双没有一丝杂质的眼睛的注视下，巧佳的脸唰地红了，又由红变紫，变绿，变白。她觉得她不能这么傻呆呆地站着，她思谋着说点什么，或者做点什么，可是要命，脑子里空荡荡的，整个人慌乱得就像弹尽粮绝。沉默如网，一点点地收紧，勒得她快要窒息。这时她觉得自己唯一能做的，就是攥紧拳头不顾一切地扑过去。

嘭嘭嘭，他的胸膛比过去厚实了许多，她的拳头就像捶打在一袋装得沉实的谷物上。

"再怎么说我也曾是你的未婚妻，你难道就不恨我，你他妈的就不想狠狠地揍我一顿……"

她不停地骂，骂着骂着，嘴角开始往下撇，脸颊的肉却向上堆，并随着她的动作一抖一抖的，陡然哇的一声，爆发力十足，犹如瓷器开裂般清脆，泪水奔涌而出。她的胳膊一下子没力，连支撑身体的劲儿也没有，整个人软软地瘫在椅子上，脑袋埋在两臂之间嚎啕大哭。

"你要是当初来点狠劲儿，我早就是你的女人了，我也就不至于跟着他跑……"她的话犹如激流中的小舟，起起伏伏，还不时被抽泣有力地拽了一下。

巧佳并不知道，其实力军也懵了，他曾千百次设想过两个人的重逢，却没有一次像今天这样。想到因为她，他喝掉了父亲的一瓶白酒，差点从屋顶跳下来，眼眶也一点点地红了。为了找到她，他的足迹几乎遍及全县所有的村庄，可惜每次都无功而返。有一回母亲边哭着边给他打了盆清水，就在他蹲下时，终于明白她为何那么伤心——泛起微波的水面映出一张不堪入目的脸，眼窝深陷颧骨突起，拉碴的胡子连到了鬓上，整个人看上去又老又丑。他鼻头一酸，泪水呼地抢出眼眶，汪开来，在蒙尘的脸上冲出两道洁净湿亮的痕迹。

"韩巧佳，我是很想给你两巴掌，我连杀你的心都有，"力军说着抖抖索索地从衬衫的左上兜摸出包烟，弹出一根叼在嘴上，又抖抖索索地将它点燃。巧佳还在急促地吸气，但已经止住了哭，竖起耳朵准备听他怎么说。

"你走后的每一天，我总是故意闭上眼睛，再睁开来，又闭上又睁开，我多么希望睁开的那一瞬间，你好好地站在我的面前，和从前一样，"他望着客厅外面黑乎乎的夜空，腮帮咬得紧紧的，给人一种靠着意志力或什么东西才控制住情绪的感觉。"为了找到你，我连乡干部都不当，跑去给别人开货车。我想既然你不在咱们县，说不定就在周边，我甚至担心你是被胁迫的，想跑回来又被那个男的捉回去，因为我一直想不通，我们那么好，我们好了那么久，怎么就抵不上别人的几句花言巧语？"

不要说力军，这件事就连巧佳自己也说不清。那个时候，不知道冯斌怎么浑身上下流淌着一股魔力，他懂得很多新鲜的东西，又能说会道，可以说他就像一块巨大的磁铁，不仅仅巧佳，几乎所有的姑娘都像铁屑一样被吸附过去，而一旦要分开，又会像揭开与伤口粘连在一块的纱布那样疼痛难受。一切像中了邪，巧佳突然就认定自己必须是这个男人的女人，只有这样才能获得伟大的爱情，才不枉此生。当他俩好上后，冯斌不想再当他的临时演员，他果断地带她投奔深圳的一个表哥。他说深圳到处都是工厂，到处都在招工，钞票就像秋天的落叶一弯腰就能捡到。很快他们就成为流水线上的工人，活儿挺脏挺累的，不过这倒没什么，两个人可以一起扛过去，关键是，冯斌并没有打算和她结婚，她一次次地要求他，他总说回老家办太麻烦，也没面子，等过几年挣够了钱回去盖个小洋楼，再风风光光地娶她。

"他怎么没有跟你回来？"力军突然发问。巧佳脸色苍白没有作声，她只想听他说。他没有明白她的意思，仍然追问下去，"他对你还好吧？"

让她没料到的是，这话竟产生了一种可怕的力量撞击着她。她感到痛苦就好似一块巨石，正朝着自己的方向滚压过来，有那么一会儿她在等待着，好在它来得快去得也快，只留下了悲哀的痕印。

"挺好的，"她听到自己的声音空洞而又造作。

"那就好，"他语调平淡地继续讲述着对她的寻找，"每次卸完货，我就拿着你的相片到处打听，一开始我以为你会在福建，毕竟咱们这边过去便是福建的地界，后来我又想你可能到江西去，我到过赣州，有一次还到了安徽的芜湖，到了芜湖，我又琢磨，你会不会去杭州或者上海，毕竟那边的经济更加发达，我发现这样找下去没有边了。"

巧佳目光低垂，心里一阵阵揪痛，往事一桩桩、一件件不断地涌现在她的脑海里，等待一个人，寻找一个人，为这个人而抱着永不放弃的决心，她完全能够理解，因为她不再是从前的那个韩巧佳了。她抬起头来诚恳地说："力军，对不起啊。"

"巧佳，我还是那句话，如果哪一天他对你不好，你就回来，还有我，"力军用力将烟头掷到地上，溅起几滴火星。巧佳忍住又在眼眶里打转的泪水，咬了咬牙说："别傻了力军，你没看到吗？我都这样了，以你的条件，随便找个姑娘不比我强？"

"屁话！"力军转过身去，声音尖锐而清晰地迸发出来。

6

第二天，巧佳要到街边买点儿肉菜，就被老韩喝住。

"想买什么告诉我，你最好在家待着，省得……"尽管他没把"丢人现眼"四个字说出来，但是声音已经透出了干涩、严厉。巧佳心头猛地一沉，觉察出在父亲已经平复的表象之下，仍有一股暴烈的情绪在沸腾。她快快地将竹篮扔到灶台一边，从昏暗的角落跳出一只白猫，拿圆溜溜的眼睛瞅着她。她忽然觉得，自己要是一只猫就好了，谁会管它跟谁私奔又怀上谁的崽子？

中午饭，老韩亲自下厨，做了几样巧佳小时爱吃的菜式，从他那迟缓、时有停顿的动作里，巧佳看得出他心里仍然有事。

"我觉得，你生产时那个男的必须回来，"吃饭时他冷不丁地冒出一句。

巧佳感到拿碗筷的手在微微颤抖，嘴里咕哝了句什么。老韩没听清，探过脸凶巴巴地问："你说啥？"巧佳又重复了一遍，"没他，我生不出来啊？又不是他生孩子！"

老韩呼地站起来，冲过去把大门打开，指着院子外面说："出去听听，别人怎么说的。就算你不为我着想，也要为你肚子里的孩子着想，是不是？"

"别人爱怎么说怎么说，反正我也被说够了，"巧佳还想做最后的抵抗，但这样的抵抗无疑是徒劳的。老韩冷笑了一声，骂了句什么脏话，走到井边，往脸上撩些水，好让自己冷静下来。他答应过老伴，女儿回来不赶她，好好和她过日子，甚至帮她带孩子。待他再次返回饭桌前，巧佳仍旧保持着刚才的姿势，斜睨的目光一动不动。他一屁股坐下去，凳子的接榫处发出一阵吱吱呀呀的叹息。

"爹，你别生气了，我喊他回来就是，"女儿让步了，不过那声音听起来闷闷的，好像迫不得已。老韩好久没动，然后慢慢地端起杯子，一仰脖子将酒喝干。

　　下午，巧佳还睡着午觉，就听到父亲站在院子外面聊天，"巧佳先回来，你知道大城市闹哄哄的，哪是生孩子的地方？女婿啊，很快就回来，听说当个什么干部，成天瞎忙呗。"颠来倒去的几句话，嚷得邻居们全听见。他们就说："就是嘛，女人生孩子等于到鬼门关走一趟，要是男人不在身边，那多难受啊。"那口气是敷衍的。谁都对巧佳这个一跑就三年多的野女子没多少好感，对于她为何突然回家待产，脑子里也仍打着问号。

　　"巧佳原来是跑去城里打工，年轻人新思想，咱老一辈的管不了喽。"老韩只好加重了语气，与其说他在试图说服别人，倒不如说他想要让自己相信。

　　到了黄昏，父女俩才吃完饭，托老韩帮忙挑"猪苗"的小赵就找上门来，气呼呼地将一头死猪崽丢在院子中央，要他出面将猪崽退还给老胡。他买回来的那四头小猪，第二天胃口就不好，还烦躁地跑来跑去，不停拿嘴巴拱木槽。他赶紧跑来请教老韩，老韩正为女儿的事情大伤脑筋，根本没心思去搭理他，就随口说猪也认猪圈，还打了个比方，"猪其实和人是一样的，要把你弄到一个陌生的地方，你也会认床，对不对？"小赵觉得言之有理，就放下心来。不料到了昨天，有两头猪崽开始不吃不喝，还像孕妇那样不停地打嗝、干呕，到今早一看，竟然死掉了一头。他请来兽医一检查，说它们早就得了一种慢性的肠道传染病。

　　老韩用脚尖翻动着小猪的尸体，并不认账，"有多少人可以作证，人家老胡把这四头活泼泼的小家伙交到你的手上，你还快活得像个新郎官，现在猪被你喂死了，却要退还给人家，哪有这般道理？"

　　小赵也不跟他扯下去，直接亮出兽医开的检查报告。老韩看也不看就丢还给他，"你以为兽医是谁？是神啊？他的话就百分之百的正确？"

　　"人家就是比你强，"小赵结结巴巴地说，"人家还不像你，吃了买家的又吃卖家的。谁见了都说这猪苗哪值这个钱？"

"赵有才我告诉你，我老韩当'猪中'十几年，什么时候看走眼？你要瞎胡闹败坏我的名声，可别怪我不客气。"老韩梗着脖子发狠地警告他。见火药味渐浓，巧佳只好出面调解，她拦在父亲和小赵中间。小赵扫了她一眼，气儿更足，伸长着脖子骂："名声？你也配跟我谈名声？我早就不该相信你，我凭什么相信你？上梁不正下梁歪！"

一股火气撞上来，老韩冲上前去扯小赵的衣领。小赵到底年轻，动作灵活，吱溜一下缩到巧佳背后，把她肥硕的身体当掩体。他不时探出头来，嬉皮笑脸地挑逗老韩，"来呀，来呀，老子就不信你能一脚端死我。"

老韩气白了脸，挥拳左右出击，小赵就边躲闪边绕着巧佳转。

"巧佳你闪开，看老子揍不死这小畜牲。"老韩急得像蟒蛇吐信嘶嘶作响，可是巧佳过于笨拙，根本就无法摆脱那个影子似的家伙。眼看手靠不着，老韩就改用脚踢。巧佳夹在两个人中间，左也不是，右也不是，很快她就意识到，自己和父亲正被狡猾的小赵牵着鼻子走、引入一片泥淖里，要想摆脱困境，自己唯有攒足气力尽快闪开。

老韩没有想到女儿会突然朝一边往外蹿，踹出去的脚已经收不回，狠狠地蹬在她的小腹上。巧佳来不及叫出声就重重地栽倒在地。她被这一跤摔蒙了，怔怔地看着那两个男人，两个男人也给她以同样的目光。她感到心里往外一阵冷，浑身打起哆嗦，白天最后的一丝亮光一会儿亮得让四周的东西全失去了色彩，一会儿又暗得像长了层绿霉。

"巧佳你没事吧？"老韩冲着她急切地问，声音时大时小，时清晰时模糊。她说没事，却感到小腹一阵绞痛，下意识地捂紧它，就如母鸡张开翅膀护住雏鸡那样。

"血，血……"小赵鼓起了双眼，惊悚地指着巧佳，一边尖叫一边后退，当屁股重重地撞在竹篱上，他又被吓了一次，转身朝河堤疾速跑去。

"巧佳，巧佳，"老韩两只眼睛定定不转地盯着女儿，有股黏稠的液体正从她的裙子底下蜿蜒而出，又分成了几小绺绕着圆润的小腿淌下来。

"怎么办？怎么办？"老韩的声音里夹着哭腔，"巧佳你没事吧？"

巧佳冷静地说："快，找力军去，他有车。"就晕死过去。

有邻居帮忙去喊力军，他刚跑了一天运输回来，二话不说就跳上大货车，沿着河堤轰隆隆地开过来，屁股后面卷起阵阵白色的烟尘。他的耳边还响着母亲的埋怨，"他家的事你最好少掺和，好事怎么就没轮到你？"父亲毕竟见多识广，深知此事非同儿戏，他大声叱喝老伴闭嘴，又对着他下命令，"快去，救人要紧。"

7

又到了"斗墟"的日子，人们再也看不见老韩那瘦小、从容的身影，虽然他最后一次的表演还在人们的脑海里挥之不去，那天他察言观色口若悬河，欲擒故纵大智若愚，他差点没把小赵变成了只会哭鼻子的娘们儿，谁能想到几天之后，他会因为看走眼而"臭名"远扬？在曲河乡，老韩一直是个名人，再后来，他的独生女儿也成了名人，大伙都开玩笑说，原来这名人也是能够遗传的，可以说，老韩和他女儿的名声都是从曲河乡传出去，在外面绕了一圈，又像曲河水一样转回来。

如今不仅仅是老韩父女，就连他那个早产的外孙也出了名，人们奔走相告，刚开始说是幸亏送得及时，大人小孩才都保住，传着传着，不知道怎么就走样了，竟有人说老韩的这个孙子有神灵附体，要不怎么挨了那么重的一脚，居然还生龙活虎。而那个可怜的小赵，据说已经神志模糊，看到什么液体都说是血，血！各种传说一波接着一波，就在大家快按捺不住好奇心的时候，巧佳出院了，孩子包在襁褓里，根本看不见，但还是有人出来有鼻子有眼地证明，见到他露在毛巾外面的一节小腿，白生生的像又短又粗的莲藕。由此他们可以断定，老韩的外孙是个八斤多的大胖小子。

母子平安回家后，老韩就关门闭户，生怕小孙子被别人看了少块肉似的，可越是这样，大伙心里就越跟猫抓似的，不时有人找各种借口去敲他家的门，但都被他挡在屋外。他成天在屋里忙前忙后，孩子刚生下来时他抱都不敢抱，觉得头不硬，整个人软绵绵的好像弹指即破，可是经过几天的奋力学习，已俨然一个行家里手，换尿布，给宝宝洗澡，更不要说其他杂务了，虽然有时动作还稍显笨拙，可到底是一样也没落下。老韩这么一通忙碌，竟有点舒筋活血的意思，过往的憋屈一下就疏通了，生活又旋涡般快活地飞转，那种丰收才有的充实和喜悦涌进了心窝，无声地鼓荡。他一会儿觉得这个孙子是老伴派来陪他的，一会儿又觉得是老天爷对他多年来的馈赠和补偿，看着胖乎乎的小家伙，所有生活的辛酸与无奈顿时烟消云散，现在他担心的并不是巧佳，而是他那个叫冯斌的女婿，他该不会怪他，要把他的孙子给抢走吧？

有天他把一大碗鸡汤讨好地端到女儿床前，看着她吹开黄灿灿的鸡油小口小口地喝。

"巧佳啊，你看我是不是去给冯斌打个电话，把你早产的事跟他解释一下，要不他心里不顺气，过段时间来把宝宝抱走怎么办？"老韩低三下四地问。

巧佳摇了摇头。

"现在曲河乡谁不知道啊，总不能跟他说是你自己跌倒的吧？"

巧佳望着父亲茫然无助的眼神，接过他递过来的湿毛巾抹了一下嘴，目光直勾勾地望着窗外的院子。凉风轻轻地拍打着龙眼树和芒果树上的枝叶，阳光在树梢上蹦蹦跳跳，有个蓬蓬松松的鸟窝从树杈上一下子跳进了她的眼睛里，心里不由涌起了一阵酸楚。

"有什么好说的？"老韩听到女儿喃喃地说。

"那他以后要真怪我怎么办？"老韩小心翼翼地问。巧佳说："你放心好了，他不会怪你的。"老韩闪动着狡黠的眼睛问："真的吗？"

巧佳嘴角绽开了苦笑，"到今天我也不想瞒你了。我怀孕了想留住这个孩子，他不同意，再后来他连人也不见了。"她又温柔地看了看父亲臂弯里的孩子说："爹，你要是怕人家说闲话，孩子满月了我们就走。"

"你，你说什么？"老韩不自觉地把孙子抱得更紧。"谁要敢动我孙子，我跟他急！"

巧佳坐月子的这段时间，力军比往常来得更勤。她叫他不要来，以免别人说闲话玷污了名声，往后不好找对象。他好像没听见，只要不出车或者出车回来不晚都会来，不是提着鸡就是拎着鱼，他总说得好好补补。每次他走后，她就会陷入沉思，往事好似潜流在脑子里涌动。有时深夜里她会突然醒来，第一个想起的就是喜欢上力军时的情形，而且还想了一遍又一遍。那是秋收时节的一个午后，有个叫来喜的后生摘下巧佳的草帽逗她玩，把它当"飞碟"传给了其他的后生。力军刚好路过，远远地看见巧佳像只关进玻璃罩的苍蝇东扑西撞，急得大声喊叫，却只能眼睁睁地看着那道金黄在半空中穿梭。他走上前去，陡然出手，帮她夺回了草帽。她跑去要时他没给她，而是直接扣在她的头上，还温厚地笑了笑。他的动作平淡无奇，可搁在情窦初开的巧佳心头却变得有血有肉，有斤有两，一股说不出的感激喷涌而出，到底还是没忍住，泪水夺眶而出，把整个世界变得晶亮透彻……

见女儿老对着窗口出神，老韩明白她在想什么，就试探她，"力军这傻小子对你真够意思的，要是他肯娶你就好了。"

"爹，你胡说什么，咱不配。"巧佳回过神来，通红着脸说。老韩一下子被激怒，声调高起来，"不配不配，还不是怪你自己？早就跟你说过多少遍，情啊爱啊能当饭吃？那是戏里的，那是天上的，咱们是人，不是神，是要油盐酱醋烟熏火燎的，是要婆婆妈妈吵吵闹闹的，是要听听笑声听听哭声听听钱币的叮当响的，我就觉得，能踏踏实实地过日子比什么都强！"

"爹——"

"我不是在替你找老公，我是在替我的孙儿找爹，"老韩郑重地宣布，"这个家都被你搅散了，我现在要把它搭起来，一个人没了家，还能活出什么名堂？"

"就算力军肯娶我，他爹也绝对不会同意的，"巧佳想了想说。

跟儿子不同，金大庆一次也没再踏进韩家，成天脸黑黑的，远远看见老韩就掉头走，弄得老韩脸上也挂不住了，后来再看到他就主动换路。乡亲们都阴阳怪气地说老韩命好，得了个孙子，还白捡了个力军这半个"儿子"。老韩没空搭理他们，一门心思都在孙子身上，每天脸上全是发自内心的笑。他觉得自己就像一根枯木，熬得快要干的时候骤然迎来了一场春雨，整个人都喝饱了，精气神儿比老伴在时都要足。老天还算公平，他就这么一个独生女儿，心里面一直遗憾没人传宗接代，现在好了，给了他个大胖孙子，还姓他老韩家的姓，他这辈子有盼头了。

最让曲河人吃惊的是，孩子满月的时候，老韩居然阔绰地请来远近闻名的厨师，在院子里摆了几桌酒席。原本想看老韩笑话的左邻右舍这下全蔫了，特别是那些一心想要孙子的更是酸溜溜地羡慕起老韩，人家外孙就姓韩，是他老韩家的人了。巧佳也不是没人要，你没瞅见那个痴情的力军成天跑进跑出的？说不定老韩哪天摇身一变，就是曲河乡的"皇亲国戚"。

摆满月酒的那天热热闹闹的，老韩如沐春风，一点稀疏的头发梳理得顺溜妥帖，衣服也是崭新、挺括的，折痕清晰挺缝如刀，眉眼间焕发出一种要风得风要雨得雨的光彩。他的小孙子也不负众望，一起床就精神足足地四处张望，看得老韩眉开眼笑。力军不请自来，早早地开车过来，往下卸东西，然后就院里院外地忙开来，就跟满月的是他儿子一样。

快到晌午，院子里流溢着灿烂的阳光，客人们三三两两地来了，手里拎着“入门笑”，有把托纸浸得油亮、皮上盖一大红印章的酥饼，有层层叠叠、洁白如雪的“云片糕”，有撒满芝麻、比铜板略大的“金钱饼”，有纸薄酥脆的金黄“蛋卷”……虽说今天是韩家小孙子的喜庆日子，但大家真正关注的是他的母亲。韩巧佳特意挽了个好看的髻，穿了条红艳艳的连衣裙，脸蛋也是红红的，不知道是喜气还是有些不好意思。坐了月子，她变得更漂亮了，也丰腴了，皮肤比当姑娘时要嫩白得多。她抱着儿子跟亲朋好友打招呼，都说这孩子生得眉浓眼亮，面颊饱满，见了生人也不怯，耸着短短的鼻梁张着嘴笑。客人们递上红包，有的逗着小主人玩，有的坐下来喝茶，抽烟，嗑瓜子，嘻嘻哈哈地闲聊。“灶下”不断地传来吱吱、喳喳的炒菜声，油烟和香气以压倒一切的气势漫了过来，横冲直撞，把大伙肚子里的馋虫全勾出来，咕咕直叫。十二点，客人差不多来齐，满满地坐了六大桌。一瓶瓶清城老酒被启开，透出醉人的浓香，菜肴也由一道甜甜的莲子汤开始，几大盘几大碗荤荤素素地上来，河鲜海鲜，鸡鸭鹅肉，豆腐时蔬……这时要有哪个小孩忍不住起筷，就会被大人拽住暗暗地斥责一番，“小饿鬼出世啊，还有没有规矩？”他们只好缩回手来，小嘴巴噘得老高，可怜兮兮的目光一刻也不肯离开那些热气腾腾的菜肴。

老韩挂好一长串红头大鞭，准备放了就正式开席，这时金大庆家的慢吞吞地摸到院子里。老韩赶快请她一起入席，她涨红着脸说有话要跟他说。见那些脑袋一个个全都朝他们转去，她的嘴巴张了几回，就是开不了口。老韩就爽朗地笑，“好好好，咱们后边说去。”把客人们搞得心痒痒的，伸长了脖子等着看好戏。

到了后院，金大庆家的才说：“我那个倔老头子还在家里生闷气、想不通呢。”这下轮到老韩不好意思了，他搓着手说：“我可没惦记着你家力军，我和巧佳早就让他别来，让他好好地找个媳妇儿，可总是劝不住！”

　　金大庆家的拼命摆手，"不是这话，老头子说你摆酒也不请他，搞得他这个当乡长的很没面子，昨晚一宿都没睡好。"老韩恍然大悟，"是我不好，是我不好，我这就亲自去请他。"

　　他走到院子里朗声宣布，"大家再稍坐一下，等咱们乡长来了再正式开席。"

　　走出院子时，老韩觉得自己的背好久没有挺得这么直了，这时一个声音急急地追上来，"韩叔您等等，我开车载您一块去"。

喜　娇

1

罗玉珍是"赶凶"嫁到马家的，没头没脑、没准没备，就像是一锤子的买卖。

"赶凶"说是给婆婆冲喜，其实是怕老人一走，这个婚要推后三年才能结，夜长梦多啊。罗玉珍出身于大户人家，原先谈了个干部子弟，就因为家庭成分的问题，让人给蹬了，不由恨从心头起，好不容易才下决心跟马家全定亲，转眼又摊了个病危的婆婆，一股怨气也上来了。这一恨一怨，把那个简陋的婚礼糟蹋得不成样子。在她眼里，马家全毫无可取之处，要人样无人样，要钱财无钱财，浪得苗正根红的虚名。

自古以来，女人嫁过门，就开始在婆婆的指导下学会持家：做饭、洗衣、搞卫生、剁鹅仔菜、煮猪食⋯⋯慢慢的，婆婆衰老了，管家的权力才移交给儿媳。罗玉珍嫁到马家不到一礼拜，婆婆就变成了画像，镇上画师用炭精条画的，装在一个镜框里，明晃晃地挂在厅堂的西墙。可以说罗玉珍是一步到位，马上掌管起家里的大小事宜。持家并不难，难的是把家持好。怎么样才能做到多、快、好、省，这里面就有学问了，有时差之毫厘失之千里。罗玉珍从小耳濡目染，大场面见过不少，这点小事哪难得住她？对她来说，真正的考验是在处理婆婆的后事上。关键时刻，罗玉珍表现出一个大家闺秀的远见卓识，既坚持原则又灵活多变，既雷厉风行又脚踏实地，把这么难的一件事张罗得滴水不漏，在亲朋好友中愣是听不到一句闲话，十分不易。就在罗玉珍站稳脚跟、准备夺取更大的胜利时，喜娇出生了，然后是惜娇、爱娇。马家全按捺不住了，把脸拉得老长，恨不得将她休掉。罗玉珍知道好日子到头了，一下子像罪证确凿，老实了，歉疚了，凡事亲力亲为，打落了的牙往肚子里咽。女人坐月子，当地叫"坐腊"，是很讲究的，哪些活不能干，哪些东西不能沾，哪些食物要忌口，可罗玉珍哪有这资格？只要男人不砸碗摔碟就阿弥陀佛了。结果从生喜娇到生爱娇，冷水也沾了，凉风也吹了，不该吃的东西也吃了，再加上孩子无休止的吵闹，休息得不好，这病根就暗暗地落下来了。刚开始还不明显，只觉得筋骨酸痛，她也不在意，还奋不顾身地怀，好在这回是个男娃。小儿子的出生挽救了罗玉珍，给她平了反，让她在丈夫和邻里面前扬眉吐气。喜龙！名字是罗玉珍亲自取的，掷地有声。喜得龙儿，母凭子贵，跟着跳一回龙门。马家全乐颠了，手来脚到，只要罗玉珍说句什么，便当成圣旨。坐腊很快就过去了，该走出产房，罗玉珍却只能继续留在床上，没有来得及品尝胜利的喜悦就身陷伤病的困扰。

罗玉珍一共生了三个丫头，一个儿子，张开手掌，再把手指一根根地扳下去，喜娇，惜娇，爱娇，喜龙，只剩下小拇指了，小拇指就是自己，生完了孩子，自己却长小，做不成事不说，还像个婴儿一样需要别人侍候。

罗玉珍形同废物，马家全又整天忙着赚钱，全部的家务只能落在公公老马的肩上。

自从老伴走后，老马就垮掉了，乌油油的头发白了一大半，那模样看上去绝对不是年富力强的老马，而是垂垂老矣的老马，叫人心酸哪。老马原本在腌制厂当仓管，因为心情不好，跟同事拌了几回嘴，一气之下不干了。腌制厂的领导负责任，找马家全了解情况，是不是老马也查出什么了？马家全明白，父亲没病，是突如其来的打击让他接受不了，就对他们说，现在谁还敢去查啊？要是不查，没准我娘还能多活一年半载呢。在父亲的这个问题上，马家全的态度是放任的，反正自己有份工资，指缝紧一紧，再往油盐酱醋里抠一抠，也能养活这个家。那时马家全还在搬运厂卖力气，吃青春饭，虽是累死累活，但待遇并不差。

老马其实并不老，十八岁成家，十九生了儿子。马家全二十一岁成家时，他才四十出头。可他成天佝偻着身子，老气横秋，很快，别人都把他当成行将就木的老人。

罗玉珍觉得让一个老头子打理家务，终究依理不合，更何况还要侍候她这个儿媳。对于自己的身体，她已经不抱任何希望了。思前想后，还是决定从娃娃抓起，赶紧培养接班人。大丫头喜娇自然就逃不脱。管好一个家，千头万绪，凭这么个屁小孩，如何上手？罗玉珍就有这种本事，她先从小事入手，再慢慢扩大女儿的学习和实践范围，直到最后完全放手由她独当一面。

八岁，喜娇就开始为罗玉珍煲药。那时的喜娇还没长开，黑黑瘦瘦，头发乱蓬蓬，小脸没有两指宽，苍白，下巴尖得可以打钻，给人的印象就像一粒鹌鹑蛋卧在巢穴里。一天到晚，她绷紧着脸，笑容与红晕一样难得一见。她被罗玉珍呼来唤去，在打骂中学会了看秤星，讨价还价，杀鸡剖鱼，淘米下锅，煎蛋炒菜。在喜娇的心目中，母亲不仅是个严厉的监工，还是个学问渊博的老师，是一本百科全书，《十万个为什么》。眠床，变成了喜娇一生中最早的讲台。刚开始要喜娇学煲药，罗玉珍是心痛的，天地良心，都是自己身上掉下的肉，哪能不心痛？但有什么办法？只能"孤老头里挑壮丁"了。而这个喜娇，也是命理不好，生在穷得叮当响的马家不说，还抢风头似的排上第一名。

每次煲完药，喜娇就靠着灶台放一把矮凳，站上去，两只小手缠上抹布，斜端起那个凸肚的药罐，让浓稠的药汁从翘翘的小嘴流进一只粗瓷大碗。照医嘱，两碗水煮成八分。药汁在碗里一节节地攀升，在离碗沿一个拇指宽的距离自动地停下来。她小心地揭开盖子，双手扛住罐柄，下了凳子，跨出麻石门槛，把又丑又臭的药渣一下一下地抖出来，倒在元通街的正中央，然后怔怔地站了一会儿，看着一双双大大小小的脚、花花绿绿的鞋从上面踩过。罗玉珍说过，踩药渣的人越多，她的病就会好得越快。喜娇问为什么？罗玉珍想了想说，霉运全叫别人给带走了。

喜娇歪着脑袋，扳起指头算起账来，慢慢就被绕了进去，大惑不解，就因为母亲一个，却让那么多的人跟着倒霉，划算吗？她就去问母亲，结果挨了罗玉珍劈头盖脸的一顿训，傻了你？谁是你娘？你还想不想我快点好？喜娇耷拉着小脑袋，尖尖的脸蛋吓得煞白，那些没梳好、乱蓬蓬的发丝被母亲说话的气息拂动着，战战兢兢。挨完骂，她才敢悄悄地挪动步子，靠到门边，再吱溜地闪出去。在她眼里，母亲脾气古怪，常没来由地发火，把家里搅得鸡犬不宁。而在罗玉珍的意识里，自己之所以瘫在床上，还不是叫这四个讨债鬼给害的？所以她对他们的情感是复杂的，既有爱，也有恨，既亲近，又疏离，既有成就感，更有挫折感。特别是在腿脚酸痛时，更不会给他们好脸色，动辄就拍着床沿破口大骂。

挨了臭骂之后，喜娇并不放弃，她咬着下唇，用缄默对抗着母亲的蛮横。从喜娇身上，人们看得到一丝罗玉珍年少时倔犟的影子。把家里的活儿干完后，喜娇就搬来个矮凳守在大门口，要是碰见熟人，她就会提醒他们，小心，别踩到药渣子。

有一次乌龙大叔骑着单车经过，喜娇突然像个皮球弹到他的前头。他刹不住车，只好伸出两条又粗又长的腿去帮忙，嗞——，拖鞋在地面压出两道长长的擦痕。他心有余悸地问，你究竟想捡什么？喜娇指了指地上的药渣，两只小眼睛惶恐地盯着乌龙大叔，我怕你从上面碾过去。乌龙的脑子一时没转过弯，惊讶地问，都倒掉了，还有用啊？喜娇满脸认真地说，碾过去，你就会不好彩。乌龙默默地注视着那张苍白的小脸，竭力忍住眼里打转的泪水，近乎哽咽地说，喜娇乖乖，你的心眼儿真好。

不止一个人这么认为，喜娇生在马家，造孽啊。

2

马家全长着一张马脸，深眼窝，尖鼻子，牙齿暴突，头发像一蓬草，直立，再向外围奔拉。他当了快十年的搬运工，工厂倒闭后选择了单干，好听叫个体户，不好听叫拉客仔。每天，他骑着辆笨重的"老凤凰"在东方红汽车站一带转悠，碰运气。客人坐他的车很放心，因为一旦遇到险情，他的两条长腿立刻发挥刹车、支撑的双重作用。

除了吃饭和睡觉，马家全很少待在家，家里的大小事全由罗玉珍一手安排。打小喜娇就明白，要钱买东西只能找母亲，父亲影儿都没，就算逮到他，盯着他往兜里掏了半天，都快戳出洞了还是摸不出半个子来。他不好意思地咧开嘴，露出两只黄乎乎的大门牙，钱全给你娘了，你找她要吧。见喜娇将信将疑，就干脆把里布翻出来让她检查。

家里吃什么，穿什么，用什么，也都是罗玉珍说了算，手头那么几个钱，就像长在她身上的毛发，拔哪一根都喊疼。

罗玉珍小瘦脸，头发红红的，挑眉毛，吊眼角。她的身子和脸也是匹配的，协调的，瘦骨嶙峋，由于长年卧床不起，晒不着太阳，身上肌肉浮肿，皮肤脆薄如纸，看得见青蓝色的血管。在仙桥街、元通街你随便打听去，罗玉珍这个人能干。别人能干没啥，罗玉珍能干那才叫不容易，瘫在床上，依然把家操持得齐齐整整，把老老小小管得服服帖帖。

喜娇八岁了，按理该上学，罗玉珍却不让，她想把大丫头留下来使唤。马家全不解地问，不是有我爹吗？罗玉珍冷笑了，老头子的魂早让娘牵走喽，废了。

老马就隔墙蹲着，眯眼吸着烟锅，虽听得真切却一声不吭。人老了，除了身上的病痛在增加，好多东西都在减少，譬如威信，譬如日子，譬如钱银。这个家，现在不仅自己做不了主，连儿子也做不了主，由着那个病蔫蔫的女人去发号施令吧。话虽这么说，他还是觉得纳闷，家全原先也是条好汉，一出口就骂人，几句话不顺耳还敢揍媳妇。可自从有了喜龙，整个人就蔫了，难道就因为得了个儿子？他想到生家全时自己也着实兴奋了一阵子，但很快就过去。或许是家全的这个儿子得来不易吧？

儿子一蔫，当爹的地位也就不保了，原来要他搭个手或者干点什么，罗玉珍总是客气地跟他商量，就算知道他闲着，也先要礼貌地问一声，爹，你手头有没有事？然后再布置任务。她求助似的口气让你觉得这个忙可帮可不帮，帮是人情，不帮也应该。老马哪好意思推？只能痛痛快快地办去。可现在，得势后的罗玉珍整个成了西太后，一口一个喂，就好像老马是她的小太监，听起来相当逆耳，叫人窝了一肚子火。几次之后，老马就充耳不闻。罗玉珍并不慌，她知道他的死穴在哪里。她不喊他，也不求他，心里想，好啊，你不干，那可就别怪我了。嘴巴一张，声音听上去气定神闲，喜娇——

喜娇如领圣旨，咚咚咚没命地跑来，要是跑得慢，又要挨骂了。在这方面，喜娇有过深刻的教训，有一次，一个刚入学的伙伴得意洋洋地从家门口经过，把喜娇羡慕得不行，她不停地问他，学校好玩不？上课学些什么？能不能把课本拿出来给她瞧瞧？结果捧着书本入了神，被罗玉珍罚停吃晚饭一顿。半夜里喜娇饿得哭起来，好在老马偷偷地往她手里塞了个饭团。

喜娇挨罗玉珍的骂那是家常便饭，久而久之，也就死猪不怕开水烫了，只当母亲在唱歌册。罗玉珍识字，不但识字，还会唱很多潮汕老歌册。她总是差喜娇去向老邻居借，以打发无聊的光阴。潮汕的歌册，有民谣，但更多的是潮剧，《薛仁贵回窑》《扫窗会》或者《彩楼记》，一出出的。罗玉珍的嗓音不错，也懂得抑扬顿挫，念起来有板有眼，唱起来千回百转，喜娇很爱听，听多了，一张嘴也能哼上几句。

实际上，喜娇也并不怕罗玉珍打，打可以躲，可以跑，她最怕的是扔，扔东西就像使暗器，防不胜防，有时是枕头，有时是发夹，有时是指甲刀，有时是药碗，反正只要罗玉珍的双手靠得到抓得住的，她都敢扔。

自从喜娇被一只杯子打破头后，心里就发怵，知道母亲的手虽然没那么长，但力气可以像弓箭一样延长她的手臂，整个堂屋变得触手可及，说白了，全是她的势力范围。

老马的死穴就是他太爱喜娇，爱得让罗玉珍一眼就能看出来。有什么活儿要老马干，她不直接喊他，而是喊喜娇。为了孙女，老马只得乖乖站出来，把活儿全揽到自己身上，还生怕罗玉珍不同意。每到这个时候，罗玉珍就故意说，不怕，让她来，小孩子累不坏。老马洞若观火，憋了一肚子气却又不好发作，心想古人说得没错，最毒妇人心，家全也是，不出来管管，都妲己乱纣了。

喜娇九岁了，过完三伏，该有一批更小的孩子要入学了。老马就教她，向父亲提要求，只要家全同意，他这个当祖父的就趁热打铁表个态，拿出点"老钱"给她交学费，这样罗玉珍就会无话可说。喜娇有点怕，她不是怕母亲不准，而是怕她被迫答应后又会变本加厉地收拾自己。老马就给她壮胆，怕啥？有爷爷呢。

一天傍晚，漫天的晚霞把小镇照出一半的金红，另一半却埋进了阴凉的影子里。元通街显得宁静而又祥和，屋顶上飘浮着淡蓝色的炊烟，饭菜的香味点点滴滴地渗透进黄昏那逐渐变凉的空气里。忙碌了一天的人们匆匆归家，间或听到一两声兴奋的狗吠。马家全嘴里吹着尖尖的口哨，骑着他那辆老凤凰，径直来到仙桥街兴盛卤肉店，要两只猪蹄。头家胖子三宝正在拔猪毛，以为他又来寻开心，就没搭理他。马家全跳下车搓搓手，慢吞吞地解开后裤兜的纽扣，摸出张大团结甩了甩，在空气中拍出清脆的声音，再让它缓缓地飘落在肉案上，开口说，三宝叔，给我放心地称，今天我不赊账。瞧他那龇牙的样子，就好像已经把肉叼在了嘴里。

三宝拿起大团结搓了搓，又迎着光细看，笑声一点点地从嘴角跳出来，脸上浮出一对喜人的酒窝。他的手指像一挂香蕉，搭在卤得快脱了皮的猪蹄上，那红铜色、黏糊糊的猪皮上也立刻回报他五个喜人的大酒窝。他眉开眼笑地问，家全，今天这么阔气，该不会是捡到宝了？

马家全吓了一跳，心想这死胖子猜得真准。今天他确实捡到一只鼓胀胀的钱包，它就躺在车站厕所的角落里，里面装的全是大票子。三宝见马家全不说话，以为他生气了，就捶打着自己的额头讨好地说，我想起来了，今天是你爹生日，对对对，难怪你小子出手这么大方？

马家全又惊了一下，是啊，怎么忘了。他就摸了摸尖尖的下巴，小眼睛眨得飞快，顺水推舟地说，算你没猜错。他左手接过用荷叶包好的猪蹄，右手把住车笼头，呼地拐上元通街。马家就在元通街的街尾，一落旧平房，麻雀虽小五脏俱全，有天井、堂屋、厢房、会客厅，还有个后院，养着鸡鹅鸭，逢年过节，留一两只自用，其余的拎到菜市去卖，平时那些鸡蛋鸭蛋，也可以换点钱银来补贴家用。卖鸡鹅鸭，马家全有办法，先用掺沙的糠菜把它们的胃填得沉甸甸的。有一次他居然把一只鸭子给撑死，卖不掉，只好骂骂咧咧地拎回家。

此刻的马家像往常一样，为了省电，把一只小方桌抬到天井，准备在天黑之前把饭吃完。不到伸手不见五指，罗玉珍是不让开灯的。谁要敢开，罗玉珍就会叫起来，像那根灯绳连着她的筋络，牵一发而动全身。罗玉珍是这样教育孩子们的，灯一亮，电表上的指针就疯跑，疯跑。每次开灯，喜娇就像卖火柴的小女孩在亮光中看到幻景：那个拟人化的电表正甩开两条长腿没命地奔跑，跑来抢她家的钱吃她家的饭占她家的便宜。

饭前，喜娇负责给母亲盛饭，夹点菜，搁在她床前的那张条凳上。罗玉珍挪动着身子，往前靠，不慌不忙地吃，耳朵却竖起来，密切关注天井的动静。要是听出哪个孩子不对头，她就会朝着窗口大声地点他的名，谁谁谁，别光吃菜，再不吃快点我把你的饭拿去喂猪！就像马家父子全镇不住，只好由她来收拾残局。果然外面一下子鸦雀无声，静得只听到咀嚼和吞咽声。

当孩子们看见披着一身霞光的父亲由远及近时，欢呼雀跃。要是父亲没回来，他们再饿也不能开饭。就为这事，老马旁敲侧击过，家全就说得更直接了，等我干什么？你们先吃呀。罗玉珍拍着胸脯说，我也跟他们一样等你。马家全辩解说，老的老小的小的。罗玉珍的声音就骤然拔高，好像要让家里家外的人全听清，老的也好，小的也好，就得立个规矩，古人云，无规矩不成方圆。

马家全的两只卤猪蹄给全家带来了多年不遇的喜气，罗玉珍嘴里一个劲儿地怪他，你疯了？吃这么贵的东西，要成仙哪？马家全就附到她耳边，沙沙沙地说起了悄悄话，几个孩子全凑上去，可他们啥也听不到，只能听到母亲的笑声。罗玉珍那张苍白的脸竟然红了起来，像煤球一样散发出惊人的热量。她想把嘴角绷住，但到底还是绷不住，翘起来，像一只菱角，笑声就从那菱角的尖尖泄了出来，噗噗噗，听起来倒像是轮胎漏了气。

马家全得到了肯定，受到鼓舞，跟着笑开来。他的笑声像是妻子笑声的延续，又像是妻子笑声的回音，呵呵，呵呵，呵呵呵……

罗玉珍就掩住嘴，手如枯叶有气无力地飘落在丈夫的胳膊上，挺风情地骂了一声死样子！她的话无异于一股春风，吹进了一家老少的心窝。大家立刻变得喜气洋洋，天黑下来了，生活却充满了阳光。

那一顿饭，罗玉珍勉为其难地吃了一大块猪蹄。她很少吃肉，所以吃到喉咙头总觉得滑腻腻的，吃到肚子里也不怎么受用，像有条恶龙在里面掀风鼓浪。但是她不说，不想败大家的兴。

天井这边，马家全搜出两只酒盅，摆上，一只给老马，一只给自己，斟上白酒。酒水映着天光，风一扬，一眨一眨的，像两只明亮调皮的眼睛。那猪蹄，还剩下大大小小的七八块，红铜色的皮，粉紫色的肉，半透明的筋，摆在一只缺了边的白瓷盘里，就像打了追光的主角灿然夺目。喜娇小小的鼻翼不停地翕动，从散发的香气里，她能分辨出那些是豆酱、酱油、葱、蒜、南姜、桂皮、八角、茴香、胡椒的味道。她的三个弟妹从没炒过菜，但也一样被香气迷住，口水把下巴都打湿了。马家全可真是得寸进尺，一只鞋子大的鱿鱼干被他变戏法似的变出来，放在一只盘子里，在孩子们亮晶晶的目光的注视下，他得意洋洋地往鱿鱼干洒上酒精，划了根火柴，火就呼地蹿起来，蓝幽幽的，火色远看近却无。只见到平展展的鱿鱼干渐渐地卷曲，偶有火星闪烁，一股奇香挟着压倒一切的气势席卷而来。几个孩子就像被香气狠狠地推了一把，又被拽了回来，脖子抻得像鸭脖，瞪圆的眼珠子快要掉进盘子里。马家全把烫手的鱿鱼撕成丝缕，递到孩子们手里，举起一根手指认真地交代，一点点地吃，才能咂出香味。四个孩子以最快的速度把它放进嘴里，费劲地咀嚼起来。马家全又递给老马一根，老马不敢接，咧着嘴说，我又不是孩子。儿子执着地要求一次，声音带着央求，爹——。老马就举起几个黑乎乎的指头去抓，却总是抓不准，马家全就干脆喂到他的嘴里。他垂下眼睑看着杯子里的酒，腮帮子慢慢地动起来，没有言语，两颗混浊的老泪从眼角颤了出来。

这样的大餐许久未见，当老马听到一声生日快乐，赶紧举起酒杯，很谦卑地在儿子杯子的腰上撞了一下。生日啊，去年没做，前年没办，大前年也忘了，还以为儿子嫌他拖累人，没想到今天大鱼（鱿鱼）又大肉（猪蹄），给他一个意想不到的惊喜。他用手抹了抹湿漉漉的嘴说，家全啊，你办什么办？现在赚几个钱容易啊？还要留着钱供孩子们念书呢。

今天马家全难得兴起，几杯小酒把一张瘦脸浇得像根红辣椒。他偏着头想了想说，是谁说的，今朝有酒今朝醉嘛，管他呢？船到桥头自然直嘛，管他呢。他一口啜干了酒，放下杯子又给四个孩子各挟了一块猪蹄——给三个丫头夹的是小的，给两岁的儿子夹了块大的。他知道喜龙吃不下什么，可尝尝味道也是好的。老马担心儿子要给自己夹，赶紧抢先伸出筷子，准确无误地夹住了一块小的。

马家全哼了一声，爹！暗示他太见外了。老马感动地说，你多吃点，成天在外面卖气力，不加点营养怎么成？到时老了没老相，病蔫蔫的。父子你一言我一语，挺感人的，隔墙的罗玉珍也被搅得鼻头酸酸的，心想这就是歌册里所说的穷开心，穷开心才容易满足，容易开心。还有，她跟家全也是一对贫贱夫妻，不贫贱说不定还不牢靠哩。

老马觉得今晚这气氛，说喜娇念书的事正合适，就瞟了大孙女一眼，她正埋头苦干，一张小嘴十个指头全都油光光的。他用脚碰了她一下，暗示她开口。哪知道喜娇吃得兴起，把什么都忘了，她惊讶地望了祖父一眼，又匆匆地把头埋下去。没办法了，老马只能替她说了，家全啊，喜娇不小了，该念书了，今年就让她上吧，啊？

见父亲用怯怯的眼神打量着自己，马家全用小指头剔了剔牙问，喜娇，你的意思呢？老马赶紧拽了大孙女一下，她抬起头来，目光里一片茫然。老马说，你爹问你呢，想不想念书？

喜娇反应过来了，忙不迭声地说想。

这时，堂屋里传来了罗玉珍有力的咳嗽声，一个接着一个，跟放鞭炮似的。马家全刚张开嘴，又停住了，顺势将拇指和食指探进去，扯了扯，像拔牙一样，再用力一吐，一枚粉红的肉星射在了桌角，这才慢悠悠地说，你再想想，喜娇，你再想想，我认为，女孩子吧，不念书也行，念那么辛苦干吗？十八九岁，找个好人家嫁了就完事。他像在对喜娇说，又像在对老马说。三丫头爱娇尖着嘴巴说，爹，姐要嫁人，我可不嫁。

马家全趁机转移话题，为什么？爱娇娇滴滴地答，嫁了就要住到别人家里，我才不干呢。马家父子全笑起来。老马笑得有些放不开，因为他还怀着心事。马家全却笑得肆无忌惮，目空一切。笑着笑着，突然刹住，因为罗玉珍的声音插了进来，三丫说什么来着？

罗玉珍那意思是想让丈夫进去，好把喜娇上学的事给一票否决掉。可是二丫头惜娇却抢功似的溜下凳子，跑去汇报了。那孩子真是个机灵鬼，屁点大就知道这个家谁说了算，她时不时要去讨好母亲一下，以博得她的欢心。

这时喜娇像醒过来似的说，爹，我要念书。语气竟十分坚定。正是这句话，决定了她今后的一生。老马怕儿子一否定，再咸鱼翻身就难了，就趁热打铁，学费嘛，我来出。

老马的话似乎把儿子激怒了，他用指节敲打着桌面，豪情万丈地说，谁叫我是你爹呢？就算借钱，我也要供你念下去。你尽管念，念高中，念大学，念博士，念到你不想念为止。

喜娇笑了，笑成一朵花。老马也笑了，觉得自己对得起这个孙女了，至于能念到什么程度，那要看她的造化。只有罗玉珍不怎么情愿，她担心把钱花出去，轮到喜龙上学怎么办？

3

对于罗玉珍来说，日子犹如药汁，刚开始还捏着鼻子灌，习惯成自然，有时喝着喝着，还蹙起眉头笑。就在她慢慢地品出生活的甘来，一种无法承受的苦却差点要了她的命。那一年喜娇刚上高中，一辆泥头车把马家全撞进韩江里，司机驾车逃逸。罗玉珍十九岁嫁入马家，想不到三十多岁便成为寡妇。

做完丈夫的"头七"，罗玉珍把老马喊来，商量日后的生计。经过几天几夜、反反复复的考虑，她决定让喜娇辍学，到工厂找个临时工干干，好帮忙养家。老马来了，听不到两句，目光如两把刀子，已经架在儿媳细细的脖子上。罗玉珍浑身一阵哆嗦，后背立即蹿起一股寒气。

还剩两年了，再怎么样也要让她念完，老马说。丧子之痛给他平添了一脸的肃杀之气，那话听起来重极了，掉在地上都能砸出个坑，已经没有回旋的余地。罗玉珍的心沉了下去，无端地恐慌，仿佛看见老马正把松开的手指使劲地握成拳头。今非昔比啊，少了家全，自己说话不管用了。现在她终于明白，以前的垂帘听政，那不过是狐假虎威。

翌日，老马从仙桥街带回两个木匠，把院子里的一棵苦楝树砍倒，呼呼地锯，乒乒乓乓地敲，哗哗哗地刨，木屑飞迸，洁白的木花一卷卷地铺在地上，一股清新的香气随处飘荡。

罗玉珍以为老头子疯了，呼地推开窗户把眼睛瞪得浑圆。她想问他究竟要干什么？但声音到了喉咙头又无力地咽了回去，一肚子的话变成了一脸的绝望，心里头倒是一下子敞亮了，她还能说什么？说什么也等于白说。当家做主的时代已经一去不复返了。

到了下午，罗玉珍总算看明白，老马在造一辆推车，车上留着两个大窟窿，那是用来安炉子、架大锅用的。老头子不会是想分家独过吧？她缩回头，呆坐着，任两行泪水冰凉地流下，直凉进心窝里头。

第二天傍晚，老头子果然有行动了。罗玉珍凑近窗口偷偷地扫了一眼，老马的白衬衫挺括如新钞，衣摆全塞进了西装短裤里，棕黑色的皮带一勒，整个人精神得像个国家干部。临出门，他还将了将头发，怕哪根没弄妥帖似的。

罗玉珍的胸腔里一定是发出了尖叫，只是没让老马听到，这老不死的，敢情外边已经有了相好。刚死老婆那阵子，不少热心人替老马张罗过，要给他"接枝"，他打死也不同意，自己都成累赘了，怎好再添一口人？现在找也不晚呀，瞧他那兴奋劲儿，说不是都没人信。一想到家全尸骨未寒，老头子就急猴猴地要拆散这个家，罗玉珍不由怒火中烧，轻蔑地哼了一声，这人心真是不可测啊。

爷爷出去了，晚上给留个门啊，老马交代喜娇说。罗玉珍一字一字听得清楚，放在嘴里咀嚼，脸渐渐紫了。她喜娇、喜娇地连喊数遍，才听到女儿懒懒地回应，又磨蹭了好一阵子，终于传来了拖沓的脚步声。喜娇到了，却不进去，歪歪扭扭地倚在门口，像要跟母亲划清界限。罗玉珍全身都凉透了，有气无力地把对峙的目光撤回来，用尽可能平静的口气问，你爷爷呢？

喜娇冷漠地答，卖粿条去了。罗玉珍怔了一下，目光松动了，柔和了。她听到自己噢了一声，有些拖泥带水。原来是多心了。她缓缓地举起手，飞快刮了自己一嘴巴，生自己的气。

老马的推车其实就停在元通街边上，离家门口不到两百米。

元通街老房子鳞次栉比相当拥挤，这里的街坊邻居一住就是几十年，大伙熟得像一家人。每当夜幕降临，街边就一下子冒出许多小摊小点，有卖衣服的，有卖日用品的，更多的是卖小食，什么水晶包、春饼、鸭母捻、蚝烙、芋泥、绿豆爽、粽球……老马卖的是粿条。粿条也叫河粉，可以炒牛肉芥蓝，也可以炒豆芽韭菜，还可以"白灼"——抓一把拿滚水一烫，旋即用网勺捞起，扣进一只大碗里，放几尾青菜，几粒肉丸，再舀上久炖的骨头汤，即成美味。潮汕人对吃很讲究，尤其汤水，一定要清、淡、鲜，一定要原汁原味。对于老马重出江湖，邻居们既好奇又同情，都跑来帮衬他。一尝，端起了碗就放不下，说那"嘴"牛骨汤太诱人了，真材实料。这小本生意，靠的就是口碑，靠的就是人缘，老马没想到胆战战的一试，竟闯出条路子来。

晚上八点多，喜娇侍候完母亲，又在屋里转了一圈——这么多年，弟妹们都养成各管各的习惯，该冲凉的冲凉，该做作业的做作业，根本用不着她去操心。她就拢了拢散开的头发，用橡皮筋扎牢，跑出去找祖父。这一去，登时被那火热的场面给震撼了，感染了，立刻挽起袖子，手来脚来地帮祖父打下手。

黄乎乎的灯光里，一老一少，笼着半透明的烟雾，吆喝着，忙碌着，炉火把两张脸映得红扑扑的。汤水咕嘟咕嘟地急响，似在催促，又似在鼓劲。喜娇手里没停过，摘菜，洗碗，加汤，抹桌子，收钱……待到四周安静下来，夜已深了。爷孙俩不约而同地松了口气，对望一眼，扑哧地笑开来，嘻嘻，哈哈……

隔天大早，罗玉珍听不到喜娇的声音，就推窗，正要亮开嗓门喊，窗底一下冒出个白茫茫的脑袋来。老马把一根手指竖在嘴边，嘘了一声说，她累了，我来。

为了让喜娇多睡一会儿，老马破天荒地给儿媳打了盆温水进来，让她有些不知所措。爹字一出口，罗玉珍才觉得好久没这么称呼过老马了，脸腾地红起来，问，昨晚你真的去摆摊子了？老马眨巴着眼睛，不好意思地点了下头。罗玉珍双手探进脸盆里，被水暖暖地裹住，抚摸着，心情也随着那水面一晃一晃，起伏不定。她低声问，怎样嘛？

怎么说呢？老马敲了敲脑壳，学着相声抖起包袱来，应该说不是很好，是特别的——好！

罗玉珍抬起头，将垂落在眼前的一绺长发掠至耳后，眼珠子快要弹射出来，那吃惊的表情让老马隔了好多天仍没能忘掉。

累坏了吧？罗玉珍低下头去，眼眶泛起酒红，伤感地说，要是家全在就好了。

累什么？白天还可以休息嘛，等喜娇念完书找到工作，我就可以不干了。老马故作轻松地说，眼珠子骨碌碌地绕着堂屋转。屋里的家具简单极了，一只带镜子的旧衣橱、老式的眠床、油漆剥落的书桌和两把条凳。书桌上没有书，乱七八糟地堆放着罗玉珍常用的药物：风油精、风湿膏、保济丸……还有一条蓝色的裤衩，估计是罗玉珍昨晚换的，喜娇没来得及拿去洗。

这座旧宅的房契至今仍写着老马的名字，可自从儿子成了家，他就让出了堂屋，再也没踏进来半步。

只怪我是个废物。罗玉珍的声音听起来柔若无骨。马家全死后，她度过了一个又一个的不眠之夜，一方面对人生的无常感到震惊和无奈，另一方面，又忍不住地想起丈夫在世时种种的好——一个妇道人家，瘫在床上，有人搭理就不错了，家全还肯把整个家交给她去管，还肯把赚到的每分钱交到她的手里头，这么傻的男人，全樟林怕是找不到第二个了。现在，形势不同了，她还敢奢求什么？只要老马不嫌弃，只要喜娇姐弟几个还听话，她愿意交权，交给老马，交给喜娇，由他们来持家，来说了算。她从枕头下摸出个小布包，诚恳地对老马说，爹，家全走后还剩下点积蓄，我这就交给你，今后就辛苦你了。

罗玉珍哀哀的眼神如烙铁，在老马的心口烫了一下，疼得厉害，他拼命地忍住，才没让眼泪掉下来，说，喜娇她娘，这个家还是由你来安排，我们都听你的。

罗玉珍以为自己听错，吃惊地望着老马，你是说还让我来管这个家？老马把腮帮子咬得紧紧的，坚定地点了点头，这些年，难为你了。

不，不，爹，我管得不好，还是你来吧。话没说完，那个小布包已经递到老马的面前。老马把它接过来，又压回到儿媳的手里，眼眶湿润了，喜娇她娘，这么多年，只有马家欠你的，没有你欠马家的，我老马还没糊涂到这个地步。你就别让我为难了，啊——，好不好？罗玉珍接住小布包，就像托起多重的物件，双手剧烈地抖动，眼圈上的红晕又深了一层，答，那行，爹，要是哪天你觉得我管得不好，就由你来。

老马端着罗玉珍的脸盆走到门口，又回过头说，你呀，也别成天躺在床上，有时可以到天井坐坐，吸收点新鲜空气，这对身体会有好处的。

罗玉珍哽咽着，哎了一声，心里涌起一阵难受，对着自己的脸又一巴掌扇下去。

4

高考一放榜，喜娇便成了待业青年。

　　九月里一个雨后的早晨，骤雨初歇，太阳刚从灰色的云层里挣脱出来，给人一种豁亮的感觉。弟妹们都上学去，祖父也出去备料，家一下子空了，大了，但给喜娇的感觉却更加沉闷和压抑，像被一卷无形的棉被死死地捂住，快透不过气来。她打开临街的门，街面一洼洼浊黄的积水反射出道道白光，像游动着数不清的鱼，逼得她觑起了眼睛。她左手托着一把瓜子，右手用两根指头捏起一颗，像是把薄唇顶开，贝齿一闪，瓜子仁留在舌尖，壳子啐进早已攥了一把的右手，脸上却结着一层阴郁的愁云。

　　喜娇，喜娇——罗玉珍都快把喉咙喊破了，喜娇才懒洋洋地动起来，倚在堂屋的门框，拧着脸没好气地问，什么事？罗玉珍气咻咻地说，你耳朵堵了屎啊？喊你多少遍了。

　　自从家全没了，这个大丫头愈来愈放肆，都敢公开跟自己叫板了。刚开始罗玉珍还忍着，毕竟亏欠过她，再说打狗也要看主人，谁不知道老马最疼她？现在这个家还真离不开老头子，他那个小生意，长的可是悄悄肉，比家全以前卖死力气强多了。罗玉珍强压住心头的怒火，但脸色已经很难看了，药煲好没有？

　　忘记煲了。喜娇说，嘴角还浮现出一丝掩藏不住的笑。罗玉珍愣了一下，忘了？突然尖声骂了句粗话。喜娇并不生气，像是有意找母亲练练嘴皮子，娘啊，神仙打鼓都有时错，何况我是个人。

　　你——你，罗玉珍摇着头笑起来，只是笑得比哭还难看，真有你的。你不煲，我来煲。她吃力地撑着床板，把屁股挪到床沿，佝偻着身子伸出一只颤抖的手去抓勾在床头的拐杖。

　　跟你开玩笑的，药早煲好了，给你凉着呢，喜娇嬉皮笑脸地说，还把吃剩的瓜子一把扣在母亲的手掌心，急什么，先嗑嗑瓜子。罗玉珍哭笑不得地指着喜娇，你还是去找份工吧，待在家迟早要把我气死。这是喜娇毕业后听得最多的一句话。她反唇相讥，你以为我不想啊？有本事你就给我找一份。

　　两个月了，喜娇的好多同学都有了工作，就她还在待业。待业待业，说到底就是上面没有关系。就在喜娇坐立不安时，一件好事狠狠地砸在她的头上，砸得她有些晕眩，又有些兴奋。说起来，这事还多亏了祖父。老马在腌制厂上班那会儿曾带了个徒弟叫王实在，大胖子，现在出息了，当上了厂长。自从老马摆起小摊，王厂长每回加完夜班就会过来光顾一下，一来二去，那差不多断掉的关系又重新接上了。有天晚上，见王厂长来了，老马就扮起青衣，长吁短叹。一听是喜娇找工作的事，王厂长把胸脯拍得山响，还以为什么天大的事，就这个？到我那边去。

王厂长绰号王大炮，经常是今天说明天忘，老马怕他光说不练，就故意说，这么大的事，不好意思给你添麻烦。王厂长就生气了，这叫啥话？老马，你是不是瞧不起我？老马趁机把抹桌子的喜娇拉过来，丫头，还不快点谢谢王厂长。喜娇就上前给王厂长鞠了个躬，羞怯地说，谢谢王厂长。王厂长抚着肚皮大声说，什么厂长，就管我叫王叔。明天到厂里来，办理手续，后天上班。

瞧人家那气魄，真是"五岭逶迤腾细浪，乌蒙磅礴走泥丸"。马家的头等大事，到了王厂长这里变成小菜一碟，就好像腌制厂是他家开的，想要谁就要谁。喜娇毕竟年轻，骨子里藏着股傲气，所以有点看不惯王厂长的嚣张。她说好的，语气却不怎么上心，就像对方只是跟自己开了个玩笑。王厂长还以为喜娇嫌累，不愿当工人，就想了想说，毕竟是高中生嘛，这样吧，到门市部去。

喜娇愣住了，感觉到年轻的心脏像皮球，被一只大手有力地拍打着，蹦得高，跳得快，怕是要飞出胸腔，让王厂长看见了。老马的眉毛和眼睛早已拉开了距离，兴奋地说，喜娇，告诉你娘去，你要上班了，要去风味园上班了。

喜娇点了下头，很轻，可能觉得王厂长没看清楚，又用力点了一下，依然说好的，竟忘了解下围裙，慢慢地向前走，拐了个弯，才站住，眼眶里已经贮满泪光。她狠狠地掐了下大腿，疼，疼得要命，但疼得真实，疼得舒心，疼得想跳想唱，想把歌声变成明媚的春光。

喜娇端上铁饭碗了，整个人像镀了一层金，扎人眼，馋人心。她每天站在铺窗前，给人的感觉就像嵌进木框里的一幅半身像，身后是灰蒙蒙的几幅奖旗和高高低低的木架，木架上陈列着赭色的酱缸（上面压着一块厚玻璃，既可防尘，顾客也看得见里面的东西）、棕色的瓶瓶罐罐、里面装着乌橄榄菜、四色菜、五味姜、贡菜、豆酱腐乳、腌过的泥螺、小虾小蟹……别人来了，只能对着窗口跟她说话，那种距离感把喜娇变得有点神秘，又上了档次。

媒婆们开始蜂拥而至，像下了决心要把马家的门槛踏平。喜娇对媒婆的态度是暧昧的，复杂的，既不支持也不反对。在每个女孩的心底里，其实都渴望着一场风花雪月的邂逅，通过别人介绍，那就平淡些，甚至有点掉价的嫌疑。但是，接踵而来的说媒还是证明了一点，自己受到热捧。有母亲在，喜娇只能靠边站，她成天竖起耳朵，稍有风吹草动心就提到嗓子眼上，媒婆们的每句话就像连着她的筋络，扯来扯去相当的撼人。她们来来回回，一种惆怅也在喜娇的胸口起起落落。她口口声声说不嫁，其实心底里还是百般的期盼。她对老马说舍不得离开他，对罗玉珍又说家里还需要她，对家全，她只好实话实说，求他保佑自己找到一位如意郎君。

在罗玉珍眼里，那些媒婆全是势利鬼。对她们，她的态度是抗拒的，旗帜鲜明。不过，她不像女儿，把什么都写在脸上。她给她们看座，敬茶，摆上橘子或青橄榄，然后听她们说起某个后生，脸上流露出一种饶有兴趣的神情，末了才说，我家的情况你们也很清楚，要是家全在那还好办，他走了，剩下的老的老少的少。说到这，罗玉珍的眼眶红了，手指还在眼角轻轻地揩了一下，搞得那些媒婆们慌了手脚，只有陪伤心的份。看见时机成熟，罗玉珍立即甩出杀手锏，我跟喜娇她爷爷商量过了，还是想招个倒插门的。

这一招虽灵，但也不是百试不爽，王厂长家就不吃这一套，他们请了全镇最能说的苏三姨出马。第一次登门，她就给罗玉珍拎来满满的一大篮鸡蛋，一只只像经过化妆，色泽鲜润，喜气洋洋，吓得喜娇赶紧闪进闺房里，大气也不敢出——镇上有谁不认得苏三姨？她上谁家的门，喜鹊就在谁家的屋顶上叫。

老马给苏三姨摆上椅子，她不坐，笑嘻嘻地一屁股坐在罗玉珍的床沿，先妹妹长妹妹短的，才言归正传，王厂长最近想给他的小儿子张罗一门亲事。罗玉珍说是吗？好事啊。苏三姨叹了口气，我给锦洲说了好几个，全不中意，人家偏就喜欢你家丫头。罗玉珍笑吟吟地问，看中哪个呀？苏三姨很亲切地拍了罗玉珍一下，嗔怪道，还有哪个？当然是喜娇了。

喜娇正躲在窗下偷听，一只手捂住胸口，生怕心脏像条活鱼蹦了出来。王锦洲，她认识，不仅认识，还在她脑子里转悠过老长一段时间呢。他相貌堂堂，人高马大，比她高两届，曾是学校篮球队的主力。女生一提起他就会羞红脸，一口一个人家怎么了，好像远在天边事不关己。高中毕业后，王锦洲顺利地到镇邮电所上班——邮电所那可是人人羡慕的好单位啊。有好几次，两个人不期而遇，他老没话找话说，喜娇，最近忙不？喜娇，风味园生意好不？每回喜娇都表现得不卑不亢，不冷不热，她觉得人家是看在长辈的关系上才跟她打招呼的。有一次，王锦洲还骑着单车到风味园来打酱油，给人一种大材小用、舍近求远的感觉，哪怕是这样，喜娇也不敢自作多情。

一听是王家来说媒，喜娇先是吃惊，而后得意，她敢保证母亲这回会满口答应。没想到罗玉珍故伎重演，他愿意到马家当养老婿吗？苏三姨果然经验老到，她不急于回答，而是把脸上的皱纹笑成一圈圈，这才把头轻轻地摇，眼里竟闪动着湿湿的光。

你不知道，就为这事，锦洲差点跟他爹闹翻了。他说他爹是老封建，他爹就拎起鞋子要扇他，他怎么说，你扇吧，把我扇死了我还是这个话，当养老婿怎么啦？你当初不也是"嫁"到外婆家？苏三姨用手帕吸了吸眼睛周围那些看不见的泪水，继续说，喜娇这孩子这么有福，一定是她爹在天上保佑她的。

苏三姨着实厉害，连死去多年的马家全也派上用场，变废为宝。

罗玉珍见这招不灵了，只能用缓兵之计了，这是我家大丫头的终身大事，我得问问她。

媒婆走后，喜娇听到母亲的喊声，就嘟起小嘴不甚情愿地出来。

苏三姨来说媒，我替你给推了。罗玉珍说，喜娇不吭声，上唇包着下唇，心里十二分的不满意，就赌气说，你怎么知道我想推？替我推了，说得多好听啊。罗玉珍不理她，指着桌子上的那一篮鸡蛋说，你把它还给王锦洲吧。喜娇冷冷地说，要还你自己去还！罗玉珍明知故问，你的意思是想结这门亲啰？喜娇避开母亲咄咄逼人的目光，软绵绵地说，我也不知道。罗玉珍叫了起来，喜娇，你有没有脑？人家是跟你闹着玩的，你还当真啊？

那他干吗还要请人来提亲？喜娇觉得母亲有点强词夺理了。罗玉珍的嘴巴嚅动了一下，才说，有些事我不知道怎么跟你说，反正、反正日后你就会明白。

喜娇以为母亲做贼心虚，就愤激地说，不知道怎么说就别说。

你——王锦洲这些都是什么人？干部子弟，公子哥们，始乱终弃，没一个好东西。罗玉珍气鼓鼓地说，你娘是过来人，见多了。

不是每个干部子弟都是坏的！喜娇的话不偏不倚，刚好戳在罗玉珍的痛处。成条街的人都知道她年轻时被干部子弟玩弄过。她愣了一下，张嘴要骂，女儿已经没影了。

喜娇最后没去还鸡蛋，这件事拖了几天，才由喜龙代劳。罗玉珍和老马商量来商量去，觉得喜龙去最合适，一个他不是当事人，另一个他又是未来的接班人，足以代表马家去行使这个权力。到了王家，喜龙战战兢兢，鹦鹉学舌，对王厂长夫妇说，我娘听说锦洲哥想到我家当养老婿，实在担当不起。

王厂长的老婆刘明珠听后眼都笑眯了。跟王厂长正好相反，她瘦得像个衣架子，脸蛋长得并不漂亮，只是夹着一股妖气，别人在背后叫她白骨精。

喜龙才走出门，王厂长就晃着一身肥肉赶上来交代，回去告诉你爷爷，谢谢他了。喜龙走了一段，扑哧地笑出声来，哪有提亲不成还反过来谢我们的？

在喜娇眼里，人生中最重要的一次机会就这样叫罗玉珍给糟蹋掉，后来她一次又一次地陷入了痛苦的回忆，恨不得从罗玉珍身上咬块肉下来。

不过，机会仍然像群喂熟的鸽子朝着喜娇飞来。马家可以说是树欲静而风不止。那年冬天，镇上的媒婆们听说苏三姨在马家碰了罗玉珍的软钉子之后，情绪空前高涨，她们都想把喜娇的亲事说成，以显示自己的能耐，把苏三姨的名气压下去。她们八仙过海，轮番轰炸，把好话说尽，口水咽干，就是攻不破罗玉珍的铜墙铁壁。即便是这样，喜娇也还是有机会的，因为人们普遍认为，真经不易取，无限风光在险峰。

只有喜娇看得出来，罗玉珍是铁了心不让她嫁人。你越不让我嫁，我就越要嫁，喜娇的倔脾气一上来也是蛮吓人，三条腿的蛤蟆不好找，两条腿的男人还怕没有？

5

喜娇二十岁那年，风华正茂的陈春生带着股田野熟透的甜腻和芳香来到镇上，在风味园对面的储蓄所门前摆了个玻璃柜，整整齐齐地码着些印模，有只青花笔筒插满大小不一的刻刀。他在玻璃柜外面贴了张纸，细看全是不同风格的印章，有隶有篆，有楷有行，红艳艳如花瓣。一个月后，印章里头多了个喜娇的名字，娟秀、细致的笔画一下子抓住了别人的视线。除了刻章，陈春生还兼修钟表，许多老式的机械钟经他的手一调，上紧发条，立刻焕发出活力。马家有个自鸣钟，由于年代久远，指针像风烛残年的腿越走越慢，该报时了，钟摆却扑了个空，一下一下地没有声响。老马拿去修了几次，都治标不治本。喜娇就把它拿给陈春生试，没想经他东敲敲西拧拧，竟奇迹般地返老还童，行走正常。

　　喜娇就对陈春生生出了敬意来，闲着无事老跑去跟他聊天。有时见他在忙，茶缸没水了，就帮他拿到风味园去续，看着缸里翻腾的茶叶，一股似有若无的思绪也在胸口浮泛。水满了，把她烫醒，脸唰地一下红到脖根上。

　　很快喜娇就发现，自己的目光像只小鸟，只有栖息在陈春生这棵树上，心里才能踏实下来。

　　农忙时节，陈春生有三天没来，收稻谷去了。第一天，喜娇有些躁动不安，第二天，她冒火了，也委屈了。明明人家早就告诉过她，还拿了几个印章托她还给来取的客人，她心里的那股邪火还是莫名其妙地撞上来，非要认定他是不辞而别，永远不再回来。第三天中午，她走出风味园，望着阳光下河床一样的大街，满脑子空荡荡的。她多么希望他突然从拐角处冒出，像匹骏马矫健地朝她飞奔而来。第四天清早，天阴阴地青着，陈春生回来了，他靠在风味园的铺窗前叫她。她装作听不见，拿着把鸡毛掸上上下下地掸掉木架上的灰尘。

　　嗨！喜娇，快看，我给你带来什么了？啦啦啦——陈春生快活地叫起来。喜娇忍不住扭过脸，一个用稻秸编成的金色笼子在她的眼前晃动。她如沐春风，抢过来一看，里头关着一对尖头绿蚂蚱，有一只还振开鞘翅，露出淡桃红的膜翅，漂亮极了。

　　你知道哪只是公的，哪只是母的吗？陈春生开玩笑问。喜娇把笼子打开，看着两只蚱蜢一前一后地跳出来，说，前面的那一只肯定是母的。

　　为什么？陈春生好奇地问。喜娇睃了他一眼掩着嘴笑，傻瓜，肯定是公的追母的了。

　　喜娇的话把同事李姐和吴姨全逗乐了，她们发现新大陆似的嚷起来，呀呀呀，喜娇这丫头开窍了。陈春生猛地想到了什么，脸一红，两只眼睛慌乱地望向别处。

　　好几天的活儿全堆在一起，陈春生忙碌起来，喜娇站在玻璃柜旁，端着茶杯，贪婪地吸气，他的身上多了股好闻的稻香。

太阳忽然出来了，灼灼地烧着大地。躲在浓重的阴影里的两个人，更觉舒心、凉爽。她不停地和他说话，东拉西扯，全是些鸡毛蒜皮的小事，还时不时爆发出快活的笑声。事后她又不停地骂自己贱坯，没城府，再怎么说他也只是个萍水相逢的朋友。"萍水相逢"四个字是她从他借的武侠小说里看到的，用在这里倒是贴切，贴切得让人生出无尽的绝望。这时又有一句武侠味极浓的话跳进她的脑海里，"天下无不散之筵席"。她的鼻子就像呛水，酸胀胀的，泪水险些掉下来。

在喜娇挑剔的眼光里，陈春生除了老实、斯文，有才气，还是个对什么事都专一的人：看书就看书，干活就干活，从不分心。喜娇曾经羞涩地想，要是哪个姑娘嫁给他，那才福气呢。不过有时她又恨他过于专心，忙起来六亲不认。有一次，陈春生因为光顾着看武侠小说怠慢了喜娇，她就像遭了多大的委屈，绷紧着脸，嘴巴噘得老高，两只眼睛故意盯着别处，一动不动，有晶莹的东西在颤动。陈春生赶紧跑去买了豆糕粿，追到风味园。吴姨打趣说，小陈，救火啊？陈春生说，比救火还急，得罪了你家姑奶奶了。

喜娇就扑哧一声笑开来，夺过豆糕粿，津津有味地吃着。陈春生知道她不气了，就搓着手，笑眯眯地看着她那个嗒吧嗒吧的小嘴，心情无比舒畅。偶尔，她抬起头来，碰到他的目光，相视而笑，一股甜蜜在两人之间迅速地弥漫开来，愈来愈浓。

老实说，不止一次，喜娇怀疑自己在陈春生心里的分量，可一想到自己生气后他那副火烧火燎的模样，又升起了巨大的希望。有一次，陈春生称呼她小妹妹，不知为什么，她很不乐意。她担心自己在他眼里永远是个长不大的孩子。第二天，她示威似地穿了套深颜色的衣服，还故意把长发一丝不苟地盘起来，见到他，也不像往日那么闹，而是很女人很深沉地跟他点了下头。他吃惊了，目光很亮。她得意地问，不认识？他没有笑，神情里多了丝严肃，多了份沉重。

农忙回来后的第一天，陈春生叫喜娇帮他照看一下摊位，自己抱了几本书出去，回来时两手空空。与其耽于幻想，不如面对现实，陈春生蓦然发现，喜娇本身就是一本精彩的书。而在喜娇眼里，陈春生却是一个地地道道的艺术家。修理钟表只能算是一门技术，但刻章不算艺术就说不过去了。听写对联的老杜说，治印（他不说刻章）融合了书法、雕刻、绘画于一炉，是一门高深的艺术。既然找到了依据，喜娇就自作主张地把陈春生拔高到另一个层面上来——他一下子跟镇上那些愣头愣脑的后生拉开了距离。每次陈春生治印，她总是以一种虔诚的姿态守护着他，缱绻难舍。晚上，他的一举一动老在她眼前闪现，比日间还要清晰：他一手按住固定印模的木座，一手捏着刻刀，石粉纷纷扬扬，残留在凹处的经他鼓腮一吹，笔画骤然清晰。他软软的头发滑下来，在眼前飘来荡去。他不经意将它撩上去，动作潇洒利落，水到渠成……

有了陈春生，喜娇不再为两名老店员的溜号而生气，相反还觉得她们早走早好。只要剩下她一个，陈春生就会有意无意地踱过来，站在铺窗前说一会儿话，再进来。渐渐地，他俩都明白那两个店员一走意味着什么，这个心照不宣的目的使他们感到慌乱和羞怯。少了两个"电灯泡"，这狭小的空间才真正地属于他俩。他们不敢看对方，却无声地笑了。那感情，就像裹在了黑暗里，夹在私密、滚烫的空气里，慢慢地燃烧起来。

6

老马六十挂零了，可身子骨比以前还壮实，精神也更加饱满。他明白，这跟自己有了"事业"不无关系。一个人有事做，还做出点成绩来，精神面貌自然不一样。可别人并不这么看，他们嬉皮笑脸地说，老马，你可是越活越年轻啊。老马先是乐呵呵的，谦卑地说，不会吧？还不是一样。慢慢的，这种话听多了，总觉得哪里不对劲儿，就像有意把儿媳和自己扯在一块。马家全死后，罗玉珍年纪还轻，却没再嫁，光这一点就容易招人非议。

老马又气又急，可有什么办法？他只能去劝劝罗玉珍，要是她想嫁，他是不会拦的。有些话你一定要说到，至于听不听那是她的问题。说这事时老马就倚在堂屋的门框边，两条腿各放门槛的两边，这正好代表了他在罗玉珍个人问题上的立场。他吞吞吐吐地说，喜娇她娘，家全也走了这么久了，你还年轻，也该谋划一下自己的未来。

罗玉珍的心尖尖颤了一下，心想老马啊老马，你终究还是秋后算账。行，来得早总比来得晚好，就装出一脸的不解问，你说说看，我还有什么未来？

你还年轻，难道就这么过一辈子？这话一出口，老马的脸先红起来，它冷不防地戳到自己的心窝里去。他突然觉得很后悔，儿媳的个人问题，再怎么也轮不到他这个当公公的操心？

可罗玉珍不是这么想，她暗暗地骂起来，哼，狐狸的尾巴还是露出来了，都下逐客令了？还脸红什么！她将手里的歌册一扔，人软软地缩向墙角，一阵静默，老马还没弄清楚怎么回事，就听到昏暗处传来低低的饮泣声。

一向泼辣强悍的罗玉珍也会当着别人的面哭鼻子？老马慌了，好在孩子们都不在家，就赶紧解释说，你弄错了，我，我没别的意思，我只是……罗玉珍抬起头来，已经是个泪人儿，有叹息重重地跌进阴影里，要不是为了给你们马家栽根立后，我能成这样吗？我问你，我都这样子了，还、还会有人要吗？老马嗫嚅着安慰她，会的，会的——罗玉珍毫不客气地说，还说会？明摆着就是想赶我走。更大声地嚎，把老马吓得连连摇头，不会的不会的。罗玉珍毫不手软，再接再厉，把老马赶进了死胡同，你明知道不会有人要我，还把我往死里逼？

老伴已死去多年，老马再也没见过女人这般兴师问罪，他急得脸红耳赤，青筋在额角上一跳一跳的，说话也结巴了，罗、罗玉珍，我是、是为你好，我老马怎么会赶你？这是我的家，也是你的家，你要住一辈子，我老马欢迎。操！

老马的粗口简明扼要，却喊出了一个老男人的憋屈。"熟不熟，听粗口"，老马的发泄在罗玉珍听来反而倍感亲切——家全在生时，有哪句话不带上个把脏字？粗口有时还是男人个性和活力的体现。罗玉珍暗暗地想，这个老马还不算老，会骂人啊。她被自己滑稽的想法咯吱了一下，噗地笑出声来。老马愣住，直瞪瞪地望着儿媳，你笑什么？

咯咯咯……罗玉珍张大嘴巴，声泪俱下。她不停地用手背抹去泪水，不停地拿手指戳着老头子，你看你，急成啥样？兔子都会咬人了。

我、我没骂人。好心当成驴肝肺！老马气鼓鼓地出去，把儿媳的笑声和喘息声抛在脑后，越来越多的恼怒和委屈却在胸口积聚，无声地汹涌。他刚走到天井，就听到堂屋里传来唉哟的尖叫声，还以为出了什么事，急忙跑过去，盯着罗玉珍问，怎么了？

罗玉珍用那双泪水婆娑的眼睛看着老马，撒娇似地说，哎，太久没笑，嘴巴抽筋，合不拢了。

就在那一刻，老马全盘否定了儿媳在他心目中的形象，他发现头发蓬松、神态慵懒的罗玉珍其实并不难看，不仅不难看，撒起泼来还有点可爱。他的心神一下荡开来，飘飘然的。她抬起眼，两个人的目光撞在一处，他烫到似的躲开，抽身往外跑。在天井里，他傻傻地站了好一阵子，又狠狠地骂起自己来，要死啊？老不正经。

都好几天了，老马一直躲着罗玉珍，有事就差孩子去递话。要是孩子们都不在，他也只敢隔墙听儿媳吩咐，然后埋头苦干，好像只有这样才能洗刷掉脑子里的污秽。

一天下午，罗玉珍对着窗外喊，爹——。老马的声音近乎吼，啥事？好像要让左邻右舍来帮他一起证明，自己心无旁骛。罗玉珍说，我想出去坐坐，呼吸呼吸新鲜空气。

老马心头一热，这可是他给她的建议。不过，他宁愿把她的召唤当作是将功补过的好机会。他应了一声，从自己屋里抱出一张旧藤椅，安在院子里阳光晒不到的地方，还拿抹布卖力地拍打几下，这才走进堂屋，给罗玉珍递去拐杖。罗玉珍不接，两只眼睛亮亮地看着他，那意思是要他搀要他扶。老马满脸通红，两只手犹犹豫豫，不知该放在她身上的哪个位置。罗玉珍倒是大方，牵起老马的手放在她的腋下，放得老马心惊肉跳，就好像那里埋了个炸弹。他站在她的左侧，用两条胳膊架住她，尽最大的努力与她保持距离。由于太过专注，他的动作变形了，看上去不像在扶，倒像是在推，推他的小推车。罗玉珍就立住，扭过脸来垂下眼睑，那样子别有一种柔媚的风情。她说我都不怕，你怕啥？

从声音里，老马听出了儿媳的娇和怨，听出了批评与鼓励，只好大着胆子贴上去，把不停起伏的腹部贴住儿媳的腰。他的脸热了，手和脚却是冰凉的，还不停地颤动，有黄豆大的汗珠从银发里沁出来。倒是罗玉珍看上大义凛然，可实际上死水般的内心也已经泛起微澜。现在，两个人就好比一对混双搭档，老马蹩脚的表现直接影响了罗玉珍的临场发挥，令她跟着乱了阵脚。他们两个又好像是一台拖拉机，老马就是发动机，它把战栗传给了后面。不过，老马更愿意把两个人比喻成一对海燕。儿子结婚时，马家门口就贴了一副"革命伴侣红花并蒂相映美，阶级战友海燕双飞试比高"的对联。他觉得他和罗玉珍现在正经受着同进退、共患难的考验。老马后来每每回忆起这个场面，就有种过电的幸福。

出了堂屋，走到天井，罗玉珍突然不动了，眼勾勾地望着那些姹紫嫣红的花草。以前她只是对着窗口，角度窄，难窥全豹，哪知道天井早被老马变成了小花园？

你种的？罗玉珍不敢相信地问。老马谦虚地点点头，心里却十分得意。

四点多了，阳光软下来，罗玉珍坐在那颗高大的扶桑花底下，吹吹风，呼吸着新鲜空气，心胸一下开阔了，心情也变得舒畅起来。嘴上不说什么，心里还是挺感激老马的。

从此后，每天下午三点过，罗玉珍就到天井坐坐，闲着无事，不是做点针线活，就是读点医书或者潮州歌册。可能是爱读书的缘故，邻里总能从罗玉珍那张纸板似的脸上看到一丝文气。

与儿媳肌肤接触，一开始老马是难为情的。公公跟儿媳，总得避嫌吧？不过看罗玉珍的样子，好像没把他当公公，她的大方自然反观出老马内心的龌龊来。他就百般地瞧不起自己，觉得自己思想肮脏动机不纯，可又有什么办法能阻止那样的胡思乱想呢？只有慢慢习惯，习惯成自然。几次之后，老马不再胆战心惊，不再东张西望。他不断地告诫自己，罗玉珍只是个病人。

当罗玉珍做着针线活，老马就会拿起剪刀，上上下下地修剪着枯黄的枝叶，夕照正好落在他白色的老头衫上，染出一片金红。这时候的马家是安静的，祥和的，也是温馨的，罗玉珍常常产生一种错觉，家全还在，这个家还圆满着，幸福着。她就怔怔地望着老马，渐渐的，老马便成了家全，他们都一样高高的，瘦瘦的，连咳嗽的声音也一模一样……只是马家全走时，头发还油黑着。

初秋，天气还很热，为了解暑，老马从凸肚的大荷缸里剪下一两个粉嘟嘟的莲花，把肥大的花瓣掰下来塞进一只瓷壶，搁几粒冰糖，冲上开水，倒进两只白瓷杯里。那清幽的荷香常招惹得那虎皮蜻蜓或五彩蝴蝶久久盘绕不肯离去，也引得家里的白猫一扑一扑的，虎视眈眈。

别看罗玉珍羸弱多病，办起事来却相当果断，家务活一桩桩一件件，安排得恰到好处，无懈可击。喜娇负责做早餐，然后上班，晚上洗衣服。老马买菜（顺便给晚上的生意备料），做中餐，晚上卖汤粿条。惜娇，就比喜娇小三岁，也是做家务的一把好手，放学回来就做晚餐。爱娇负责家里的清洁卫生，由于做事粗枝大叶，老挨母亲的训。喜龙说是给祖父打下手，其实是出工不出力，罗玉珍却对此视而不见。

有天黄昏，罗玉珍坐在天井里指挥惜娇淘洗空心菜，见喜娇兴冲冲地回来，就问，怎么这么晚，加班了？喜娇犹豫了一下说，没，碰到同学，多聊了几句。罗玉珍对着女儿的背影淡漠地扫了一眼，装作不经意地问，喜娇，有中意的后生啦？喜娇回头看了母亲一眼，敏感地反问，谁说的？罗玉珍答，猜的。喜娇明白母亲在刺探虚实，就不高兴地说，没事你就猜着玩吧。

对于母女的问答，老马一如既往地保持中立。他不出声，咔咔地剪着，地上已铺了一层枯枝败叶。突然，他停住了，发了一会儿愣，琢磨着罗玉珍话里的含意，寻思着喜娇晚回来与有没意中人之间的内在联系，然后摇摇头，继续剪下去。

喜娇，你还小，还有很多事理不明白，我可不准你在外面乱谈朋友。罗玉珍板下脸来严肃地说。喜娇大声为自己辩解，我没有。就好像母亲污辱了她的人格。

没有？罗玉珍不相信地哼了一声，你会骗人了。老马走过来，和蔼地说，喜娇啊，你娘说得没错，你还小，容易受骗。等再大点，我们会给你张罗的。喜娇气急败坏地跺着脚，我不要我不要我不要。

你——罗玉珍气得浑身哆嗦，下意识地去摸拐杖，可它还挂在堂屋的床头。她就抓起放在旁边板凳上的一只针线箩扔了过去。插满了针的蜡团、五颜六色的线轴、纽扣之类的小玩意如仙女散花纷纷落下。喜娇闪身躲进自己的房间，故意发出咯咯的笑声，像是对母亲的蔑视。

喜娇她娘，你也别生气，有话好好说嘛。老马对罗玉珍说，又蹲下去，把倒扣着针线箩翻过来，将撒了一地的东西捡到里面去。惜娇也过来帮祖父，她每捡起一根针就啊地尖叫一声，好像那些针全扎进她的肉里。

她听得进吗？喜娇我跟你讲，就凭你，还翻不了多大的浪！罗玉珍不依不饶地骂。这个大丫头，明摆着是在挑衅，要造反了，不刹住这股歪风邪气，往后那几个小的还怎么管？

其实早在好些天前，罗玉珍就发现喜娇哪里不对劲。喜娇实在太嫩了，眼睛、嘴角藏不住事，当娘的像个医生，光是"望"，就知道女儿犯了什么病。罗玉珍对自己说，好，你不承认，我来让你承认！

两天后的一个晚上，罗玉珍很平静地把喜娇叫来，喜娇心虚，不敢靠得太近，但还是没有想到母亲会突然探出身子，一把将她拽到跟前。

娘——喜娇下了个千斤坠，往后退，狠狠地挣脱了一下，但马上就知道徒劳了，因为母亲使的是狠劲，指甲全抠进了她手臂的肉里，你越挣，只会越疼。

这回罗玉珍不是"望"，也不"问"和"切"，而是"闻"，她把脸凑过去，闭上眼睛，鼻尖像吸尘器在喜娇的脸上噗噗噗地嗅了一遍，眼皮陡然一翻，射出两道寒光，恨恨地说，一股腥气，难怪呢。

娘，你弄疼我了，弄疼我了……喜娇用低沉、绝望的声音叫喊，还不屈不挠地挣扎。罗玉珍只想吓吓她，就撒开手。喜娇像只断线的风筝噔噔噔地往后坐下去。

最近，罗玉珍发现母鸡好像集体罢工，不下蛋，觉得奇怪，就把惜娇叫来盘问，答案马上就出来了，那些蛋是被喜娇偷去，弄出蛋清涂在脸上美容。这会儿，罗玉珍的目光就如两枚钉子，把喜娇钉住了，老实交代，你为什么要偷鸡蛋？喜娇声厉色荏地说，我没偷。罗玉珍的目光冷冷地滑过女儿的脸，斩钉截铁地说，你不但偷了，还拿去臭美！

喜娇又惊又羞，但更多的是愤怒，肯定是大妹告的密，就说，惜娇也有。

是你带的猴头！上梁不正下梁歪。罗玉珍严厉地说，又长长地舒了口气，语气变得沉重而又凄楚，不过这些年，你们也跟着我吃了不少苦。姑娘家爱漂亮是应该的，你也不小了。

喜娇坐也不是，走也不是，像个被罚站的学生双手搭在小腹上，把几根手指绞成了麻花，又听母亲说，我早就知道你在谈朋友，这没什么羞人，男大当婚女大当嫁，当父母的，谁不想给你们找户好人家？

喜娇的眼眶红了，一道疑虑的光从眼里流闪而过，头垂得更低。

罗玉珍苦笑了一下，你究竟跟谁好了？喜娇正要张嘴，马上又闭上。她发觉自己差点落入母亲下的套。长这么大，母亲什么时候对自己好过？家里要有什么好事，从来就轮不到她，反过来，她的好事还老被母亲抢过去让给弟妹。

我没有。喜娇的惊恐已经泄露了内心的秘密。罗玉珍冷笑说，没有就没有，没有更好。

7

春来地气动，暖风卷着雨丝，一股土壤和植物的腥气弥漫了整个小镇，那些针尖似的新绿，一夜之间不知道打哪儿冒出。猫趴在屋顶的脊沟里叫得人心烦。青石板上像涂了猪油，又滑又亮，一不小心就会让人栽跟头。就在一个温热、潮湿的黄昏，惜娇开始执行母亲下达的任务，盯姐姐的梢。她发现下班后姐姐总是磨磨蹭蹭，舍不得走，更有趣的是，有个后生老跑来帮她扛门板，一块块地安进铺窗的槽里。忙完了，两个人又从小门钻进去，好久不肯出来。

那时候的惜娇，对恋爱的认识大多来自于小说和电影，根据她的判断，姐姐的表现完全可以归入"耍朋友"那一类，就急匆匆地跑去向母亲报告。罗玉珍听后没好气地问，你亲眼看见了？惜娇摇摇头，我想……罗玉珍打断她，你只是想，我要的是证据。正是罗玉珍的批评激怒了惜娇。第二天下午，等姐姐和那个后生进了风味园，她就贴着墙根溜过去，轻轻推门，上闩了，她的心里又多了一份被人拒之门外的懊恼，刚想踹上一脚逃之夭夭，就听到里边传来一些似有若无、哎哎呀呀的声音。惜娇的心开始扑扑地乱跳，有种预感，某件不愉快的事情正等待着她，是什么，她也不知道。

　　要是平时喜娇对惜娇多担待着点，或许她就算了，可惜这老大和老二，就好比单位里的正副职，恨不得看对方倒霉。惜娇一跺脚，穿过阴暗的小巷绕到风味园的后院，从木门的破洞钻进去。院子里种着几株芭蕉，绿叶肥厚，花蕾紫红。芭蕉下面，顺着墙根丢弃着好多赭色的老酱缸，里面蓄着几天来的雨水和断枝落叶，滋生出成团的蚊子。她爬上一只大酱缸，瘦长的身体像架梯子搭在了窗口，伸长脖子往里望。屋顶的天窗投下两柱白茫茫的光束，里面显得忽明忽暗犹如一池浑水，要不是那一声叫唤，惜娇还发现不了那两条扭成一团的"大白鲢"。那是个男高音，突兀而又峭拔，如一股锋利无比的冷意一下把惜娇鹿撞的心给冻住了。她的脑里一片空白，脚下不稳左摇右晃，嗵地跌进了酱缸里，激起了巨大的水花。她挣扎着拍打着喘息着，吃了一嘴的蚊虫，好不容易才从里面爬出来，又哗啦啦地踢翻一排装腐乳的陶钵。钻出那道破门时，有铁丝钩住了她的衣服，哗地撕下好大的一块。

　　惜娇跑到风味园门前就再也跑不动了，只能弯着腰大口大口地喘气。路过的熟人好奇地问，惜娇，你撞鬼了？惜娇仰起一张发青的脸，涎水横流，颤动的指头不停地戳着铺窗，语无伦次，我姐和陈春生……光屁股，光屁股……

　　此时正值下班高峰期，人们呈扇形之势包围了这家老店，目光熠熠地紧盯着大门，像守住灌了水的老鼠洞，只等着两个年轻人灰溜溜地跑出来。过了好一会儿，门轱辘发出令人牙酸的吱吱声，陈春生垂头丧气地走出来，他脸色涨紫嘴巴紧闭，一双眼睛东躲西藏惊恐万状。人们最想看的其实不是他，而是喜娇，就好像她才是这出戏的主角。他们想看她的表情，她的眼泪，她衣冠不整的狼狈相，当然，更想看她是怎样整治惜娇的。让人大失所望的是，喜娇不仅穿戴齐整，连头发也捋得又光又亮，她的神情一点都不像犯了错，倒像是为了正义事业去慷慨赴死。一时间鸦雀无声，人们纷纷腾出条道来，怕被她玷污似的。喜娇旁若无人，庄严、肃穆地缓步走向惜娇。惜娇早已面如死灰，眼里尽是被逼入死角的恐惧，她后退了好几步，终究还是被人墙堵住。喜娇没骂她，也没打她，嘴角还挂着笑，相当的和蔼，她扶住妹妹往下掉的肩，帮她把一绺跌到胸口的黑发撩到背后，还轻轻地捏了捏妹妹衣服上那一寸多长的口子，像要把它缝合在一起。当她松开手时，有几缕白色的纱线在晚风中舞动。

　　喜娇温柔地说，惜娇，你怎么啦？走，咱们回家吧。两行白花花的泪水立刻闯出了惜娇的眼眶，她的嘴唇抖动了老半天，像在积攒最后的力气，声音听上去含糊不清，姐，对不起，对不起啊，呜呜呜……

　　第二天，喜娇被妹妹捉奸的事沸沸扬扬地传开去。

　　喜娇规矩多了，低调多了，暗淡多了，把自己弄得像个寡妇，灰头土脸的——走路贴着墙根，迈着碎步，迎面有人来就主动低头，好像特别的内疚，特别的难受，都对不起全镇人民了。她很早地来到风味园，只为了在路上少碰见几个熟人。开了门，便卷起袖子忙开来，拆门板、烧水、拖地，将柜台、木架、酱缸、瓶瓶罐罐细细地抹了一遍。水壶嘟嘟地叫，喷出一股白烟，她顾不得抹汗，一口气把三只热水瓶全灌满。李姐、吴姨还没来，她已经帮她们沏好了茶。她不声不响地做着这一切，带着点赎罪的意味。

　　从某种意义上讲，喜娇并不像别人想的那样，被陈春生生米煮成熟饭。昨天下班后，像往常一样，同事一走，陈春生就来了，他瘦瘦的身坯像把刀，撬开了那道细细的门缝。喜娇听到了响动，却装作去擦拭堆放在架子后面的那些瓶瓶罐罐。陈春生就从后面搂住她，箍得她喘不过气来。她本能地扭动，还用手去掰他的手。他老练地去吻她的耳根，她的腿就变成了雪糕，软了，化了……关键时刻，陈春生发现屋里似乎暗了一下，就抬起头来，惜娇那双乌黑放光的眼睛把他吓得惊叫起来……

　　到了午后，街上行人稀少，喜娇稍稍缓了口气，才敢把头探出铺窗外。储蓄所门口没有陈春生，也没有玻璃柜。她明白，陈春生被吓破胆了。这时天空乌云翻滚，四周寂静如夜，李姐和吴姨都跑回家去收晾晒的衣物。果然没一会儿，雨便噼里啪啦地鞭下来，地上有无数的波圈在不停地交汇，一股浓郁的泥腥味被风卷起，钻进喜娇的鼻孔里。在恍惚中，喜娇透过白茫茫的雨帘，看见有个人举着把黑伞在储蓄所附近东张西望，像在找寻什么。就在他朝她这边望过来的那一刹那，她认出是祖父。

惜娇抓奸的事，到了第二天中午罗玉珍才知道，还是老马告诉她的。老马满不在乎地对她说，喜娇和惜娇都不可能干出这种傻事。他发现罗玉珍惊讶地抬起头，又继续说，我就知道你不会信的，现在这些人啊，无聊得很。罗玉珍的两只肩膀猛烈地抽搐了一下，像是感受到一股突袭的寒意，老马，只有两个人时她才敢这么喊他，你、你把姓陈的后生给我找来，我要和他谈谈。这个×，成事不足败事有余！

老马怔怔地望着罗玉珍，脸颊慢慢地凹下去，像在吸一口长气，然后嗞嗞地放出来，你认为是真的？罗玉珍没有回答，但是她那耷拉到左肩的脑袋就是最好的回答。

老马怔了怔，迟迟疑疑地问，是你叫二丫头去——罗玉珍喃喃地说，我没有想到会这样。老马甩了甩疲惫无力的双手，嗨，你怎么能这样？旋即冒雨出去找陈春生，结果却扑了个空。

好不容易等到惜娇放学，罗玉珍把她挡在了天井，用炯炯闪光的眼睛把她整个儿罩住，低着声问，出了那么大的事，你为什么不告诉我？惜娇胆怯地说，姐不让我说。

罗玉珍朝惜娇招招手，要她过去，她不敢，两条腿钉在原地。她的口气就变成了命令，相当严厉，过来！女儿只好往前挪了挪。

你真的看到了？罗玉珍问。惜娇嗫嚅着说，我、我真的看到了，姐和陈春生脱得光溜溜的……

光溜溜就光溜溜，你不说谁知道？罗玉珍生气地说，嗓门一下子放开了，你不说谁知道？

惜娇说她当时吓傻了，也不知道自己胡说些什么，就把人全招来了。她还在努力替自己辩解，没想到母亲冷不丁地出手，狠命揪住了她脸颊上的两片肉，看我撕烂你的嘴，看我撕烂你的嘴……

惜娇尖叫着挣脱出来，嘴角咸咸的，出血了。她喘着气，一大片泪水甩在了胸前，是你叫我的，是你叫我这么干的。

闭嘴！罗玉珍压低嗓音说，你再敢去跟你姐乱讲，小心我把你撕成碎片。惜娇明白了母亲的意思。她把嘴巴抿得紧紧的，委屈地抽噎。

8

像往常一样，喜娇回到家，天已擦黑。她看见饭桌已经摆在天井，饭也盛好了。罗玉珍早回堂屋去，老马带着弟妹干坐着等她，像要召开什么紧急会议。她不说话，一屁股坐到桌子前，端起一碗稀饭呼噜噜地吃，完了，准备起来再盛一碗，就被惜娇伸手接住了。

老马不自然地笑了笑，用筷尖敲着盘子的边沿说，喜娇，这是你爱吃的卤鹅。喜娇怔了一下，知道自己的事已经公之于众了，就说，你们盯着我干吗？吃呀。弟妹们像听到口令，赶紧把头埋下去，很斯文地吃，生怕弄出点声响惹大姐生气。吃完了，老马、惜娇都抢着洗碗，喜娇扬起脸，淡淡地说，急什么，我来。爷爷，你去摆摊子吧，惜娇，冲完凉赶紧复习去。

惜娇疑惑地望了老马一眼，又望了姐姐一眼。这时堂屋的窗子传来了罗玉珍的声音，你们都照着喜娇的吩咐办。

就像刚刚开了个追悼会，大家心情沉重地散去。喜娇站起来，想了一遍刚才说的话，去拿了只大铁盆，把碗筷碟盘全捡进去，端到井边去洗。她不说话，工作争取主动，洗完碗，又收拾厨房，再冲凉，把大家换洗的衣服一起洗了，晾晒整齐。

夜深了，喜娇躺在老式的眠床上，从门缝、窗缝灌进来的冷风拂动着幽灵般的白蚊帐，她的指尖掠过柔嫩细腻的皮肤，青春的冲动在体内剧烈地撞击。她扭动着，喘息着，发出低低的呻吟。一个浪潮席卷而去，带走了她梦幻般的快乐，自责和失落犹如礁石暴露无遗。就在这时，她又想起了陈春生，想起了他的抚摸和揉搓，一句话，她渴望结婚。她相信陈春生避过风头火势之后就会请媒婆上门提亲。她之所以这么自信，不仅仅因为陈春生喜欢她，还因为他是个农民，能娶到一个吃统销户的老婆，对他来说那是前生前世修来的福。只要媒婆一到，罗玉珍就会顺水推舟，把坏事变成好事。一想到眼前的这桩糟事很快就会峰回路转柳暗花明，喜娇的心情又轻松起来。

　　喜娇的想法与罗玉珍正好不谋而合，她只等着陈春生的媒婆了。这么一来，只要外面稍有响动，罗玉珍和喜娇的胸口就会扯拽一下，以为喜事临门，结果都不是。日子按部就班，安安静静，只是静得叫人窒息。

　　每天上班，喜娇的目光总是不由自主地望向储蓄所门前，那里总以大漠般的荒凉迎接着她。

　　就在那段细雨如丝如织的日子里，经过风味园的路人都在关注喜娇的一举一动。有熟人告诉罗玉珍，他们看见喜娇拿着那枚刻有自己名字的石印，蘸满印油对着自己的手臂、手背和手心来来回回地盖，颜色由深至浅，又由浅及深，<u>重重叠叠鲜红如血</u>。

　　有天下午四点多，老天突然豁亮，淡黄色的斜阳照着纷纷扬扬的雨丝，树木和墙上的青苔浮出一片片翠绿。喜娇坐在风味园的柜台前昏昏沉沉，柔若无骨。就在这时，一辆拖拉机烦躁地开进喜娇慵懒的视线里，在储蓄所门口停下来，跳下一后生。她心里忽悠了一下，血涌了上来，还以为在做梦，揉揉眼睛细看，没错，就是他，陈春生，化成灰她都认得。她想也没想就冲到门口，又缩回来。她不敢肯定他会来看她。反正，今天他要是不把那层薄纸捅破，那就只好由她来捅了。她才顾不了那么多呢，怕丢脸？自己的脸早就丢尽了。李姐也看见了陈春生，她轻轻地叫了一声，碰了碰坐立不安的喜娇，妹子，你的春生哥回来了。没想到喜娇的反应格外强烈，她尖着嘴气急败坏地说，他才是你的春生哥呢。李姐不高兴地说，好好好，我的，你说我的就我的。吴姨扑哧地笑出声来，又急忙捂住嘴。

雨不知道什么时候停了，阳光像打了胜仗似的喜气洋洋，长驱直入。叫人不敢相信的是，陈春生这次是来拉他的"揾食"家当。明摆着，这小子想溜。喜娇想也没想地冲出去，快如脱兔，一下子拦在他的车前。拖拉机头的水箱低低地吼叫着，嘣嘣地喷出柱子似的黑烟，那个司机搞不清怎么回事，像碰到打劫似的傻了眼。陈春生倒是表现出一贯的斯文和镇静，他讪笑着，喜娇啊，我要走了。喜娇拢了拢头发，没有说话，却有泪水大颗大颗地从眼角颤出来，串成了珠链。陈春生涨红着脸、垂头丧气地说，对不起啊。喜娇抹了下眼泪，呜咽着，说句对不起就完了？陈春生摊开手说，喜娇，我本来打算娶你，可我爹我娘不同意。

为什么？喜娇的脸真是抹干一片又潮起一片，她就干脆不抹了，让陈春生化成一个模糊的影子。我问你，为什么？

他们说你不是个正经姑娘——陈春生吞吞吐吐地说，话音未落，就听到一声脆响。他捂着火辣辣的半边脸说，我也没有办法。喜娇的另一只手又扇过来，被他躲过了。喜娇知道打不过他，呼地绕到车后头，打开拖卡的挡板，抓住玻璃柜的一条腿，也不知道哪来的气力，竟把它拖下来。哗啦一声巨响，柜子变成架子是架子，玻璃是玻璃。陈春生震惊地望着喜娇，指着一地被雨水濡湿、金子般闪光的碎玻璃，炮仗似的爆起来，原来我还向着你说话，现在看来，他们说得没错，你是个贱坯！

那天喜娇回到家，天井已是一片昏黄，罗玉珍坐在藤椅上给喜龙织毛衣。爱娇正在写作业，惜娇在厨房忙进忙出，声势浩大。从别人嘴里，她知道喜娇与陈春生闹翻了，这对她来说绝对不是什么好兆头。上次姐姐饶过自己，那是因为她不想让外人看笑话，还有，也是最重要的，姐姐还没有绝望，是希望给了她宽容。这一回不同，她的退路已经被堵死了。惜娇很识相，转眼间便换了个人，殷勤、忍让、进取，以博得大家的广泛同情与支持。听到响动，惜娇朝天井瞄了一眼，太快，没看清姐姐脸上的表情。

一阵脚步声愈来愈近，凭空带来一股杀气。惜娇有点慌了，但并没有真正的害怕，不远处的母亲让她吃了颗定心丸。这回惜娇错了，她想不到姐姐会采取闪电战，没开口就先动手，一点都不含糊。灶前刚好摆着一大锅涮锅水，喜娇就地取材，拿它给妹妹涮涮——她举起它，往妹妹的脑袋上扣下去。

惜娇头顶大锅，像个机器人原地乱转，还没明白过来，就有拳脚雨点般地落在身上。她哐当扔掉大锅，尖叫着，你疯了，为什么打我？喜娇手臂抡圆地扇过去，嘴里喊，打的就是你！随着甩鞭花般的脆响，指印一根根地在妹妹的脸上鲜红地立起来。

娘，救我呀——惜娇想跑，却被喜娇拦住，扯住了头发。她的头发才烫过，弯弯绕绕，抓在手里软塌塌的像把羊毛。惜娇没办法，人只能跟着喜娇走，喘息着，呻吟着，哭喊着，是娘，是娘叫我去的，她要我去，我能不去吗？

果然是罗玉珍指使的，喜娇这一犹豫，立刻让惜娇逮住反攻的机会。她用力掰开姐姐的手，踢她的小腹和腿。喜娇只好伸长胳膊，弓腰翘臀，好避开妹妹的乱蹬。两个人有点像驴和磨不停地转圈圈。

听到杀猪般的惨叫，老马丢下手头的活儿冲过来，看见惜娇已被逼至墙角，恐惧的目光死死地盯着喜娇的手，指缝里夹着几绺如烟的卷发。

喜娇，你、你咋能这样？老马挡在惜娇前面生气地说，她是你妹。喜娇伸长脖子大喊，是我妹还会害我？她是故意要让母亲听见，让左邻右舍听见。惜娇哭得缩成一团，不停地颤抖，是娘叫我去的，有胆你去找她……

天井那边依然静默。

喜娇今天是豁出去了，一不做二不休，干脆来个大闹天宫，看

"王母娘娘"能拿我咋办？多少年憋涨在心里的恶气犹如滔天洪水，收不住地倾泻出来。她唰溜地从祖父身边滑过，奔着母亲去，嘴里却这么骂，看我撕你的嘴，我是娘亲生的，娘怎么会害我，娘又不是神经病，娘又不是毒蛇，娘又不变态，怎么会叫你去偷看我——

惜娇没想到连祖父也压不住阵脚，就像只落水的鸟儿扑腾着往天井跑，边跑还边喊，娘，你告诉她，是不是你叫我的，是不是你叫我的……

这时马家的门口早已围满了人，墙垛上还冒出好多脑瓜。他们看见惜娇鸡飞狗跳，龇牙咧嘴，绕着那把藤椅转圈圈，罗玉珍脸色纸白，目光呆滞地盯着前方。喜娇像头发怒的公牛不扬鞭就自奋蹄，边追还边吼，你这么做就不怕天打雷劈？你这么做就不怕生孩子没屁眼？老马过去拦但无济于事。爱娇和喜龙却在旁边掩着嘴笑，他们知道二姐迟早会有这一天，谁叫她当叛徒？当特务？

别闹了。罗玉珍的声音不啻石破天惊。喜娇的脚就像被绊到，跌跌撞撞。所有的喧哗全消停了。谁说罗玉珍过气了？这一声断喝威风不减当年。全樟林你逐个数去，谁有如此的威严？

别闹了好不好？我求你了。罗玉珍的声音近乎沙哑，听上去撕肝裂肺摧枯拉朽。听听，这是什么话，多少年了，罗玉珍求过谁？话没说完，她的屁股像安了弹簧，有股反助力把她弹了起来。她不用扶墙摸壁，两条腿竟稳稳地托住了身体。大家一门心思扑在这场"内战"上，竟忽略了罗玉珍自身的变化。只有喜龙，老觉得母亲哪里不对劲儿，就是说不来，忽然倒吸了口冷气，她怎么能站起来？看看，还能自己走路。他拽了拽旁边的三姐。爱娇一旦明白过来，连话都说不出来，只能不停地指着母亲的背影。门外的邻居们反应过来了，一个个大眼瞪小眼，一股骚动以星火燎原之势迅速地扩散开来，他们拼命地伸脖子揉眼睛，撩开遮眼的刘海细看，没错，千真万确！

罗玉珍觉得大家又闹起来，还以为是社会舆论。惜娇的压力很大，如果自己再不出来说句公道话，怕又多一个女儿嫁不出去。她走到老马身边，干咳了一声，准备发言。老马嗅到一股熟悉而好闻的气味，那是风油精、脱苦海和其他外用药物的混合体，就扭过脸来，这一看两眼全放光。当他的目光落在那双腿时，连呼吸都屏住了。罗玉珍以为老马怯场，就一把将他抹开，清清嗓门说，没错，是我让惜娇去盯梢的。大家静下来，面面相觑，又听到她说，不过我是好心的，我想保护你，喜娇，你还小，我不能不明不白就当了外婆，是不是？

四周响起了稀稀落落的笑声。

喜娇点了点头，就好像她一直在等着这句话，然后开口了，我还小吗？她的声音很低，但每个字像好不容易才从牙缝挣脱出来，滞涩而又有力。你不是觉得我小，你是想我挣钱，替你挣一辈子的钱，然后跟着你一起进棺材。

喜娇的手指快碰到罗玉珍的鼻尖，罗玉珍没有发怒，也没有躲开，更没有拍掉那只胆大包天的手，她嘴角含着笑，仿佛女儿的一席话正说到她的心窝里去。

喜娇啊，娘是自私了点，但是你有没有想过，要是你嫁了人，单靠老马——她意识到说漏嘴了，又马上改口，靠你爷爷摆摊子，能供得起弟弟妹妹念书吗？

谁说嫁了人我就帮不到？喜娇不服气地说。罗玉珍没说话，只是朝大家笑了笑，那意思是说，连这个都不懂，也配来跟我讲道理。

就算你不想我嫁人，也不该派惜娇去跟踪我，把我害成这副样子……说到这副样子，喜娇已经肝肠寸断，连死的心都有了。

罗玉珍朝四周拍了拍掌，鼓足了劲喊，各位，各位听着，在这里，我要澄清一件事，那天惜娇啥也没看到，是她看花眼了。惜娇剜了姐姐一眼，辩解说，娘，我没看花眼——。罗玉珍用狠狠的目光打断她，闭上你的臭嘴。又对喜娇说，喜娇，从今天起，娘要给你当宣传员，娘要让全镇的人都知道，你是清白的。

大家哗的笑开来。邻居有个孩子骑在墙头上，笑得牙床都露出来，大婶，你能走路了？

罗玉珍这才有时间看看自己的脚，又往后望了望那把藤椅，脚和椅子的距离吓得她失声尖叫，双腿一软，就要瘫倒，好在老马像随身保镖，一个箭步将她搀住。

那场吵闹没能还喜娇一个清白，却让大家意外地见证了一个奇迹：瘫了多少年的罗玉珍能走路了。

9

罗玉珍能走了，只是还走得比较紧张、谨慎，像个初上天桥的模特儿。几天后，她才壮起胆子迈出门槛，站在街边听别人聊天，然后开始买菜、逛街、抢着做些家务。这时镇上来了两个生人，穿着布满兜兜的马夹，背着炮筒似的相机，向元通街人打听罗玉珍的住处。当他们走进那落低矮破旧的平房时，罗玉珍正在天井喂鸡，她抬眼一看，还以为走错门的，问，你们找谁？别人说，我们是清城晚报的记者，来采访罗玉珍的。罗玉珍好奇地站起来，双手在围裙上搓了搓说，采访我？我有什么好采访的？

听说你瘫痪多年，一下子又变得行动自如了，其中的一个说，我们觉得这是个好题材，值得挖掘。另一个举起相机，对着罗玉珍咔嚓咔嚓地拍起来。

罗玉珍只好实话实说，她也不知道怎么回事，大概是神保佑吧？拿着相机、下巴留一撮山羊胡的记者就笑了，报道可不敢这么写。那个长得像个大白萝卜的记者一看就是好脾气，他耐心地引导罗玉珍深入思考，他说他敢肯定，发生在她身上的奇迹一定是跟家人的关心分不开的。说着，他指着刚出门回来的老马说，就说你老伴吧，十年如一日地照顾你，没有他，能有这奇迹吗？老马吓得汗水都要淌下来。罗玉珍双颊通红，眼睛闪亮，羞答答地问记者，你、你觉得我俩像两口子？那个"山羊胡"又瞄了老马一眼，惊讶地反问，你俩不是？

罗玉珍在心里羞涩地想，这次能走路，还真多亏了老马。是老马改变了她的生活——生活一有滋味，心神就舒爽，这血路一打通，不就站起来了？她很深地看了老马一眼，直看到他的眼睛里去，心里充满着暖意。

采访即将结束，罗玉珍向记者们提出两个请求，一个是别在文章里交代她与老马的关系。"大萝卜"就说，这样别人会误以为你俩是夫妻呢。罗玉珍抿着嘴笑，不怕。还是"山羊胡"善解人意，他笑眯眯地说，就想让大家误会，对不？老马窘得手脚无处放，罗玉珍却大方地说，真的，没有老马，我肯定还瘫在床上。下次你们来，说不定要请你们吃喜糖哩。"山羊胡"马上说，好好好，办喜事一定要叫上我们。

罗玉珍的第二个请求，两个记者无论如何也满足不了。她说你们能不能在报纸上帮我家喜娇澄清个事，还她一个好名声。她捂着嘴，眼眶红了，声音也变得暗哑，求求你们了，要不在这篇文章后面多加两行也行，就说是她妹妹看花眼，其实她是清白的，后生们要是谁喜欢她，就请个媒人来跟我说。"白萝卜"诚恳地说，阿姨，我们也想帮你，但不好帮，报纸上的内容是有规定的，不能随便报道。

没多久，樟林人就看到了清城晚报的报道，在这一泡尿就能湿透的地方，罗玉珍顷刻便成了名人。在那篇五六百字的文章里，老马和喜娇被多次提及，说他俩是奇迹的创造者。李姐和吴姨就揶揄喜娇，这下你家可出了大名人。私下里，她们却不屑地说，不是一个，是一双。她们把喜娇也算进去。喜娇夺过李姐手里的报纸，浮光掠影地看了一遍，又细嚼慢咽地看了第二遍，然后低低地冷笑，总算说了句人话。

喜娇，你究竟有没有跟陈春生那个？有天李姐小心翼翼地问她。哪个？喜娇已经不气了，有什么好气的，你越是无动于衷，别人就越拿你没办法。李姐就不好意思地笑了笑，他们说陈春生只是诓你玩，其实他在乡下早有老婆了。喜娇就挑衅地问，谁说的？李姐脸上有些挂不住了，声音也低下去，大家都在传。喜娇冷笑说，我看就是你在传！歇了好一会儿，李姐又突然想起来似的说，听说你的事，组织要处理了。这下喜娇不能无动于衷了，但她依然装出一副气定神闲的样子，淡淡地问，又是听谁说的？

李姐的那张脸像放进了冰箱里冒出冷气来，她不答，两只眼睛直勾勾地望着过往行人。喜娇以为她只是为了挽回一点面子，故意吓唬吓唬自己，就用嘲弄的口气问，大家都在传？

这李姐要不是长了一张乌鸦嘴，就是厂里有人给她透露了风声，下午腌制厂果然来人，要喜娇到厂长办公室走一趟。喜娇的脸登时白了，终于意识到这件事的严重性。走出风味园时，她无助地望了李姐一眼，李姐却不敢看她，低着头装作在找什么。一路上喜娇一直在给自己壮胆，大不了就开除嘛。其实她也不是害怕开除，至多她就去给祖父打下手，她真正害怕的是一旦被开除，"惜娇捉奸"的事就定性了。在此之前，别人对她和陈春生的事还是模糊的，只停留在猜测的层面上。更何况惜娇早已改口，说陈春生不过是跑来帮姐姐打一条蛇，那条蛇大概是从风味园后院的草丛里跑进去的。如果喜娇的名字真的上了厂里的红头文件，在布告栏上公开，她失去的将不只是一棵叫陈春生的树，而且是整片森林。这结果真是夺命摘心，不让人活了。

喜娇几乎是踩着心跳的节奏赶到腌制厂的。腌制厂离风味园不远，从仙桥街口上拐上樟东路，几百米就到。由于潮汕人爱吃腌制品，所以腌制厂一直是全镇为数不多的盈利企业。镇领导去县里汇报，少不了要提到樟林腌制厂，作为党支书和厂长的王实在，也经常随行。樟林人不止一次地听到这样的传闻，王厂长要当镇长了。

腌制厂除了一栋三层高的大楼，绕着篮球场，是一溜儿的平房和用沥青、美瓦板和竹棚搭起的工厂。一进门，喜娇便闻到一股醇厚的咸酸味，有几个工人远远地瞟了眼喜娇，走进大楼去。下午五点来钟，快要下班，外面的天本来就不亮，甬道更显得晦暗，地上被人踩出一长串湿亮的脚印。喜娇觉得自己就像一只老鼠裹着一身晦气，忐忐不安地行走在阴沟里。王厂长的办公室在二楼东头，喜娇去过，好大的一间，墙上挂满锦旗。喜娇敲门了，里面应了一声，过了好久，门才打开一道缝，有个女人捋着头发侧身而出，她警觉地瞟了喜娇一眼，丢下轻轻的一丝冷笑。

喜娇进去了。王厂长没有坐在办公桌前，而是坐在长沙发上，肚子像山包一样拱起。他的神情似笑非笑，捉摸不定，一只手往旁边的座位拍了拍，喜娇吧？坐，坐。

喜娇很紧张，屁股翘得更高，两条腿紧紧并拢，生怕厂长摁她坐下似的。

同事们都以为喜娇跟王厂长很熟，是王厂长安插在风味园的卧底，其实不然，只有逢年过节，喜娇才会在祖父的催促下，拎着两瓶好酒去行"情礼"。刘明珠嘴上说不用，眼睛却老往礼物上瞄，喜娇，把酒拎回去给你爷爷喝，你王叔有的是。第一次喜娇不懂，还真拎回家，把老马气得直跺脚，要她赶紧送回去，她死活不肯，老马没办法，只好自己去，边走还边嘟哝，这丫头，一点都不精灵，哪有半点像她娘？

你的事我听说了，影响很不好啊。王厂长点了根烟吸了起来，两只眼睛眯成了缝，很享受的样子。喜娇紧紧地抿着嘴，眼皮低垂，浑身的肌肉都僵硬了，好像要去承受什么猛烈的一击。这时，一只红色的发夹跳进了她的眼睛里，她记得刚才出去的那个女人头上也别有这么一只。她像看到什么脏东西似的赶紧抬起头来，没想到目光正好被王厂长逮住了。他迟疑了一下说，哪个女同志这么不小心，把发夹掉在这里。他想去捡，但肚子太大了，没弯下腰脸已经憋成了猪肝色。喜娇急忙帮他捡起来，放在他的肥厚的手里。他边欣赏边说，大家都说你被陈春生玩弄了，可我就是不信，你是我招进来，我还不知道吗？

喜娇怵然支起耳朵。她实在是分不清那样究竟算不算被玩弄。

难道——王厂长微微地睁开眼，冷冷地斜睨着喜娇，声调骤然拔高，显得十分恼怒，难道你真的被他那个了？喜娇平时只觉得王厂长像尊弥勒佛，成天乐呵呵的，从没见他发过火，就愣了一下，羞耻和委屈的泪水夺眶而出，我没有，我没有被他那个。

王厂长往窗外望了望，雨点扑扑簌簌地下着，白花花的雨水浸泡着路边的绿草地，不远处那几棵三角梅，紫色红色的花瓣掉了一地，在薄薄的积水上漂着。下班了，职工们撑着花花绿绿的伞，或骑车或走路，流水般地涌向厂门。守门的老头牵着一条狼狗站在大门口，虎视眈眈，生怕他们盗走了集体的财物。

别哭了，王厂长把烟屁股摁进烟灰缸里，站起来走近喜娇，用手轻轻地拍着她的后背说，组织想处理你，要把你开除。喜娇浑身打了个寒战，睁着一双泪眼说，不行，王厂长，王叔，你不能开除我，是差那么一点，但真的没有被他那个……王厂长没再说什么，径直过去把门上的插销别上，又转过脸说，我跟组织说，这个姑娘蛮听话的，再观察观察……他又过去呼地把窗帘拉上。风一吹，布帘动起来，屋里变得忽明忽暗，他的那张胖脸显得有些狰狞。

喜娇不知道王厂长要干什么，目光随着他到处乱转，心快跳出嗓子眼，她预感到有什么事情要发生。果然，他坐到沙发上，把大脑瓜搁在椅背上，可以说是两眼朝天，也可以说是四脚朝天。他的声音听起来严肃认真，像在安排工作，喜娇啊，叔知道你懂，就不用教了，来，帮叔把皮带解开……

喜娇慌了神，脑子里飞快地转起来，不可能啊，是不是自己听错了？偷偷一看，人家的架势已经摆好了，活像一只鼓着肚子的蛤蟆，悠然自得地等着飞来虫。喜娇很快就镇定下来，他都瘫在那里了，应该不会硬来。毕竟人家是有身份的，又是书记又是厂长又是什么人大代表。

要是王厂长冲上来吧，喜娇还可以反抗，可他居然像个老师，居高临下地给学生出了一道选择题。瞧他那副死样，就像已经吃定了你。喜娇毕竟年轻，没见过这般阵仗，只觉得头皮麻酥酥的快要炸开，两条腿下意识地一步步往后退。砰的屁股撞到了门，把她吓得心都要蹦出胸腔了。她抖抖索索地摸到门后的插销，呼地拨开来。

王厂长听到响声，没动，只是嘿嘿一笑，慈祥地说，喜娇啊，叔不逼你，回去想想，还想干就来找叔。

10

喜娇湿漉漉地回家，浑身没有一丝气力，只想找个地方躺下。她摇摇晃晃地走进卧房，砰地把门甩得山响，家人的目光就齐齐地被夹断在外面。她坐在床上，身上裹着一条厚毯子，只露出苍白的脸。过了一会儿，门嘎吱地响了，一绺灯光跃上她的脸。有个人影闪进来，附到她的耳边轻声细语地说，喜娇，起来吃饭了，娘做了你爱吃的糖醋排骨呢。

喜娇没说话，而是发出一连串的咳嗽。罗玉珍就把手放在女儿的额头，低低地叫起来，发烧了。

多少年了，罗玉珍终于有机会照顾自己的大丫头。她给她煲了姜茶，又喂到她的嘴边。喜娇并不领情，她觉得母亲的谦卑、殷勤全是假的，装出来的。她不要她喂，夺过碗咕嘟咕嘟一口气喝光。

有什么委屈跟娘说，娘替你做主。罗玉珍温柔地说。喜娇的嘴唇抖动了老半天，却说不出一个字，任由黄豆大的泪珠狠狠地砸在母亲的手背上。

我知道你恨娘，娘活该！娘对不住你。娘做梦也没想到会把事情搅成这样……

别说了，只怪我命不好。喜娇话虽这么说，却吐出不绝如缕的幽怨。罗玉珍怎会听不出来？她沉吟了一下说，喜娇，你就别说气话了，娘已经托人给你找个远点的婆家了。

我不嫁。喜娇没想到自己会说出这样的话，态度还相当的强硬，像有人在逼迫她。罗玉珍尴尬地笑，你看，还是恨娘——喜娇的眼睛静静地睁着，盯着一个地方看，然后凄然地笑了，我老在想，像你这样嫁到马家，到头来落得个什么好？要是一个人，有这么多苦受吗？

罗玉珍吃惊地看着女儿，就像看着个陌生人。

要我是你，还不如不嫁！喜娇这话一出口，已经带了闭门送客的味道。罗玉珍心里像打翻了五味瓶，啥味都有，比喜娇还要揪心。她拿着那只剩了点药渣的空碗，站起来，帮女儿拉了拉被角，还隔着被子轻轻地拍了拍，然后很慢地走到门口，突然轻烟般地从嘴角逸出一句，可女人啊，总还是要嫁人的。

喜娇还真不想嫁人。整整一夜，她想透彻了，就算随便找个人嫁，也不会比母亲好多少。当然，她的想法还夹杂了点个人情绪，跟自己，也跟那个王八蛋陈春生过不去。她觉得只要自己不嫁，陈春生哪怕是娶妻生子，这辈子也不得安乐。不过，让她想得更多的还是弟妹们。一转眼祖父就干不动，惜娇很快也要高中毕业，还有那个爱娇，恐怕也考不上大学，她们怎么办？不可能堆在家里吃闲饭吧？喜龙呢，有点"书质"，她倒是希望他能继续念大书，好为马家争一口气。无论妹妹们找工作，还是喜龙上大学，还有今后的分配，都需要找关系，需要花大钱，如果自己不去承担，又有谁承担得了？

与其找个窝囊废，整天受其吆喝，还不如拿自己的身子去跟王胖子做一笔买卖。把最坏的结果都想到，喜娇反而不怕了。第二天下午，还是那个时间，她挟着一股视死如归的血性和疯劲去找王厂长。当王胖子拉风箱似的在喜娇的身上一拉一推、来来回回时，她出奇地清醒和镇定。她不停地对自己说，那个人不是他，是王锦洲，不是他，是王锦洲……

出了办公楼，走进一片空旷之中，夹着细雨的风一吹，喜娇昏昏胀胀的脑子逐渐清醒过来，王厂长那一身抖动的白肉开始在她眼前剧烈地晃动，粗沉的声音不断地撞击着她的耳膜，还是原装的嘛，那些人扯淡，扯淡……一种被掏空的感觉突然袭向喜娇，她弯下腰，干呕了几下，身子紧缩成一团，又颤抖着松开来，眼里噙满泪花。

　　喜娇明白，从今往后，她的人生不一样了，什么样的不一样？她也说不上来。反正即使不是永远，她也会在很长的一段时间里不会爱上哪个男人了。

　　快到家门口，喜娇放慢了脚步，用指头揩了揩眼角，没有湿润的东西，又使劲咧了咧嘴，好让脸上的肌肉活泛起来。说到底，她还是不想让家人为她担心。当她走进家门时，罗玉珍看到的是一个精神抖擞的喜娇，她不再像过去那样低头、数街石似的，而是昂首阔步，像要迎接新生活。

　　罗玉珍脸上发出久违的、难以掩饰的光，那光明亮、喜气，却又绷紧着，生怕一下子被儿女们发现。她走过来，从大丫头袖子上拽掉一根线头，嗔怪道，这么晚啊，快，大家都在等你吃饭呢。喜娇的表情马上严肃了，嘴巴轻蔑地一撇，你们吃你们的，管我干吗？罗玉珍都不知道该怎么说了，你看你，你看你——

　　这样的拌嘴，要在以前，那是家常便饭，可处在这段"冷战"时期，却是相当的宝贵。原来这委屈就像个大脓包，如今捅破了，反而不怎么疼。知道女儿没啥大事，罗玉珍的心像迎着风舒展了，又如石头落地，踏实了。她清出一口浊气，眼睛发潮，鼻头发酸，这口气可憋了好久呀。她风风火火地逐个房间寻找老马，兴冲冲地告诉他，大丫头想通了。没想到喜娇就从门口经过，吓得她缩起了脖子，支支吾吾，一脸的讪笑。

　　开饭了，今天菜式可丰富了，有喜娇爱吃的糖醋排骨，惜娇爱吃的剥皮鱼，爱娇爱吃的濑尿虾，喜龙爱吃的卤鸭肠。老马的兴致很高，开了一瓶清城老酒，咕嘟咕嘟地给自己满上一大杯。

　　吃吧吃吧，都是你们爱吃的菜。罗玉珍招呼着大家。不知为什么，大家反而变矜持了，谨慎地夹菜，送进嘴里慢吞细嚼。老马呷了一口酒，两眼眯着，过了一会儿才睁开，发出老牛般的深叹。罗玉珍笑吟吟地问，好喝吧，我也来一口。老马的双眉跳得很高，不停地点头，颧骨上有两片酡红。罗玉珍端起他的杯子，轻轻地舔了一口，五官聚成一堆，然后很慢很夸张地舒展开来。喜娇愣了一下，瞪大眼睛看着他们，又看了看弟妹，弟妹们表情平静，好像司空见惯。喜娇吃惊地想，罗玉珍什么时候变得这么放肆？见喜娇好久不眨一下眼，罗玉珍就笑吟吟地说，喜娇啊，你爹死去这么多年，最近我老在考虑一件事，就是……结婚的事——

都二十四了，谁要啊？不结！喜娇以为母亲准是给自己说成了亲事。这下轮到罗玉珍发怔了，她的脸慢慢地涨红，嘴唇哆嗦着，虽然鼓起了非凡的勇气，可声音听起来还是那么的孱弱无力，像做了什么亏心事，不是你，是我。

你？你要结婚？喜娇还以为自己听错了。见母亲用力点头，她又扭过脸去看看祖父和弟妹，他们大概是被洗了脑，所以表情镇定，众志成城。她就放下筷子，把碗里的汤喝掉，心里却想，要是不瘫，你早把这烂摊子撂给我和爷爷，跟别人跑路了。一股火气急急地撞上了心门，她又抬起头来，嘴角斜挑一丝冷笑，我一次都没结，你倒要结第二次了。

罗玉珍的脸像被掴了一巴掌，又火烧火燎地红起来，她勉强地笑了笑，你们也大了，我们老人也要考虑一下自己的生活……喜娇尖着鼻子吼起来，你什么时候都在考虑你自己，你什么时候考虑过我们？我问你，你跑路了，这个家怎么办？我们怎么办？

罗玉珍被吼得不敢回嘴，老马就开腔了。在喜娇的心目中，全家人数他分量重。他用枯瘦的手背抹了抹湿漉漉的嘴巴，咳嗽了一声以示郑重，喜娇啊，你的终身大事，我们一定会办好，你放心。

喜娇以为祖父会站出来支持自己，就指着罗玉珍说，爷爷，你说好不好笑？她腿脚一灵便就想嫁人。老马一本正经地说，不好笑，我觉得很正常。喜娇惊讶地问，你也同意？

我、我是同意，老马扭过脸，无助地看着罗玉珍。罗玉珍不停地使着眼色，可以说，老马的目光是被罗玉珍的目光给拱回去的，它松松垮垮地摊在喜娇的脸上。

226

你娘她要嫁、嫁给我。老马咬了咬牙，闭着眼大声说。喜娇的眼睛眨巴着，但目光已经空了，死了，过了好一会儿才倏地站起来，筷子往桌上一拍，笑话，天大的笑话。

好好的一顿晚饭就这样给糟蹋了。老马站起来，想去喊喜娇，却被罗玉珍轻轻地扯了一下，又用力地扯了一下，那意思是别叫了，她不会来的。

11

喜娇二十四了，这样的数字对一个姑娘家来说意味着什么？

十七十八正当时，十九二十有点迟；廿一廿二倒贴秤，廿三廿四岁无人问，按樟林人的规矩，喜娇只能临时抱佛脚，将就了。可是她就像饿过头，反而不急。可就有那么一些人，哪壶不开拎哪壶，爱往别人的伤口上抹盐。他们笑嘻嘻地问喜娇，最近有没有"行情"？就像她是风味园里的一块酱瓜。喜娇就绷起脸转过身去，故意哼起小调，用那些看似欢快的声音把聒噪给压下去，或者干脆笑脸相迎，接住那些不怀好意的目光，再把将它狠狠地掷回去。

别看喜娇斗志昂扬，其实心里苦极了，可再苦也只能咽进肚子里。每当这个时候，她就会想起那个算命瞎子的话。他摸过她的脸，说她鼻梁单薄如刀，命理苦，当时她还不以为然，尖酸刻薄地嘲笑了人家一番。慢慢的，她有些信了，现在，全信了。瞎子说喜娇是金命，火命的人会克她。她清楚这个人是谁，罗玉珍！

唉，怎么说呢，这也不能怪你娘——见喜娇无动于衷，别人故意把火引到罗玉珍身上去。大家以为喜娇又会像过去那样，下巴抖得像要掉落，牙齿挫出格格的脆响，什么话狠毒拣什么话骂，还不解恨，就差往罗玉珍的碗里搁一把老鼠药。没想到喜娇两眼一翻，像在凝视天空，又像在忍住泪水，过了片刻，垂下头来盯着两只绞缠的手。人们循着她的目光，惊讶地发现她养指甲了，修得圆圆美美，上面还涂了红红的指甲油，红艳艳的像开了十朵小花儿，十分喜气。盼了好久，他们才盼到一声叹息，唉！她也有她的难处。

大家面面相觑，好几对眼珠子怔怔地僵在眼眶里，以为耳朵出了毛病？又听到喜娇悠悠地说，小时候，我们老要别的孩子管自己喊爹喊娘，其实爹娘哪有那么好当的？你们都是过来人，说说看，好不好当？邻居们全被问住了，心想罗玉珍这么对待喜娇，她还贴心贴肺地替她开脱，帮她圆场，真是菩萨心肠啊。有个老太太忍不住说，喜娇，你娘实在对不住你啊……油漆匠老赤呸了一口，罗玉珍，你真不是东西。

你们知道吗？我娘有喜事了。

大家还深陷悲愤难以自拔，没想到一下又让喜娇给拽出来，特别的醒神。以为听错了，问，谁有喜事？喜娇宽厚地笑，我娘要嫁人了，还问我的意思，我当然支持了，谁不想她过得更好呀。

太突然了，太有戏剧性了，这个喜娇，今天简直是在说醉话，可从她清亮亮的目光里，你又不得不信，她是清醒的，也是认真负责的。他们七嘴八舌地问，你娘要嫁谁？有人肯要她？到底怎么回事嘛？喜娇张了张嘴，又闭上，过了半晌才很深地叹了口气，话就像从她的气息里匀出来，嫁给谁？我敢打保票，你们一辈子也猜不到。

知道再也问不出什么，大伙只能摇头，叹息，这当娘的也不晓得怎么想，女儿都没出嫁，自己倒是抢着嫁了两次……望着邻居们的背影，喜娇突然发出冷笑，传去吧，傻×，传得越开越好。

在喜娇眼里，罗玉珍不再是她的母亲，而是仇敌。她完全有决心有信心有能力也有办法把她搞臭，完全彻底不留情面地，搞得她没脸见人。你做初一，我就做十五！我比你年轻，比你身体好，比你能说会道见多识广，看谁搞得过谁？臭三八！

儿媳嫁公公？虽然婚姻合法，但伦理难容，光几万樟林人的口水就足以把她淹死。不过说心里话，喜娇还真要佩服罗玉珍，这是何等惊世骇俗的事，她说干就干。有一段时间，喜娇甚至怀疑她当名人是不是上瘾了？记得小时候，喜娇听她念歌册，曾问过什么叫"语不惊人死不休"。现在看来，母亲是要"事不惊人死不休"了。

谁肯娶罗玉珍？喜娇一旦公布了答案，不出所料，大家全傻眼了。这么一来，喜娇在马家待不住了，连最疼她的祖父也倒向罗玉珍一边。一不做二不休，她干脆在小镇边缘租了套房子，搬出去住。她已经没有退路，只能孤注一掷，把宝押在王厂长身上。好在这王厂长人如其名，实在，对喜娇好，好到一而再再而三地向她表示，他不会再跟别的女人胡闹了，就像她已经是他的老婆，他要维护她的合法地位一样。喜娇就逗他，那你家那位算怎么回事呀？王厂长的脸上尽是巴结的神情，说，你当她是个摆设得了。喜娇说，既然是摆设，拿开算了。王厂长就嘿嘿地笑，把头皮搔得沙沙响，说，摆设也有摆设的用处嘛。

也该喜娇走运，跟了王厂长不到半年，他摇身一变成了樟林镇的父母官，王镇长。水涨船高，喜娇的心气就是那条船。她早就盘算好，老王（两个人时喜娇都这么叫他）不可能陪她一辈子，只能借他这股东风送自己一程。有好几次，喜娇想向老王提点要求，可话到嘴边还是不好意思说出来。有一次缠绵后，喜娇把脑袋钻进老王肉乎乎的怀里，努着嘴，眼珠子往上看着他，那眼神特别的调皮，又特别的单纯。王镇长就像父亲一样把她紧紧地搂住，百般怜爱涌上心头，眼眶潮润了，觉得自己亏欠她太多了，就说，喜娇啊，你那么聪明能干，耗在风味园也不是个事。喜娇心里一沉，是不是自己的想法让他看出来了？就娇滴滴地问，你是不是不想让我上班，打算金屋藏"娇"啊？金屋藏娇是他俩常开的玩笑。这次老王不笑，他的眉头拧成了疙瘩，若有所思地说，嗯，你应该做点我能帮衬得到的生意……

你们不是成天海吃海喝吗？我干脆开个酒楼好了。喜娇话音未落，老王就叫起来，对对对，这主意好。

就这样，在王镇长的默默支持下，喜娇在仙桥街街西租下一栋两层楼，悄悄地开了"喜娇海鲜大排档"。有一天罗玉珍路过，忍不住问女儿，哪来的钱搞这个？喜娇冷冷地答，卖身的。罗玉珍的嘴就被堵住了。她暗暗地安慰起自己，肯定是有人不方便出面，投资后委托女儿管理的。喜娇这丫头胆大心细，见多识广，不碍事。

女人干事业，比男人还要累，光外面的风言风语就够你受的了，但喜娇表现得满不在乎。她啥也不想，一心一意地经营这个大排档，好像它是她的命根子，它给了她活下去的理由。对于王镇长和喜娇的传闻，罗玉珍一直半信半疑，她问过她，你、你是不是真的和王实在有那种关系？喜娇转过脸来，目光如炬。罗玉珍就哆嗦了一下，赶紧把目光缩回去，听着女儿挖苦她，叫人盯梢呀，不就全清楚了？罗玉珍赶紧解释说，我是为你的名声考虑……哪知道喜娇毫不客气，为我的名声？我还有名声吗？罗玉珍不敢再问下去，大丫头的事，她已经无权过问了。

其实在镇上，大家对喜娇的总体印象还是不错的，她圆圆的脸上总荡漾着一股春风，两只眼睛眯成了缝，眼尾扯出几缕浅浅的纹路，充满了热情和善意。只要你不惹她，她是决不会惹你的。她干事泼辣但通情达理，从不斤斤计较。人们都说这么个大排档愣让她一个人给撑起来，着实不容易。当然，也有人不赞同这种说法，他们笑嘻嘻地说，我看还有个后台老板。那个后台老板自然就是王镇长了。刘明珠也听过类似的传闻，她有些不相信，但从丈夫对喜娇家的无私帮助来看，又不得不信，他不仅帮忙把喜娇的大妹换了份好工作，还把镇上的什么会议都拉到喜娇的酒楼去开。

惜娇高中毕业后被招到链条厂去当工人，累死累活，都准备认命当一辈子蓬头垢面的女工了，喜娇却给她使了暗力，把她安排进仙桥储蓄所，端起了铁饭碗。不到半年，亲事就又敲定了，对象竟然是向喜娇提过亲的王锦洲。这件事，无论是罗玉珍还是惜娇都不敢去跟喜娇讲，老马说，解铃还须系铃人，让王锦洲去说最好。

那天喜娇看见王锦洲远远地骑着车过来，软软的头发被风梳向脑后，额头在夕照中闪着亮光。喜娇感到自己的心里格登了一下，水波似的荡开来，就是眼前这个人，差点成了自己的丈夫。一种无从说起的伤感顷刻之间淹没了她，失落的感觉漫无边际地放大，虚空如洞。是王锦洲的叫声掐醒了喜娇，她定了定神，很职业地迎上前，笑容可掬地问，有什么可以帮你？王锦洲脸上的表情是僵硬的，内心也是慌乱的，站在喜娇面前，他越发觉出惜娇的土气，真是人比人气死人啊。他始终闹不明白，罗玉珍为何不肯让他娶她的大女儿，又同意把二女儿嫁给他。他又好像有点明白，是不是当初觉得喜娇是好货，不愁没人要？

喜娇看见王锦洲目光迷离、心事满怀的样子，觉得有些蹊跷，就淡淡地问，有事吗？王锦洲艰难地咽了下口水，干咳了几声，硬着头皮说，喜娇，有件事我想找你商量一下。喜娇心里一颤，都多少年了，该不会是这小子还贼心不死？脸上不由添上一丝慌乱，什么事，说吧。

王锦洲一下变得束手束脚，像把收拢的伞。他把头埋得更低，脸已经憋得通红，这让喜娇觉得自己的判断没有错，她像受到传染，脸上也掠过两朵红云。当她听到王锦洲说你娘说要你拍板才行时，心都快跳出嗓子眼。她暗暗做出决定，只要你王锦洲敢娶我，我喜娇就算关了店跟你出外打工、风餐露宿也乐意。当她再次抬起头来，涌起的泪水早把周遭的景物花成了一片。

喜娇做梦也想不到王锦洲会冒出这么一句，你娘说，你要是同意我和惜娇的亲事，那我们就赶紧办。她一下懵了，只觉得又羞又恼，放声骂了起来，你娶她，关我屁事！王锦洲嗫嚅着，你的意思是同意了？喜娇怒不可遏地吼，我同意，我同意，我他妈的一百个同意。

王锦洲与惜娇结婚后，喜娇仍想不通，老王夫妇怎么会同意这门亲事？这个疑问，在刘明珠大闹大排档后才有了答案。

可以说，刘明珠选择在晚餐时分教训喜娇是有目的的，这个时候大排档生意最旺，可以起到杀一儆百、广而告之的作用。刘明珠快五十了，背后挽了个沉甸甸的马粪髻，身板单薄，走在路上一摇一晃，自我感觉相当良好。早在丈夫还是腌制厂一车间主任时，她就修理过一名第三者。出于对王实在前程的考虑，她选择在厂外伏击，把那个女工的衣服扯成了烂网，一战成名。多年以后，女人们说起这事仍心有余悸。

当刘明珠站在大排档门口时，一排灯笼的红光照在她的脸上，进出的客人并没发现她眉宇之间涌动的杀气，相反还觉得她喜气洋洋的，像过来招待亲朋好友。有几个镇政府的人站在一边挑海鲜，见到她急忙直起身打招呼。刘明珠点了点头，像个领导那样叉着腰，这使她的腰杆更显纤细。她目空一切地环顾四周，"喜娇海鲜大排档"那几只镏金大字刺痛了她的眼，这块金字招牌，还不是靠她丈夫给扛上去的？她慢慢地眯缝起双眼，好像忙碌着的喜娇不过是一只渺小的蚊蝇。

见是刘明珠，喜娇小跑上前招呼，甜甜地叫了一声刘姨，问她来多少人，喜欢什么海鲜，她马上去安排一下。刘明珠拉长着脸说，生意不错呀？喜娇心里一沉，听口气不像来吃饭那么简单，就镇定地说，还不是靠领导关照朋友帮衬啊。刘明珠摇着头说，不对不对，是你的骚气把别人招过来的。她的声音虽不高，在露天场地就餐的客人还是听到了，霎时静了下来。喜娇不仅面无惧色，还笑出声来，刘姨你老了，鼻子不灵，我这里只有腥气，没有骚气。刘明珠又冷又重地哼了一声，就是你这骚包发出来的。

喜娇笑得花枝乱颤，然后陡然收住，一脸正色地说，刘姨啊，你我还是亲戚呢，伤了和气可不好。刘明珠以为喜娇怕了，更加有恃无恐，咄咄逼人，怕伤和气？那你还敢当狐狸精？喜娇又笑，你是看《妲己乱国》看多了，这里可不是什么戏台子，你想来吃饭，我喜娇欢迎，你要是敢来闹事，那就走错地方了。

刘明珠没想到这丫头竟然如此冷静，心里暗暗吃惊，脸上有些挂不住，看来不下一剂猛药，是治不了这丫头的疯劲。她出手了，又准又狠，一把揪住喜娇烫过的长发。喜娇并不慌乱，五指骈起，铁凿似的插向对方神经敏感的腋窝。刘明珠啊呜一声，手缩了回去。人们以为喜娇接下来会跑，都在为她跑得了和尚跑不了庙而揪心，就看到她从容弯腰，从旁边抓起一把凳子朝刘明珠的下半身横扫过去。那个瘦骨伶仃的女人还没来得及叫出声来就已经扑倒在地。喜娇容不得她喘气，过去一把揪住她的头发。刘明珠的手一下子不够用了，还来不及去捂痛处，又要赶着去掰喜娇的手指。喜娇没有松开，而是坚决地往外拽。可怜的刘明珠像一条狗，更确切地说是一个拖把，地上的鱼骨、纸巾、易拉罐、烂菜叶……像水一样从她的屁股两边分开，留下一道干净的痕迹。旁观者都忘了躲闪，全被眼前的场景吓得目瞪口呆。他们根本不敢相信站着的那个是马喜娇，而爬着的那个是没人敢惹的母老虎刘明珠。从大排档左边那一溜玻璃缸前经过，喜娇从一个伙计手里夺过一把刀。刚开始刘明珠还杀猪般地叫，当刀上那黏稠而殷红的鱼血嗒嗒地滴在她的脸上时，不敢叫了，变成不停地求饶，喜娇，别乱来，我没说你什么，你跟老王啥关系也没有……我信，真的真的，我信——

　　喜娇就站住了问，说，你干吗那么热心你儿子跟我妹的亲事？刘明珠正在迟疑，喜娇的手一紧，她的发丝就根根绷紧，疼得龇牙咧嘴，我说，我说，我本想结了亲家，他就不好意思找你……

　　难怪！喜娇咬着牙，又问，当初苏三姨来找罗玉珍提亲，是不是你在暗地里搞鬼？

　　是我不好，我要老马告诉你娘，哪怕她应承了这门亲事，我和老王也决不同意，要你娘替你推、推掉。

　　喜娇叹了口气，心想这回倒是错怪了母亲。

　　"喜娇打虎"这事后来连罗玉珍听了都心寒，她不知道女儿什么时候变得如此心狠手辣，居然唰唰地割下了惜娇婆婆的半边头发，割得刘明珠哭爹喊娘的，她的眼睛却不眨一下。她把头发揪在手里，犹如晃动一茬干草，冷若冰霜地说，刘明珠，今后你的嘴巴敢不干净，下一次割的就不是头发了。

围观的人都哆嗦起来，顿感脖子冷飕飕的。

就在那天晚上十时许，大排档生意渐淡，客人稀疏了。又再过个把钟头，生意又要迎来一个小高潮，加班的工人回家路过，喜欢坐在大排档外面吸田螺喝啤酒，或者来碗饱肚子的粿条炒面。像往常一样，喜娇交代了一下就先回宿舍去。才走到仙桥街中段，旁边突然闪出一道黑影，有个高长大汉骑在车上，如一匹烈马横在喜娇面前。

你凭什么欺负我娘？王锦洲气咻咻地斥责。骑在喜娇后面的单车如水一般分成两股，从他们两个身边流过，再回头看个究竟。喜娇微笑着问，有送上门来找欺负的吗？

王锦洲下了车，把脚架打开，撑住地面。车还摇晃着，人已经过来了，不管你的嘴巴多能说，今天我要你一根手指头。喜娇不肯下车，下来就等于接受挑战，但她很警惕，熠熠发亮的眼睛一直盯着对方的手，看着它插进裤兜里，出来时多了一件东西，亮闪闪的，有块光斑跃上她的眉心。

给我下来！王锦洲脸上的肌肉开始跳动，这是下手的前奏。有好些人停下车远远地观望。

王锦洲，来啊，不要说一根手指了，就是命，我也可以给你。喜娇的声音虽不大，却把王锦洲吓了一跳，他一下抓住喜娇的手腕问，为什么？为什么？

因为我爱你，你原来也爱我，对吗？可是你娘却做了手脚，硬把咱俩拆散。我就恨她这一点。喜娇的话让王锦洲心头猛烈一颤，他大声说，不可能，是你娘不答应的。

今天当着那么多人的面，你娘已经承认了，有种你回去问她！喜娇马上想到，当初若是与王锦洲结婚，哪会活得这么委屈，那股在胸腔憋涨了这么些年的狂潮像从不远处涌过来，声势浩大难以阻挡。

有这种事？王锦洲惊呆了，嘴里喃喃地说，那她又怎么会同意我跟你妹妹呢？喜娇反客为主，声音如泣如诉，你娘是想结了亲，你爹就不敢跟我好了。

　　你们究竟有没有？王锦洲问，这个问题一直困扰着他。喜娇没有作出正面的回答，她贮满泪水的眼睛反射出炫目的光芒，王锦洲的话仿佛又让她受到一次深深的伤害。

　　如果有，喜娇一字一顿地说，就像要把每个字磨成粉末，那也是你逼的！

　　喜娇突然从单车跳下来，任它倒下，撒泼似的扑到王锦洲身上，拼命地捶打，声音也跟着时断时续颤抖不止撕肝裂肺，你干脆就把我杀了，省得我还老惦着个人，呜呜呜……

　　王锦洲的脑子乱了，空了，不知道该说什么好，好不容易才从喜娇身上挣脱出来，骑着车落荒而逃。

　　王锦洲，你这个没长屌的家伙，只会欺负我啊——

　　惊慌失措的王锦洲把喜娇抛在了后面，却挡不住她伤心欲绝、万箭穿心的哭声。

　　喜娇抹着泪，扯了扯缩起来的衣服，扶起自行车，正要跨上去，就看见罗玉珍慌慌张张地跑来，大概是有谁跑去给她报讯了。

　　喜娇，喜娇，你没事吧？伤到哪里没？罗玉珍一把拽住她，上上下下地看，满头的乱发在夜风中飘飞，烫人的鼻息扑在她的脸上、脖子上。隔得那么近，喜娇看清了母亲那张焦灼的脸，这张脸枯干、苍白，布满着深深浅浅的皱褶。她老了。有一种尖锐的心酸在喜娇的心头划过，她轻轻地摇着头，又狠狠地摇了摇头，泪水再次汪了出来，浮在眼眶里头。罗玉珍弯着腰，拍打着女儿身上那些看不见的灰，有湿湿的东西滴在她的手背上，她抬起头来，看到喜娇的脸上又潮起了一大片。

　　喜娇，娘不好，娘让你受了这么多的委屈，娘会遭报应，娘会下地狱的……罗玉珍的嘴巴嚅动着，那伤心欲绝的目光让人见了一辈子也忘不了。

　　娘——，喜娇突然转身，反过来抱住母亲，紧紧的，好像一辈子也不愿意分开。罗玉珍怔住了，在她的印象中，女儿已经好久没有喊过她了。她轻声地哎了一声，又大声地哎了一声，双手颤颤巍巍地捧起女儿的脸，用大拇指轻轻地摩挲着那些伤疤似的明亮的泪痕，胸口又滚过一阵难言的心酸。

喜娇，咱们回家吧，啊，这个家不能没有你！

12

喜娇打虎的第二天，天鲜蓝鲜蓝的，飘动着几朵硕大的白云，初冬的阳光薄薄地披在屋顶上，把街道分出个浅浅的明暗来。风味园的女店员看见老领导王镇长骑着辆崭新的凤凰，车把上挂了个公文包。脸色铁青，眼睛像兔眼一样红通通的。

上班啊，王镇长。李姐小心翼翼地跟他打招呼。王镇长侧过脸来，又粗又短的脖子上堆起好些深深的纹路。他心不在焉地问，生意不错吧？吴姨就抢着回答，还过得去。

王镇长似乎是满意地点了点头，他总给人一种和蔼亲切的感觉。让王镇长有点不满意的是在他走进镇政府大院之后，当他走过一排排办公室时，以往的笑声说话声不见了，安静得像在开政治会议，凑在一起的同事马上回到自己的位置，一脸忧国忧民的严肃。王镇长似乎明白了什么，他拉长着脸，故意响响地向前走了几步，又放轻脚步转回来，把耳朵贴到窗边，里面果然响起低沉的嗡嗡声，像藏了好多马蜂窝。他响响地咳了一下，声音顿时消失得干干净净。

他娘的，脸都给她丢尽了！王镇长低低地骂了一句，大步流星地走进办公室，坐下来，点了根烟叼在嘴里，腾出的十根手指狠狠地插进短短的头发里。烟灰好久没弹，弯弯地垂下来了。昨晚的事的确闹大了，刘明珠见他应酬回家，正要哭诉，就被他一记耳光打得东歪西倒。一夜无眠，他一直在掂量这件事对自己的影响。虽说过几年也该退休了，可正常的退休跟提前的退休就是不一样，正常的退休组织很给面子，找你谈话，肯定你的成绩，你还可以趁机撒撒娇抱抱怨，开出条件，把房子换大点、给子女安排个好工作或者将某个亲信扶上台去。要是上面还没有合适人选，或者有太多合适的人选，一时不知道该用谁，说不定还让你顶个一年半载。提前退那就灰溜溜了，像犯了错误，只是组织不明说，大家其实已经心中有数。在政坛上，王镇长官虽小，但也算得上身经百战了。他明白人一落井，围观者有，扔石头的也不乏其人，唯独缺少真心拉你上去的。王镇长愁呀，怎么不愁？事情虽小，但就像女人的肚子是可以搞大的，是可以生出好些跟你不相干的孩子来的。他从苦孩子奋斗到今天，容易吗？眼看就要功成身退，却让这两个女人给搅和了，不得善终啊。

他娘的，胡来。王镇长忧心忡忡地哼了一声，手中的烟蒂就像是马喜娇刘明珠，就像是一只臭虫，被他用力地揉扁在烟灰缸里。喜娇嘛，年轻气盛，得理不饶人，下手也太狠了，说难听点，打狗也要看主人的嘛，怎么就把刘明珠的头发给割了，这不存心跟老子过不去？王镇长很想冲到海鲜大排档把喜娇臭骂一通，这丫头现在翅膀硬了，越来越不把他放在眼里。最近一段时间，他要跟她接头，她老推三阻四的，不是说店里忙就是身上来了脏东西，呸！我老王能把你扶上马，也能把你拉下来，到时怕是有眼哭不出泪。

王镇长虽然生气，但毕竟还是清醒着，他了解喜娇就像喜娇了解他一样。她不再是原来那个六神无主的小丫头了，她成熟，老练，善于周旋，工于心计，你要是让她难受，到头来说不定她会让你更难受。

王镇长的感觉很准，这件事果真对他有影响，有人告上去了，上头派人下来调查。生活作风倒是查不出什么证据，就是发现他挪用了公款，喜娇开大排档时给挪的，好在数目不大。很快，大排档被查封了，喜娇也让调查小组叫去问话。她一口咬定，祖父对王镇长有恩，所以他才鼎力相助。她心服口服地表示，这钱连本带息由她偿还。老马也被叫去作证。虽然外面关于王镇长与孙女的绯闻从未断过，但老人始终不肯相信，正是他的大义凛然消除了调查小组的怀疑，最终只认定王镇长挪用公款，双开了。

那一年元宵，为庆祝工农业上取得前所未有的成就，全镇举办了为期一周的盛大灯会。仙桥街的每间店铺张灯结彩，装点着清城工艺厂或民间艺人制作出来的花灯。上百米长的大街，挂满莲花灯、梅花灯、鲤鱼灯（仙桥储蓄所挂的是鲤鱼灯，祝福大家年年有余鱼）、走马灯、山水书画灯、宫灯（四哥香酒楼店门前挂的就是宫灯，以显吉祥高贵）……蜿蜒成一条鳞光闪闪的金龙巨蟒。许多花灯上画着画，写着谜语。猜谜语的名堂很多，有猜俗语、惯用语的，有猜动植物名称、用具名称的……有时你挖空心思却一无所获，有时漫不经心却柳暗花明。"一年一度元宵明"，"元宵灯下遇佳人"，这些耳熟能详的潮汕俗语让人们想起了许多浪漫动人的爱情传说。潮剧《陈三五娘》里的那个白面书生陈三，正是在金碧辉煌的花灯下邂逅了堪与花灯相媲美的五娘，结下了一段千古传唱的良缘。樟林人在新中国成立前就有这样的风俗，青年男女要是在元宵灯下互相相中，不必父母点头便可私订终身。要是某个后生将某个姑娘约出来看花灯，那就意味着离幸福不远了。

就在这样美好的夜晚，喜娇替祖父和母亲举行了樟林有史以来最特别的婚礼。老邻居们都拎着礼物，满怀新奇、簇拥着走进韩江大酒楼，马家的那些远房亲戚，风尘仆仆地从乡下和别的城镇赶来，热热闹闹地入席。就连那两位采访过罗玉珍的记者也闻讯赶到了。

在彩灯之下，罗玉珍一身红衣红裙，脖子上挂着珍珠项链，看上去要年轻十来岁。老马着一件蓝色缎子做成的唐装，流光溢彩，更看不出是六七十岁的人了。两个人不停地笑，不停地流泪，那种幸福的感觉如电流一般，接驳了多年以来这近乎短路的情感，毫无保留地呈现在大家面前。主持人马喜娇要罗玉珍上来讲几句，平时快嘴利舌的罗玉珍，这回羞涩得像个头次上轿的大姑娘，抓着椅把就是不肯起来。喜娇就过去拉她，把她拉到贴有金双喜的小舞台上，又招呼祖父和弟妹们一起过来给她壮胆。罗玉珍紧张得不停地抿嘴，在众目睽睽之下，她说出了第一句话，我呀，最对不住的就是我家大丫头。哽咽了，泪水扑簌簌地下。喜娇赶紧扯了扯她的衣角，对着济济一堂的亲朋好友开起玩笑来，娘，你搞错了，今天你才是新娘。

罗玉珍抹了下泪，破涕为笑，我跟老马能在一起，全靠大丫头的撮合，在这里我还要请在座的亲戚朋友，还有两位记者大哥宣传宣传，谁要娶到咱家喜娇，那是上辈子修来的福。

喜娇窘得不知如何是好，噘起嘴说，娘，你要是无话可说，就背《百屏灯》吧。

抖抖索索的罗玉珍嘴巴一张，真的背了起来了。《百屏灯》是旧时候写在花灯上的歌谣，朗朗上口，喜娇很小就跟母亲学会了。

……头屏董卓凤仪亭，貂蝉共伊在戏耍，吕布气到手槌胸；二屏秦琼倒铜旗；三屏李素射金钱……

罗玉珍仿佛回到了少女时代，脸上洋溢着娇羞和幸福，她的声音变得脆生生的，像一口一口地咬着顶花带刺的黄瓜，嚼着透明如玉的青笋。到了后来，她每念一屏，大家就鼓一回掌，把手心都拍痛了。当她念到第一百屏拜寿郭子仪时，掌声雷动，欢笑声拥满了酒楼，溢出了窗外，向着温暖、有光的地方飞翔。

那天晚上谁也数不清喜娇喝了多少酒，她自己更是数不清。她醉了。

第二天，天刚蒙蒙亮，古镇如一幅黑沉沉、硕大无朋的底片浸在显影水里，呈现出单纯的黑与灰，码头、街道、石桥、流水、房屋、树丫、玻璃窗、梦游般的老人、伸懒腰的猫咪……在模棱两可中逐层清晰，仙桥街与樟东路交叉的路口，好似一块苍白的疤痕，在鳞次栉比的屋子和软绵绵的雾霭中无限地扩张，亮晃晃地刺入喜娇酸涩的眼睛里，烙进喜娇的心灵深处。

有凛凛寒风大刀阔斧地走过，周遭发出一阵抖响。喜娇紧了紧背包的带子，最后望一眼这个生活了二十多年的地方，她犹如胎盘一样既依恋着它，又渴望摆脱它。现在，她就要张开磨砺过的牙，咬断那条看不见、却一直紧绕着她的脐带，在剧痛和鲜血中离开这个让她成熟得太久的母体。这时候，她的耳边忽然响起了一阵含糊不清的声音，她朝四周望了望，不见一个行人，又望向天边，杏黄的光线正驱散那些灰蒙蒙的雾霭，敞亮而温暖地照射下来。她在想，是不是父亲在天上忍不住地笑了？她的嘴角也跟着浮起一丝欣慰的笑。

闭上眼睛你能看见什么

1

没出事时，很多人都以为自己是个幸运儿。

干小偷小摸那会儿，马大力觉得最不好彩也就蹲蹲拘留所，然后被当成"盲流"驱逐出这座城市，滚回偏远的老家。17岁那年，他跑到这儿来，在一家塑胶厂干了一阵子，上班忙得像疯狗，下班累得像死狗，后来工厂倒闭，他跟着工人们闹了一回，弄到点"遣散费"，又换了几个厂。由于没什么技术，干的都是最脏最累的活儿，再加上年纪小，一直被呼来唤去的，几年下来，除了吃饭，寄给外婆一点生活费，没剩别的了。后来在一个模具厂干，碰见了同村的小强和几个湖南佬，他们很快就抱成一团，喝酒打牌吹牛斗殴，酒精把每个人都挑动得很亢奋，一个个灵感就像蚊蝇在氤氲的香气里钻来钻去，随手就能抓到。刚开始他们还有些放不开，只干点剪电线、锯栏杆、偷井盖或者在公共汽车上玩猜"红蓝铅笔"搞点小钱的活儿。可是有一天，他们中年纪最大的老肖需要一笔钱，他老婆查出子宫肌瘤，必须尽快动手术。大伙就想做一票大的帮他渡过难关，一个电视新闻刚好给了他们启发，就兵分两路埋伏在高速公路两侧，伺机下手。

暮色浓重压人，雪白的车灯流弹般呼啸而过，路边的夜光标鬼火般地闪烁，汽车掀起的烟尘如厚厚的毛毯紧紧地裹住每一个人，闷得快透不过气来。小强抱来一大摞砖头，喘着气对马大力说，你来扔。马大力打着颤音说，你来，我分不清哪辆是好车。小强的声音也跟着颤抖起来，我也分不清，碰运气呗，你先。两个人互不相让，正准备剪刀石头布，埋伏在路另一侧的老肖就骂起来，你们孵卵啊？快点。

马大力极不情愿地抛出一块，又迅速蹲下去五官挤成一团，像在等待一次爆炸，结果砖头安静落地，一辆小车绝尘而去。小强说，笨瓜，看老子的。也抛出一块，一样的"臭弹"。就这样两人轮番抛出七八块，无一命中，还是小强脑子转得快，他说车子没到咱们就该出手，让砖头飞一会儿。

又来车了，灯光汇成明晃晃的一片潮水般地漫来，被激怒的马大力想也没想就出手，哐当一下，伴随着尖利的急刹声，车子打了个趔趄，又向前蹿出了好远。他俩都以为它会逃掉，刚要收回目光，它就斜斜地插进了紧急停靠带，从驾驶室里跳下个人，俯仰着身子四处察看。

小强哆嗦着问，他们不会睡着了吧？马大力还没来得及搭腔，就看见几条黑影跃过护栏，将那个司机摁倒在地，又有人推门而出，立刻被刀子架住贴紧着车头"猫低"，以避开匆匆掠过的车灯。马大力和小强吓得大气不敢出，一动不动地趴在那儿，直到他们后撤才反应过来，撒开脚丫没命地跑。穿过收费站，沿着斜坡俯冲，到国道旁他们又分成两拨，打的士往城里方向逃窜。回到老肖出租屋，从他们激动的言语中马大力才弄清此次收获不小，除项链、戒指、手机等贵重物品外，还有三万块现金。

第二天老肖拿了600块给马大力和小强就消失了。之后很长一段时间，马大力都想去找老肖，不是想多要几个钱，而是挺留恋和他们在一起的日子，热闹、开心、豪气干云，让他觉得在这世上还有几个好兄弟，不再孤单。小强告诉他，老肖现在带着自己的堂兄、妻弟在干，还说他发了，发得早就不认识你马大力了。马大力不相信，小强说你还是不相信的好，这个活儿也不是咱俩干得了的。马大力想想也是，自从丢砖头后他就再也没睡过一个安稳觉，不要说碰见警察，就连保安他都想绕道走，夜里最怕听到的就是楼梯的脚步声，工作也不敢去找，只能打点零工，有好几个月他没给外婆寄去一分钱。

小强笑话马大力胆子小，不过他还不是一样，听到老肖被抓的消息后就消失了。马大力本来想跑回家躲一阵，又怕外婆发现什么，只好从城市的一端搬到另一端，天天窝在一个建筑工棚里做点小工。那段时间他怀疑自己得了抑郁症，有几次搬水泥上楼，他都想越过脚手架跳下去。他满脑子想的都是死，想象着各式各样的死，并把那个不幸的场景来来回回地演习——他仿佛看见自己躺在凌乱的被褥之间，眼睛瞪着蛛网飘动的天花板，脸上保留着骇人而僵硬的神情，窗外的天空渐渐地绿了，暗了。

马大力甚至想，要是哪天拿定主意，最好拉儿个垫背的。哪几个他都算好了，一个是鼓着金鱼眼、胖乎乎的包工头老婆，她成天探头探脑，吃饭时总盯着他，生怕他再多盛一碗似的。另一个是对面杂货铺那个潮汕老乡，马大力过去买烟时他老婆总爱跟他开几句玩笑，那老乡却以为他在勾引她。有天她正在奶孩子，马大力多瞟了两眼被她发现，她笑得把两只大奶子颠簸起来，孩子吃不到奶头气得哇哇大哭，那老乡不声不响地走近前给了她一耳光，眼睛却死死地盯着马大力。

当然对面公园那几个昼伏夜出的"鸡婆"也不能放过，有次马大力打那儿路过，她们把头扭到一边不知嘟囔了句什么，立刻迸发出一阵爆笑。马大力做梦也想揪住她们的头发，把她们从这堵墙甩到那堵墙上去，有时候他又幻想着挣到大钱，拿砖头似的钞票砸她们的脸，看着她们一愣一愣的挺过瘾。

至于自杀的方式，马大力一直很纠结，跳楼，血肉横飞，死得太难看。吃药，弄不好会被送去洗胃，生不如死。割脉当然是个不错的选择，可他惧怕那种发虚眩晕的感觉。还是把门窗关严烧一盆木炭吧，在温暖中慢慢失掉知觉，跟睡着了一般，无痛、安详，脸蛋还红扑扑的……

马大力刚把木炭买回来，手机就响了，是小强，他的声音听上去又兴奋又得意，老肖判了，我早说过他不记得你了，你还不信。马大力感到一阵从未有过的轻松，同时又伴随着莫名的失落，假如说以前还有什么犹豫的话，现在他可是当机立断要和老肖断掉。小强又问他，愿不愿意跟他去干保安？他痛快地说，去，干吗不去？泪水已哗哗地蒙住了脸。记得离家时外婆再三叮咛，出门在外，"老实终久长"。马大力想，这次是托了老人家的福逃过一劫，从今往后一定要重新做人，做个她所说的老实人。

2

四月里的一天，风和日丽，有架飞机在万里长空划出一道云白色的尾迹，马大力正看得出神，一辆"宝马"吱地停在他旁边，前窗玻璃缓缓滑下，露出张丰润白皙的瓜子脸。那保安，她说，喂，喊你呢。马大力以为是问路的，向她斜了过去，把天空挡得差不多了，她才摘下太阳镜压低声音问，这儿可有房子出租？

马大力直勾勾地望着她，她的眼睛有点睁不开，眯成了两道弯弯细细的弧线，嫩红的嘴唇噘得老高，有点像要亲嘴，马大力的脸就唰地红了。给她开车的是个大块头，年纪像她爹，皮肤黝黑，秃着脑门，稀疏的头发像被耙过的湿草向后倒伏。

听小强说过，6栋302那家人搬走时托他介绍租客，马大力就说，好像有。大块头转过脸扫了他一眼，粗着嗓门问，到底有没有？马大力抹掉了嘴边的一溜汗珠，心里隐隐有些不快，好些天了，我也得问问看。还是那个女人通情理，你记个手机号，有了通知我一声，到时补你点辛苦费。

马大力装作没听见，只管将对方的号码摁进手机里，待听到一声拜拜，车子已经爬过了减速坡。这时步话机传来一阵水滴溅入油锅般的噼啪声，然后才是小强的声音，大力大力，你在哪儿？马大力兴奋地说，快来北岗亭，有"料道"。小强啊呜一声，从不远处的林荫道跳了出来。跟马大力比，他显得又矮又小，脸也小，冒汗的额头常粘着几绺枯黄的头发。

还好，6栋302没租出去。他俩稍作商量就风风火火地拨通那个伍小姐的电话。她问哪位，嗓音很好听，如大热天剖开一只好瓜，沙甜，汁儿又足。马大力告诉她，房子还在。她说下午六点过来看看。

应该没、没问题，只是，只是——见马大力支吾了半天放不出个屁，小强急了，冲着电话说介绍费可要先说好。伍小姐爽快地问他要多少。马大力这下不结巴了，说半个月租金。

伍小姐好像感到挺意外的，这么多？马大力说，要是找中介起码得一个月租金。小强对他的表现总算满意了，仰望着他，笑得满脸的青春痘饱满红亮。伍小姐嘟囔了一句人家那是正规公司，不知是断线还是故意挂掉了。马大力正要打回去，就被小强拦住。马大力说，给她降点吧，反正又不用本钱。小强说，不降，听我的，她还会打来。果然没多久，马大力的手机又响了，伍小姐的声音依旧好听，平静，要不这样，看了房子再说。

先看房子再说啊？马大力故意重复了一遍，见小强点了头，这才答应。

傍晚小强得去东门值班，他吃完将饭盆扣在马大力的饭盆上，抹了下嘴一语双关，醒目点，这下看你的了。

为了等伍小姐他们，马大力早早就到了，躲在了几株橡皮榕之间，结果还是被值班的李向阳发现了，他说大力，在等珠儿啊？吓得马大力赶紧溜开。珠儿是18栋老赵家的保姆，一个十八九岁的川妹子，个头不高，身材微胖，长着张圆脸，眼神挺活的。队里的人都开玩笑说珠儿对马大力有意思。马大力不承认，他们就说，那她干吗老给你送蒙牛酸酸乳，给你拿大苹果？马大力脖子上的筋挣扎了一下，声音都粗起来了，没有的事。可他们已经爆笑起来，笑得他就像跟做贼似的，再见到珠儿就有些发怵，好像心里的鬼被她抓到了。

伍小姐他们来了。她换了一条粉紫色的紧身裙，被薄料子裹住的胸部和臀部犹如熟透的浆果鼓胀欲破，开得很低的领口更是让马大力不敢多瞄一眼。大块头则挺着大肚腩，腋下夹一只棕色皮包，斜叼着烟，眼睛好像长到额头上。

为掩人耳目，马大力故意走得很快好和他们拉开距离，但一想到伍小姐就在背后盯着他，手脚就变得僵硬起来。他试图调整自己的笨拙，但是越调整就越发的左手左脚。他仿佛听到伍小姐的轻笑，都觉得自己不会走路了，好在很快就到了。

业主王先生不耐烦地站在阳台上张望，可一见到他们脸上又堆满了笑，手还亲热地搭在马大力的肩上，嘴里不停地念叨，小马啊，你和小强真是热心人。趁伍小姐他们不注意，他又凑到他的耳朵边说，说好了，中介费你找他们要。马大力点了下头，肩膀一撇，趁机甩掉了那只又湿又热的手。

王先生把每个房间的灯都打开，带着他们里里外外地参观，嘴也没歇着，看看，这是什么环境，要不是小马介绍的，不可能这个价，中介少了这个数是不可能的，他伸出五根手指比划着……马大力不想听，就踱到阳台去。阳台脏兮兮的，半空中拉了一根生锈的铁线，上面拧着好多小圈圈，挂衣架用的。围栏上还放着盆花，准确地说是几根枯枝连着一大坨硬土。从他的角度，正好看见伫立在书房窗边的伍小姐，她神情专注，嘴巴可爱地噘起来，像在替王先生使劲。对于伍小姐，马大力是不敢正视的，他看到她就本能地心慌，眼睛瞅向了别处，但又忍不住斜着偷看。他想伍小姐可能就是小强所说的"有气质"。小强比他有文化，他本来可以念完中专去当老师，谁想到干泥水活的父亲从屋顶上摔下来，转了几家医院欠了一屁股债，到头来还是捞不回一条命。为养活母亲和弟妹，他只好辍学出来挣钱，不过那点工资总是不够用。他很卖弄地说，气质是指一个人内在修养的外在体现，与长相无关。

待马大力回过神来，王先生已经紧随伍小姐来到客厅，嘴巴仍没个停，这房子朝向好，夏天不用开冷气，冬天还能晒到太阳，推开窗就是草坪和儿童乐园，若有孩子——见伍小姐脸色有点不对，又马上改口说，游泳池和网球场就在旁边，医院也离得挺近的，大商场每天都有专车免费接送……

伍小姐说这儿倒是挺安静的，就朝马大力的方向望过去，马大力急忙垂下眼睑，假装去研究那盆枯死的花草。

该看的都看了，王先生将半边脸探进阳台，"小马，你问问他们，觉得怎么样？我还有事，有辆'蓝牌车'在下面等我呢。"马大力扔掉土块，拍拍手走了进来，征求那对男女的意思。伍小姐说回去考虑一下。

下楼时，走在最后的王先生轻轻地扯了马大力一下，对他耳语，能不能让他们分摊点车费？见他一脸愕然，又嘀咕起来，我住关外，跑一趟就八十，要多几个人看房，我可就亏大了。

马大力只能硬着头皮向那对男女转达王先生的意思。大块头问，他回哪儿？我们可以捎他一段。王先生说，那"蓝牌车"肯定不干。嘟嘟囔囔地去了，回来时手里拿着钱包。那辆黑色"比亚迪"掉了头，从他们身边经过时故意摁了下喇叭，把大家吓了一跳。

王先生恨恨地啐了一口，呸！什么东西嘛。

三个人上了"宝马"，连窗也不开，把车子往回一倒，打了个转，马大力举起手来准备拜拜，车子早已向前蹿出一大截，只好装作去挠脖子上的小疙瘩。

3

接下来的几天令人烦躁不安。

马大力心里装不下事，成天哀叹着没戏了，小强其实也这么想，只是没有说出来，谁会想到伍小姐会搬过来？

　　一天中午，小强大老远地就看见，6栋302的阳台上晃动着几件色彩鲜艳的衣物，他朝马大力挥了挥手，走。他们来到这个单元门前，按了下门铃，对讲机传来了熟悉的声音，哪位？马大力说，伍小姐，我是马大力。她问他有事吗？马大力抑制住内心的不爽问，您是哪天搬来的？她说昨天，口气淡得像白开水，就跟从来不认识一样。小强碰了碰马大力的臂膀，做了个手起刀落的手势，那意思是少跟她啰唆。马大力就说，咱们谈好的事儿——话还没完，伍小姐就打断他，小马，我不跟你说了，炉上还煲着汤呢。不管他们再怎么按门铃都不予理睬。

　　越有钱越抠门，小强咬牙切齿地说，咱们不能便宜了她。马大力冷眼瞅着他，能有什么招？这事明摆着就是铁桶里放炮——空响（想）。小强说，少说丧气话，咱俩轮流盯着，我不信她会烂在里头。

　　到了傍晚，轮到马大力守着，6栋的大门哐的一声，他的心就跳了一下，心都跳累了，谢天谢地，伍小姐和大块头终于露脸了，她挽着他的胳膊，一路上有说有笑，见马大力迎面走来，就低低地交代了什么，从同伴的臂弯抽出手来扭身离去。马大力急步跟上去，伍小姐，您看这介绍费——

　　大块头横过来将他拦住，什么事？马大力不得不重复一遍，说好的介绍费您看什么时候给？大块头说，谁跟你说好的？马大力说，伍小姐她知道，这个是行规。大块冷笑了一声，就算你带我们去看房，可没成交啊。见女伴已进了门洞，他疾步走向停车场。

　　这下轮到马大力去拦他，没成交你们怎么住进去？大块头说，是姓王的主动降价联系我们的，要不我还不想租呢。马大力说，我们要不信任你们，根本就不可能让你们认识房东，也根本就租不到这么好的房子。大块头陡然收住脚步，脸色一沉怒目而视，少缠着我，要中介费你找姓王的，钱全让他收走了。马大力还想申辩，他就丢出了杀手铐，再烦我，小心我告到管理处去。

马大力一下萎掉，脸色发青，两眼放出惊异的光，好半天才骂了句粗话。到了晚上，小强回宿舍，见马大力躺在床上听MP3，没有一丝神气，马上明白了一切。他像只蚊蝇绕着他嗡嗡地叫个不停，你是怎么搞的？当时就不该让房东坐他们的车，他们没有联系方式租到个屁啊，现在又连他们都拦不住，真是好好的鳖宰出屎来，要老子在……他去扯他的耳塞。

马大力一把挥开他的手，坐起来很凶地吼，闭上你的臭嘴。小强非但不闭嘴，还继续拿手指着他，说你没用还不承认，两千多块哪……马大力冲上前，把他两条细细的胳膊摁在身体的两侧。两个人较起劲儿来，绕着屋子转起了圈子，中间只听见脚步声、喘气声和身体磕碰到床沿桌角的闷响。

见马大力真生气，小强还是有点怕，先松了手，你看你，随便说一下就气成这样，没修养。马大力不语，扭开风扇又开双腿坐在床沿上，风从他光溜溜的上身滑过，将蚊帐掀得一波一波地起伏。小强又说，不是咱俩无能，是敌人太狡猾了，丘吉尔怎么说来着？对付卑鄙的敌人，就必须用最卑鄙的手段。马大力恨恨地憋出一句，你能拿他咋样？

说实在的，马大力可不愿意捡了芝麻丢了西瓜，不能说他有多热爱这份工，但它起码保证了自己和外婆三餐无忧。住宅区的居民也很友善，他们出入跟他打招呼，把他当成自己人。老人有烦恼找他絮叨，无聊的时候也向他打听情况，譬如老家的生活好不好，为什么想当保安，工资有多少……当他们得知他才拿那么一丁点时露出不敢相信的神情，都说他应该趁年轻去学一门手艺，保安又不能干一辈子。

与老人比，马大力更喜欢小孩，他们怎么想就怎么说。他尤其喜欢看他们清清亮亮的眼睛。外婆说，人刚生下时眼睛都是透亮的，之所以后来变得混浊，完全是因为看了太多不该看的东西。孩子们都喜欢马大力，老哀求他把枪拿出来看看，他们把他错当警察了，令他感到既满足又遗憾。

能拿他咋样？小强气汹汹地重复着他的话，仿佛他已经走到伍小姐那一边去。欠债还钱杀人偿命，天经地义，老子就跟他们没完。

4

有一天，马大力听到小强说，我敢肯定，这一男一女不大正经。

拜托这是城里，你以为是老家那土不拉叽的地方啊，有钱老头找18岁的多了去了，大惊小怪！

小强就像受了多大的刺激，大叫起来，你就不能听我把话说完吗？

马大力觉得挺没意思的，不过还得假装有点意思，否则小强又要说他没修养了。

据我观察，死胖子白天来夜里走，一定是回去给大老婆"交公粮"，小强说，要能抓住点什么就好了。马大力抽了抽鼻子问他想抓住什么？把柄啊，他诡异地说，这个都不懂！马大力才懒得理他，戴上耳塞上气不接下气地跟着哼唱。他还不肯罢休，扯下他的耳塞一字一顿地说，别以为我做不到，等着瞧吧！

小强果真行动起来。为实施所谓的计划，他跑去捡伍小姐的垃圾。人家前脚一扔，他后脚就跟上，把它当宝贝藏了起来。

第一包垃圾是用红色塑料袋装着的，鼓得像只大气球，袋子上印着某某超市的名字，下面还有一连串的地址和联系电话。那天午后，天气炎热，小强把昏昏欲睡的马大力叫到小区后面的荔枝林，郑重其事地打开垃圾袋，什么都有，猪骨头、鱼刺、菜叶、西瓜皮、烂纸片、死蟑螂、缠成一团的发丝……他像饿狗一样两眼发绿，对着一堆垃圾打转，东嗅嗅西刨刨。这时有个馒头大的白纸包引起了马大力的注意，还没打开，一股咸腥味儿已熏得他直恶心，不由捏住鼻子问，啥玩意儿？小强涨红着脸说护舒宝，见马大力笑得喘不过气，又板起脸来，有什么好笑？又不是喝了笑和尚的尿。

马大力就刹住了笑，但身体仍一抖一抖像快尿完，小强不再理他，兀自将几枚纸屑搁在一起，像小孩子拼图那样颠三倒四，很快就拼出一张名片来。名片的主人叫李准，金烨物流公司业务经理，下面有公司地址、办公电话和电子邮箱。他认认真真地将它记录在一个小本子上。

第二包垃圾是在管理处的会议室打开的。星期天管理处没人，小强把垃圾袋扔在椭圆形的会议桌上，点了根烟，嘴角逸出一缕细线，神色庄严，像要研究什么重大的事情。马大力把椅子倒转过来，整个身体趴在椅背上。

照样有好多烂东西，其中包括一个用过的避孕套，软塌塌的上面还带着血污。小强用刘主任的铅笔将它挑起，脸不由自主地往后仰，发出响响的咂嘴声，看不出来，那狐狸精还挺爱那老混蛋的。

对大块头，小强几乎每天都变着法子叫他，骂他，什么死八公、老杂种、衰人、狗娘养的……

马大力问为什么，小强嘴角漏气似的噗了一声，这都不懂？女人身上来脏东西，照理是不该干那种事的。对小强来说，此次的收获是一封被撕成几片的旧信；对于马大力，却好像一下子失掉了什么，心头涌起一股说不出的怪滋味。

小强拿着糊好了的信，得意地把双腿架在会议桌上，不断用舌头将烟从嘴角的一边移向另一边。看着看着，他又忍不住地念出声来，伍初蕾，既然邮件你也不回手机号也换了，我只好把信寄到你的公司去，请你的同事代为转交。当你读到这封信时，我已经不在国内了……有件事我一直弄不明白，我们七年辛辛苦苦建立起的感情城堡，怎么会如此不堪一击？蕾蕾，你现在快乐吗——

正当小强深深地陶醉于自己的朗诵，马大力的一声惊叫打断了他，原来伍小姐早有男朋友？小强不耐烦了，你才听出来啊？又舔舔嘴唇继续念下去，我真不明白，陆登他有什么好？除了钱和年龄比我多之外还多了什么？一个家庭！多了份永远还不清的感情债。它会把你拖垮、毁掉的，蕾蕾，如果你还有一点点爱我的话，就请给我一次机会。你是我和陆登的裁判，我还有希望吗？我们还需不需要加时赛？

还是个球迷哩，小强说，突然死亡法，这就是爱情的规则。

马大力劈手夺过信，迅速地浏览了一遍，皱起眉头问，他说这儿是他的滑铁卢，滑铁卢是什么东东？小强说，拿破仑吃败仗的地方，笨蛋！

5

树上的金凤花越来越多，火一般地燃烧，给人一种比实际温度还要炎热的感觉。从早到晚，马大力的制服都没干过，它紧紧地贴着后背和屁股，人就像一条裹着保鲜膜的鱼儿。有天珠儿买菜回来，顺手给他捎来一只芒果味的冰袋，弄得他接也不是不接也不是。她才不管呢，啪地甩在台面上，腾出一只手来朝脸颊甩了甩，希望扇出一点儿风来。

马大力问，硕硕他爷爷奶奶是不是回乡下了？珠儿答，是啊，就剩我一个，好闷好闷喔。马大力就学着她的语气说，我成天站在这儿，不也是好闷好闷的喔。珠儿就像被谁抽了一鞭，跳起来说，好你个马大力，想死啊你？

马大力躲过她的粉拳，拿起冰袋边哑着边嘿嘿地笑，我连婚都没结，才不想死呢。

不知道是不是误解了他的意思，珠儿的脸腾地红到脖根上，不跟你胡说了，回去。走了几步，又扭过头来冲着他笑，大力，有时间到我那儿去，我给你放冷气凉快凉快。马大力问，这能行吗？她的口气像个女主人，怕什么？下午你来，我拿好东西招待你。

去不去？马大力想了好久，心头还是痒痒的，就去了。一进门，珠儿已经打开厅里的柜式空调，看得见白茫茫的冷气呼呼地从百叶窗喷出来。她显得有些局促，但更多的是开心，说随便坐，甭客气，就偏着头让黑发挂面般地垂下，用一把大梳子自上而下地梳理，水珠全坠到了发梢上。

马大力老老实实地坐在皮沙发上，凉凉的软软的，像坐在沼泽地上屁股快要被包进去，湿润的制服很快就变得干爽、挺括起来。

珠儿从手腕上取下橡皮筋束住发梢，利落地甩到脑后。趁她对着饮水器接水，马大力偷偷地瞄了她一眼，难怪有点陌生，原来她把眉梢拔了，又拿眉笔续上，嘴唇也涂得红艳艳的像朵喇叭花。她的眼珠子动了一下，吓得他赶紧收回目光，装作欣赏着厅里的装饰。这房子装修得一点都不马虎，吊顶，雕花角线，描金花纹的墙纸，巨大的水晶灯垂饰花瓣般地成串垂下，每个菱形都闪烁着夺目的光芒，金灿灿的一片。马大力起身走到大理石的吧台前，蓝色的花瓣灯具低低垂下，里面的木架上摆着好多洋酒，黑油油的瓶子让他想起老家灶台前的那一溜酱醋瓶子。

马大力还在胡思乱想，珠儿已经递来一纸盘蛋糕，上面还残留着两颗樱桃，由于染了色素，看上去像塑料做的。马大力接住了，却不好意思吃。珠儿就吃吃地笑，看什么呀，没毒的，硕硕昨天生日没吃完。马大力说，不客气，我又不饿。珠儿说，你就是客气。又安慰他，没事，他们挺听我的，大姐常说，现在这年头找个好帮手比找个好对象还难，我来之前，他们已经换掉好几个了。

马大力拿着塑料叉子叉起一小坨放进嘴里，紧接着又吃掉了一大坨。

大哥让我安心干，过两年就给我找一份好工作，珠儿继续说。马大力艰难地把最后的一块咽下去问，老赵开那么好的车，是做大生意的吧？珠儿得意地说，做生意还有风险，赵大哥是当官的，不操心，只有别人求他的份儿，大姐说他比明星还忙，晚上吃饭喝酒就像走穴赶场。

对了，珠儿像突然记起来，夸张地叫了一声，吃荔枝吧？昨天刚从树上摘下来的，今年是小年，外面卖得可贵了，十几块一斤。马大力把纸杯里的水一口喝干，连说吃不下，站起来准备开溜。珠儿看出来了，失望地说，没事就多呆会儿呗。马大力说，不了，省得你家大姐回来见到了不好。

真邪门，门铃真的就响了，把两人全吓住了。珠儿慌里慌张地跑去拿对讲机，放下后轻轻地叫起来，真是大姐，这样，你到厨房去，就说来帮我修水龙。自己又快速收拾现场，还扯了张面巾纸狠力擦掉口红。

女主人进来了，边换拖鞋边说，噢嗬，还开空调呢。

马大力躲在厨房，紧张得手足无措，一门心思听着珠儿怎么说。珠儿还算镇定，说水龙头刚刚不知怎么了拧不动，就叫了个保安上来帮忙，见他跑得满头大汗，就让他凉快一下。她还故意朝着厨房的方向问，那保安，修好了没？

马大力很配合地把水开得哗哗响，还把手和衣服弄湿，探出头来说，好了好了，可能是关的时候拧得太紧。

女主人长着一副旺夫相，又白又胖，马大力经常见到她。她对他说谢谢，珠儿就顺水推舟把小区的保安夸了一通。

马大力趁机溜了出来，心跳都乱了。外面太阳很大，他就躲进老年活动中心看他们下棋。老人们有个规矩，谁输了要绕桌子爬一圈。11栋有个黑龙江老头像长臂猿一样蹒跚了一圈，手没着地，又被重罚一次。他不干，其他老人就用掌声催促他，结果他才爬完半圈就瘫倒在地。马大力帮着他的家人将他送上的士，听说他不仅血压高，还有许多病，估计这一"进宫"很难回得来。四点多，马大力离开手脚还没暖和过来的老人们，打算回宿舍冲个凉再美美睡上一觉，今晚还要值班。

绕过被簕杜鹃和鞭炮花爬满的凉亭，马大力抄8栋后面的小径回宿舍，就碰见那个最不想见的人，要掉头，转念一想，是她对不住自己，怕她什么？就迎上去。

小马，换班啦？伍小姐托了托茶色太阳镜问，那平静的样子激怒了马大力，他不怀好意地说，是啊伍初蕾小姐，陆登先生没陪你出来溜达溜达？伍小姐愣了一下，旋即又镇定下来，你知道得还挺多的嘛。马大力说，当然啰，蛇有蛇道，龟有龟路嘛。

他这么做只想告诉她他能这么做，而且还能做点别的。伍小姐不再理他，抖了抖手中绷直的绳子，唤着脚下那条吐出粉红舌头、不停喘气的卷毛犬，洋洋，咱们走。

晚饭后，马大力闷得慌，像被谁关进了笼子那样满屋子乱转，最后还是跑出来，谁知道怎么回事，两条腿又把他带到6栋的楼下。他抬眼一看，靠，伍小姐正对着他出神。

小马，有空吗？上来帮个忙。伍小姐先开口了。马大力问什么事。伍小姐说帮忙安空调。马大力想找个借口推掉但不知为什么却咚咚咚地往上跑。伍小姐边开门边说，有位师傅受伤了。那个工人扬扬手说没问题，伍小姐还是很爱护地把他拦到一边。马大力什么也不懂，只会干点力气活，就帮着另一位师傅将主机送到铁架上，安好。装空调的走了，伍小姐却热情地留他多坐一会儿，给他递来一听可乐，她自己站在空调底下伸开双手，像在试冷气够不够。

介绍费拿到了吧？伍小姐问。马大力说，我们拿没拿到你不知道？伍小姐一脸无辜，我真不知道——我老公说他会处理好。

姓陆的是你老公？马大力故意刺她，见她的脸色有些难看，就再接再厉，我还以为会是李准呢。

你？伍小姐的腮帮鼓起来又瘪下去，整个人看上去又惊又傻。马大力不敢看她，觉得自己挺过分的，就小口小口地喝着可乐，那专注的神态像要从中品出一种特别的味道来。

我还以为老陆已经把钱给了你们呢，伍小姐背对着他，像刚刚苏醒过来似的声音有气无力。不过话说回来，不就那点钱嘛？犯得着这样吗？马大力用嘲弄的口气说，两千多对你们有钱人来说确实没什么。伍小姐说，如果他不给你，我给，行了吧？马大力将空罐子捏扁说，不管谁给，我们只认钱。他发现自己的口气又硬起来。

你也别那么大的火气，什么有钱人，我知道你瞧不起我，可是你哪知道我的苦啊，伍小姐说。看着她暗淡下去的眼神，马大力突然觉得，面前这个高不可攀的女人是那样的可怜。

你怎么了？他怯怯地问。伍小姐幽幽吐了口气，说了你也不懂，其实我挺羡慕你的，自由自在，一人吃饱全家不饿。马大力脱口说，我不是一个人。伍小姐以为他有媳妇了。他红着脸说，哪有啊，我还有外婆。她说，这么帅的小伙，改明儿我给你介绍一个。

你介绍的女孩哪瞧得起我啊，马大力不敢去看伍小姐明晃晃的目光。伍小姐说，怎么看不起啊，我觉得你挺好的。

不知道是有意还是无意，伍小姐把"挺好"两个字咬得很重。

那天，马大力不知不觉地跟伍小姐聊了很多，聊他如何被学校开除——他将那个成天拿学生寻开心的老师连人带车（自行车）推到河里去，聊他外婆成天求神拜佛，还聊到曾给他带来短暂温暖而后又弃他而去的老肖。

6

今年是马大力的本命年，外婆说本命年不是大吉便是大凶，为此他买了几条红色底裤，结果还是压不住霉运，莫明其妙的被人打了一顿。整个过程他讲了不下十遍，第一个听者自然是小强，他还陪他到社康中心敷药包扎，最后听到的是珠儿。当然对不同的人，马大力的说法也各不相同。对队长，他说夜班回来一脚踩空从楼梯上滚下去，对珠儿则说是因打抱不平而光荣负伤，只有跟小强他才吐真言，当时他刚从小区附近一个叫白石洲的城中村走出来，在网吧里待了两小时，肚子空空的，就站在路边等两串麻辣烫。突然有几个男的围拢过来，巨大的投影像要将他埋掉。他说你们认错人了。那个个头最高的拧着他脸上的一块肉，借着灯光看了半天说，没错，要打的就是你。

到底是谁干的？马大力还在大伤脑筋，小强却已一目了然，还用说，就是老陆。马大力这才反应过来，装模作样地说，废话，除了他还有谁。小强说，马大力啊马大力，我跟你说过多少回了，不要打草惊蛇，你总是不听，张嘴就说，到处放炮，这下搞砸了，你满意啦……马大力伸长脖子瞪圆双眼如老鹰俯瞰小鸡，我满意什么？小强你说我满意什么？

小强无奈地摇头，不吃点亏，你是长不了记性的。马大力说，老子挨揍，你还他妈说风凉话。小强说他的话不叫风凉话，叫大实话。

大实话就是怪你财迷心窍，怪你成天去捡人家的破烂——看看，这又三百多了，马大力越说越气，干脆将发票、药袋子一股脑扔到小强脸上。小强的目光追逐着那些飞来飞去的纸张，待它们都落地了才转移到马大力脸上，冷静点好不好？有点修养嘛。马大力赌气地说，老子就是没修养！

小强抱着手转过身背对着他，像在自言自语，凭什么免费给他们介绍房子还要挨打，凭什么？马大力很不屑地剜了他一眼，心想就会耍嘴皮子，正要走开，就听到小强说，这事你就当什么也没发生过，一股怒火又烧起来，要是你你做得到吗？小强说，别急呀。马大力说，打的不是你，你当然不急啰。

气归气，马大力还是不甘心，按照小强的安排，下午四点半左右，他必须在5栋和6栋之间，也就是伍小姐看得见的范围内溜达，小强自己则跑到楼底下去把人家的水闸关掉。据他观察，这时候伍小姐应该刚练完瑜伽回来准备冲凉，或者正在冲凉，而且她应该没有管理处的电话。果然没多久，她就站在阳台朝马大力喊，那保安，哦？是小马啊，怎么没通知就停水？马大力用手卷成喇叭状，没——停——呀。伍小姐说，那怎么没水呢？

马大力说我给你瞧瞧，就惴惴不安地跑上去，一进门，最先嗅到的是满屋子的洗发水清香味。伍小姐的头发湿湿的，脖子上还残留着白色的泡沫，粉红色丝绸吊带裙已被水滴湿，绷紧着皮肤，胸前那两只鸽子更是呼之欲出，颤颤巍巍，马大力的心尖儿也跟着一起颤动。

　　见马大力脸上青肿，伍小姐吃惊地问，你怎么啦？马大力像被突然惊醒，慌里慌张地说，没什么，不小心摔了一跤。伍小姐咝地吸了口气，伸手小心地碰了碰他的脸颊心疼地问，我说小马，你怎么这么不小心呢，疼不疼啊？马大力尴尬地说，不疼，我、我先给你看看去。

　　盥洗间刚刚用过热水，暖烘烘的，马大力装模作样地东敲敲西碰碰，水龙管发出了一阵又一阵的呜咽，让人毛骨悚然。水还没来，他偷偷地摁了下手机上的短信发送键，又隔了一会儿，水龙发出了呼哧呼哧的声音，像哮喘病发作，水带着泡沫白花花地喷射出来。

　　伍小姐惊呼起来，好啦？真神，小马你好厉害啊。马大力接过毛巾擦了擦手说，可能是水管被什么东西堵住了，也可能是水压不够。伍小姐对他的胡诌信以为真，热情地说，茶几上有八宝茶，你先喝着，我去把护发素冲掉。

　　马大力往脚垫上蹭了蹭走到客厅，一眼望见电视柜上那张伍小姐与老陆的亲热合影，心脏咚地跳了一下，悬在那儿，差点儿忘了此行的任务。他以最快的速度掏出手机将合影拍下，走到门边换鞋时，满脑子还是他们的笑容。

　　那我走啦，他跟伍小姐打了声招呼。她的声音从盥洗间追出来，等等，你给我留个管理处电话吧——笔和电话本就在茶几上，写在第一页容易找。马大力说好，一打开，“陆登”两字跳进了他的眼睛里，后面是他的手机和家庭电话号码。他的脑海里倏地闪过一道白光，骤然开窍，抖抖索索地将号码记在手心上——圆珠笔的笔头痒得他直想笑。

　　下了楼，小强从马大力的笑容里看到了一切。当马大力张开手掌亮出老陆的电话号码时，小强兴奋得尖叫起来，老子再也不用去捡垃圾了。又狠狠地甩了下胳膊骂，这下他们死定了。

7

周六下午，老陆的车刚开进小区，马大力就跑出去，到附近一家大商场的门口买了张"动感地带"，将手机上原来的SIM卡换掉，准备往老陆家打电话。他这么煞费苦心，完全是为了不留证据。这件事要是让老陆知道那还得了？听管理处刘主任说，老陆挺能耐的，开了一家装饰工程公司，手下的人有好几百。

第一次打过去没人接，马大力就钻进商场瞎逛，里面冷气很足，给人一头扎进了河里的感觉。

离换季还远着，可几乎每个摊位都写着"跳楼价""狂减"之类的广告语。在快节奏的音乐声和热情的招呼声中，他买了一双布鞋，准备送给外婆，又买了个发夹，样子如一片枯叶，是售货员小姐极力推荐的。他本来嫌它没光泽，她很不屑地说，你会不会也嫌磨砂玻璃没有光泽？现在最流行的就是这种。他骂自己耳根软，可还是买下了，准备还珠儿的人情。最后他想给自己添件T恤，人家开价一百四，他随口出七十，以为会挨骂，没想到对方爽快地说好，吓得他撒腿就跑。

从商场出来，马大力手心又开始冒汗，口干舌燥的，就买了根冰棍，先小口小口地舔着，但委实不过瘾，又咯吱咯吱地嚼起来，嚼得牙根发软，趁着喉咙没那么干，他又打了个电话，这下是个小孩接的，奶声奶气问他找谁。他说有没有大人在？她就大声地喊姥姥听电话。

电话那头的声音听起来有些苍老，普通话里夹着浓重的客家口音，谁呀？马大力吸了口气说，我是伍小姐的朋友——陆登他认识——你叫陆登别再去烦她了……

虽然与小强模拟了不下十遍，马大力还是很紧张。对方没好气地问，哪个伍小姐？你究竟想说什么？马大力说，你家老陆包二奶包到我女朋友身上，别以为小姑娘好骗，也不看看自己的德性，老牛吃嫩草！

胡说！她显得愤怒无比。马大力说，他是什么人，你比我更清楚。见她不吱声，又说，你要不信，给个手机号，我发张照片给你看看。

对方犹豫了一下，还是报了个号码，又装作不经意地问，你说那个女的住哪儿来着？马大力暗暗地松了口气，用调侃的语调说，你是问他俩住哪儿吧？"同心花园"6栋302……

收线后，马大力以最快的速度将偷拍的相片发给了对方。回去的路上，他还一直在想，这样做是不是太过分了？见到小强，他也是这么问。小强说你是好了伤疤忘了疼？他的心又硬起来。他们更加关注6栋的动静了，可是一天，两天，三天，平安无事，到了第四天晚上，小强再也沉不住气，将马大力的那张"动感地带"换到手机上，给老陆的老婆发短信，明确告诉她，此时此刻，老陆和狐狸精就在一起。

那天晚上七点多，马大力巡逻到"小广场"，站在那儿看一帮中老年妇女练扇舞迎"大运"。她们边跳边笑，有些不好意思，可谁也不愿下来。马大力正觉得好玩，就有人跑来喊他，6栋那边出事了。远远的，果然听到女人撒泼的声音，老陆，你给我滚出来，姓伍的狐狸精，看老娘撕了你。

马大力惊了一下，马上又兴奋起来，挤进人群，装模作样地问，到底发生了什么？一个又矮又胖的老女人一把抓住他的手，疼得他直想抽回去，保安啊，我老公被狐狸精害死在里面，你赶快给我开门，再不开门我要报警了。

继续摁门铃啊！夹在人丛中的小强怂恿道。马大力就上前摁了一下，见楼上没有一丝反应，就转身摊开双手，没人吧？小强说怎么可能？她老公的车就停在那边。

小凡，你给我拨个110，就说你爸被人害死在里头，陆太太的嗓门儿很大，大概想要老陆听到。叫小凡的女人厌烦地说，妈，别丢人了，咱们回去吧。陆太太把女儿的手一摔瞪着她骂，好啊，连你也嫌我，都给我滚，滚得越远越好。

　　给马大力的感觉，陆太太好像一直在骂，可是围观的人早就听腻了，既然事情毫无进展，不如回家洗碗、冲凉、看电视、带孩子或者找人搓几把麻将，人们开始散去。就连马大力也准备到别处转转，这时小强伸手捣了他一下，仰脸一看，3楼阳台有个人影闪过。陆太太也看到了，刚刚歇下来的嗓门儿又大起来，有种你给老娘下来，你要不下来，老娘在这儿守夜。

　　听到激烈尖锐的叫骂声，走到半路的人们又掉头急步赶回来。老陆以为楼下的人走得差不多了，也深知躲不过去，就下了楼说，瞎胡闹什么？快回去。

　　陆太太马上取笑他，你不是说今天去广州签合同吗？怎么签到狐狸精的床上去了？

　　马大力和小强都忍不住笑出声来，老陆像条饿狗嗅到了什么，目光灼灼地寻过来说，是你们！马大力问，什么意思？老陆一下找到了出气筒，大声喝道，肯定是你俩干的好事，你们他妈的给老子小心点！小强还没来得及辩解，马大力就自以为幽默地来一句，别客气，我们就爱干好事，就爱助人为乐。老陆说，臭小子，你他妈活腻了。挥拳扑了过去。好汉不吃眼前亏，马大力闪身躲过，老陆却收不住，脚底绊了一下，硕大的身躯鱼雷般地送了出去，脑袋刚好撞在廊柱上。他女儿跑去扶他，被他狠狠地推开。

　　这时刘主任来了，他威严地问，到底发生什么事？小强指着老陆说，他打人。陆太太立刻站到她老公一边，骂小强恶人先告状。

　　你都看到了吧，保安打人，老陆冲着刘主任说，老子给你们上报曝光！

　　这时旁边有人提醒老陆额头流血了，他摸了一下，拿指头搓了搓，嗓门变得更大，你要不给我个交代，有你们好看的。刘主任咧开嘴向他保证，一定要严肃处理。他转过身来眼露凶光，谁干的？马大力的脑瓜轰地炸开，听到自己的回话比心跳声还要小，是他自己碰的。

快向老板赔不是，刘主任的手指快碰到他的鼻尖。他站着不动，他不觉得是自己的错。小强也这么认为，他站出来给他作证，刚才大家都看到，是老板他自己撞的，根本就不关马大力的事。

快，道个歉！刘主任拼命地给马大力使眼色，色厉内荏地吼。老陆却不干，他戳着脑门粗声粗气地叫，我要去医院做检查，我要告你们！

刘主任用胳膊抹了一下前额，咬着唇停顿了片刻，转脸朝马大力下命令，你——过来，好，转过身去。又扭头对老陆说，要不您来一下，消消气。

马大力还没反应过来，屁股就挨了重重的一脚，人群里发出一阵压抑不住的笑声，人未站稳，又被刘主任拽回来。这回他把全身气力都聚敛在屁股上，却没想到是脑袋遭殃。老陆也痛得捂住拳咝咝吸气，他口口声声说要让马大力清醒，可实际上却把他打懵了，后来如何收场他一概不知。

马大力抱着头坐在6栋的台阶上，不知过了多久，听到有人轻轻唤着他的名字，以为是幻觉，睁开眼一看，是伍小姐。她递过来一只信封，呐，钱全在里边，要不你点一下？马大力嘴巴一张，立刻尝到一股咸味，他不好意思地扯起衣角擦了擦脸站起来。

我不要，他说。伍小姐惊讶地问，为什么？他说，这点钱能买什么？她反问他想买什么。他大声说，尊严！

8

小强在替马大力巡逻，见他一瘸一拐地走来，急忙给他上烟。她给了钱，我没要，马大力喃喃地说，小强拿打火机的手倏地缩回去，眉毛和眼睛一下子拉开了距离，话都有点结巴了，伍小姐她、她给钱了？马大力点点头。小强的音调向上攀升，你没拿？马大力又点了下头。小强劈手夺过他嘴上的烟，投标枪似的投得尽可能远。

你吃错药了还是被打傻了？他又蹦又跳，像只被惹急的猴子。咱们辛辛苦苦为了啥？不就是为了拿到钱，那是你和我的钱！马大力响响地擤了下鼻涕，虚弱地说，小强，你不明白我当时的感受，你要是我，你也不会要的。

我为什么不要？小强把脸扭过来又扭过去好像觉得很可笑。钱都不要？你脑子进水啦。你以为不要钱就有尊严，我告诉你，没钱你这辈子都别想有尊严！真是搞不懂你，在一个二奶面前不要钱要尊严。

"二奶"两个字刺痛了马大力，并以千斤的重量压在他的心头，他想也许小强说得对，是自己脑子出了毛病。他拖着灌了铅似的腿回宿舍，凉也不冲倒头便睡，噩梦很快接踵而来，他梦见自己行走在一片黑暗中，突然踩空摔了下去，他紧紧攀住一块踞突的石头，清醒地意识到下面便是万丈深渊。他的手剧烈地痉挛，眼看就要吃不住，就苦苦哀求小强救他，小强却说起风凉话，你不是有那个二奶吗，干吗还求我？他好像又听到另外一个自己说，要是我，宁死也不求他。刹那间，他又回到山崖上，他想这下完了，完了……他醒过来，惊出一身冷汗，再也不敢合眼，强迫着自己去听室友的鼾声。天快亮时，他又迷迷糊糊地做了个梦，这次梦见一个女人，当他剥笋皮似的剥开她的一件件衣服时，她死死地捂着脸而不是其他部位。这白如凝脂的胴体、这颤颤巍巍的乳房好像在哪儿见过？他用力掰开她的手，伍小姐？一股冲动的热潮就刹不住地释放出来……

马大力是被裤子的黏湿冰醒的，这时天已大亮，小强正趿着拖鞋从水房回来，光着的后背像广告里的饮料布满了密密匝匝的水珠。他每走一步，地上就留下一道深色的湿印子。趁他刮胡子的工夫，马大力拿出几张大钞偷偷地塞进他的枕头下面。他从镜子里瞄到了，头也不回硬邦邦地问，干什么？马大力讪讪地笑，介绍费呀，我早就收了，只不过花掉了，下个月发工资再把剩下的补给你。小强摩挲着下巴看看刮干净没有，快收回去，我数三声，你不收我就撕掉，一、二——

马大力知道他说到做到，只好捡了回去。

马大力，你以为我就是为这个钱吗？小强转过身狠狠地踢了一脚，铁架床吱吱呀呀地叫起来。我是怕你被人家卖了还帮人家数钱！你动动脑子好不好，能给老头做二奶的女人能好到哪儿去？马大力负气地说，你别老二奶二奶的，我又不是为了她。说完自己都觉得心虚，就咬了咬牙，往后全听你的，上刀山下火海我都去，行了吧？

小强想说什么，嘴张了一半又合拢了，眼神怪怪的，好像又在盘算什么。

几天后的一个傍晚，天边发红，看久了似乎变成了豆绿色，要来台风了，天气闷热，小区却变得热闹起来，一群一群的红蜻蜓在半空中飞来飞去，人们像缺氧的鱼儿跑出来透气。珠儿带着硕硕散步到岗亭，马大力就跟她聊起最近的一桩趣事，有群小学生想把电台告上法院，因为孩子们好不容易盼到郊游的那一天，结果却因为相信了错误的天气预报而改期。

你怎么知道得这么多？珠儿望着他眼睛闪闪发光。马大力说网上看的。她知道他喜欢去网吧，还以为只是去打打游戏。这时小强过来换班，他没再拿他们两个开玩笑，好像满腹心事。马大力才走出岗亭，老陆的车就开进来，从小强手里接过停车卡时他挑衅地横了马大力一眼。马大力装作没看见，小强却变了脸，嘴巴抿得紧紧的，让人觉得他是靠一股意志力才控制得住自己。

这人是谁啊？凶巴巴的，珠儿好奇地问。马大力答，变态佬。一见到老陆，他再好的心情也给毁了，当然，也并不仅仅因为老陆混账。记得有一次，他对着天空发呆，小强过来问发什么白日梦？他就指着天边一块镶着金边的黑云问，它像不像伍小姐的侧影？小强惊讶于他的全部心思都被那个女人占满，就望了一眼恨恨地说像母狗，又冷不丁地说，真是搞不懂，你干吗不恨她。马大力说，恨也是恨老陆！小强撇着嘴说，我看你是他妈的癞蛤蟆想吃天鹅肉，我敢说那个伍小姐绝对不是什么好人，上一次当你还嫌不够啊！马大力知道小强念中专时交过一女友，辍学后人家就不再搭理他，所以一提女人他就咬牙切齿，恨不得一竿子撂倒一船人。

回到宿舍，李向阳他们在玩"炒地皮"，马大力很快就被拖下水。不知什么时候外面起了风，窗帘被卷起来又落下去，接二连三的闪电把屋里的暗角照得一片雪白，不一会儿雨来了，乒乒乓乓地鞭在窗沿的白铁上，远处露天停车场的汽车报警器不停地怪叫，让人起鸡皮疙瘩。牌局结束时，马大力和"大只蔡"已经输了两圈，要请吃宵夜，他们四个冒着大风大雨到白石洲觅食。远远的，"还想来"川菜馆在雨中闪着温暖的亮光，吃菜、起哄、猜拳、罚酒……他们玩得挺尽兴的，后来马大力就什么也不知道了，好像遗失了一段记忆，待飒飒的风雨声再次入耳已是第二天早上，光线灰乎乎的，仍像苍茫的暮色。室友们都跑光了，他点了根烟，边吸边看着烟雾如鱼群被风赶来赶去，感觉又孤单又沮丧，就像被这个世界所遗弃。

孤单的时候，马大力就更加想念外婆，他想尽量多攒些假期，待夏天一过就回乡下看她，要她再托人给他说媳妇，他就去试试，反正只要她开心就好。打从母亲改嫁，把七岁的他扔给了外婆，他们就一起生活。如今外婆孑然一身，节衣缩食，成天对着神佛"说话"，求他们保佑他这个孙儿。马大力不信神，不过他挺羡慕她的。小强说过，人要是没有信仰，内心就会空虚。他想如果非要找一点信仰，他宁愿信仰爱情，那个伍小姐，就是他心目中至高无上的神佛。都说男女恋爱靠气味，马大力相信自己就是被潜伏在伍小姐身上某种特别的气味所迷惑，它类似于毒品渗进他的血液流遍身体各处。每每想到她，他的身体就会涌起一阵冲动。在此之前，还没有哪个女人让他如此动心。

大力，主任找你呢，快！李向阳从走廊探进半边脸，头发还滴着水。马大力怏怏地问什么事？李向阳说老陆的车子被人划成了花蝴蝶，车胎还被戳了个大窟窿，正在管理处闹呢。马大力说，又不是我值班，关我屁事。李向阳说，可他就一口咬定是你，快，大家都在主任办公室等你呢。

到了办公室，里面早挤满了人，地板全湿了，污水横流。小强也在，他正介绍昨晚的一些情况，当时很多车都在叫，以前刮台风也这样，他就没当回事。

马大力挤过去说，主任，昨天我们几个在一起打牌，一起喝酒，谁也没离开谁，不信你问问他们。刘主任阴着脸问，都有谁？李向阳他们三个全站出来。老陆发出阵阵冷笑，证人都来了，挺齐的。又问，你们喝了一宿的酒？三个中的一个说，当然没有，大力喝高了，我们就把他送回来。

老陆把脸转向马大力，这么巧？我的车一出事，你就刚好喝醉。刘主任文绉绉地问，老板，您觉得车子被划与他喝酒有着必然的联系吗？

当我傻？老陆说，喝醉酒，你骗小孩吧！想钱想疯是吧？有本事抢银行去啊。

老板，您说话可要负责任，刘主任的口气很不好。老陆像被蛇咬到似的叫起来，有没有搞错？是你们要对我负责任，对我，懂不懂？刘主任淡淡地说，您放心，这事我们会全力调查。

好好好，反正我等着，处理不好有你们好看的，老陆边说着边走向大厅。刘主任示意李向阳把门关上，问，你们说的可是真话？见他们纷纷点头，又问小强，你与小马最好，有没有包庇他？小强说不会，却不敢去看马大力。

我有言在先，要是你们中有谁说假话，到时可别怪我不客气，刘主任说完就去大厅跟老陆"讲数"，里面的人全支起耳朵，刚开始声音还似有若无，但很快就像装了扩音器一样大得吓人。

我说您先去喷漆、补胎，钱拿来报销，难道有错吗？

我不在乎那点钱，我就想看看搞破坏的到底是谁？是什么妖魔鬼怪！

给我点时间好不好？

多长？

五天。

两天。

我不能保证，就算您报警我也保证不了，反正一有消息我马上通知您，刘主任最后说。到了晚上，他到保安宿舍来，马大力、小强、李向阳几个都在。他坐在床边，朝马大力招招手说，别倒水了，就说几句，这样，今天有个记者到总公司去，就冲着老陆的那档子事……我呢，还是想听听大伙的意见。小强说，那个记者肯定是被老陆收买的。这个我不想知道，刘主任说，我只想知道你们中到底谁搞了老陆的车，要不是为他着想，我早就报警了，懂吗？这是犯法的，懂吗？到那时，不仅害了自己，也把我毁了。

大伙看见一向严肃、刻板的刘主任眼里浮出一层泪花。

我在这物业管理公司干了二十年了，说没感情那是骗人，他仰起脸来不停地眨巴着眼睛。我都五十好几了，还图个啥？

马大力隐隐约约知道是谁干的，可他不能说。他只能站出来表态，主任，不是我，要我干的，我肯定不连累大家。听到他这么一说，刘主任的头耷拉下去了。大伙都不说话，都不知道该怎么安慰他才好。他走了，走廊里留下了他长长的叹息声。

小强爬到他的床上去，摸出烟盒捏了捏，揉成一团掷进墙角的纸篓，探下头来问，有烟吗？马大力杵给他一根，小强，问句话你可别生气，是不是你干的？小强含糊不清地说明天就会真相大白。马大力没再刨根问底，只是问他在写什么？小强说写信。马大力问写给谁，小强说写给他。马大力以为他烦他，就拿起张旧报读了起来，有对夫妻挺好玩的，各自化名在网上找到一个异性知己，双方都认为挺有必要见面，结果一碰头，竟是自己的那口子。马大力对小强说，这人哪，真是好玩。小强好像没听见，只顾沙沙沙地写着。外面很静，偶尔有车辆经过，马大力睡着了他还在写，好像有千言万语，好像不写出来会被活活憋死似的。

第二天一早，小强不见了，桌子上留了封信，它在室友们的手上传递，到了马大力那儿，他们已经七嘴八舌地议论开来。小强走了，马大力只觉得天旋地转，脑子里一片空白。

在信里，小强解释说，每个人的身体里都有一头猛兽，平时沉沉地睡着，如果一旦惊醒它，或激怒它，它就会脱离你的意志丧失理智。他说他本来是想给这些有钱人一点颜色瞧瞧，也顺便替哥们儿出口气，没想到反把事情弄得更糟，他对不起最好的朋友，也对不起给他诸多帮助的刘主任和各位同事，他没脸留在此处，也请大家不要联络他。最后的一段让马大力读出了眼泪，大力，你这人啥都好，就是有点缺心眼，往后凡事要多动脑筋，还有不要轻信别人，这个世界除了你自己谁都不能信。其实我也挺舍不得你的，但是今天的分别不就是为了明天更体面地相聚吗？相信咱们还会再见，好好保重，哥们儿……

马大力哽咽着去找刘主任，他正急得像无头的蟑螂团团转。

原来是他干的，这小子还算有点良心，他激动地拨通老陆的电话，找到了，找到了……他叫什么来着？孙小强，对，是孙小强干的。人家大概是问人呢？他这才想起来，小强呢？马大力说他去流浪了，放下电话，刘主任有气无力地说，这王八蛋说咱们没有一点诚意。

这时赵出纳用他的娘娘腔支持他，老陆要再敢闹下去，咱们也找个记者，将他包二奶的事给抖出去。刘主任说，以前有第三者叫通奸，天大的事情，现在叫什么？外遇、婚外情，除了当事人谁理会这些啊？他瘫在椅子上，沮丧得像头准备挨宰的公猪。赵出纳收起指甲刀，将每个指头仔细地检查了一遍，抬起头说，钱也赔了礼也赔了，我倒要看看他能拿咱们咋的！

接下来的日子果然不像他们所担心的那样，老陆再也没来找麻烦，大家都松了一口气，这样的放松无疑是对担惊受怕的一种承认。刘主任的脸色又开始红润起来，每次谈及此事嗓门就大起来，老陆还算识相，杀敌一千自损八百，老子混了几十年，也没那么好欺负。

打那以后，老陆很少来小区，大伙都在猜测，他要不是被老婆管住，就是和伍小姐分手了。大家似乎都很想看到别人倒霉，尤其像老陆这种人。不过他们普遍认为，是老陆甩掉了伍小姐，一个女人没有付出什么，也休想得到多少。马大力却敢打赌，一定是伍小姐甩了老陆。虽然他好久没跟伍小姐说话了，碰见了也只是敷衍地点了下头，但他还是能从她的表情里看到一丝得胜后的轻松。特别是最近这次，她在游乐园看孩子们玩耍，他故意从大草坪西边绕过去，假装偶然遇到。她说小马，好几天没见，还以为你回家娶媳妇呢。马大力说她猜得一点都没错，见她一脸错愕，大笑着说，可惜是在梦里。她跟着笑，你倒让我想起一个脑筋急转弯——闭上眼睛你能看见什么？

马大力就像遭到催眠，缓缓地闭上双眼，又缓缓地舒了口气，他很想实话实说，可还是说不出口。

一个月后，伍小姐搬家，马大力看见6栋楼底下停了辆大货车，车身上用黄色油漆写着"蚂蚁搬家公司"几个大字，伍小姐抱着她的卷毛犬站在旁边，指挥着工人们将打包好的物件抬进车里。

马大力，我还担心见不到你呢，来，正好跟你道个别，她喜气洋洋地说。马大力问，搬哪儿啦？她说搬到"万仕达"花园去，要不是上次，老陆还下不了决心。

下决心？马大力还是没明白。伍小姐说，对啊，他离婚了，我们结婚了。

他看着她，半天说不出话来。她把狗绳递给他，你等等，帮我看住它。然后咚咚跑上楼，下来时手里多了条领带，送给你的，你们保安的这种"猪胰子"太老土了。她说着把它塞到他的手里。他不好意思地说，平时我挺少扎领带的。说不准哪天就能派上用场，她含笑着，眨着那双会说话的眼睛。

虽然6栋302已经人去楼空，上班时马大力还是习惯性地朝着那个方向张望。几天后，那个王先生又来找小强，当他得知他离职后夸张地尖叫了一声，露出惋惜的神情。马大力问找他什么事？王先生拍拍他的肩膀说，其实找你也一样，你比他更热心——麻烦帮我问问，谁想租房子？

马大力说，你等着吧，慢慢地等着吧。王先生听出他的口气不对，也不高兴了，嘟嘟囔囔地说，你小子今天吃错药了？马大力说，你最好离我远点。举起手来，把王先生吓得连连后退。

你才该滚远点呢，王先生气咻咻地说。马大力伸手去推他，你要不要试一下？王先生就像被谁捏住了脖子，声音又尖又响，保安打人啦，保安打人啦——

马大力说就打你怎么啦？就打你怎么啦？冲上前要去揍他，就被同事死死地抱住。

有本事找那两个人去，拿不到介绍费冲我发什么火？王先生又跳又骂，你要敢碰我一指头，我叫你不得好死，臭保安……

9

外婆病了，马大力请假回去，到家时，她已经死了。他的母亲跟几个热心的邻居正进进出出地忙碌着。马大力没喊她，因为"妈"这个字眼对他来说太陌生了，他反而主动去跟其他人打招呼。

屋里的光线很暗，外婆还像睡着那样躺在自己的床上，脚尾点了盏煤油灯，是给她到地府时照路用的。马大力喊了声外婆，大力回来了，泪水就扑簌簌地落下。

关上门，他把藏在兜里、鞋里、袜里、内裤里的钱集中起来，有那么一小沓。这些钱本来是想给老人家治病用的，可惜她用不着了。这时母亲进来，友好地说，外婆临走时还喊着你呢。马大力背对着她问，为什么她喊我？母亲说，她疼你呗。马大力冷笑了一声，错了，是因为只有我疼她。

母亲脸色惨白地退了出去。

俗话说"多过死人事"，马大力顾不上疲劳，上午请人上山看"风水"找地皮，下午跑棺材店和寿衣店，他想既然那些钱是准备给外婆用的，就索性花在她身上。他请做纸扎的师傅扎一架飞机和一辆小车，外婆生前都没坐过，如今可以在地府慢慢享用。师傅面有难色，说扎席梦思和电视已经很时髦了，老人家生前没坐过飞机小车，没准会头晕。马大力把钱拍在了台子上，师傅的嘴巴就闭上了。

从福寿店出来，马大力越发觉得村里的街呀店呀房呀都变得很小，跟城里比，简直就是个模型。

也许是太久没喝又浓又苦的功夫茶，也许是院子里的月亮太光了，马大力躺在竹席上没有一点睡意。他听见母亲的咳嗽声，她显然也没睡好。他一根接一根地抽烟，想想过去，又想想将来，过去挺清晰的，而将来却一团模糊。

外婆出殡之后，逢七天还要祭拜一次，叫"做七"，一直要七七四十九天。马大力在做完"头七"之后就走了。纸飞机、小车和冥钱在烈火中变成灰烬，黑蝴蝶似的四处飞舞，几乎全村的人都跑来观看，他们说马大力的外婆真有福气，有他这样一个孝顺的孙子……

仿佛卸下一个包袱，马大力在国道旁拦了辆长途车，轻轻松松地上路。离开城里不到半月，马大力已经把珠儿忘了，可伍小姐的身影却无处不在，即便是在外婆出殡的那天她仿佛也没离开他，她在人群中游荡又定格在那儿，在不远处看着他，替他感到悲伤，也替外婆觉得欣慰。在汽车的卧铺上，他睡不着，就颠来倒去地想着伍小姐的那个脑筋急转弯。他无数次闭上眼睛，答案却只有一个，就是看见了她。

回到宿舍，同事们没有发现马大力的眼神中带着庄严，他们和过去一样跟他开玩笑，把旅行袋翻个底朝天，然后撇下他失望地走开。要是小强在，他至少会关心一下外婆吧，马大力想。第二天他开始上班，到了下午四点多钟，珠儿带着硕硕出来骑车，他正想找她好好谈谈。他想告诉她别对他太好了，她肯定会问怎么啦？他要么就学着言情剧那样说他俩没缘分，要么就干脆老老实实地告诉她，他心里装了别人。没想到一见面她就嗔怪他，回去也不告诉她一声，她好给外婆买点好吃的，把马大力感动得不知如何是好，准备好的话不知不觉地随口水咽了下去。他告诉她外婆走了。

珠儿不说话，幽深的眼睛湿漉漉的，如他一样哀伤。这时硕硕骑过来，她就抱起他温柔地说，跟哥哥讲，一切会好起来的，外婆走了，还有姐姐呢。硕硕还没说完，马大力就不得不扭过脸去，眼睛热热的就湿了。他告诉自己，下次再跟珠儿摊牌吧。

外婆一走，好像把马大力的很多东西也一并带走，几乎所有的事情在他眼里都变得索然无味。他机械地上班下班，和同事们挤进白石洲阴暗狭仄的饭馆，喝酒打闹。为排遣寂寞填补空虚，他同意清洁组的一位大姐给他介绍对象，那是个又高又瘦的姑娘，耳朵上穿着一串银色耳环，好似连环画里的九环大刀。碍于面子，他硬着头皮跟她见了两次面，就再也打不起精神。那个大姐从此再也没给他好脸色看。

就在这段时间，有好多次他冲动地想给伍小姐打电话，他担心她不接，也担心她接了自己不知道说什么，更担心被老陆耻笑。那首挂在他嘴边的老歌挺能说明他的心情：我的心早已经一片黑暗，再没有什么是可以点燃，我只剩眼角的一滴泪光，怎能把这世界丈量……我以为你给了我一线希望，我伸出手去只是冰冷铁窗，若现实它总叫人更加悲伤，就让我在回忆里继续梦幻……

唱着唱着，他就看见了伍小姐，唱着唱着，他就很想哭。不知道为什么，伍小姐的出现反而让他感到异常的孤独，孤独的同时伍小姐又好像成了他唯一的依傍，要是没有她，他甚至觉得自己活着不再有任何意义。失眠的夜总是千头万绪，他辗转反侧，被那种无望的爱折磨得身衰力竭，他不断地拿自己的长处跟老陆的短处比较，越比越有信心，可到了白天，信心却像被狗叼走了。一天夜里，他又喝多了，借酒壮胆，竟拨通了伍小姐的手机。他紧张得浑身发抖。

伍小姐那边很吵，她不停地问他是谁，当听到马大力报出姓名后似乎怔了一下，没有任何反应。马大力失望极了，只想挂断算了，就听到她哦了一长声，你是不是"同心花园"的小马，给我介绍房子的那个。马大力说是。伍小姐警惕地问，有事吗？马大力说没有，又担心她挂掉，就随口问了一句，最近怎么样？她没有回答，像在考虑什么。马大力又喂了几声，才听到她用闷闷的声音说，不怎么样。他不敢再问，就换了个话题，你在迪厅啊？

你怎么知道？伍小姐问。马大力说，我听到了的士高音乐了，你不会是在"不夜天"吧？伍小姐尖叫起来，天哪，你真是神了。马大力说他是瞎猜的，他到城里这么久，只去过一回迪厅，就是那儿。伍小姐说，小马，要不你过来玩玩？见他不说话，以为他没听明白，又说，你打的来，我请你喝酒。

马大力赶过去，却差点认不出她来。她穿着吊带背心，牛仔裤，头发扎成高高的马尾，又青春又运动，看起来比他年纪还要小。

舞池上热闹非凡，三个妖艳的小姐站在高台上领舞，下面人头攒动，舞池两侧分布着无数的"吧座"，却像另一个世界，阴风习习鬼影幢幢。他俩摸索着找到座位，伍小姐拿起"桌灯"挥了挥，有个服务生过来，她点了鱿鱼丝、腰果、吞拿鱼和一扎啤酒，又重新打量着他，绽开疲倦的笑，你瘦了。

没见面时，马大力天天模拟着与她见了面时的对白，如今真见了面却一时找不到话说。

老陆对你还好吧？他仓皇地瞅了她一眼，觉得自己问得挺唐突的。她避开他的目光，怔怔地盯着"桌灯"，牙齿咬着嘴唇，像在强忍着什么，过了许久，终于化成一声叹息。她举起杯子跟他碰了一下，口渴似的咕咕咕喝掉了大半，说，爱情是盲目的，结婚后我才知道老陆原来欠了一屁股债，"万仕达"的房子不过是租来的。他要是主动跟我讲，没准我能原谅他，可他蒙我。

听伍小姐这么说，马大力还是弄不明白他们为什么会这样，都好了那么久了，彼此之间仍然没有一点诚信。

　　我本想离婚算了，可他不肯，说除非我替他还债，伍小姐笑得很勉强，很无奈。马大力愤愤然地说，你没向他要钱就算好了，真是傻逼！伍小姐说自己也是这么回击他，他就骂她，打她，晚上比白天更糟糕。她撩起吊带背心给他看，腰侧有几个指头大小的黑痕，她说是他拿烟头烫的。马大力说，你完全可以将他告到法院，强迫他离！

　　我哪敢啊，他说我要提"离婚"两字，他就把我做掉。他说反正他也不想活了。伍小姐说着用嫩红的拇指推拨着打火机，有火光在那对棕褐色的瞳仁里一跳一跳的，脸部的轮廓很柔美，给人一种信赖感。马大力喝了口酒说，这个无赖，小心老子哪天剁了他。伍小姐说，你可千万别乱说。马大力说，我不乱说，我差点就杀过人。伍小姐急忙伸手去捂他的嘴，就好像老陆或别的什么人站在能够听得到的地方。

　　你是不是喝多了？别再喝了。伍小姐的口气里带着一种关爱的严厉。马大力一把抓住了她在冷气中泡得冰凉的手腕，执拗而又果敢地说，我就不信邪！他俩的目光碰在一起，她低下头，他这才意识到什么，慌乱地松开了手。伍小姐说，你也别伍小姐伍小姐地叫，干脆叫我姐好了，反正我比你大那么多。

　　那我就叫你的名字，叫你伍初蕾好不好？马大力不知哪来的胆，竟又抓了她的手，一种从未有过的甜蜜和幸福从内心深处暖热地涌出，遍及全身。他不敢去看她火辣辣的眼，只听到她略含羞涩的话语，大力，有你这样的朋友，我很开心。

　　尽管马大力对她以"朋友"相称不甚满意，但仔细一想，他又能要求人家怎样呢？他听到她继续说，大力，我的事你最好别管，老陆真的不好惹。马大力说，我不怕，我这条命本来就是捡回来的。

　　伍初蕾已经露出醉态，咯咯地笑，她的笑声好像带着一丝轻蔑和不信任，他听得出来。他生气地说，你信也好，不信也好，我跟老陆总有新账旧账一块算的时候。

　　不谈这些，我好久没有这么开心过了，伍初蕾建议，跳舞去。马大力仍气鼓鼓地说，我不行。她就起来拉他，男人不能说"不行"，扭扭屁股总会吧。

真没想到，随着音乐疯狂的节奏，还有伍初蕾不停地逼近，马大力很快就融入进去。空气似乎越来越稀薄，也越来越闷热，马大力的目光胶一般地粘在她身上，她高耸的胸脯好像挣扎着向他贴近，他大胆地迎上去，差点背过气。就在那一刻，要不是没钱，他真想给来跳舞的每个人都买单。

回到宿舍，他不想动，也用不着动了。他躺在床上睁大眼睛，摩挲着她送给他的那条领带，不知道为什么，他对她那抹强烈的感情，竟变得带了几分肉体上的意味。他有种做错事的感觉，不过他仍然希望继续错下去。可以说，这是马大力有生以来过得最开心的一个晚上，他甚至悲观地认为往后再也不可能这么快乐了。几天之后，当伍初蕾打电话给他时，他还能回忆起两个人分别后那种莫名其妙的沮丧心情。为了不让老陆发现，她要他别给她电话，她会打给他。他和她开始频繁联络，说些情意绵绵的傻话。伍初蕾就像一名烹调高手，控制着他们感情的火候，当他快被烧焦时，她及时地调为文火甚至浇上冷水，例如她会主动提醒他自己是有夫之妇。当他绝望得快要放弃时，她又将小火调大，给他送来了生日礼物。他变得激动、敏感、脆弱、患得患失，这种虚无缥缈的爱情让他预感到自己的生活将要发生重大的转折。他仿佛看到自己会有麻烦，但还意识不到它有多棘手。

尽管伍初蕾在谈话中有意回避她和老陆的事，马大力还是对她日益艰难的处境了如指掌，因为在每次谈话中她的语气总会泄露她的心情。他既为这种心有灵犀感到快乐，又为她的处境深感忧虑。

10

转眼又到国庆，年眼看也要到头了。马大力还清楚地记得去年这个时候，窃贼在小区里连撬四户，有一户找不到钱，他们就把大彩电抱到浴缸里灌满了水，还有一户的苹果被啃了好几口扔在地上，而菜刀则搁在厅里的茶儿上。居民们闻风丧胆，要没人在家，干脆就在显眼的地方放几张钞票，压张纸条写着"高抬贵手""这点小钱不成敬意"之类的留言。

晨训时，队长还是老生常谈，长假期间，加强巡逻，防火防盗。散会后，马大力正要去食堂，就看见珠儿站在"小广场"，早上的阳光把她的腮颊映得鲜红一片。等谁呀？他明知故问。她笑起来，就等你。

珠儿今天打扮得很好看，梳两条麻花长辫，脸上扑了粉，比脖子和手背都白，一咧嘴，他又马上注意到她唇上的桃色口红，闪动着迷人的光泽。到我那边去，我给你做了好吃的，她说。他说不去了，上次差点被轰出来。

大姐他们一家去了三亚，这回绝对安全，她的目光里透着恳求。马大力心想也好，自己不是一直想找个机会和她谈谈吗？

这次珠儿给马大力做的是三明治，其实就是在两片面包中间夹了火腿和煎鸡蛋，外加一杯鲜奶。她告诉他，报纸上说这样的搭配营养非常好，昨晚主人一走，她就跑超市去买好。

好不好吃？她双手托腮，脸颊上的肉全往上嘟，眼睛变小了，但样子挺可爱的。马大力满嘴食物，一张开面包屑就掉下来，只能使劲点头，逗得她开心地笑，两个酒窝都变深了。

好吃明天再做给你吃，她说。他急忙摇头。她假装生气地拧了一下他的胳膊，哼，肯定是不好吃？他好不容易咽了下去，哑着声说真的好吃。

吃饱了的马大力已经忘了此行的目的，珠儿领着他参观了各个房间，人走到哪儿灯开到哪儿，总共有四间房，客房、保姆房、书房，最后是主人房。主人房布置得挺温馨的，可在马大力眼里，那些灯光、床铺、被褥、梳妆台、窗帘、装饰画，还有干花什么的，都散发出暧昧的信号，一种对伍初蕾压抑已久的渴望突然兜上心头，只觉得喉干舌燥心神不宁。他没想到珠儿贴得那么近，一转身就碰到了她，他想往后退，她已经抱住了他的腰，那张粉脸贴在他的胸口，紧紧的，像要钻进去。

马大力还来不及拒绝，两个人就滚到床上去，他的脑袋里空空的，眼前晃动的却都是伍初蕾的身影，一股强烈的冲动使他变得粗暴而又专横，暴风雨般地扫过珠儿的全身。眨眼工夫，一个少女变成了一个女人，而那个男人却不是对她，而是对另一个女人怀着深深的愧疚，他抽身离去，连做做样子都不肯，就像是急不可待地要摆脱这一切。第二天，他仍为自己的所作所为感到心寒。

两天过去了，珠儿没再来找马大力，马大力也没去找她。到了第三天午后，整个小区逐渐安静下来，只有风掠过树叶的沙沙响。他坐在岗亭里支起下巴东想西想，思绪慢慢地飘进了一片迷漫里。

这是我男朋友马大力，你瞧，他的口水都流出来了，样子好难看呀。多熟悉的声音，马大力一个激灵睁开眼，是珠儿，旁边还站了个胖女孩，也就二十出头，化了浓妆，穿着跟她年龄不太相符的高跟鞋，还有一条大红裙子，领口开得很低，几乎把她的那对宝贝袒出一半来。马大力马上就想起那些站公园的"鸡婆"。

还是个帅哥呢，她放肆地打量着他，声音细细的带着一丝轻佻。珠儿羞红了脸，大力，这是我老乡巧巧。那天巧巧很豪气地请他俩去吃饭，马大力想不去，但看到珠儿眼里几乎是哀求的目光，只好去了。巧巧喝多了，拿夹烟的手指着珠儿说，你好幸福啊，有这么好的男朋友。珠儿脸红红地看着马大力，看得他恨不得地上有道缝可以钻进去。要不是伍初蕾，马大力想自己应该会娶珠儿的。

回去的路上，马大力对珠儿说，你怎么有这样的老乡？珠儿急着辩解，我也才知道她是做这个的，她是我的一个远房表姐，她爸爸得了大病，妈妈又挣不到钱，下面有好几个弟妹靠她养着，她也才做不久。

也是挺惨的，马大力叹了口气。珠儿又说，今天她来找我，说家里给我捎了点东西，我都不敢把她带进小区，这才到岗亭找你的。马大力说，你今后还是少跟她来往。

我保证不和她来往了，我、我……珠儿的泪水都快急出来了。

11

节后的一个晚上，伍初蕾约马大力到一家咖啡厅见面，她的形象焕然一新：挽了个好看的髻，脸上化着精致的妆，粉红的腮深红的唇，眉毛修成了又细又挑的"明星眉"，那条黑色长裙更使她显得亭亭玉立。见马大力傻眼的模样，她妩媚地笑，不认识了？马大力有些不好意思地说，你今天真好看。她故意抢白他，过去就不好看吗？吓得他直摇头。她又说，你戴上这领带也挺好的，跟衬衫很配，我不是说过，会用得着的嘛。

老陆出差了？马大力问。伍初蕾点了点头，脸上像掠过乌云一般阴郁起来，我老想约你，可他在时，恨不得把我拴在裤腰头，我真是没长眼才跟这畜生过一块，他愈来愈不像话——她突然伤心地哭起来，哭得他不知所措，他、他又欺负你了？

我来例假，可他还强要，呜——他不是人……

马大力听到自己的拳头咔咔作响。

没办法，她接过他递上来的纸巾吸干眼泪说，现在想想挺后悔的，如果生活可以重来，我再也不会去找什么有钱人，更不会相信那些花言巧语，其他都是假的，对你好才是真的。

马大力嗫嚅着，总会有过去的时候，哪天你恢复了自由，追你的人又要挤破头了。伍初蕾破涕为笑，轻轻地打了他一下说，也就你还认为我好。接着她的脸又晴转阴，说老陆真是王八，咬住人就不松口。马大力安慰她，别担心，我会帮你想办法的。伍初蕾叹了口气说，会有什么办法啊？该想的都想了，有时觉得挺绝望的，只要他活一天，我就休想有自由，我这辈子算是完了，还不如死了痛快。

死？！要死也该他死，马大力几乎叱喝起来。伍初蕾说，他死？你看他比公牛还壮，恐怕把我折磨死了他还活得好好的。

我一定会帮你的，你放心，马大力的声音很温柔，像在保护她的创伤。她悲悲戚戚地抓住他的手，指甲都掐进他的肉里去了，大力，你的好意我心领了，我不想连累谁，这一切都是咎由自取。

这次见面，伍初蕾就像换了一个人，她时笑时哭，说话颠三倒四，一开始她说老陆出差，自己终于自由了，可当他提出陪她回去时，她又说弄不好这是老陆设下的圈套，要被他发现非宰了她不可。到了九点多，两人分手，她匆匆往前赶，像去赴另一个约会。他站在原地，默默地凝望着路灯下那个忽明忽暗的身影，真没想到她会突然转身不顾一切地奔跑过来，双手紧紧箍住他的脖子，箍得他喘不过气来，他边接受着雨点般的吻边听到她带着哭腔，大力，我真舍不得你，每一天，都在心里多喊我几声，好吗？

马大力浑身酥软，发出梦呓般的声音，我会的，我会的……

好多天后，他仍能感觉伍初蕾的手缠在他的脖子上，缠得他快要透不过气。

12

自从两个人在咖啡厅见面后，马大力就眼巴巴地盼着伍初蕾来电话，可她仿佛消失了。他试着打她的手机，总是无法接通，发了很多短信也没见回。就在他心烦意乱的时候，珠儿带着硕硕慌慌张张来找他，说巧巧病了，都两天没下楼了，她在这边一个朋友也没有，自己又走不开，让马大力帮忙去看看。马大力虽然一千个不情愿，但想想这也是外婆生前所说的行善积德吧，上完白班就过去了。那天送巧巧是在晚上，他没注意到那条巷子有这么脏，地面凹凸不平，一坑一坑地积着污水，垃圾遍地，苍蝇到处乱飞，一路上他强忍了几次没吐出来，终于走进了那栋灰色的旧楼，这种握手楼，对面房子高一点就暗淡无光。上了二楼，门虚掩着，里面乱糟糟的，桌上搁着没吃完的"碗仔面"，内衣内裤随手扔在椅子上，巧巧自己躺在房间里唯一的床上，没化妆，脸色苍白，嘴唇上全是泡，不过人比化了妆清爽了许多。她看见他，动了动嘴唇，他依稀听到她在说谢谢。他过去摸了摸她的额头，滚烫，就下楼买药去，还顺便打包了一碗皮蛋瘦肉粥，回来又烧了热水，等她喝了粥吃了药，他才回去，这样一连三天，到底年轻，巧巧又恢复了血色，慢慢地康复了。马大力终于弄清楚她是在发廊做的，她说自己的故事时一滴眼泪都没有，眼睛里空洞洞的，像在说别人的事，马大力却听得惊心动魄，又同情又难过。

那段时间，由于联系不上伍初蕾，马大力的心情很坏，心情一坏就想喝酒，很快他就不得不依靠那二两劣质烧酒才能入睡。有天他喝了仍没一点睡意，就晃到了巧巧干活的发廊去。巧巧将他拦在外面，自己去给老板娘说了一下就出来，我请你吃宵夜，上次谢谢你啊。巧巧今天穿的是白衬衣红格子裙，除了衬衣有点紧裙子有点短外，看上去像个学生妹，见马大力好奇地盯着她，就娇笑说，制服的诱惑，没见过日本女优啊。马大力不屑地说，看了多了去了。巧巧问，没见过真人版的吧？马大力的眼睛就直了。

你不是说要请我吃宵夜嘛，怎么去你宿舍了？上楼时马大力问。对啊，我是要请你宵夜，巧巧回头眨着眼睛媚笑。

马大力后来记不起和巧巧做了几次，他累得趴下后一觉直睡到下午，幸好那天不是他值班。两天后他的腰才不酸，伍初蕾的短信也到了，说老陆出差，她外出散心去，才回来，不想他担心，所以没有联系他，还说过几天见面。他正开心着，珠儿就黑着脸找上门来，蕾蕾是谁？马大力傻愣愣的不知如何解释，又听到她说，巧巧说你整晚都喊着她！

珠儿还没说完就哭着跑了。

没过几天，马大力就看见硕硕被一个跟珠儿差不多年纪的姑娘带出来散步，他问硕硕，珠儿姐姐呢？硕硕瘪着嘴说她不喜欢我了，她想她的爸爸妈妈了。马大力很想给巧巧打个电话，问她为什么要这样，但是终于没打，打了又能怎样呢。他倒是想给伍初蕾打一个，只要听到她的声音，心里也许就没那么难受。到了晚上九点多，他喝了点酒，实在忍不住打了她的手机，没想到是老陆接的。大概猜到是他，老陆破口大骂，要他去死，还威胁说再来骚扰他的家人就报警。

马大力只有挂掉，不敢再懵然打过去。整个晚上，他就像犯了大错一样闷闷不乐。他意识到老陆已经控制了伍初蕾的一切行动了。

不知道什么时候天空下起雨来，不大，但挟带着初冬的冷意，砭人肌肤，马大力漫无目的地穿行在城中村弯弯窄窄的小道上，坑坑洼洼的路面被灯光照得亮晶晶的，那些熟悉的小饭馆的玻璃门开开合合，像一张张油腻贪婪的嘴把钱包鼓鼓的食客吞进去，再把那些酒足饭饱、醉醺醺的家伙们无情地唾弃。珠儿走了之后他才发现自己除了赡养外婆、给她送终之外，好像没有做过真正有意义的事。他想知道自己为了什么活着？但他头都想疼了也没想出答案。

回到宿舍，马大力将手机调到静音，倒头便睡，他希望能睡个觉，醒来后发现生活中的一切都变了——他没跟巧巧上过床，而伍初蕾也彻底地摆脱了老陆的控制，而外婆还活得好好的。这一觉一直到天亮，他起身查看手机时，竟发现有五六个未接来电，都是同一个陌生号码。凭直觉，这应该是伍初蕾的。他打回去，奇怪，对方关机了。他只有等着，到了下午，那个号码终于又打进来，果然是她，要他马上到小区的荔枝林见面。他扔掉了手里的纸牌飞奔出去。

伍初蕾站在一片墨绿之下，不施粉黛，披头散发，牙齿把下唇咬得没有血色，苍白一点点地扩大，由脸部扩散至整个身体，扩展到整个世界，阳光好像黯淡了下来。这种印象如同一张黑白照定格在马大力的记忆深处。他脆弱地问，怎么了？其实不用问也猜得到。伍初蕾的声音像从牙缝里挤出来，我是来向你告别的，我要去杀掉那个恶棍，杀不掉我也不活了。

他又欺负你？他大声问。

就因为你打的电话正好被他接到，她的牙齿开始剧烈地碰撞，泪水夺眶而出，他说我，说我用他的钱在外面养"鸭"，他要整死你，再整死我……

老陆的话把马大力气坏了，伍初蕾的哭声更令他心如刀绞，一股豪气或别的什么突然涌向心头，他的身体剧烈地痉挛了一下。天空低得快要塌下来，风停滞不前，一切的声音都消失了，他只听到血液在脉管里急剧地奔突。

我整死他还差不多！马大力没想到自己的声音听起来这么遥远，这么冰冷，这么决绝。

你千万别，我不想害你，要死让我一个人死，她紧紧地拉住他，就好像他已经手执白刃冲向对方。

别怕，相信我，我有办法了，马大力边说边挣脱了她的手，就像马儿挣断了缰绳，他发现当自己下定决心，一直以来积淀的所有的愤怒和害怕就像洪水一样退去，心却意外地获得了自由。

13

一直以来，马大力满脑子都是这种怪念头，像他们这样一类人，其实不是为这个世界而生的，或者说这个世界不是为他们而存在的。打从老肖出事后，他就常常想到了一些与死有关的东西。当了保安后，他也常在心里往老陆、老赵这样有点钱的人脸上吐口水，往他们脖子上架刀子，虚构着这些人死到临头恐惧的眼神。小强说得对，每个人的身体里都有一头猛兽，他的这头猛兽已经被彻底地激怒，咆哮着要挣脱肉身，他再也搞不清有什么好怕的了。任何事情都得有个终结，这一次他也想学学小强来个快刀斩乱麻。他几乎是被兴奋而不是恐惧击了一下，就好像寻觅多年，终于找到了一件值得自己全力以赴的事情，这或许就是他为什么还活着的"意义"。

马大力一刻也不能熬，先用公用电话打通老陆的手机，老陆的声音不像他记忆中那样中气十足，而是显得有点力不从心。

请问是陆登先生吗？这有您的一封快递，地址是西丽大厦6楼……马大力捏着鼻子说，今天邮件很多，要晚点，有人在吗？老陆说没事，七点以前都行，他加班。

到了西丽大厦才下午五点多，还没到下班的最后时间，马大力就在附近逛了一会儿，其实哪有心思逛街？他满脑子都是一个钟头后可能出现的千百种情形，为缓和一下紧张的心情，他点了根烟，故意小口小口地吸着，然后转回到大厦下面，躲在一边观察。在里面工作的白领们终于陆陆续续地出来，他们勾肩搭背，有说有笑，因为他们还有时间，还有大把的美好事物等着自己去尝试。他们东张西望的，寻找班车或约好的朋友、恋人，然后扮出一副不舍的样子，和早已相互厌倦的同事愉快地道别。

六点半了，马大力扔掉烟头，像要潜入水中一样深深地吸了口气，爬上高高的台阶。电梯下来了，空荡荡的，像专程来接他。对着电梯锃亮的内壁，他冷冷地打量着自己，他的面目被鸭舌帽帽檐的阴影覆盖着，只看得见眼窝里两粒颤动的亮光和雪白的鼻尖。他突然对自己有些轻蔑，就这副德行，居然也能打动伍初蕾？这难道就是外婆所说的上辈子欠她？忽然间一种滑稽的感觉向他袭来，自己仿佛到了一个根本就不该来的地方。他的情绪有点沮丧，开始的万丈豪情似乎在降温，但是心里面另外有个声音粗暴地朝着他嘶吼，活着你还能做什么？

电梯门不失时机地开了，他走了出去，脚步声立刻被又厚又软的猩红地毯吸走了，四周死寂一片，他能听见自己的心跳，他能听见老陆的心跳，他还能听见老陆在办公室里弄出的响声，他像在等他，等这最后的较量。马大力又兴奋起来，他觉得自己不是去赴死的约会，而是去赴生的盛宴。

走廊里笼罩着青白的光，马大力照着房号找了过去。逼仄的办公间，老陆蜷缩在一只破沙发上抽烟，背光的他黑乎乎的像一道影子。

他似乎冲他笑了笑，一种比狰狞更让人厌恶的笑。马大力感到身体里的猛兽已挣脱一切扑了出去。当他将一只纸袋递过去时，老陆以为是个邮包，但很快就感觉到有什么不对了，他定定地望着这个年轻人，眼里没有一丝恐惧。不过通过刀柄，马大力仍然可以感觉到他的身体在颤抖，他的声音也在颤抖，你是谁？为什么？

马大力脑子里一片迷茫，他听到自己不断重复的声音，看你还虐待她，看你还虐待她……他手上的刀也随着声音重复着同样的动作，一进一出。

你说蕾蕾？老陆的眼睛像暗房里突然开了灯，亮得叫人不敢正视，声音也有些急促。

呵呵，是你！他的咳嗽突然变成了怪笑，我生意败了，没钱了，不过那份人身保险倒是很值钱，她分给你多少买我的命……他的怪笑和着喘息一波波地震荡着马大力的耳膜。马大力惊讶地发现，有一滴浑浊的眼泪挂在了老陆的眼角。他感到头皮轰然一炸，刀子落地。他的耳朵里突然充斥着种种的声音，一片嘈杂，其中有个声音在不停地怪笑。他死死地堵住耳朵，但是那个声音还是越来越大，吵得他头痛欲裂。

马大力不知道自己是怎么坐在大厦天台上的，傻愣愣地看着那些重重叠叠的广告牌，看着街上行人如蚁。刚刚还被夕阳分成黑白两半的城市已蒙上了一层灰暗冷峻的色调，犹如被一只巨手塞进了昏天黑地的布袋里，而后又戳出无数个小洞漏进星星点点的灯光。寒风呼呼地从他身上吹过——就像吹在伤口上一样给他带来无比的清凉——旋即又像激流被突出的岩石扯成了好多股，一直吹向远处的灯火。他忽然觉得，熟悉的生活在老早以前就离他远去了。其实打从外婆去世的那天起，一切就该结束。他又想起了那个脑筋急转弯，闭上眼睛你能看见什么？这一次，他没有看到伍初蕾，他看到的只是一片黑暗，无边无底的黑暗，在黑暗中他似乎嗅到了未来岁月的气息，陌生、潮湿、腐朽，唯一能够给他安慰的是，每个人都必须孤寂地活着，又孤寂地死去，伍初蕾们也不能例外。

　　他毫不迟疑地翻越栏杆纵身一跳，在猎猎的夜风中，他冲着灯光星罗棋布的玻璃幕墙投去最后一瞥：他的影子犹如一只黑鸟，飞向时间的丛林，进入虚无。

相关评价

厚圃的文字，一草一木下皆埋伏了猛兽的爪痕，好比尼采说狂飙之先声，悄然栖伏在语言之下，轻易不以斑斓惊人，但凡掠出，必以思想伤人。他又是悲悯的，即便在人性的荒草中蹚出一条至深小路，也会将折叠后的草茎小心翼翼扶正，重修螽斯之鸣，让人看不出曾经踩躏过的岁月人心。

——著名作家：邓一光

厚圃的学养才情让其缱绻于多种艺术形式之间，文字中画面与意境并存，性灵同风骨毕现，而在那座由他一手构建的"城市"里，貌似暗淡寂寞的生命始终闪烁着世俗精神的光芒。

——著名作家、画家：王祥夫

厚圃的文字见证成长，言说困窘，字面拙朴厚道，声色不动，内藏冷峻幽默，壮阔疏朗。他喜将人放在刀锋上拷问掂量，于多种人生抉择中求索人性的必然答案，于迷离的现代叙事中顽强泅渡并最终从容抵达豁然开朗的古典意境。

——著名文学评论家：何向阳

厚圃小说里的每个人物都是从深圳这座具有超现实色彩和未来主义气息的大都市中最不光鲜的泥灰里尘土里沥青里玻璃里塑料里砖缝里墙皮里钢筋水泥里铁门钢窗里，从平日人们或视而不见或窥伺不到的隐私空间以及那些小得不能再小的小人物们灵与肉的阴影里真真实实长出来的，无论他们在拼搏还是苟活，求生还是求死，都让我嗅到了这座城的人味，在光怪陆离的乱影里辨出生存的原色。

——著名作家、翻译家：余泽民（匈牙利）

后 记

余自幼浅涉古今中外典籍，觉其精妙处乃在于常读常新。及壮，好之笃而无间岁月，其心之谆挚不移若是，试写之，愈知小说不"小"，其技通乎道，奥义存焉。

小说发轫于先秦，鼎盛于明清，吾国吾民曾一度热衷于红色经典，至上世纪八十年代始见斑斓面目，一时云蒸霞蔚其盛无匹，而今又复归常态。每每文坛论道，多为其行将泯灭而忧心，而惋惜，而不平，岂知文学若水，泽被万物，浸润心田，人读之可喜可悲，或歌或泣，至于心之所得者，妙不可言，故传之千古而不泯。

明人清人作小说，诸如《金瓶梅》《红楼梦》，皆于绝望之处、无意之中写就，后人附骥尾而难求，究其缘由，世风日下，物质丰盈而温情泛滥，文明溃散且道德败落，作家或为某主义而奋笔，或为某名利而疾书，少愿坐冷板凳，致无用之用。

余素喜静，常思古人浊酒一觞，古琴一张，炉烟一缕，江湖夜雨，岭上白云，于松涛竹籁中长啸，觉骤风之忽过，悟浮云野马之非真，得快活自在。读书写字，乃寂寞之道，甚合余意，虽往复踌躇，苦之甚多，然其中之乐亦无穷。

余写小说，亦无他技，惟视之如亲人推心置腹，如耕种粒粒出自辛劳。或问有得意之作否？曰：余素谫陋，未能深窥小说堂奥，虽欲下笔有神而终不可得，心向往之可矣。

今作协师友嘱余汇十数篇小说以备付梓，搜罗旧作，中意者寥寥，然勉力为之，缀成此集，名以《契阔》，盖因经事渐多，深知人生忽如寄，聚散须臾间。聊赘数语，记文集册尾，以示余之志也。

乙未六月自题于厚堂